2009·36

(总第450–453期)

合订本

STORIES

上海故事会文化传媒有限公司　出品

(00267)

图书在版编目(CIP)数据

2009《故事会》合订本.36/《故事会》编辑部编.
上海：上海锦绣文章出版社，2010.2
ISBN 978-7-5452-0532-9

Ⅰ. ①2… Ⅱ.②故… Ⅲ.①故事-作品集-中国-当代 Ⅳ.①I247.8

中国版本图书馆CIP数据核字（2010）第018124号
书号：ISBN 978-7-5452-0532-9/I.158

责任编辑 朱 虹
装帧设计 李宝强

故事会2009年合订本34

（总第450-453期）

《故事会》编辑部 编

上海锦绣文章出版社 · 上海故事会文化传媒有限公司出版

地址：上海绍兴路74号

电子信箱：gushihui@263.net

网址：www.slcm.com

中国图书进出口上海公司发行

地址：上海市广中路88号

电话:36357888

字数 280,000

ISBN 978-7-5452-0532-9/I · 158

450 2009 SEMIMONTHLY 上半月刊 11月

欢迎登录本刊主办的"故事中国网"（www.storychina.cn）

故事会

STORIES

2009 年 11 月

上半月 · 红版

社　长、主　编：何承伟

常务副主编：吴　伦

副主编：姚自豪（上半月 · 红版）

副主编：夏一鸣（下半月 · 绿版）

本期责任编辑：叶小萌　姚自豪

电子邮箱：xiaomeng.ye@gmail.com

红版发稿编辑：

郑继文　吕　佳

美术编辑：李宝强

电脑制作：郭瑾玮

通　联：归依玲

本社办公室电话：021-64375030

上半月刊编辑部电话：021-64332325

下半月刊编辑部电话：021-64336469

（上海市绍兴路 74 号　邮编：200020）

主管、主办：上海文艺出版（集团）有限公司

出版单位：《故事会》杂志社

制作、发行总监：张　凯

电话：021-64313938

广告业务：上海故事会文化传媒有限公司

广告总监：张　淮

广告业务：021-34010383

广告投诉：021-64333738

广告经营许可证

沪工商广字 3100320050022 号

发行：中国图书进出口上海公司

别和亲家客气

李老汉在菜市场摆摊卖蔬菜，自从嫁了女儿后，亲家母总是往李老汉的菜摊跑，家里缺什么蔬菜，就在李老汉的菜摊拿。

这天，亲家母回家，发现忘买葱了，于是她跑到李老汉摊前拿了点葱。菜切到一半的时候，她又发现忘买萝卜了，只好再次来到李老汉摊前，讪笑着说："不好意思，我老是白拿你的菜。"

李老汉叹息一声，说："别客气，拿吧，我连女儿都给你们了，还在乎这点菜吗？"（王　雷）

（本栏插图：李　加）

最想说的话

招聘会上人头攒动，人声鼎沸，大学生们一边发简历，一边和负责人聊上两句。一位电视台的记者也在人群中穿行，采访今年的就业情况。

记者碰到了一个满脸失望的女生，于是冲过去，把摄像机对准她，问了一些应聘的情况，聊了一会儿，记者问："假如让你面对电视观众，你现在最想说的是什么？"

女生马上从包里掏出一份简历，充满期待地说："你们电视台今年还招人吗？"（李健业）

打水

一个和尚有点笨。笨和尚每天要到山下打水，打了满满一桶，回到山上，水却已经溅掉了一半。另一个和尚对他说："既然满满一桶水会溅掉一半，为什么不干脆只打半桶水呢？"

笨和尚理直气壮地说："那不就全溅掉了吗？"

（唐育铮）

绝招失灵

周末，哥哥和嫂子有事外出，便委托小姑照顾他们家的男孩。

男孩四岁，很顽皮，嫂子临走时向小姑传授了一个绝招：小家伙最怕公安局了，只要你佯装打电话报警，他就会变得老老实实。果然，午饭时问题出现了，男孩不肯吃饭，没办法，小姑只好拿起电话，佯装报警："喂，公安局吗？这里有个小朋友调皮捣蛋，不肯吃饭，你们把他抓去吧！"

电话打完了，男孩却无动于衷，怎么一点效果都没有？小姑正纳闷，男孩走过来，认真地对小姑说："不拨号就打电话是绝对打不通的！"

（李彦锋）

聪明的小儿

一天早晨，有人刚打开手机，就收到一条短信："爸妈，我买彩票中了五十万，现被知情人威胁，拿五千元保人身安全。不要来电，你们速汇款，让我脱身。对奖后我就回家。"下面附了一个银行的账号。看完后，那人赶紧发了条回信："孩子，你在哪里给爸妈发短信呀？刚才你还在被窝里哭闹呢！你爸我刚给你把了尿，你连个'爸'都还没学会叫呢，怎么就能发短信了呢？儿啊，你简直就是神童，你慢慢长，别吓着爸爸。"

（刘二奎）

实惠的建议

有位姑娘，独自一人在一座陌生的城市里打拼。虽然和别人合租一套公寓，但她还是觉得孤独，于是，她决定花一大笔钱养一只宠物狗，这样，当她下班回家的时候，就有"亲人"前来迎接。

那姑娘把自己的这个想法告诉了室友，室友想了想，然后提议道"这样吧，你给我100元钱，我负责在你下班回来的时候对着你学狗叫，你瞧，这不是既经济又实惠吗？"

（董　行）

·笑话·

杀鱼的方法

那天，邻居去水库钓鱼，送了老王几条鱼，可老王一想到杀鱼那血淋淋的画面，头皮都发麻了，没想到，六岁的儿子却拍胸脯保证他能杀。

等老王从菜场买菜回来，只见儿子把水池的水灌得满满的。

儿子正站在板凳上，一手把鱼使劲往水里按，一手把龙头开到最大，嘴里不住地叫着："淹死你！淹死你！"

（刘　畅）

没吃饱

老李晋了级，他请办公室的同事来家喝酒庆贺，酒足饭饱后，大伙纷纷离开。过了一会儿，老婆对老李说："你们那个新来的小黄第一次来咱家，看样子很拘束，肯定没吃饱。"老李半信半疑，拨了小黄的手机，说了几句客套话后，老李就问小黄是不是没吃饱，小黄听了，声调突然高了八度，信誓旦旦地说他真的吃饱了，老李相信了他的话，便轻轻舒了口气，随口问道："现在干吗呢？"小黄肯定是没动脑子，脱口答道："煮方便面呢！"

（李彦锋）

疑似投降

医院组织员工带家属出去旅游，路上，一个医生和老婆因为一点小事吵了起来。

到了一处景点，院长提议合影留念，那医生的老婆却故意跑到旁边的小卖部假装买东西。

大伙都凑齐了，等着合影，那医生急了，连忙从包里掏出一条白毛巾对着老婆摇了几下，招呼她快过来。果然，他老婆很快跑了过来，笑眯眯地挎着那医生的胳膊合影留念。

照完后，医生问老婆："不生气了？"老婆笑着点点头："你都向我摇白旗投降了，还生什么气！"

（李传胜）

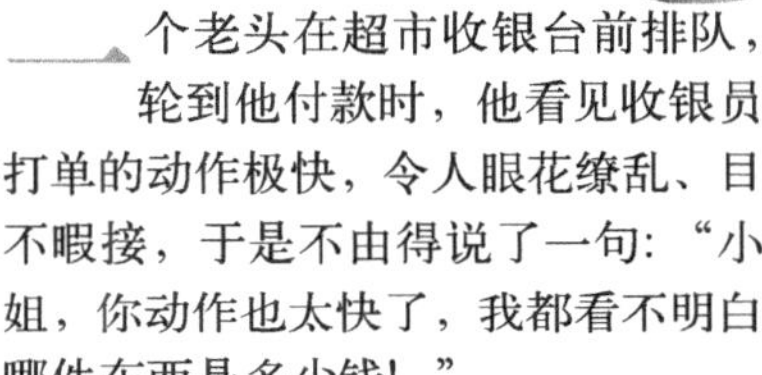

·笑口常开 轻松一刻·

买房

阿贵家住四楼，楼上那家人很差劲儿，常常弄出很大的动静不说，有时还召来朋友彻夜狂欢，阿贵去抗议了几次也不管用。

阿贵的老婆无奈地说：“老公，咱还是买房离开这儿吧，你说买哪儿好？”

阿贵咬咬牙说：“就买咱这儿的六楼吧，让五楼那家也尝尝咱的厉害！”

（李英梅）

收款

一个老头在超市收银台前排队，轮到他付款时，他看见收银员打单的动作极快，令人眼花缭乱、目不暇接，于是不由得说了一句：“小姐，你动作也太快了，我都看不明白哪件东西是多少钱！”

收银员小姐笑吟吟地说：“老先生，你这就不懂了，我其实是为你好，收款就像打针，动作越麻利，你就越不会感到疼。”

（惊　人）

弄上来了

一个猎人，收了个很笨的徒弟。

这天，猎人设计把狗熊引到了陷阱里，狗熊在坑里大骂道：“你这该死的老头，等我出去了，非得把你撕成碎片不可！”

猎人笑道：“笨熊呀，笨熊！等你饿死了，我再来扒你的皮卖钱。”说完，他便回家睡觉了。

睡梦中，猎人被徒弟叫醒了，徒弟说：“师父，门外有头熊说要找您。”

猎人骂道：“你这蠢货！森林里最后一头熊已经被我骗到坑里了，哪儿来的熊？”

徒弟高兴地回道：“师父，就是陷阱里的那头熊，它嚷嚷着要来找您，我就把它给弄上来了。”

（徐　霖）

本栏欢迎来稿，读者、作者可将有新鲜感、有精彩细节的笑话佳作投寄给我们。来稿一经采用，最高稿费为一则100元。本期责任编辑电子信箱：xiaomeng.ye@gmail.com。

儿子的工作要转正

这天，席先生给董事长讲了一个有关“转正”的故事——

李老栓的大儿子叫大栓，一家人用了赶车的劲，费了吃奶的力，才使大栓的工作有了着落，进了城管大队，虽然还在试用期，也把老两口乐坏了。

今天是大栓工作的第一天，老两口准备了几样酒菜，要好好地庆贺一下。日头下山，儿子下班回来，老两口一看，却见大栓愁眉苦脸，耷拉着脑袋不说话，李老栓心里一个“咯噔”，忙问：“咋了？第一天上班就挨领导批评了？”

“领导倒是没批评我。”

“那你为啥这个样子？”

大栓叹了口气，细细地说了原因：试用期的城管队员，除了要参加队里的统一巡逻活动外，还要有突出业绩，比方说能够抓到乱摆摊的小贩，以此作为能否转正的重要依据，而大栓根本抓不到小贩，因为那些小贩都有放风的，总是在城管队员发现他们之前闻风而动，溜之大吉，而上级又规定执法时必须穿工作服，不准穿便衣，这样就根本没办法抓着小贩，大栓正为此发愁呢。

李老栓原以为儿子的这份工作已是板上钉钉了，哪知道还是门槛上的鸡蛋，不知往哪边滚呢，一家三口唉声叹气，哪里还有心思喝酒庆贺？

晚上，李老栓坐在床边，一支接一支地抽烟，直到快十点了，他摁灭了烟头，对老伴说：“栓他妈，跟你合计个事。”

李老栓对老伴如此这般一说，老伴吃了一惊：“这怎么行？这不丢人么？”

“丢啥人？都这么一大把年纪了，怕啥？不就为了大栓的工作转正吗？”老伴担心大栓不同意，果然，大栓听爹这么一说，连连摇头：“不行，不行。”

可李老栓生气了：“什么不行？只要你工作转了正，我跟你妈累点没啥！”大栓一看爹这么说了，也只好同意了。

第二天，大栓一出门，老两口便把多年不用的破三轮车找了出来，找杆破秤，三轮车上扔几棵大白菜，装一堆烂土豆，戴一顶破草帽，李老栓蹬上三轮车就出了门。

进了城，李老栓到了和大栓说好的地方，一瞧，远远地见大栓骑着自行车过来了，他赶紧停下三轮车，拿起秤，大声地吆喝着：“白菜，白菜，新鲜的大白菜！”他这一叫，旁边一个老太太吓了一跳，她冲着李老栓嚷道：“老头叫什么呀，快跑哇，城管来了！”李老栓像是没听见，继续大声地吆喝，气得老太太直骂他“傻冒”。

就在这时，大栓已经来到了三轮车前，他跳下车，对着李老栓装模作样地批评起来：“谁让你在这儿摆摊的？快，跟我到城管大队去！”李老栓正等着这话呢，他马上收拾收拾，跟着大栓进了城管大队，一看，院子里像赶集似的，被抓进来的还不少呢。

大栓走进办公室去向队长汇报，这当儿，队长正缺人手，就让他到东区市场去巡逻了。

这慢慢地就到中午了，被抓进来的其他人交了罚款陆陆续续地走了，只有李老栓一个人还站在院子里，因为抓他的大栓出去了，没人来管他。李老栓呆在日头底下，又累又饿，就差啃白菜帮子了，最后实在撑不住了，他找到一个当官的，求着情说：“领导同志，我是那个叫李大栓的抓进来的，我要回家吃饭。”

那人正是队长，姓马，他看了看李老栓，禁不住说："你长得跟李大栓还真像！"

这一句话可把李老栓吓傻了，他生怕让人知道自己是大栓的爹，连忙压下了草帽，说："不像、不像。"

"那你是交罚款呢还是没收工具？"李老栓心想，三轮明天还要再用呢，可不能给没收了去，于是就交了罚款。李老栓推着三轮车，昏头昏脑地回了家，一进家门就嚷嚷："老伴，有吃的吗？快饿死了！"

老伴见李老栓饿成这个样，心疼死了，等大栓下班回了家，一进门，她就上来唠叨："今天你爹差一点饿死，也不知道给你爹买点饭吃！"

没等大栓说话，李老栓闻声出来，他推开老伴问大栓："今天领导满意吗？"

大栓说，领导表扬他了，让他再接再厉。李老栓见大栓眉飞色舞的，显得很高兴，于是也就放心了。

第二天，等大栓一上班，他妈就"再接再厉"了，她跟李老栓一样，蹬上三轮车出发了。到了约定的地点，转来转去，就是不见大栓来抓。她不知道大栓又让马队长给派出去了，她也不敢停下来歇会儿，因为一停下来，就会让别的城管队员抓走，成绩就记在别人头上，大栓就完不成任务了。

就这样，大栓妈转来转去，等着大栓来"抓"她，遇上别的城管队员，她就说自己要到菜市场去卖菜。

整整一上午，把个大栓妈累得头昏脚软，眼看就要昏过去了，还好，就在这时，大栓从远处跑了过来，他见妈又累又渴的样子，急忙递给她一瓶矿泉水，然后扶她坐上三轮车，自己蹬着车向城管大队骑去。

说来也巧，这时，过来一个人，背着照相机，看见眼前这情景，就在旁边"咔嚓""咔嚓"给他们照了好几张照片，还跟在他们后面进了城管大队。

到了城管大队，大栓跳下车，让他妈等着，自己走进食堂，买来一份饭菜，让他妈吃，昨天爹已经饿了一回，这次可不能让妈再饿着了。这时，那个跟在他们后面的人又举起相机给他们照相，照完了，这个人走了过来，对大栓说："你好，我是晚报的记者，请问你和这位大妈有什么特殊的关系吗？"

大栓吃了一惊，这才猛然醒悟，意识到自己应该扮演的角色，忙说："没啥特殊关系，这位大妈是因为乱摆摊，才进了城管大队。"

大栓妈在一旁听儿子这么说，紧张极了，生怕让人知道大栓是她的儿子。

记者又问："那你为什么为这个大妈送水打饭呢？"

大栓这时已经不紧张了，他想了想，落落大方地说："我看见这位大妈又累又饿又渴，我们要爱护老人，关爱百姓，文明执法，做一个有爱心的城管队员。"

大栓正说着，一辆小轿车驶进大院，记者上前拦住了轿车，和里面的人打起了招呼，车里坐的正是城管队的马队长，马队长听记者说了刚才看见的情景，非常高兴，立刻精神焕发起来，他清了清嗓子说："最近我们城管大队正在进行'用爱心管理城市'的活动，关爱老、残群体是我们的责任，这名叫大栓的队员就是这方面的典型。"

第二天，晚报刊登了一篇采访城管大队的报道，还配着照片，城管大队立刻获得了社会的一致赞誉，马队长也受到了市长的表扬。

这天，大栓下班回来高兴地说："爹，马队长今天表扬了我，并且宣布从明天起我的试用期结束，转为正式职工，我买了些酒菜，我们庆祝一下。"一家三口高兴地喝酒吃菜，吃着，喝着，李老栓不经意地叹了口气。老伴觉得奇怪，问："大栓转正是好事，你叹什么气？"

李老栓又叹一口气，在老伴耳边嘀咕道："大栓转正了是好事，我也高兴，可你想过没有，二栓再过几个月就要从警校毕业了，安排工作后也得有试用期，到时候咋办？我们俩去扮小偷？"

老伴和大栓听了，一句话也说不出来……

（**本期作者**：藏马山）

（**题图、插图**：安玉民　梁　丽）

征稿启事

"新一千零一夜"是本刊"红版"的重点栏目，希望广大读者能喜欢。"红版"编辑部热忱欢迎作者惠赐原创佳作，要求：1.题材不限，能以较新的视角反映生活，立意独到；2.核心情节新鲜、奇巧、生动；3.篇幅在2000字左右。来稿可从邮局寄发，也可发电子邮件，请在信封或电子邮件的主题栏内注明"新一千零一夜"字样。红版编辑部各编辑邮箱见第86页。

·情节聚焦·

圈子里的事

□韩春玲

只要有人的地方就有是非，有是非的地方就有烦恼，这不，记者钟小雪就碰上这么件滑稽事。

这天，钟小雪打算去采访一下市里的几位作家，她先给德高望重的老作家顾亮打了个电话，顾亮接到电话后很热情，说晚上他和其他几位作家刚好有个聚餐，到时候钟小雪过去就行。

电话挂了不到十分钟，顾亮又打来电话，说："小钟呀，我猛地想起了一件事儿，有个叫海辛的老作家，现在在北京，好像还和你是一个村的吧？"

钟小雪说："是呀，不但一个村，还同一个家族，论辈分，我该叫他大伯呢。"

顾亮爽朗地笑着说："当年下乡时，我就在你们村，当时我和海辛关系非常好，说亲如兄弟一点也不过。这么说来，我们俩还是半个老乡呢。"

钟小雪有点纳闷，不知道顾亮到底要说什么事儿，不过她还是笑着说："顾老，那我以后就叫您大伯吧。"

"好好好。"顾亮连声应着，"这样好。对了，小钟，今晚的这次聚餐，我给他们介绍时，就说你是我的侄女，这样说，你不介意吧？"

"当然不会介意。"

"那就好，晚上见。"说罢，顾亮就挂了电话。

晚上聚餐，顾亮给大家介绍时，果然说钟小雪是他的侄女。

酒过三巡，菜过五味，一个姓张的作家给大家讲了一则趣事：一年前，老土出了一本书，让书店代卖，可半年过去了，只卖出了十五本。后来书店来电话，说那么多书放着占地方，让老土拉回去，没办法，老土只好拉了回去，并把这些书送给了朋友熟人。后来有一次，老土去一个朋友家玩，上卫生间时发现手纸没有了，很尴尬，又不好向人家要，便顺便拿过旁边的一本书，一看正是自己的那书，已经撕去一大半了。

张作家讲完这则趣事后，大家“哈哈”大笑，有人说：“哎呀，我还真不知老土有这等糗事呢。”

钟小雪对市里的作家圈不是很熟悉，不便插话，只在一边默默地听着。后来，又有几个作家讲了几则趣事，也全是作家圈的，滑稽、搞笑……就这样，大家边喝边聊，不知不觉已到了夜里十点多。

可就在这时，一个姓汪的老作家突然晕倒在地，不省人事了，大家都慌了，赶紧喊来酒店的服务员，让他们把那位老作家抬到楼下，喊了两辆出租车，一群人火速朝医院赶去。路上，钟小雪身旁一位稍稍年轻一些的作家拍了拍她的肩膀，轻声说：“小钟，你知道老汪为啥突然晕倒吗？”

钟小雪也轻声说：“为啥？”

那人笑了笑，说“说出来你可能不信，他是被尿憋晕的。”

活人还能让尿憋晕？钟小雪当然不相信，便冲那人笑了笑，没再吱声。

到了医院，医生的诊断结果让钟小雪大吃一惊：这位姓汪的老作家确实是被尿憋晕的，不过幸亏送来及时，经过抢救，已经没什么危险了。这就让人想不通了，酒店又不是没卫生间，汪作家精神正常，腿脚灵便，何至弄到这个尴尬的地步呢？

钟小雪又找到了那个年纪稍轻的作家，轻声问道：“汪老师怎么——”

那作家四下里看了看，压低声音说：“小钟呀，你对这个圈子里的事儿不熟悉，怎么说呢——哎，还是别告诉你了。不过，我相信，用不了多久，你就会明白的。对了，顾亮说你是他的侄女，真的吗？”

钟小雪没想到那作家会突然问到

·快乐辞典·

体检时发生的趣事

◇ 做胸透，一人上了X光机，医生就大呼小叫召唤同事：“快来，我干了二十年啦，今天总算碰上一个了——看，心脏长右边了！”

众大夫：“还真是！”

这时，那人从X光机后扭过头来怯生生地问：“不会吧，咋没人跟我说过呢？”

医生大怒：“谁让你背对着我的，给我转过来！”

◇ 每年验驾驶证都得体检，一次，一个护士摸了一位先生的肚子——肝部，足有3分钟，那先生当时脸吓得煞白，猜测自己可能有什么大问题。突然，一声轻笑，那护士满脸堆笑地摘下口罩，大眼睛水汪汪地看着先生——原来她是那先生年少时爱慕的众多MM中的一个。

◇ 初中时候测听力，女医生对一学生说：“等下我说什么你听到就重复一遍。”又给了他两个耳塞（测听力时用的），然后叫那学生站到几米开外的地方。医生说：“把耳塞戴上。”

那学生就照着说：“把耳塞戴上。”

医生急了，叫道：“我说把耳塞戴上你听到了吗？”

那学生继续吼：“我说把耳塞戴上你听到了吗？”

◇ 高考检查身体的时候要测试听力——

医生说：“苏联。”

男生回答：“初恋。”

（**推荐者**：东　冉）

这个问题，支支吾吾地说：“哦，也算是吧。”

那人若有所悟，笑了笑，像是自言自语地说道：“也算是吧？嗯，这就对了。”

钟小雪愈加想不通了。随后的几天，在采访几位老作家时，钟小雪就留心注意了一下，慢慢地，她就有了新的发现：那晚聚餐时，不少作家讲了一些圈子里的传闻逸事，也就是“丑闻”，其实，那些“丑闻”的主人公就是他们在座的各位，不过，讲的时候没有直唤其名，而是用了圈子里都熟悉的绰号。为何敢说呢？就是因为那个时候，“丑闻”的主人公已去了卫生间。

钟小雪终于明白了，那晚姓汪的作家之所以被尿憋晕，就是害怕去了卫生间以后有人说他的坏话，所以一直憋着，才憋出了大事，而顾亮就不同了，那晚他频繁去卫生间，可没人敢说他坏话，就是因为有钟小雪这个“侄女”在呀……

（**题图**、**插图**：安玉民　梁　丽）

□黎玉英

老总征婚

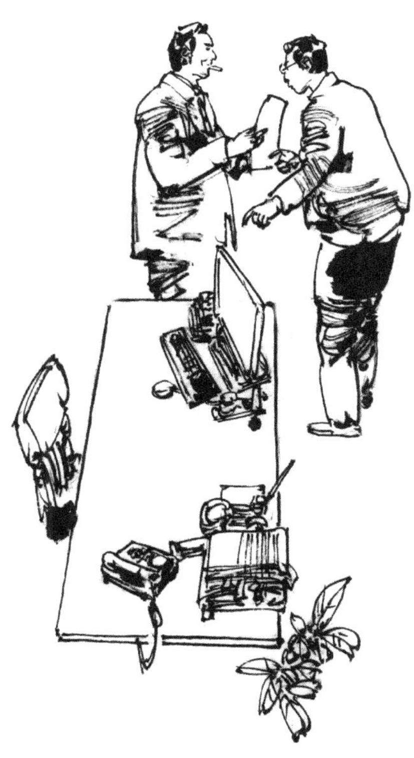

我到维多公司上班后万事如意，一个大老爷们，硬是把一份文秘工作做得有声有色，“老板用你的时候你是人才，不用你的时候就变成裁人”，这话我懂，不巴结咋行？可在公司里也有一点点让人不爽，那就是老总有时会发脾气，而且绝对有规律：每次约会回来，老总的脸色必定阴沉得像块棺材板，为什么呢？一句话——令人不能自拔的，除了牙齿还有爱情！

唉，老总的条件其实挺好的，1.8米的个儿，仪表堂堂，年纪不大，还不到35岁，可总是开不了花结不了果，离过3次婚不说，之后谈了19次恋爱，谈得最成功的一次，“寿命”也就是半年。再快乐的单身汉迟早也得结婚呀，眼看着老总这颗痴情的种子要被22场大雨淹死，维多公司上上下下都在为这拿不上桌面的隐忧而伤脑筋。

最伤脑筋的是总经理办公室主任，这位仁兄外号叫赵老油条，前不久，赵老油条在焦头烂额、几近绝望之下，终于想出一个法子，他在网上东抄西摘，为老总拟定了一份征婚启事，

主要内容如下：

男性，今年35岁，江南君子，儒雅之士，生意有成，身体健康，品貌端庄，身高1米8。

虽是企业老总，更是新好男人。

本人优点——

十分坚强：被各类女子甩了22次，还活着；

人也很好：甩我的22个女子中的19个女孩子跟我说的最后一句话就是：“你人真的很好！”

喜欢干净：天涯何处无芳草，不能天天不洗澡；

我很勤快：琴棋书画不会，洗衣做饭不累；

对人包容：我有点近视；

很浪漫：玫瑰，红酒，小提琴，蜡烛，还有一包康师傅！

赵老油条将这征婚启事发在省内一份最有影响的报纸上，他冒着巨大的风险，将这个钻石王老五公开“拍卖”了。

原指望启事刊发后，应征信会像雪片一样飞来，得用麻袋装，不料前前后后只收到十几封信，而且其中大部分人身份可疑，这事也就莫名其妙地不了了之啦。

那天，我从卫生间出来，赵老油条屁颠屁颠地跟着出来，可怜巴巴地求我了：“小兄弟，你年轻脑子好使，看在咱俩一块蹲过坑的份上，帮老哥我想想法子，如果这事搞定了，我这个办公室主任就是你的！”

嗨，小瞧我了不是？办公室主任？给个副总还差不多！

我让赵老油条将那份征婚启事拿来瞧瞧，他见我答应了，乐坏了，于是又屁颠屁颠地一路跑着，把征婚启事拿给我看。我眯着眼看着，研究啊研究，喝了三杯茶，吸掉半包烟，也没搞明白老总的征婚启事有啥不妥之处。如此香饵，为啥就没鱼儿咬钩呢？

下班后回到家里，正郁闷得慌，我老姐来看我。老姐是一家合资企业的白领，学识和见解让我服气得不行，于是，我就将老总的征婚启事给她看。

老姐抖着报纸，柳眉倒竖：“干

啥？让老姐犯错误？”

我急得直摆手：“哪敢？看在姐夫把咱当亲弟的份上，也不敢给老姐弄个第三者啊！”随后，我就将事情的来龙去脉说了，并郑重地告诉她，这事搞定了，小弟我就有可能是公司的中层干部了！

听我这么一说，老姐的脸色就温柔了，又正儿八经地将启事看了一遍，马上就发表意见了：“我看很简单，只要改一个地方，马上就搞定！”

改一个地方？我一听，愣了，呆了，傻了，我连忙给老姐上茶，又搬来一张凳子，坐在她面前，十分虔诚地央求老姐指点迷津。

老姐微微出了汗，她掏出镜子补完妆，一脸坏笑地望着我：“怎么犒劳我？”

“你说了算，‘望月楼’嘬一顿也可以，送你一张‘星之梦’美容贵宾卡也可以……”

“嘻嘻，再议，再议。”老姐“扑哧”笑了，她随手拿起一枝笔，在征婚启事上“哗哗”几笔，轻描淡写地说，“这么一改，就大功告成了。”

我捧着征婚启事一看，对老姐的敬佩之情真个是比山高，比海深，这一个地方改得呀，真是点石成金、化腐朽为神奇，不佩服不行呀！

第二天上班，我一脸傲气地将改好的征婚启事扔给赵老油条，赵老油条一看，脸就黑了：“你……你搞啥名堂？害我呀？”

我的神色更加不屑，大大咧咧地说：“老哥，看不懂啊？”

赵老油条看我一眼，小心地说：“出了问题，你可别跑！”我说那是。

就这样，老总的征婚启事改头换面在另一家大报重发出来，老总是近视眼，他竟然没瞧出上面有条信息变了，而是一个劲地表扬赵老油条：“多发一家好，网撒得开，才能网到鱼。”可怜的老总想媳妇已快达到饥不择食的地步了。

一个星期后，维多公司的邮箱果然日日爆满，上门求访的碧玉、闺秀差点挤破公司的大门，赵老油条乐坏了，嘴巴咧得像瓢，忙得脚丫子开岔。在他和我一明一暗的操办下，终于搞定了一个靓得惊人而性情火爆的鄂北小寡妇，小寡妇在婚姻史上最惊人的一笔，是休掉一个不大不小的市长！

第一次见面，老总回来就大叫过瘾。据赵老油条密报，那小寡妇由于保养还行，看上去30岁不到，实际年龄是32岁。她足足让老总坐了两小时冷板凳，才露面，见面后，她说的第一句话是——“哇噻，你比我想象的样子年轻啊！”

老总的实际年龄才35岁呀，他被小寡妇一夸，马上自我感觉良好，当然，过瘾的关键之处是第一次有人让他坐冷板凳了，有一种被“虐待”的快感，接下去的日子是东风化雨、春

·我的故事·

暖花开，火可以试金，金可以试女人，女人可以试男人，老总被这个小寡妇越“试”越乖，恋爱一月，他就吵着闹着要跟小寡妇扯结婚证。

那天，在去民政局的路上，老总沉浸在幸福之中，他忽然逗起了小寡妇：“你说我显年轻，到底看上去是18还是28？”

小寡妇笑着说：“太严重了吧，不过你真的面嫩，打死我也不相信你的实际年龄会这么大。”

老总原本是笑眯眯的，一听这话，嘴巴马上成“0”型，他翻着白眼，不知这话从何说起，好半天才喃喃道：“你说话真幽默，我……我看起来年龄真的很大吗？”

小寡妇笑得捂着肚子直不起腰来：“你的年龄还不大？征婚启事上都白纸黑字写着呢！”

老总气得啥话都没说，一个劲地掏身份证，掏出来一看，小寡妇也傻眼了，不过呢，心里又喜得像白捡了一笔钱。

回到公司，老总愤怒地叫来了赵老油条，还来不及训他，我说话了：“老总，您是为征婚启事上的年龄烦吧？赵主任也正烦着呢，您说这报纸的校对是干啥吃的，这么清清楚楚、明明白白的差错都看不出来！好在没造成啥严重后果，否则，咱非较真一下子不可。”

赵老油条不愧是个老油子，马上接过话说：“对，要起诉……”

老总一听，这个从来不说脏话的绅士，也忍不住笑骂道：“他娘的……算啦！”

老总走后，赵老油条缠着我不放：“小兄弟，直到现在，我还是不太明白，为什么年龄一改效果就来？”

我趾高气扬地开始细说端详：“你想啊，一个35岁的年轻老板，在女人面前是最有魅力的钻石王老五，怎么会到报纸上甩卖？要么是吃饱了撑的，身边的青菜啃光了，挪个窝想吃萝卜；要么是脑子里少根筋，身上缺块肉，十里八乡无人要；要么就是吹牛皮，实际是个开作坊的……我们老总的条件不是不吸引人，而是让应征者不放心，没安全感。女人怕上阔佬的当，稍有脑筋的都给吓跑了，怪不得他找不到老婆呢。”

赵老油条听了，那个自卑啊，看样子真想狠狠地揍自己一记耳光，他对我老姐佩服至极，禁不住一声长叹：“女人聪明起来真的不得了！”

老总的婚事搞定后，赵老油条被提了副总，我这个功臣却没干上主任。咱也算啦，官可以不当，老总的脸色从此像解放区的天，我就很爽了……

什么？你问老总的年龄改成了多少？不多不少，35改成了53！

（题图、插图：刘斌昆）

家庭影院

□杨沁仪

近来，网上出现了几个新颖的名词——“月光族”、“啃老族”、“房奴族”。这些名词和年轻人有着密切的关联，强子和小丽就是这样的一对夫妻。婚前，夫妻俩收入平平，靠着强子父母拿出的大半辈子积蓄，两人付了婚房的首付，迅速从“无房族”转型成为一对“啃老族”；婚后，两口子每月还房贷，再加上生活费、人情来往费，迅速从“房奴族”变相成为一对“月光族”。

夫妻俩结婚三年多，小日子虽不宽裕，却也是恩恩爱爱、甜甜蜜蜜。强子这人什么都好，就是爱面子，好吹牛，小丽说过他好多次，却总是“江山易改，本性难移”。

这天强子下班刚回家，小丽就笑容满面地迎上来，说是她爸妈要来城里小住段日子。

强子一听连声说好，小丽家是乡下的，紧挨着山边儿，交通很不方便，岳父母还是三年前小两口办喜酒时来过城里。

吃完饭，强子张罗着准备新床单新被子，小丽笑道：“着什么急啊？爸妈下周才过来呢。”

强子这才笑笑，坐下看电视，刚看了几分钟，强子突然“啊”了一声，站了起来，神色立刻大变。

小丽吓了一跳，忙问怎么了，强子涨红了脸，指着21寸电视机说道：“糟了，上次我跟你爸妈说的，咱家买了50寸的液晶大彩电、全套立体声音响、高级真皮沙发，全套的家庭影院，比电影院看电影还舒服！”

“你啊，”小丽又气又急，“老毛病又犯了，吹吧，吹破大天！”

强子挠挠头，讪讪地说道：“你爸妈问我家庭影院是什么，我就随口说咱家也有一套。我看，你爸妈八成不记得了吧？”

小丽沉着脸，说道：“不吹牛你不舒服吧？我爸妈心眼儿实，脾气直，看你这次怎么办！”

强子第二天就往小丽娘家打了个电话，明里是问老人家什么时候过来，怎么接站，暗里是想探探口风说说“家庭影院”的事儿，结果没等强子开口，岳父倒是提起了，说是这次进城一定要好好体验体验自个儿家的“影院”，说完“呵呵”地笑了。

强子当场就僵住了，胡乱应付了几句就挂了电话。

强子这一整天都心乱如麻，他和小丽还完房贷就是标准的“月光族”，结婚几年几乎没什么积蓄，夫妻俩除了工资卡，就开了个零存整取的折，也就区区两万块，那可是为将来的小宝贝准备的“宝宝基金”，是雷打不动的。

强子吹嘘的那套“家庭影院”挺贵的，上哪儿找钱去？强子几乎想破了头也没个主意。

很快又到了下班时间，强子没有回家，鬼使神差地就走到市中心的几家大型家电卖场前。

卖场门口热闹非凡，耳边充斥着售货员热情的推销声，眼前各式各样的产品海报铺天盖地，每台电视机看起来都是那么诱人，那么完美，让人久久挪不开脚步。

看了好一会儿，强子才恋恋不舍地打算回家，就在这时候，突然传来一个甜美的声音，那是大喇叭里的商场播音员在播音，大意是商场为了答谢新老顾客，特推出十五天无条件退货活动……

“十五天无条件退货？”强子猛地一个激灵，有了！他扭头就往家走，一边走一边盘算：岳父岳母也住不了几天，等他们一回去，货一退，钱不就回来了？强子越想越得意，不禁哼起了小曲：“甜蜜蜜，你笑得甜蜜蜜……”

强子这人有时候办事效率还挺高的，他先是再次打电话确认了岳父母过来的时间，然后马不停蹄地就忙开了，事情办得很顺利，家庭影院在岳父岳母来的前一天就送货上门了。小丽虽然觉得不妥，却知道强子极好面子，也只能随他去了。

第二天，岳父岳母就大包小包地进城了。

这一年多没见面，小丽和父母极为亲热，强子也乐呵呵的，殷勤地忙前跑后。

老两口对小夫妻的生活细细考察了一番：配套完善的社区，整洁有序的小家，快捷便利的电梯，这一切都让他们十分满意，当然了，还有那套全新的“家庭影院”。

岳父倚靠在厚厚的真皮沙发上，端着茶壶，随着音响里的曲调自得其乐地哼唱着“现代京剧”，脸上的褶皱里都透着笑意，这个时候连小丽都觉得强子这招真值，强子就更得意了，暗地里向小丽吹嘘自己多么精明机变，还说是提前消费、美国潮流。

时间很快过去了，老两口一晃在城里待了十多天，这会儿不仅仅是岳父，连岳母也爱上那“家庭影院”了。可这当口，强子开始暗暗着急了：原本岳父母说了只在城里待一周的，这十多天都过去了，却丝毫没有打道回府的意思，可家庭影院的退货期限却是十五天哪，这不是要他的命吗？

强子急得直跳脚，却无计可施，只好温言软语地央求小丽，让她委婉地在岳父母面前“提醒提醒”，谁知小丽却一改平日的温柔，态度极为坚决，绝不为强子收拾烂摊子。

强子也知道她是心疼父母，开不了口。

就在强子火烧眉毛的时候，小丽的老家来电话了，说是小狗子——就是老两口一手带大的孙子得病了，病倒不严重，就是普通的伤风感冒，可十多天不见，小狗子想爷爷奶奶想得厉害。岳父母一听那还得了？赶紧收拾东西，第二天就回去了。

强子这会儿是长长地舒了口气儿，想不到这个只见过两次面的侄子还真是心心相通，病得真是时候，毫不费力地就把姑父从水深火热中解放了。

上午送走岳父岳母，下午强子就

张罗着退货了。

好险，十五天的期限就剩最后一天了！

就在强子感到万般侥幸的时候却出了岔子：电视和沙发退得倒是很顺利，音响却被检查出了问题：箱顶上有个淡淡的杯印，怎么也擦不掉，不能退货。

强子心里“咯噔”了一下，隐隐约约记起：那一天给岳父泡茶，顺手把茶壶搁在音箱顶上，没想到这一搁就是四千多啊！

强子连连叫苦，又鞠躬又作揖的，使出浑身解数，好话说了一箩筐，嘴皮子都快磨烂了，商场经理才勉强答应在不退货款的前提下，让他把音响留在店里低价“寄卖”一个星期。

强子这才筋疲力尽地回了家，他怕小丽埋怨，只得说商场电脑出了问题，货退了，钱得过几天再去拿。

过后这几天强子心里火燎火烤的，又不敢在小丽面前表现出来，可这事儿又只能怪自个儿，当初那么一“随口”，这段日子可真是备受煎熬。他在心里暗暗祈祷，老天保佑，那留着茶杯印儿的音响快点卖出去，损失才能降到最低。好在强子的运气不错，没几天商场来电话了，说是音响七折卖掉了。强子赶紧去把剩余的货款取了回来，这才长长地松了口气，虽说损失了一千多块也心疼，但总算是丢卒保帅了，亏空的钱嘛，自己还有点小私房，多多少少也能填补上，不用怕跟小丽交代不了。幸哉，幸哉！强子的心情又渐渐好了起来，不由得哼起了小曲“甜蜜蜜”，走进附近的超市，买了几个好菜，想了想，又买了瓶红酒。

这二十来天把人折腾得够呛，总算过去了，云开日出了，得好好庆祝庆祝。

回到家时，小丽也刚到家，知道货款都退了，也挺高兴，小两口拾掇了一下就打算开饭了。

强子洗了两个玻璃杯倒上红酒，正要对小丽说几句贴心话，电话响了，强子顺手拿起了电话：“爸啊，您好您好！”原来是岳父，“我们挺好的，小狗子没事儿了吧？”

“全好了！”电话那头传来了岳父欢快的声音，“小狗子听说咱家的影院那么好，非闹着来看不可，这不，就快暑假了，我们打算带他来玩几天，还方便吧？”

强子一下子觉得舌头打了结，啥也说不出来了，耳朵边响的只是岳父乐呵呵的声音：“对了，你哥嫂也想一块儿过来长长眼，他们待不久，隔天就走，我琢磨着在客厅打个地铺啥的也够住了吧……”

强子手一抖，一杯红酒全砸在地上……

（**题图、插图**：张恩卫）

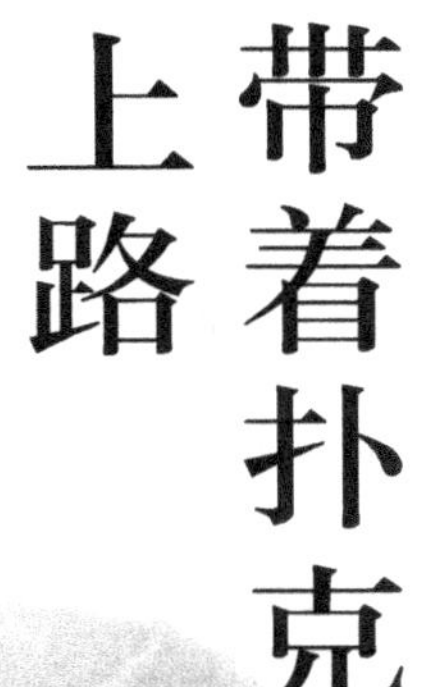

带着扑克上路

□无字仓颉

这大半年来，李广聚的工地上时常开工不足，停工的时候，他就和工友们聚在一起打牌下棋，打发时光。这天打牌时，出了一件让他纳闷儿的事。

平常用的那副旧扑克牌，突然少了两张，怎么都找不到，有个新来的工友，叫陈义军，他主动跑到外面小杂货店买了副新牌回来。

起牌时，大家都注意到手中的牌有些特别，一看才明白，原来这是一副“寻亲扑克”：牌的背面有个大大的暗纹水印字——“寻”，很醒目；正面则是一张张“寻人启事”，都是全国各地走失儿童的信息，除大小王外，共52张。每张寻人启事都印着失踪儿童的照片、走失的时间和地点、外貌特征、家长联系方式等相关信息，而最引人注目的是最下方的几行小字——每个家长的留言，比如：“回来吧，孩子，爸爸妈妈等你生生世世”，“儿啊，你在何方，父母等你回家”，有的直呼孩子的名字：“悦悦，你走了，把妈妈的心也带走了啊……”

开始时还有人对着扑克念出声，到后来都不忍念了，觉得太揪心。

在场的大都是有孩子的人，都能体会到那种肝肠寸断的失子之痛，一时间，牌打得有些沉闷。

不知什么时候起，广聚对着手里的一张牌发起呆来，那是一张“方块6”，上面是个男孩的照片，大约两岁

多的样子。

广聚第一眼看到照片，心里就像遭了雷击一样：照片上的孩子，跟自己的儿子方方太像了，也是鼓鼓的腮、圆嘟嘟的小嘴、滴溜溜的单眼皮大眼睛，简直是方方的翻版！照片下方写着："陈明瑞，男，现年两岁零五个月，家住广东省小埔县湾道区西胡子街道120弄25号，一岁四个月时被人从路边抱走，至今下落不明……"后面是一串电话号码，最下面写着亲人留言："生命不息，寻亲不止，倾家荡产，走遍天涯，也要把你找回来！"

广聚的心快要窒息了，他忘记了打牌，像丢了魂似的看着手里的"方块6"，儿子方方和"方块6"长得一模一样，年纪也一般大小，难道……他使劲捶了下脑袋，不敢往下猜想。

工友们见广聚神色陡变，都很关切地问他出了什么事。广聚把那张"方块6"摊在桌子上，指着上面的照片，说："这是我家的儿子方方！"这一说，大家也都愣了。有人劝他赶紧打个电话回去问问，广聚便掏出手机拨了家里的号码。电话是老婆接的，旁边还有方方奶声奶气的嚷嚷声，听见这声音，广聚的心一下子落到了肚子里，他简单问了问家里的情况，还特地让老婆把方方抱到了电话旁，听儿子叫了几声"爸爸"。至于扑克牌的事，广聚犹豫了一下，还是说了，老婆"呸"了一声，说："好好的说什么傻话？别瞎想了！"广聚才放心地挂上了电话。

大家又打了几局，没什么兴致，就散了伙。广聚站起身，准备走了，就在这刹那间，他盯着那张"方块6"，看了又看，想了又想，总觉得有什么不对，但一时也想不出哪里出了问题，他摇摇头，顺手把牌放进衣袋里……

当天晚上，广聚躺在床上，想起自己这些年的经历：他这些年可没少跑，天南地北，河东河西，几年下来，钱没挣多少，地方倒去了不少，甚至还出国"风光"过。一年前，他在省城上了一个"劳务公司"的当，被骗去了日本，苦头吃尽，好不容易挣扎着回到家，儿子长大了不少，差点都认不出来了。想起在国外天天想孩子的那份揪心劲儿，那种想见见不着的难受劲儿，真比杀了自己都难受！

吃过晚饭，牌局又开始了，发牌时，大家发现又少了一张牌，广聚本想把"方块6"拿出来，但疑团还没解决，牌或许还有用，所以他没吭声，陈义军只好再去买牌。

一会儿，陈义军拿着副新牌回来了，大家一看，这么巧，又是副"寻亲扑克"啊！广聚心里一惊，趁他们打牌时，他留意了一下"方块6"，跟自己兜里这张一模一样！

这天晚上，广聚在床上翻来覆去地想了一夜，"寻亲扑克"显然是走失儿童的家长们自发印制的，方方好端端地在家里，可“方块6”上的孩子又分明是方方，这究竟是怎么回事？是谁这么做的？这时天已蒙蒙亮，广聚顾不上洗脸，匆匆走出工地，正好杂货店刚开门，不等老板收拾停当，广聚就迫不及待地问：“有扑克吗？拿一副。”老板从货架上拿了一副牌递过来，广聚一看，立马说：“不是这种！”老板就又换了一副，广聚一看仍不是，就从口袋里掏出那张“方块6”：“要这样的！”老板接过去眯缝着眼看了看，说：“这种没有，我们店从没进过这种牌。”

啊？广聚惊讶得张大嘴巴说不出话来，明明是陈义军两次从这个杂货店买回了“寻亲扑克”，老板怎么说“从没进过这种牌”呢？广聚干脆自己走到柜台后面，挨个儿翻了一遍所有的扑克存货，但并没找到“寻亲扑克”。

整整一天，广聚吃饭不香，干活没劲，总觉得心里堵得慌。晚饭后，工友们又围在一起打牌，广聚浑身无力，刚要躺下，有人轻轻拍了拍他，转头一看，原来是陈义军，“李师傅，你出来一下，我有话跟你说。”

两人来到远离宿舍的一个僻静处，看看四下无人，陈义军忽然“扑通”一声跪了下来，眼泪直流，连连说道：“李师傅，我本来还想再等等的，可我实在心里难受，等不下去了呀！”广聚吓了一跳，忙说：“快起来，你这是干什么？有话起来再说！”

陈义军说：“不瞒李师傅，其实我就是‘方块6’的爹。去年，我儿子一岁多，就被人贩子从路边抱走了，这一年多我转了两百多个工地，发了1152副扑克牌，可把你找到了！”陈义军还说，那天，广聚看到“方块6”时表情异常，说这是他的儿子方方，陈义军就已经认定了儿子的下落，但为了稳妥起见，他又用第二副牌试探了一次，还把情况通知了家乡警方，经过核查，警方认定“方方”就是陈义军的儿子。

广聚只觉脑子里“轰”的一声，顿时一片空白，他强作镇定，问道：“你这么说，有证据吗？”

陈义军忙说：“有，有！”他从衣袋里拿出几封信，信封上都写着“陈义军收”，再看发信地址，都是“广东省小埔县湾道区西胡子街道120弄25号”，和扑克牌上的地址一模一样，邮戳也没问题；接着，他又掏出几张儿子的照片，广聚一看，身子都凉了：没错，这就是自己家的“方方”！

广聚马上掏出手机给老婆打电话，他劈头就问：“你老实说，我们家这个孩子到底是不是方方？”

老婆的声音有些惊慌失措：“是……当然是方方，你胡思乱想个啥？”

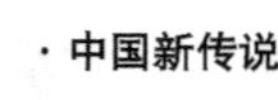

广聚知道老婆在骗他，就更火了，他厉声责问，还威胁说要把她赶回娘家，弄得老婆在那头哭哭啼啼，可哭归哭，她就是不肯说出实话，弄得广聚也无计可施。

这时陈义军开口了："李师傅，你让我跟嫂子说两句行不？"广聚把手机交给他，陈义军还没开口，眼里就湿漉漉了："嫂子，如果我没猜错，这个孩子是你们丢了儿子后买的，我不怪你们，恨就恨可恶的人贩子！这人世上有很多伤心事，但没有比失去儿子更让人心痛的了！我知道你们两口子养这孩子不容易，也有了感情，虽说我为了找儿子差不多已经倾家荡产，但嫂子你放心，该给的钱我一分也不会少！我和李师傅相处的时间虽然不长，但我知道你们都是有情有义的人，求你们，把儿子还给我……"

广聚实在听不下去了，一把抢过电话，冲着话筒吼着："听见没有，把孩子还给人家！"

那头久久没有回应，只听见断断续续的抽泣声，听着听着，广聚的眼泪也忍不住落了下来……

原来，广聚刚去日本不久，有一天老婆抱着方方在院门口玩，孩子饿了，她回屋去取奶瓶，等出来时孩子已经不见了。

为了瞒住广聚，家里一商量，花了七千块从一个人贩子手里买了个男孩，没想到这个孩子就是陈义军被拐走的儿子陈明瑞！

第二天一早，广聚和陈义军向老板辞工，几天的工钱也不要了，匆匆上了火车。这是一次怎样折磨人的旅程啊，合眼，就是方方；睁眼，就是陈明瑞。那张"方块6"，广聚整整攥了一路，两个七尺高的汉子，动不动就抹开了泪……

一踏进广聚的家门，一家人抱头就哭。这一年多里，全家人为了瞒广聚，咽下眼泪，强颜欢笑，今天，终于敢痛痛快快哭出来了。只有"方块6"不明就里，瞪着一双可爱的大眼睛，看看这个，瞅瞅那个。

陈义军恨不得马上把孩子抱在怀里，但又怕伤这家人的心，只好陪着他们一起掉泪。

"方块6"要回家了，从此，他有了两个家。陈义军扑克寻亲、广聚大义送子的故事传开了，陈明瑞回家这天，省内各大媒体都来了记者，纷纷对这一感人事件做了深度报道。

那一刻，广聚做的唯一一个动作，就是将新制作的"方块6"——方方的头像，对着电视台的摄像机举了又举……

广聚带着满满一旅行包的扑克上路了，"方块6"的照片，换成了方方。广聚相信，他的小方方，就在前面不远处，朝他微笑……

（题图：黄全昌）

这个骗子我喜欢

□李雪涛

一说起骗子，大家都恨得咬牙切齿，的确，他们的骗术五花八门，令人防不胜防。最近，耿利民就碰到了一个骗子，不过，这个骗子还挺特别的……

耿利民是个工人，退休后，将自家的三间大瓦房重新翻修、扩建，开了个家庭式养老院，叫“利民”养老院。老耿夫妻和下岗的女儿算是养老院的正式职工，另外还雇了个做饭的临时工。由于这是镇上第一家个体养老院，条件还不错，短短两个月，入院率达到七成以上，前景看好。

这天下午，养老院来了一个汉子，叫赵双庆，是邻镇的居民。赵双庆的父亲患了脑血栓，生活不能自理，赵双庆在县城建筑工地打工，实在抽不出身照料父亲，就想把父亲送进养老院来，可利民养老院只收生活能自理的老人，不收赵双庆父亲这样的“特护”。赵双庆再三央求老耿，说他实在是没有别的办法了，还说父亲顶多在养老院待半年，等到入冬没活了，他就把父亲接回去。老耿被赵双庆缠得没招了，就说：“我倒是想收你父亲，可特护这项活又脏又累，就怕没人愿意干哪，我看这样吧，我要是能招到特护工，就收留你爹；招不到，你只好另想办法了。”

这事也只能这样了，赵双庆给老耿留下手机号，走了。老耿写了几张招聘特护工的广告张贴出去，还别说，当天就有人前来应聘。这人是镇郊一个村的农妇，叫杨金花，长得大手大脚，皮肤黝黑、粗糙，一看就是个能吃苦的女人。她丈夫几年前下煤窑出事死了，她无依无靠，为了供养正在念大学的儿子，她甘愿当特护

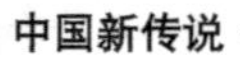

工。

老耿跟杨金花签妥协议，就给赵双庆打了电话，第二天一大早，赵双庆把老爹送来了。老赵头年近八十，半身不遂，说话口齿不清，因为小脑萎缩，呆头呆脑的。赵双庆给父亲一次性交了一个季度的费用，还带来足够用一个季度的治脑血栓的药品，他临走前，特意对杨金花说：“大姐，我看得出来，你是个好心肠的人，我父亲交给你了，你就多多费心吧，我先向你表示感谢！”

杨金花说：“大兄弟，你尽管放心，我会照顾好你父亲的。”

老赵头见儿子走了，“哇啦哇啦”乱叫起来，也不知道是什么意思，杨金花说：“大叔，以后就有我来照顾你了。”老赵头听了，流着口水，“哇啦哇啦”乱叫一通……

老耿还真没看错人，杨金花待老赵头就像侍候自己的亲爹一样，为了晚上能照顾好，杨金花干脆在老赵头床边搭了个简易床铺守着他，老耿对她是一百个满意。

三个月很快过去了，赵双庆应该给他爹交下一个季度的费用了，老耿怕赵双庆耽搁了，就给他打电话，可是赵双庆的手机接连几天都是关机，老耿突然觉得事情不妙，赵双庆说过他在“江畔明珠”工地打工，于是专程去县城找他，在工地一打听才知道，赵双庆两个多月前就辞职了，谁也不知道他的去向，这就是说，赵双庆把父亲一送进养老院，人就没影了！

从县城回来，老耿忧心忡忡地对杨金花说：“大妹子，我是不是被赵双庆算计了？他要是把他爹扔给我一走了之，我可太惨了！”

杨金花赶紧安慰老耿：“耿大哥，问题没那么严重，我想他可能遇到什么难处了，过一阵子他会来的。”

老耿心烦意乱地说：“但愿如此吧，如果他真要是坑我，我对他爹也不会客气的！”

过了十多天，赵双庆还是没有动静，老耿火了，要把老赵头推给镇政府民政部门处置，杨金花劝他说：“耿大哥，要我说，你可别因小失大，还是从长计议吧。你冷静地想一想，你要是这样做，肯定会有人说你做人不仁不义，那谁还会来咱养老院啊？你再等等吧。”

老耿觉得杨金花的话有道理，他恨恨地说：“大妹子，我听你的，可话又说回来，我这不是慈善机构，十天之内赵双庆还是没有消息，我也顾不了那么多啦！”

老耿先自掏腰包垫付了杨金花一个月的工钱，到了第八天，赵双庆突然托人送来一封信，他在信中说，他目前处境很困难，暂时支付不了父亲的管理费，不过请耿利民放心，他正在外地找工作，挣到钱马上交来，他以人格担保，绝不会欠老耿一分钱的……

老耿搞不清赵双庆是缓兵之计，还是确有困难，怎么处置老赵头呢？他真是进退两难呀，恰在此时，镇政府广播站不知从哪得到的消息，来养老院采访，还做了广播报道，这下老耿可落了个好名声，更是骑虎难下，不管老赵头也不行了！

这一天，老赵头不小心摔了一跤，脑血栓加重了，杨金花的负担也更重了，过了一天，杨金花突然向老耿请了几天假，说家中有急事要回去处理。杨金花一走，晚上只能由老耿来护理老赵头了，头两天他还能守候在老赵头身边看护，第三天晚上，老耿实在打熬不住了，便扔下老赵头，回自己屋睡了。半夜醒来，老耿觉得应该过去看看老赵头，可转念一想，现在自己也够窝囊的了，他亲生儿子都不管，我凭什么呀？这么一想，老耿又回屋继续睡去了。第二天早上，老耿去老赵头屋里一看，顿时惊出一身冷汗：老赵头躺在地上，身下全是血，都已经凝固了——他是从床上掉下来时，头磕在暖气片突起的铁棱子上，流血过多丢了性命……

老耿顾不上多想，急忙跟家里人商量老赵头的后事，正当一家人乱得不可开交时，杨金花回来了，老耿把老赵头的死讯告诉了她，不过他怕杨金花传出去，就谎称昨晚他守候在老赵头身边，只是因为太累太乏，睡得太死……

杨金花脸色变得惨白，她跑到老赵头住的小屋，老耿也跟着进去，只见杨金花扑到老赵头身上，流着泪水抽泣着说“爹，爹呀，我已经尽力了，你不要怪罪我，你就安心地走吧……”

老耿惊呆了：“大妹子，你怎么管他叫爹呢？这、这是怎么回事啊？”

杨金花突然给老耿跪下了，哭泣着说：“耿大哥，老赵头是我公爹，我欺骗了你，利用了你，我对不起你，我

向你赔罪——”

其实，老赵头有三个儿子，杨金花是他的大儿媳妇。老赵头一直跟大儿子生活在一起，但这住房却是老赵头的财产。杨金花的丈夫在煤窑被砸死后，老赵头的另外两个儿子怕房子落到杨金花手里，以老爹由他们养活为借口，硬是把杨金花扫地出门。杨金花的儿子在县城读高中，所以她就用丈夫的赔偿金在县城买了一间房子，打零工维持生计。有一天，公爹老赵头突然上门来了，他哭诉了两个儿子的不孝，说是实在忍受不了他们的虐待，不得已才来投靠杨金花。杨金花只好收留了公爹，她照常在工地打工，还得照顾儿子和公爹，一天到晚忙得焦头烂额。转眼就过了年，杨金花祸不单行：儿子考上了大学，一万多块学杂费没处着落；乡下的母亲患了重病，急需三万多块钱手术费用；老赵头突然中风，住了几天医院就花去五千多块钱……要想解燃眉之急，唯一的办法是卖房，可房子卖了，无家可归，而租套房子最便宜的也得三百块钱，这下可把杨金花愁坏了，就在这个时候，她听说利民养老院开业，突然有了主意：那个赵双庆是杨金花在江畔明珠工地打工认识的，他就要辞职不干了，于是杨金花就找他帮忙，上演了一出双簧戏：赵双庆先到养老院联系她公爹入院，然后杨金花去应聘特护工，这样的话，她吃住的问题都解决了，也不用租房子了，更不用支付冬天的取暖费和水电等乱七八糟的费用了，进养老院要比租房子照料公爹便宜……

杨金花交完三个月的管理费，就再也拿不出钱了，为了公爹，她只好“坑害”老耿，那封赵双庆的信还有镇广播站的事，都是她想的、做的。杨金花请假那三天，其实是去找两个小叔子要钱，给公爹治病，没想到她这一走，公爹没了……

杨金花痛心地说：“耿大哥，我知道我这么做太不道德，让你受到了伤害，可我实在是没办法了，但是，我这样做只不过是暂时借你之力，解决一下眼前的困难，我会想尽一切办法还你钱的，请你相信我！”

老耿百感交集，好一会儿才说：“大妹子，要我说你也太傻了，你这种处境，怎么还顾得上你公爹呢，你完全可以不管他嘛！”

杨金花叹了口气：“耿大哥，我也这么想过，可我做不到呀！他毕竟是我的公爹，是我的亲人！生前待我也非常好，我得报答他呀，更何况我丈夫是个孝子，我也得对得起九泉之下的他呀……”

耿利民感慨不已，虽然他被杨金花骗了，但知道了事情的真相，他一点也不怪罪她，反而对她心生敬意……

（题图、插图：谢　颖）

高速公路是禁区

□刘　德　李克南

后半夜，李青6岁的女儿突然发起烧来，而且来势凶猛，到天蒙蒙亮时，女儿呼吸越来越急促，一时间夫妻俩急得团团转。

李青的家地处山区，村子不大，村里暂时还没卫生室，要看病就得翻山越岭，路途太远，这不耽误了女儿的病情嘛。

正在两个大人急得团团转时，李青无意间朝村南望了望，两眼一亮，顿时来了主意。随后，他抱起女儿，拉上妻子，直向村南奔去。

村南不远，是一条途经县城、通往山西的高速公路，从村子到县城40多里，搭上汽车20分钟左右就能到达。李青决定，拦一辆过往汽车，带女儿去县医院就诊。

高速公路两侧本来是被铁丝防护网隔开的，可是，由于一些村民出行图省事，就在村南路口把防护网扒开了一道大口子。

李青夫妇钻过铁丝网，到高速公路时，已是黎明时分。此时，天色阴沉，细雨蒙蒙，能见度很差。李青把怀里抱着的女儿交给妻子，让妻子站到路边，自己准备拦车。

一会儿，一辆汽车开着车灯疾驶而来，李青赶忙挥舞手臂，进行拦截。

正在高速行驶的汽车司机，猛然发现前面不远处有个人影，赶紧打方向盘向一侧避让。然而，由于路面湿滑，加上车速过快，汽车一头撞在护栏上，翻了一个跟头，又向前滚了十几米才停下。

李青被吓傻了，好半天才想起救人。

很快，交警大队接报后，赶到事故现场，一边救护伤员，一边调查取证。

经查，车上共有三人，为首的是一家上市公司的总经理，另两人分别是他的秘书和司机。在这场翻车事故中，秘书当场死亡，总经理和司机身受重伤。

事后，交警部门出具了《交通事故认定书》，认定：李青违法进入高速公路，挥手拦截行驶车辆，造成一死二伤的重大交通事故，故应负事故的主要责任。随即，李青以涉嫌“交通肇事罪”，被公安机关依法逮捕，继而检察机关提起公诉。

庭审时，被害人家属提出刑事附带民事赔偿诉讼，要求李青和高速公路有限责任公司一起承担赔偿责任。

基于此起事故造成一死二伤的严重后果，最终法院判处李青三年有期徒刑并承担70%的赔偿责任。另考虑到高速公路有限责任公司未尽及时修复破裂的隔离网的义务，存在一定过错，承担30%的赔偿责任。

消息传开，村民们对李青被判刑十分不满。他们认为，李青虽然不该进入高速公路，但那口子不是他扒的，而且平时村民大都这样拦车，此事并非首例。况且，他又是在女儿发病的特殊情况下才进入高速公路的，事故发生后又积极抢救伤员。更重要的是，李青自己没有开车，只是对着车辆挥了挥手，车是司机自己不小心开翻的，李青不应该判刑，更不应该判交通肇事罪。他们认为这是欺负农村人。

李青当时也觉得委屈，他决定向中级人民法院提出上诉，要求改判。

就在李青和村民们满怀希望地等待着中级人民法院能够改变一审判决的时候，中级人民法院的二审判决书下来了，结果是维持原判。

中级人民法院判决书大意是：“上诉人李青，在高速公路上挥手拦车，其行为显然属违反交通运输管理法规行为，且主要是由于他人违法行为，才导致了一死二伤严重结果。因此，尽管李青客观上有种种理由，然原审的判决并无不当之处，应予维持……”

李青此刻已意识到了自己错误严重，听着法官的案情分析，顿时泪流满面。他后悔自己的盲目无知和一时糊涂给受害者家属造成了无可挽回的惨痛后果。

拿到二审判决书后，李青写信告诉自己妻子，希望她不要有任何怨言，一切都是自己的错，更希望村里乡亲们不要再学他这样，千万不要图省事，图方便，跨越隔离网擅自进入

改变一生的投资

□王兴莱

格林是荷兰人，他在一个沿海的港口小镇上开了一家小型的机械制造厂，几年下来，赚了不少钱，经过深思熟虑，他决定选择一个对象进行投资，很快，投资对象确定了，那就是百里之外一个偏僻港口小镇上的一家蔗糖厂。格林的举动太奇怪了，熟悉他的人都感到十分不解，想来想去，大家猜测：格林可能是喜欢上蔗糖厂的女老板了！

这一天，格林和助手一起开车前往那个港口小镇，准备去和那个女老板签署投资协议，车上助手跟格林说起了大家猜测的话题，格林顿时大怒，就在这时，车外“嘭”地响了一声，车身猛地一晃，迅速向路边蹿去，助手吓了一大跳，立即紧紧握住方向盘，踩了个急刹车，车在马路边上停了下来。

高速公路了。

律师点评：

《高速公路是禁区》的故事告诉人们一个最基本的法律问题，那就是当你在行使求救行为时必需依法保证他人的生命、健康、安全，否则，就应当承担相应的法律责任。在高速公路上拦车，具有高度的安全隐患，这是人们应当有所预见的最基本常识。所以，过错方李青就必须对造成一死二伤这一后果的违法行为负责，包括刑事和附带民事赔偿方面。

（题图：谭海彦）

两人惊出一身冷汗，赶紧下车查看，发现一个轮胎被钉子扎破了，爆了，没办法，格林只好让助手在路边拦车，搭车到最近的一个镇子上去叫修车匠，自己走下公路，到沙滩上去散心。

两个小时后，轮胎修好了，两人重新上路，就在这时，格林突然对助手说："我决定改变一下自己的投资计划，减少二十万美元，只投资糖厂十万美元。"

助手高兴极了："格林先生，看来您终于想通了，其实给那个女人十万美元也是多的。"

格林沉默着，不再说话。两人很快来到小镇，那个女老板听说格林只准备投资十万美元，十分意外，虽然恼怒，但也没法，签署了投资协议后，格林连饭也没吃，就和助手匆匆驾车离去。路上，格林突然递给助手两张纸片："先不着急回去，找到这两家店。"

助手看了看，两张纸片上面分别用铅笔歪歪斜斜地写着"了不起奶酪"、"响当当汽水"，助手按照纸片上写着的地址，很快找到了这两家的生产商，巧的是，他们的店正好开在一条街的两边，助手惊呆了：他们都是家庭作坊，规模小得可怜，但老板都非常热情。

格林在奶酪店坐了下来，然后津津有味地品尝起奶酪来，之后，他面带笑容地来到对面的汽水店，痛快地喝了一瓶汽水，然后，他把两家老板叫到了一起，彬彬有礼地说："我准备向你们各投资十万美元，扩大生产规模，你们觉得怎么样？"说着，他掏出两张十万美元的支票，轻轻放在他们的面前。

两家店的老板全都惊讶得张大了嘴，格林的助手也跟着张大了嘴……就这样，格林成了"了不起奶酪"和"响当当汽水"的最大控股商——他用20万美元换回了两家小作坊80%的股权。

回去后，格林很快被人讥讽为

“最白痴的投资家”，大家都为格林愚蠢的做法感到不可思议。

五年后，由于邻近海域连续开辟了两个深水码头，格林制造厂所在的这个浅水码头再也见不到什么像样的轮船，一批靠着轮船吃饭的机械制造厂全部濒临倒闭，格林的资产全部变成了一堆废物，祸不单行，这一年，格林的儿子约翰在一次车祸中意外丧生，最要命的是，因为他儿子是违反交通法规的一方，法院判决：他得替死去的儿子交十几万美元的罚款。

格林惨了，格林垮了，格林必定是死无葬身之地了，可就是在这个时候，谁都没有想到，格林竟突然换了大房子，开上了豪华汽车，大家都不明白这是怎么一回事，一打听才知道，原来五年前格林的那三笔投资，有两笔给他带来了巨额回报，那就是——“了不起奶酪”和“响当当汽水”！

这两个小小的家庭作坊，自从得到了格林的巨额投资，很快起死回生、如虎添翼，而且深水港的开辟，使得他们所在的偏僻之地成了有名的港口城镇，汽水和奶酪源源不断运往国外，格林二十万美元的投资给他带回了百万元的回报。

格林关掉了自己那家处于亏损中的制造厂，靠着两家工厂的红利过上了富裕的生活。

格林成功的投资，被大家越传越神，但格林始终不肯向大家公开自己投资的秘密。

这一年的平安夜，格林在自己的别墅里举行了一个盛大的派对，他喝了很多酒，兴奋之余，格林决定把投资的秘密公布于众，众目睽睽之下，只见格林摇摇晃晃地走进了屋，取出了一个精致的小盒子，他打开盒子，大家赶紧围上去，一看，盒子里居然只有一根锈迹斑斑的钉子！

格林小心翼翼地拿出那根钉子：“这就是我投资的秘密。”

这话一说，围着他的那些人全傻了眼，没人相信，格林的投资居然跟一根不起眼的钉子有关……

· 海外故事 ·

那天，格林准备投三十万美元给那个女老板，在他看来，蔗糖业是新兴行业，投资的回馈肯定很丰厚，但助手说周围的人都以为他是感情投资，他有点犹豫了，正在他心生顾虑的当口，车胎突然被钉子扎破了。

在等着修车的工夫，格林走下公路，去不远处的海边散步，正巧，他遇到几个孩子在海边聚餐，他走了过去，两个穿着朴素的孩子，分别送了他一块奶酪和一瓶没贴商标的汽水，两个孩子说了一句让格林一辈子都能记住的话——

“我们长大了要把自己家的奶酪和汽水卖到全世界，包括中国和印度，甚至让南极的企鹅也要知道我们的奶酪和汽水！”

格林感动极了，在同他们告别的时候，两个孩子用铅笔在包奶酪的硬纸板上认真地写了一些字，他们把这一张简单的“名片”递给了格林，格林一问才知道，这是他们父亲要求他们做的——向你遇到的每一个陌生人推销世界上最好的奶酪和汽水。

格林被深深打动了，他不禁恍然大悟：决定投资成功与否的最重要因素是选对人啊，两辈人的努力和信心，抵得上任何东西，于是格林立刻决定，找到这两家店，向他们投资一笔钱。格林的投资之所以成功，就是因为遇到了那两个孩子，遇到了那两个孩子，就是因为那根钉子扎破了汽车轮胎，是钉子让格林这一生变得与众不同，所以他把那根钉子叫做“上帝赐予的礼物”。

人们静悄悄的，大家都被格林讲的故事感动了，就在这时，格林突然泪流满面，因为格林的投资还和另外一根“钉子”有关，这根永远扎在他心中的钉子——儿子约翰。

格林妻子去世得早，格林整日忙生意，没时间教育约翰，约翰渐渐喜欢上了喝酒、打架、飙车……时间一长，约翰就成了一颗扎在格林心里的钉子，让他心神不安，思来想去，最后他决定拿出一笔钱来投资，如果运气好，即使哪一天自己的工厂关门了，自己老得走不动路了，也还能有口饭吃，归根结底，是对儿子缺乏信心，才让他决定投资的。

事实证明，格林投资的决定十分正确，仅用了五年，他就开始获得丰厚的回报，但结果却和投资前预料的不一样：自己健在，生活富裕，而儿子却已先他而去。想到这一切，格林禁不住伤心地自言自语：“上帝，我宁愿自己是个失败的投资商，也不愿意让约翰成为一根扎在我心中的钉子啊……”

（题图、插图：安玉民　梁　丽）

（本栏目欢迎来稿。来稿可从邮局寄发，也可从网上传递。如为电子邮件，请发以下信箱：xiaomeng.ye@gmail.com。）

长眉财主

□童存云

京城里有一个叫赵大河的大财主，他六十岁那年，一对眉毛突然在一夜之间变得特别长，用尺一量，竟有两尺余长。他不知是祸是福，便找人去算了一卦，算命卜卦之人告诉他，这长眉乃是他的“福眉”，只要好好爱护它，便可长命百岁，一生荣华富贵。

赵大河听了十分高兴，因为长眉挡住了视线，他叫人将它结成了麻花形状，垂在两颊，这样一来，看上去

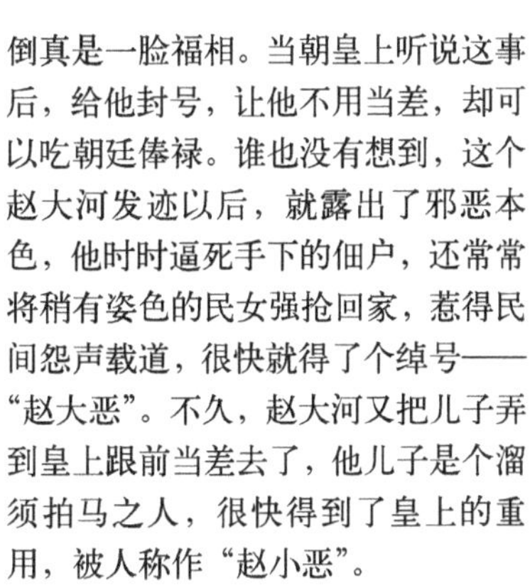

倒真是一脸福相。当朝皇上听说这事后，给他封号，让他不用当差，却可以吃朝廷俸禄。谁也没有想到，这个赵大河发迹以后，就露出了邪恶本色，他时时逼死手下的佃户，还常常将稍有姿色的民女强抢回家，惹得民间怨声载道，很快就得了个绰号——“赵大恶”。不久，赵大河又把儿子弄到皇上跟前当差去了，他儿子是个溜须拍马之人，很快得到了皇上的重用，被人称作“赵小恶”。

这天，赵大恶又带着一帮手下出去闲逛，在街上，他看到一个漂亮姑娘正孤身一人在捏泥人的摊子前看热闹，赵大恶便让手下将这姑娘抢回了府，这姑娘性子刚烈，赵大恶嫌烦，便把她关在一间柴房里，吩咐手下，饿她几天，等主动求饶了，再给她吃东西。

到了第三天，那姑娘好像已经没力气了，但她还是没有求饶，手下人怕出人命，就去禀报了赵大恶。赵大恶一听，便率领众家丁来到柴房门

外，谁知柴房的门刚打开，那姑娘不知从哪儿来的力气，竟然冲出来一头撞到走廊的石柱上，当场断了气。赵大恶见姑娘死了，好事难成，只得吩咐手下人把她扔进后院的枯井里。

家丁里面有个新来的，叫来宝，他心肠好，那姑娘死后，来宝干活都心不在焉的，后来他忍不住偷空上街买来了冥纸香烛，到天黑的时候，悄悄来到井边，一边烧着纸钱，一边小声地祷告。就在这时，一阵冷风吹过，来宝忽然听到枯井下发出“嘭嘭嘭”的响声，好像有人在下面敲井盖，来宝壮着胆子，一步一步走过去，小心地移开了井盖，这一看可不得了，他大叫一声，吓得三魂去了两魂半……

第二天一早，赵府的家丁在枯井旁边发现了来宝，他倒在地上不醒人事，井盖却已经移开了，家丁们有的掐人中，有的灌茶水，好不容易把来宝弄醒了，但他醒后成了一个傻子，痴痴呆呆的，嘴里流着口水，只会“呵呵”傻笑。赵大恶听说后，马上让来宝卷铺盖走人，把他赶出了赵府。

过了没几天，赵大恶又觉着闲得慌，他手下的恶奴知道他的心思后，第二天又在街上抢回了一个漂亮姑娘。这回这姑娘不但不反抗，反而还冲着赵大恶笑嘻嘻的，赵大恶不由大喜，可赵大恶和姑娘一交谈，才知道她是个傻子，只会一个劲地傻笑。赵大恶很恼火，他一挥手，喝令家人把她送走，但傻女子突然大声哭了起来：“你敢对我凶？我要见父皇，让他砍了你的脑袋！”

赵大恶一听大惊，这才发现这傻女子身上穿的戴的都是极高档的衣饰，特别是她珠钗上一颗鸽蛋大的珍珠，那是只有皇宫里才有的东西啊，再从她的言语中推断，她很可能就是当朝公主！赵大恶吓得脸色都变了，他不敢怠慢，忙命手下把儿子找回来商量对策。

赵小恶忙于公务，一直没有抽出身来，只捎话说家里的大小事情任凭老爹做主。赵大恶权衡再三，觉得还是把傻女送走为妙，可傻女却硬赖着不走，她拖着赵大恶，一个劲地拽着他的眉毛，说：“陪我玩儿嘛，我要牵山羊！”原来傻姑娘见赵大恶长着长长的白眉毛，竟把他当作山羊了！

赵大恶不敢对这个傻女怎么样，只得耐着性子陪她玩耍，同时派人出去打探，没想到这一打探不要紧，原来皇帝的三公主不见了，现在整个京城为了寻找三公主都乱作了一团，赵小恶就是奉命在查找三公主的下落，所以忙得没时间回家。

赵大恶自知不妙，看来这傻女子十有八九就是三公主，万一皇上知道是他把三公主抢来的，那还得了？他一时没了主张，再次命人去找儿子，就说有了三公主的线索，让他速回。

赵小恶一听跟三公主有关，连忙赶了回来，可他一见到傻女，却连连摇头："她不是三公主，不过她的衣饰却是三公主的，想必是个知情者，马上把她带回去见皇上！"说完，他带了傻女连夜进宫。

赵大恶送走儿子后便上床休息，可这一个晚上他怎么都睡不好，每次一闭眼，眼前便是白茫茫的一片，紧接着就像被人捂住了口鼻一样，喘不过气了，他大声呼喊，家人赶来一看，才发现是赵大恶的长眉毛蒙住了他的嘴巴和鼻子，于是，赵大恶就命人把两边的眉毛剪掉了，这下才算能睡个安稳觉了。

谁知赵大恶这回刚躺下，前厅突然有人喊道："皇上驾到！"

赵大恶慌忙穿衣起身，匆匆赶到前厅，只见前厅灯火通明，儿子赵小恶正在皇上身边小心伺候着，先前抢来的傻女子也在。赵大恶连忙跪拜在地，山呼万岁，不料皇上一见他的样子，便有些恼怒，喝道："长眉财主，你的长眉呢？"赵大恶一呆，他正要解释眉毛的事，却听到傻女突然怪叫起来："哎呀，就是他把公主抢走的！"

赵大恶惊得一屁股坐在地上，结结巴巴地说："没有……我没有……"他头上开始冒汗，他暗暗猜测，难道说那天抢来、后来又撞死的姑娘就是公主？

这次赵大恶真的猜对了，这傻女正是三公主的侍女秀儿，几天前，因为三公主一时贪玩，带着秀儿溜出宫外，两人到宫外就互换了衣服。谁知就在秀儿离开公主买东西时，突然有一伙人上前抢走了公主，秀儿当时就吓昏了，等她再醒来的时候，就有点神智不清，傻了，可怜她傻了之后，还守在原地等公主。后来，赵大恶把她也抢了去，赵小恶将她送进了宫，经御医治疗后才清醒过来。

皇上命人将枯井的盖打开了，很快从井里捞出了几具女尸，她们都是被赵大恶抢来后折磨而死的，虽然没有找到公主，却从里面发现了公主那天穿的衣服，赵大恶再也不敢隐瞒，只得老老实实交待了强抢公主、又将公主逼死的经过，可一问到公主的尸体，他又说不出个所以然来。皇上顿时龙颜大怒，责令将赵家满门抄斩、诛灭九族！

消息传开之后，京城里的百姓奔走相告，载歌载舞，有人说赵大恶的霉运是从剪掉长眉毛开始的，也有人说他的霉运是从长出长眉毛那天开始的，众说纷纭，反正那长眉毛压根就不是个吉祥的玩意。

公主的尸体没有找到，举国上下不得安心。这时，赵家有个仆人忽然想起了一件事：公主死后，紧接着来宝就傻了，然后就被赶出了赵府，不

·情感故事·

有奶是娘

□马　超

张贵三十刚出头，却是个十足的鸽迷，这几天，他高兴得不得了，因为前段时间花大价钱买来的一对极品火凤凰开始叼草垒窝，准备下蛋啦！碰巧张贵的爹进城，要在城里住上一阵子，他见儿子迷上了养鸽，家里的事不管不顾，气得跺着脚，指着张贵的鼻子骂了一通，可张贵依然如故，把那对宝贝鸽子看得比命还重。

其实说来怪不是滋味的：张贵和

知道这和公主的死有没有关系。皇上立刻派人去来宝的家乡核查此事，没多久，信使快马星夜回京向皇上道喜，公主好端端地活着呢，只是由于脑子受了撞击，忘了从前的事。原来，来宝当晚从枯井里救出了苏醒的公主，他又故意装疯卖傻，成功地麻痹了赵大恶，然后将公主藏于马车上，偷偷返乡了。

皇上听说后大喜过望，立刻下旨将来宝封为忠义将军，不料来宝却谢绝了皇上的好意，他说：“皇上切不可乱封平民做大官，赵大河就是一个最好的例子！我当初救公主时并不知她贵为公主，只是凭着良心救人，如今不求高官厚禄，只求平平淡淡过日子。”

皇上听了，久久说不出一句话来……

（题图：谭海彦）

妻子孙琴是大学同学，两人恋爱多年，婚后感情也很好，可不知怎么的，就是一直没怀上孩子。后来，在张贵父母的劝说下，两人领养了一个女儿。刚开始，张贵觉得挺好，可后来，他发现女儿是个圆脸，他是方脸，孙琴是瓜子脸，越看越不舒服，觉得生活没盼头，在一个朋友的介绍下，他玩起了鸽子，把养鸽当成了寄托。

这几天，张贵天天守着鸽棚子，就等着鸽子下蛋，可蛋还没下来，张贵的单位突然派他出趟公差，一去就是一个月。临走前，张贵反复叮嘱孙琴，一定要好好注意那对火凤凰，如果孵出了小鸽子，一定要给他打电话，他还特别说明，鸽子蛋的孵化期是十七天，通常都很准时。孙琴一听来了气："张贵，你出去就是一个月，就知道鸽子鸽子，再怎么着，你也得关心一下孩子吧。"

张贵低声说："有你照顾她，我放心。"说完，他提起行李箱就出了家门。

在外地，张贵忙得晕头转向，但每天一睁开眼，就盼着妻子的报喜电话。那天，孙琴总算给张贵打来了长途，电话那头，孙琴吞吞吐吐地说道："你的宝贝鸽子孵出来了，可我怎么瞧着都觉得这小鸽子怪，就一只，个头比一般小鸽子大多了，黑脑袋，黑绒毛，黑嘴黑爪，怎么看怎么不像是只鸽子。"

张贵一听，激动极了，不像一般鸽子，这就是特别品种呀！好不容易熬到出差结束，他兴冲冲地回到家，也没问爹是什么时候走的，把包往沙发上一扔，直奔楼顶鸽子棚，等他看到那只刚孵出不久的小鸽子，不由傻了眼："天哪，果然是个怪胎，个头大得像个小拳头，浑身毛绒绒，黑乎乎，这是什么玩意啊？"张贵急得浑身发抖，赶紧打电话给几个养鸽子的朋友，让他们马上过来瞧瞧这个火凤凰家族的怪胎。

几个朋友火速赶到了张贵的家，大伙一见这小鸽子，全被唬住了，七嘴八舌地议论起来，到最后，还是老鸽迷大李看出了破绽，他把那怪胎捧在手中，仔细看了一番说："这是只小乌鸡，根本就不是什么鸽子！"

什么？是鸡？大家再仔细一看，可不是嘛，它还真是一只乌鸡的雏儿，可鸽子怎么会孵出小鸡来呢？大伙抓耳挠腮，面面相觑。

张贵又急又臊，等大伙走了之后，他冷静地想了想这件事，顿时明白过来：肯定是妻子孙琴把鸡崽弄进了鸽子窝，目的是给他上一课："鸽子能养一只小鸡，那我们为啥不能领养一个孩子？"

这一下张贵可火了，他回到屋里，把一通无名火全发泄到孙琴头上，孙琴一听，眼泪就扑簌簌下来了，她没解释鸽子怎么变成了鸡，只是流着泪说："张贵，我知道你其实是对这孩子有成见，可她毕竟是鲜活的生命啊，你就这么冷冰冰的，对得起她吗？父母有生育之恩，但更重要的是养育之恩啊！"

张贵心头酸酸的，喉咙里堵得满满的："我说的不是孩子，而是鸽子！"

孙琴一抹眼泪，说："爹说了，这事让你问他！"

张贵觉得奇怪：家里出的事，怎么去问爹？再说这几天单位里很忙，他也没空去乡下。在接下来的几天里，出乎张贵意料的是，那对火凤凰却完全没有识破这个骗局，它们每天辛勤地飞来飞去，忙着打食，喂养那只能吃能喝的小鸡。说来也怪了，那只小鸡很快就长大了，居然渐渐染上了鸽子的习性，就连叫声都跟小鸽子很相似。过了一段时间后，小乌鸡个头慢慢长大了，可以跳到窝外自己溜达了，小家伙每次见到火凤凰夫妇飞回来，总是欢天喜地地奔回窝内，张嘴要吃的，要是别的鸽子溜达到它的窝前，小家伙会拼命捍卫自己的"领土"。

张贵以前看电视，知道有种叫杜鹃的鸟，就是靠着养父养母繁衍后代的，可没想到，自家养的鸽子居然也能喂养鸡雏。人心都是肉长的，张贵思来想去，觉得自己这段时间做得是有点过分了，渐渐的，他开始把注意力转移到孙琴和孩子身上了。

转眼到了秋天，张贵回了趟老家。进了自家的院子，张贵不由大吃一惊：一只老母鸡带着一对鸽子在溜达，那鸽子正是极品火凤凰呀，张贵赶紧问："爹，娘，你们从哪里弄来了两只火凤凰？这可是很名贵的信鸽啊！"

爹和娘互相看了看，乐开了，最

后爹说："张贵，说起来你可别怪爹，这对鸽子是从你那里偷来的。"

原来，张贵出差后的第二天，火凤凰就下蛋了。爹知道儿子和媳妇一直为领养孩子的事在怄气，想来想去，想出了这个"狸猫换太子"的办法，他说通了媳妇孙琴，两人"合谋"，在城郊找到一家乌鸡孵化厂，要了一只刚产下三天的蛋，然后用这蛋换走了张贵的两颗宝贝鸽子蛋。

张贵的爹揣着那两颗鸽子蛋回到家里，正好家里的母鸡在孵蛋，他就把鸽子蛋塞到了母鸡肚子下面。爹敢这么做，是有原因的：年轻的时候，村里盛行斗鸡，后来来了个外地人，带来一只鸡，每次斗鸡，战无不胜，私下一打听，才知道那人的鸡是用良种鸽子孵出来的，比正常孵化的鸡凶猛得多。爹想用这个法子给张贵好好上一课，让他知道父母的养育之恩同生育之恩一样感天动地，动物都能做到，人为啥不能做到呢？

张贵听完爹这一番话，惊呆了，感动极了。两天后，张贵带着一颗轻松、快乐的心离开了老家，临走前，他好说歹说，说服了爹娘，把那对鸽子带了回去，张贵很清楚，这对火凤凰的后代在自己手中，经过训练，说不定能在信鸽比赛中拿个奖呢。张贵把鸽子带走了，可苦了那只孵出它们的老母鸡，一天到晚都失魂落魄的，院内院外来来去去找两只鸽子。

张贵是早上走的，到了傍晚，张贵的爹娘两人坐在堂屋门前闲聊时，老太太才回过味来："死老头子，我才明白过来，你上次去张贵那里，没把那事告诉张贵啊？"

张贵的爹笑着说："我去的时候，见他们俩那样，本来想告诉张贵真相的，可后来我想了想，还是算了。这么多年了，我们一直把张贵当亲生儿子养的，也没觉得有什么不对劲啊，现在冷不丁地告诉他，我怕他受不了。这孩子是你养大的，做事想事都随你，心思细得很，他要是知道自己不是咱亲生的，还不知要恼成啥样呢！在城里我几宿没睡好，后来老脑瓜子还好使，就想出了这个鸡蛋换鸽子蛋的办法。"

两人正说着，忽然天空中有了动静，两个老人抬起头来，一看，早上被张贵带走的那对鸽子，居然飞了好几百里路，从城里飞回来了！那两只赤红的鸽子，扑棱棱地在院子上空盘旋了一会儿，飞了两圈，然后慢悠悠地落在院子里，它们重新回到这个熟悉的院子，兴奋极了，"咕咕咕"地叫着。

已经进笼的老母鸡，听到了鸽子熟悉的"咕咕"声，欢天喜地地奔了出来，堂屋门前的那对老人看着眼前的情景，幸福地笑了……

（题图、插图：谭海彦）

四支烟

□梅永远

人在职场，应酬不可挡，烟酒不离手，然而，说到烟，从前只知道它是应酬交友的必备、危害健康的物品，却不知它还藏着一个大“学问”，故事得从这里讲起——

这天，阿诚一个人坐在咖啡店里，在等一个很重要的人。等人通常都是很让人着急的，半天没见到人影，阿诚有些不耐烦了。

阿诚的烟瘾很大，很快，他就把兜里的半包香烟给抽完了，可是，他要等的人还没来。这时，一个戴眼镜的中年男人走了过来，坐到了他的对面，可这个人并不是阿诚要等的人，阿诚疑惑地看着对面的男人，那个男人说“兄弟，我也在等人，无聊得很，不如我们聊会儿天。”说着，他弹了一下手中的那包烟，将一支香烟从烟壳子里抽出一半，送到了阿诚面前。

阿诚并没有兴趣聊天，但他也懒得出去买烟，于是他略一犹疑，说了句“谢谢”，便伸手抽出那支香烟，准备点火时阿诚才发现，那中年男人的烟壳子是“中华”，而他拿到手的香烟却是“阿诗玛”牌的。阿诚毫不掩饰地笑了一声，原来是一个冒充阔佬的家伙，中年男人并没显出尴尬来，只是微笑着，看着阿诚。

阿诚只顾着吞云吐雾，一言不发，中年男人忍不住开始说话了：“你听说过阿诗玛的传说吗？”阿诚摇摇头，中年男人接着说：“阿诗玛是云南彝族撒尼人的一个经典传说，姑娘阿诗玛和青年小黑相爱，结果受财主迫害，阿诗玛被淹死了，变成了一座石峰，名叫‘抽牌神’，其实也就是回声神，你怎么喊她就怎么回应你。”

说到这里，中年男人停了一下，

阿诚看着自己吐出的烟圈，显然对这故事并没有兴趣。中年男人继续说道："有一个人，叫老纪，朋友们也给他起了一个绰号叫'回声'，因为他是一个非常有原则的人，你怎样对他，他就怎样对你，就像你的回声一样。别人对你好，你同样回报他，这倒也没错，可是老纪长久这样，也养成了一个坏毛病，就是斤斤计较，如果别人对他不利，他同样要以牙还牙的。老纪开了个饭店，生意还不错，饭店旁边是个小型的歌舞厅，歌舞厅的门口总是摆着巨大的宣传牌，占用了老纪店门前的一块地方，老纪跟歌舞厅老板吵了几次，都没有结果。后来老纪便时常趁着夜里将泔水倒在歌舞厅门口，从此歌舞厅里就弥漫着酸臭的味道，又屡次发生客人滑倒的事件，慢慢地，歌舞厅便关门了。"

阿诚听到这里，表情有些古怪，他将手中的烟头用力地摁在烟灰缸里。这时，中年男人又抽出一支香烟递给了阿诚，阿诚没有拒绝，这次他看了一下香烟上的字，发现这烟是"黄鹤楼"牌的，阿诚吃了一惊，因为他是武汉人，知道这种"黄鹤楼"的价格。这中年人真让人捉摸不透，刚才那支"阿诗玛"香烟不过五毛钱，现在这种"黄鹤楼"烟却要卖两百元一包，这一支烟都得十块钱。阿诚疑惑地看着中年男人，中年男人依然微笑着。

见阿诚来了点兴趣，中年男人有点得意地问："知道黄鹤楼在哪个地方吗？"阿诚撇撇嘴，说："我当然知道了，我是武汉人！""那我再问你，黄鹤楼的由来你知道吗？"

阿诚回答道："小时候听说过，记不清了。"中年男人接着说："以前有一位辛先生，平日以卖酒为业。有一天，来了一位衣着褴褛的客人，要讨一杯酒喝，辛先生不因对方像个乞丐而怠慢，急忙盛了一大杯酒奉上。如此经过半年，辛先生并不因为这位客人付不出酒钱而厌倦，依然每天请这位客人喝酒。有一天客人对辛先生说，自己欠了先生很多酒钱，没有办法还。于是他从篮子里拿出橘子皮，画了一只黄色的鹤在墙上，接着用手打节拍，一边唱着歌，墙上的黄鹤也随着歌声，翩翩起舞，从此酒店因这只仙鹤而生意兴隆。十年后，辛先生也因黄鹤累积了很多财富。有一天，那位衣着褴褛的客人又飘然来到酒店，辛先生上前致谢，那人便取出笛子吹了几首曲子，没多久，只见一朵朵白云自空而下，黄鹤随着白云飞到客人面前，客人便跨上鹤背，乘白云飞上天去了，辛先生为了感谢、纪念这位客人，便在那里盖了一栋楼，取名黄鹤楼。"

阿诚点头说："好像是这么回事。"中年男人说："这两个故事其实告诉我们，计较细节往往会吃亏，胸怀大度却常常有意想不到的回报。如同辛先生，不计较小小酒钱，而获得了大量财产，而那个老纪，过于斤斤计较，虽然他搞得歌舞厅关门了，但他自己的店很快也倒闭了，因为他饭店的主要生意就来源于歌舞厅的客人。开始老纪还想不明白这个道理，后来在一个朋友点拨之下，他才恍然大悟，又重新开创了自己的事业。”

阿诚听着，呆了一下，又拿起香烟猛吸了几口，这么贵的香烟，浪费了也怪可惜的。中年男人没有说话，笑吟吟地看着阿诚。阿诚的第二支烟很快也燃尽了，中年男人再次将露出烟嘴的烟壳子递了过去，脸上现出一点狡黠的表情，说道：“猜猜看，这一支烟又是什么牌子的？”阿诚丈二和尚摸不着头脑：“我怎么会知道，这么多香烟牌子。”

“那好，你就抽出来看看吧！”

阿诚抽出了那支香烟，凑到眼前一看，这是一支“熊猫”牌香烟，这种烟阿诚并不熟悉，他不知道这烟多少钱，不过他也不关心烟的价格了，他想知道这次中年男人会借机说一个什么故事。

中年男人又问道：“看过前不久上映的电影《功夫熊猫》吗？”阿诚点点头，中年男人接着说：“里面那只叫阿宝的熊猫，又懒又笨又胖，最后却学会了武功，战胜了凶残的敌人，成为了一个大侠，你知道为什么吗？”阿诚有些不知所措地摇摇头，中年男人说道：“因为那只熊猫喜欢吃东西，吃东西就是它最大的追求，所以它的师父利用它的这一特性，激发了它的潜能，从而学会了绝世武功。”

阿诚继续点头，中年男人忽然转换了话头：“其实熊猫能够战胜对手的真正原因，不是武功，而是它终于相信了自己的能力。看得出来，你也是一个很有潜力的人，只是你不够自信而已。”阿诚听着中年男人的话，有些云里雾里，他像是在自言自语：“我不自信吗？”

中年男人紧接着说：“你当然不自信，如果自信的话，你今

天还会坐到这里来吗？是不是啊，阿诚？”

阿诚大惊，不安地问：“你怎么知道我叫阿诚的？”中年男人淡淡地笑着说：“我不光知道你叫阿诚，我还知道你在等谁，找他什么事，不过，你不用担心，我没有任何恶意。”

阿诚还是神色紧张地问：“你到底有什么目的？”

中年男人说“我说了这么多，难道你还不明白吗？”

阿诚听了这话，怔住了。阿诚是一家大型零售企业的部门经理，最近公司内部有消息，要在中层管理干部中提拔一名店长。阿诚对此本来挺有信心的，但在前几天，他却被通报批评了一次，因为他的工作疏忽造成了货物损耗。其实阿诚也已经自掏腰包弥补了损失，但没想到这事最终还是被捅到了上面，阿诚经过调查才发现是公司另一个经理捣的鬼，那人的目标也是店长的职位。阿诚很气愤，于是找到了一个叫韩风的朋友，想让他帮自己想个办法，整垮和自己竞争职位的那个经理，韩风便约了阿诚到这家咖啡店见面。

阿诚想了想说：“你是不是认识韩风？”

“何止认识，我当初开饭店倒闭后，就是在韩风的开导和帮助下，才重整旗鼓，开了今天这家咖啡店。”

阿诚一愣：“这么说，你就是故事中的老纪，你也是韩风的朋友？”

“没错，我就是老纪。韩风特意约你到我店里，想通过我的故事告诉你——斤斤计较常吃亏，以错对错最为错。只有胸怀宽广，才能成就大事。”老纪的话有些语重心长。

阿诚低着头不说话了，突然有人拍了拍他的肩膀，他抬头一看，立刻大喊一声：“韩风，你这是唱的哪一出？”韩风坐了下来，笑呵呵地说：“你是个聪明人，说到这儿，想必你也明白了，其实我真正想说的是——你要自信一点，不要惧怕任何挫折和挑战，你就是你，一定行的。”

阿诚也笑了：“就你鬼点子多，弄几支香烟来让我出丑。”

老纪接过话头说：“呵呵，这香烟并不是韩风的主意，我平时不抽烟，有时候朋友递给我烟，不好意思不接的，我就随手装入这个烟壳子，没想到就用上了。其实，这里面还有一支烟，也是为你准备的。”

阿诚拿过那个“中华”烟壳子，抽出了最后一支烟，看了一眼，有些尴尬地笑道：“这支烟和烟盒是一致的，是支‘中华’，这个不用你说，我明白，意思就是要做自己，我就是我，表里如一，我一定行的！”

三个人都“哈哈”笑了起来，爽朗的笑声在咖啡厅里久久回荡……

（题图、插图：张恩卫）

·海外故事·

人与人相处不能过于精明，有句话说得好：“聪明反被聪明误。”一时的精明可能会给自己带来意想不到的结局……

打不开的窗子

□赵娜娜

奥尼尔是个精明得让狐狸都无地自容的商人，最近，他经营起强化门窗生意，生意很是红火。

这天，奥尼尔接到一单生意，客户住在黑树林附近，说最好今天就能安上强化窗。

奥尼尔一听，眉头紧皱。原来，黑树林离市区太远了，是个鸟都不拉屎的地方，如果自己开车去安装的话，来回的汽油费甚至比赚的钱还要多。详细询问了客户的情况后，他得知对方是个独居老人，有一个儿子，但很少来家里，于是奥尼尔打起了小九九：仓库里正好有一件残次品，卖不出去，何不把它给老人安装上呢？虽然强化窗户有质量问题，但从外表很难看出来，更别说客户是个头晕眼花的老头了。

奥尼尔把残次品装上车，哼着小曲上了路。汽车在路上颠簸了几个小时，终于到达了黑树林。

在树林深处，奥尼尔发现了一间小破木屋，这是方圆好几里唯一的建筑，木屋的旁边是棵大树，树的枝干很像是一头雄狮，奥尼尔心里默默骂了一句：见鬼！真是个糟糕的地方，要不是处理残次品，打死我也不来这里！

奥尼尔敲了敲门，“吱呀”一声，门开了，只见一个老头坐在一架金属轮椅上，下半身已经瘫痪了。

老头耸耸肩膀：“请你千万别见

怪，我不能起身和你打招呼。我原来是个猎人，打死过无数野兽，但是，去年我被龙卷风刮到山下，摔成了这样。”

木屋里空荡荡的，十分简陋，靠墙角放着一张单人床，床边有扇窗户，不知道已经被什么东西抓得稀烂，老头告诉他，这是树林里的野兽干的，所以他要安一扇坚固的强化窗。

奥尼尔问：“就您一个人在家吗？”

“我儿子在城里做事情，很少回来。”

奥尼尔放心了，他把强化窗卸下来，开始安装。装好窗子，奥尼尔斜了老头一眼：“您觉得怎么样？满意吗？”

老头点点头：“非常好，我再也不用担心那些该死的家伙来骚扰我了。”他把钱付给奥尼尔，感激地说“真的谢谢你，年轻人。我找过好几家安装公司，他们知道我这鬼地方太远，都不想来，只有你给我服务，真的谢谢你。”

于是奥尼尔干完活，开车回到了公司。

几年过去了，奥尼尔的生意越做越火，半年前，他又被一家大型企业挖走，当上了总经理。奥尼尔风光得意，他买了辆豪华轿车，有时间就出去兜风消遣。

这一天，奥尼尔在外面有一个应酬，酒足饭饱后，他觉得头脑发麻，身体发飘，强打精神发动了车子。

也不知道开了多久，突然，奥尼尔看到前面有人在拦车，他下意识地踩了刹车，摇下车窗骂道：“该死的，不想活了！”

突然，一双大手从车窗里伸进来，竟然把奥尼尔生生地从车里拉了出来！

奥尼尔被眼前的情景吓坏了，酒也醒了八九分。他睁大了眼睛环顾四周，糟糕，他走错了路，来到一个几乎没有人烟的地方！再定睛一看，眼前是个长着络腮胡子的男人，手里拿着一把匕首。

络腮胡子用刀顶住奥尼尔的腰：“识相点！不然就结果了你！”

奥尼尔忙说：“别冲动，我有钱，我给你钱。”

奥尼尔在兜里翻来翻去，只找出几十美元，这也难怪，平时他总是刷卡消费。

络腮胡子显然不满意：“你打发乞丐？”他上下打量，发现奥尼尔佩戴着一块扎眼的名牌手表，他一把抓住奥尼尔的手腕：“这块手表值好几万块吧，今天收获真不错。”

奥尼尔一下子紧张起来：手表背壳里有个小磁盘，里面装着公司的商业机密，因为奥尼尔觉得只有把它贴

身放着才安全，要是给人拿去，那还得了？

于是奥尼尔连连摇头：“不不，这是块假表，值不了几个钱，如果你愿意，我就把这辆车给你，这是车钥匙。”

络腮胡子阴沉沉地笑道：“你以为我是傻子啊，这辆豪华车是限量版的，在这个城市里没有几辆，我能开它吗？少废话，把手表给我！”

奥尼尔直冒冷汗，如果公司机密丢失了，他不敢想象后果有多严重。

突然，奥尼尔发现不远处有一丝亮光，朦胧的光线下，有一间小木屋，而木屋旁边是一棵枝干貌似“狮子”的树，奥尼尔马上想起来了，这正是他几年前来安装强化窗的地方。

这是奥尼尔唯一的救命稻草，他一定要抓住它！他知道，虽然眼前的歹徒非常凶残，却心虚得很，只要那个老头推开窗户猛叫一嗓子，歹徒都可能会吓破胆，可怎样才能让木屋里的老猎人知道自己有难呢？直接喊“救命”显然不行，歹徒会立刻掐断自己的脖子，必须用其他异常的声响来提醒老猎人！

奥尼尔假装打了个趔趄，他故意提高了嗓门：“哎呀，脚扭了，这该死的石头！”他蹲下身摸摸自己的脚，眼睛瞟了瞟远处的小木屋，让人失望的是，老猎人没有任何反应。

奥尼尔想：是自己的声音太小？还是老猎人耳背呢？

络腮胡子冷笑道：“快点把表脱下来，我可不管你疼不疼，惹烦了我，我一刀子下去，保证比你扭到脚更疼，利索点！”

奥尼尔马上又想到另一个主意，他偷偷开启了轿车的警报器，然后装作不小心碰了车子一下，顿时，寂静的夜空里响起了刺耳的报警声，络腮胡子显然被激怒了：“怎么回事？”

奥尼尔说：“哦，可能是车子的报警系统坏了。”

络腮胡子叫嚷着，让奥尼尔快关掉，奥尼尔磨磨蹭蹭的，故意拖延时间，他在等那一扇窗户打开，可令他绝望的是，老猎人的窗子仍然纹丝不动！

络腮胡子等不及了，他扑上来抓奥尼尔的手，想强行把手表扯下来，奥尼尔也急红了眼，明知不敌，却还是拼了命地和歹徒搏斗起来。

很快，奥尼尔身中数刀，“扑”一声，歹徒又在奥尼尔腿上重重地刺了一刀，奥尼尔大叫一声，晕了过去，他在失去知觉前，拨通了报警电话……

那次搏斗只有两三分钟，时间很短，但奥尼尔却觉得无比漫长，因为他一直在等老猎人把窗户打开。

奥尼尔失去了一条腿，他也因此失去了总经理的职位。

出院后，奥尼尔有一天听到了一个消息：拦路抢劫的络腮胡子被警方抓获了，要不是坐在轮椅上，奥尼尔早就跳起来了：恶有恶报，这是他最好的下场！

奥尼尔决定到警局去看一下这个毁掉他幸福生活的人。他来到警局，看到了那个络腮胡子，他气得快要发疯了，正要破口大骂，从外面又进来一架轮椅，上面坐着的竟然是老猎人！

奥尼尔的眼珠几乎要瞪出来了：这究竟是怎么回事？

老猎人对络腮胡子说“儿子，我来看你了……”

天啊！奥尼尔只觉得一阵眩晕，他冲着老猎人咆哮起来：“你这个见死不救的老家伙，竟然是他的父亲！你知道吗？如果那天你把窗户打开，那我就不会失去我的腿，不会失去我的职位，你们毁了我的一生！”

老猎人冷冷地看着奥尼尔，那眼光让人不敢正视：“我害了你的一生？是你害了自己，也害了我们一家！”他沉默了片刻，沉痛地说，“那天，我什么都看见了，什么都听见了，只要我推开身边的窗户喊一嗓子，我儿子准会吓跑，但是，你安的那扇窗我怎么也打不开。等我下了床，推开门，五分钟过去了，而那个时候，一切都晚了……是那扇窗，毁了你，也毁了我们的生活。”

奥尼尔惊讶得说不出话来：窗子，打不开的窗子啊……

（**题图**、**插图**：佐　夫）

您手中有没有得意之作？本刊辟有二十多个原创性栏目，如中国新传说、我的故事、情感故事、东方夜谈、幽默世界、16岁故事、海外故事和中篇故事等；您读到或听到什么有趣事可以和大家一起分享吗？3分钟典藏故事、第一推荐、外国文学故事鉴赏和快乐辞典等都是本刊推荐性栏目。热忱欢迎来稿，可从邮局寄发，也可从网上传递。邮寄地址：上海绍兴路74号《故事会》杂志社，邮编：200020；如为电子邮件，本期责任编辑信箱：xiaomeng.ye@gmail.com。

大千世界，无奇不有。一个圆球突然从天而降，外型怪异，威力无比。这圆球是干什么的？看完故事就知道了……

燃烧的池塘

□方冠晴

谁炸了鱼棚子

沈小军是村里的“土混混”，他和同村的刚子有仇，这仇，就是因鱼塘结下的。

谁都知道，沈小军平日里斜着个膀子四处晃荡，啥正经事也不做，但只要有人要向村里承包个农田、鱼塘、果园啥的，他就跑去铆劲儿地抬价、起哄。乡亲们拿他没办法，所以，谁想要承包点啥，都会事先给沈小军一点好处，让他不要从中作梗。刚子也是这样，承包那片大鱼塘时，也向沈小军许过好处费一千块钱，鱼塘承包后，大半年的时间过去了，刚子一分也没给过，沈小军跑去要，刚子眉一挑眼一瞪：“许下了也不给，你能咋的？你以为就你会耍赖皮，老子就是要治治你！”

沈小军拿刚子没办法，论打架，他蔫不拉叽的，刚子牛高马大，不是对手；论说理，理也不在沈小军那儿，沈小军咽不下这口气，他要给刚子一点颜色瞧瞧！

干什么？炸鱼！

这天傍晚，沈小军用酒瓶做了个“土雷子”，瞅着刚子家里准备开晚饭了，便提着“土雷子”，直奔刚子的鱼塘来了。只要他将“土雷子”点着，往鱼塘里一扔，塘里的鱼就翻了白。鱼塘离村子有二里地，等刚子听到动静赶过来，他早就溜得没影儿了。

沈小军赶到鱼塘时，太阳已经落山，他瞅了一眼，四周没人。沈小军掏出打火机来，还没来得及打火呢，就感觉身后红光一闪，接着，“轰隆”一声巨响，震得他耳朵都麻了，他吓了一跳，这“土雷子”还没点着呢，怎么整出这动静？他慌张地回头，愣住了，身后那间刚子的鱼棚子，塌了。

怎么回事？沈小军还没回过神来，倒塌的鱼棚子里传来了动静，一个灰头土脸的人从废墟里爬了出来，他正是刚子！

这当儿，刚子也看见沈小军了，他咬牙切齿地嚷嚷着：“沈小军，你他妈的给我站住！”他跌跌撞撞地跑上前来，劈面给了沈小军一拳，骂道：“我都看见了！你险些将老子炸死在里面，老子宰了你！”刚子的拳头雨点般落下，揍得沈小军“哇哇”乱叫。

沈小军心里直喊冤：“土雷子”还在他手中攥着呢，引线都没点，怎么炸？这真是黄泥巴落进裤裆里——不是屎也是屎了！

肇事的圆球

就在两人纠缠不休的时候，他们听到身后突然有了动静，鱼棚子的废墟“咯吱咯吱”地响了起来，那些木板、瓦片自个儿往上拱起来。

怎么回事？刚子扔下沈小军，回头一看，就像竹笋破土似的，一个东西从废墟里拱了起来，这东西像个大圆球，外壳像玻璃，又像金属，半透明的，隐隐约约能看到里面似乎有个人影。

沈小军也跑了过来，看到那圆球一点一点地往上升，他终于醒悟过来：“是这东西砸了你的鱼棚子！”

刚子也醒过神来，要让这东西溜了，自己找谁赔棚子去？他顺手从废墟上操起一截小木板，冲着圆球大喊大叫：“赔钱！你砸了老子的房子，不赔钱老子砸了你！”他骂骂咧咧，操起木板，狠狠给了那圆球一下，“当”的一声，那圆球停了下来，里面的人影还似乎往刚子这边探了探身子。

见自己的阻挡起了效果，刚子更来劲了，又用木板敲了一下圆球，嚷着：“你给我出来，咱要好好谈谈赔偿问题。”

圆球无声地开启了一道口子，像是开了扇门，一个东西从门里飞出来，落在刚子面前。

“这是啥？”刚子弯腰捡起来，是个小瓶子模样的东西，刚子起先有些莫名其妙，但马上反应过来，一把将那个小瓶子扔到了地上：“你他妈的想这样打发老子？告诉你，老子盖这棚子花了老鼻子钱了，你不赔个十万八万的，甭想溜……”

一旁的沈小军冷笑起来：“打劫呢？你盖这棚子就花了几千块钱，还想人家赔十万八万，我呸！”刚子恼了，骂沈小军："你他妈的管得着吗？老子就要他赔十万八万，咋的？"

刚子正与沈小军说话呢，忽然红光一闪，一阵轰鸣声骤然响起，眼睛一眨，那个大圆球已经升上了半空。刚子追上去还想要用木板戳那圆球，却被一道耀眼的红光刺得睁不开眼睛，强光过后，再看空中，哪还有什么圆球？倒是有几颗星星在一闪一闪。

刚子怔住了：这家伙的速度怎么会这么快呀！

沈小军看着这一切，开心极了，他点了一支烟，美美地吸了一口，幸灾乐祸地骂了一句："打我呗？嘿嘿，这就是报应！"他忽然想到那圆球里曾扔出一个小瓶子，那是什么东西？值不值钱？他开始在地上寻找起来。

燃烧的池塘

沈小军并没费多少工夫就找到了那个小瓶子，拧开瓶盖一看，小瓶子里装满了黄色的颗粒，他倒了一粒在手上，左瞧右瞧，越瞧越像药丸子，这能值什么钱呢？沈小军失望地随手将药丸子一扔……

扔到哪里了？扔到了一个水缸里，这缸是刚子用来盛鱼的，他每天会打捞一些鱼放在这缸里养着，有人来买鱼时就直接从缸里抓，方便。就在这时，奇怪的事发生了，沈小军把那颗"药丸子"随手扔到缸里后，缸里的水突然"咕嘟咕嘟"冒起了气泡，接着便翻腾起来，像被煮开了一样！

沈小军吓了一跳，这是闹什么鬼？他正发呆呢，只听身后有脚步声，回头一看，刚子举着一根椽子奔到近前，劈头盖脸打了下来。沈小军吓得跳到一边，躲开了，"哗啦"一声，椽子打在鱼缸上，砸了个大口子，缸里的水流了一地。

沈小军生气了："你凭什么又打我？"

"凭什么？"刚子眼睛瞪得像铜铃似的，"都是你坏心思，惹我跟你说话分了神，才让那东西溜掉的。"说着话又抡起椽子要打沈小军。

沈小军这回是真怒了，这样也能赖上自己呀，自己啥都没干，可啥都赖上自己，这不是欺人太甚吗？他牙一咬，把烟屁股一扔，袖子一捋就要扑上去，不料火星落地，“哗啦”一声，他的脚下起了火，火苗一蹿三尺多高，他的裤子当即着了火。沈小军吓得就地打了好几个滚，才将身上的火扑灭，再看看身旁，地下烧着了一大片，水流过的地方都起了火……

沈小军和刚子像两个傻子，你看我，我看你，愣了半天。忽然，沈小军想起自己刚才不过是将一粒“药丸子”扔进了鱼缸，里面的水就翻腾起来，淌在地上，火一点，就烧起来了，这……这不是变成汽油了吗？他看着手里的小瓶子嘟囔着：“莫不是这药丸子里有文章？”

一听这话，刚子也醒悟过来，叫道：“瓶子里总共有多少粒？”

“起码有一两百粒吧，每一粒都只有绿豆那么大。”

刚子终于笑起来：“一粒就可以造一缸汽油、一两百粒，哈哈，这能造多少汽油、卖多少钱啊！他妈的，他砸了老子的棚子，赔这么一瓶东西，也值了。”他走上前来，虎着脸说“把瓶子给我。”

沈小军像兔子似的跳开了，他紧紧地攥着瓶子，说：“别急，咱俩得先商量好，这东西咋分？”

“分？分你个大头鬼！这是人家赔我的，你想都别想！”

沈小军也不示弱，说：“可你无缘无故地打了我，我浑身是伤呢，这就算了？你得赔我医药费，还有精神损失费、误工费……那药丸子你起码得给我一半，不，六四开，不，七三……”

刚子大吼一声：“做你的春秋大梦吧！”他扑了上来，把沈小军一把按在池塘岸上，伸手就来夺瓶子，沈小军哪里打得过刚子？不一会儿，他就被刚子压得动弹不得，眼看着瓶子也要被对方抢去，他心中一凉：也罢，我得不到，你也甭想得到！他挣扎着拧开瓶盖，手一扬，连瓶子带“药丸子”，全扔进了池塘里，沈小军笑了：“咱谁都甭想要！”

池塘里的水顿时“咕嘟咕嘟”冒起泡来，刚子气急败坏，抡起拳头就往沈小军脸上揍，揍了七八拳，他猛然醒过神来，“哈哈”大笑：“这池塘是我的，一池塘水变成汽油，老子照样可以卖钱，哈哈！”

这下轮到沈小军愣住了，自己忙乎半天，一时糊涂，到头来还是便宜了刚子。有道是“怒从心头起，恶向胆边生”，他一咬牙，拿着身边的那只“土雷子”，掏出打火机，点着了引线，狂笑一阵，使劲将“土雷子”扔进了池塘里，只听见“轰”的一声巨响，整个池塘成了一片火海，火苗直蹿到半空，巨大的气浪卷起沈小军和刚子，将他们掀到了半空中……

调查报告

不久，警察和消防队赶来了，只见整个池塘烧得滴水不剩，池底铺了一层烤得焦黑的鱼，鱼肉的焦香四处弥漫。

警察在离池塘十多米远的水田里发现了两个人，沈小军死了，刚子奄奄一息，他只说出了一句话：“‘药丸子’扔进水里，就成汽油了……”说完就断了气。没人相信他的话，稍有科学常识的人都知道，水是不可能变成汽油的；再说，哪来这样的“药丸子”？这只能是人临死时说的一句胡话。

这案子成了一桩悬案，没有人知道沈小军和刚子到底是怎么死的，人们只能猜测，大概是沈小军想报复刚子，因为他们在现场找到了“土雷子”爆炸后留下的碎片，人们推测：刚子放光了池塘里的水准备捉鱼，而一心想报复刚子的沈小军赶到了，将准备好的汽油倒进了池塘里，用“土雷子”引燃了池塘里的汽油……

与此同时，在远离太阳系的一个星球上，一名宇航员驾着飞行器刚刚返回，就遭到了拘捕，拘捕他的理由是：“曾向外星生物赠送能源，犯有科学技术泄密罪。”但通过一番调查取证之后，这名宇航员又被无罪释放了，调查报告是这么写的——

“该宇航员虽然曾向地球人赠送过能源，但因为贪婪和愚昧，他们毁掉了这种能源，葬送了发现它的可能性。目前，他们还坚定地认为，水是无法产生新能源的。以他们的认知水平和科技发展速度，他们将水转换成能源，起码还需要一百年的时间。”

（题图、插图：张恩卫）

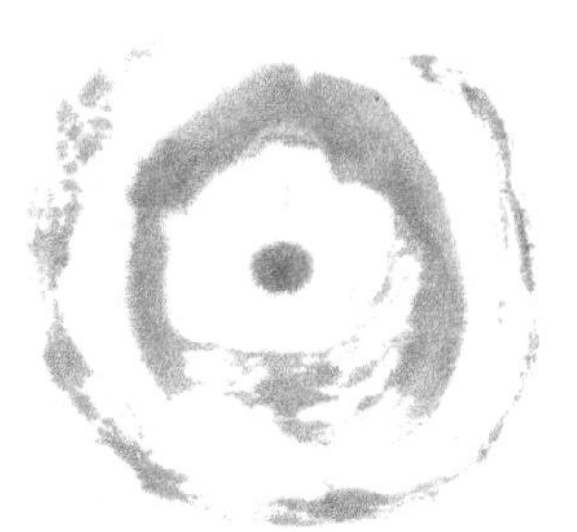

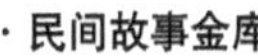

傻县官祈雨

□ 刘臻理

董长青是乾隆元年的两榜进士，因不懂得官场的游戏规则，再加上家道贫寒，无钱打点运动，所以到乾隆二年孟夏，才勉强得了一个三等小县的实缺，那县叫饶平。他骑着一头毛驴，带着一名仆童，一路上风尘仆仆，从千里之外的江南水乡来到直隶。进入饶平境内，董知县发现这里的情况有些出乎他的预料：田野里几乎都是裸露的黄土，大路上被行人和车辆踩踏碾压而泛起的干土，没过了毛驴的蹄子和仆童的脚面。人车过处，飘起一股股黄烟，就连路边的杨柳树，也蒙上了一层黄尘。

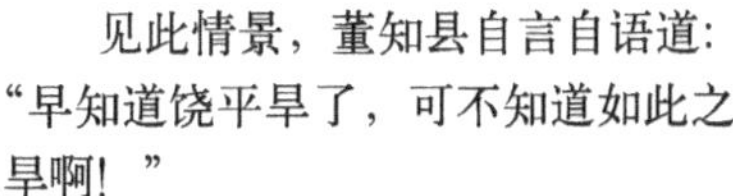

见此情景，董知县自言自语道：“早知道饶平旱了，可不知道如此之旱啊！”

第二天，董知县和仆童微服来到城郊乡下，进一步了解春旱的情况。他们来到三里外的李家庄，见路旁的菜园里一老一少正拧着辘轳浇园，就凑了过去，交谈中知道这户人家姓李。李老汉知道新上任的县太爷来了，连忙放下手中的铁锹，跪倒在井台边，说：“恕小人有眼不识泰山，请老爷多多包涵！”董知县扶起老人，笑着说：“井台边不分官民，都是在想法对付老天爷的人。我看你这井也出不了多少水，该淘淘了。”李老汉听罢，长叹一声说：“我早想淘淘了，可人手不够，找人帮忙吧，连一顿饭都管不起，花钱雇人又没钱，难啊！”

董知县听罢，说：“这样吧，中午你准备好工具，下午我派人来帮你淘井，既不要钱，又不用管饭。”果然，下午，县衙三班衙役十几个人，在董知县的带领下把李老汉的水井淘好了，董知县还把自己骑来的那头毛驴让李老汉牵走了，让他白使，李老汉连眼泪都淌出来了。

饶平县民风淳朴，可以说是“路不拾遗，夜不闭户”，所以衙门里也没有什么刑狱案件，于是董知县除了处理一些应酬性的公务外，几乎终日带领县衙里的人打井、淘井、拧辘轳、浇地。不久，整个饶平县的百姓都知道来了个带头抗旱的傻县太爷。

这天，董知县又来到李家庄李老汉的井台边，乡亲们得知后纷纷围拢来。董知县问：“咱们这儿五月里有没有该下雨的日子？”

大家异口同声地喊：“有哇！”

董知县急急地问：“哪一天？”

“我们这里民谣说‘五月十三，庄稼播水之日’。”李老汉叹口气，“我记得老人们说，这天如果给庄稼灌满水，庄稼就能长得特别好。唉，不过那天究竟会不会下雨，老天爷的事谁管得了？”董知县点点头，心事重重地离去了。

五月十一这天，是县城的大集，因为天旱，人们除了抗旱，没有别的农活，所以赶集的人还是熙熙攘攘的。到了街上，人们发现凡是十字路口都贴出了县衙的布告，大意是：本月十三日，董知县率县衙一班人等，在东门祈雨。届时众百姓最好不要来围观，如果非要到场不可，也请在十五丈以外静观，云云。

老百姓见了这告示奇怪了：县太爷祈雨为的是老百姓，为什么不让我们围观呢？围观的话，又为什么要退到十五丈以外呢？

五月十三日辰时，县城东门的一片空地上已聚集了成千上万的人，在衙役、兵丁的指挥下，人们围成了一圈，中央早已摆放好了香案。这时天空上红日白云，丝毫没有下雨的意思。

一会儿，人群骚动起来，只见董知县在几个衙役的簇拥下，身着整齐的官服，手捧一个大香炉，缓步走了进来。人群立刻平静了下来，鸦雀无声。只见董知县把香炉轻轻放在香案上，对众人大声说道：“本县今天祈雨，本不想让大家耽误农活，更不想让大家担着风险，现在大家既然来了，我谢谢大家，但是有两条必须遵守，第一，务必离开香案十五丈静观，无论出现什么情况都不许乱说乱动，当然自动离开是可以的；第二，所有衙门里的人，均须分布在人群中维持秩序，无论出现何种情况都不许擅离职守。”董知县说完，让衙役把纸马香烛、瓜果糕点放在香案上，然后从袖中拿出一张写着红字的黄纸，高声诵念起来：“至高青天，恩德无边，养育生民，万物欣欣。唯吾饶平，酷旱连年，无辜百姓，苦何以堪？吾为县令，罪孽千般，祈降五雷，惩吾谢天。祈降甘霖，解民倒悬，诚惶诚恐，恳请神鉴……”念毕，点着纸马香烛，把一炷香插在香炉里，之后正冠整衣，跪在香案前。

这时，衙门里的人都倒吸了一口凉气，因为他们知道——这大香炉里盛的是满满一炉炸药！而这一情况，一开始还是严格保密的，只限于县衙里的人知道，但渐渐地就传开了，大家全被董知县祈雨的心意感动了——他这是在逼老天快点降雨啊，一炷香燃完之前不下雨，他董知县宁愿被炸药炸个粉碎！人们不知谁带的头，“呼啦”一下子全跪倒了。香炉里的香在慢慢地燃烧，但人们还是感觉燃得太快了；天上的云彩在渐渐地聚拢，但人们还是觉得聚得太慢了，因为谁都知道，在香火燃尽的那一刻，将是什么后果！

人群里突然响起一阵阵祷告的声浪：“老天爷，快下雨吧！”“救救俺们的傻县太爷吧！”香火已经燃过了一半，董知县依旧不动声色地跪在那里。

忽然，一阵狂风掠过，天上立时乌云密布，紧接着一个闪电划过天空，一声霹雳在人们头顶上炸响，紧接着铜钱般的雨点便砸落下来，顷刻间，天地万物，全在烟雨之中。这时，李家庄的李老汉冲出人群，跑到董知县跟前，跪倒在泥水里，说：“谢谢县太爷冒死求雨，救了咱一方百姓！”

董知县抹了一把脸上的雨水，开心得“哈哈”大笑起来。滂沱的大雨中，人们簇拥着他们的傻知县，踏着泥水忘情地手舞足蹈……

（题图：黄全昌）

·本刊信息传真·

“迎2010年《故事会》作品改稿会”征文启事

为鼓励多出故事新手、多出优秀作品，《故事会》杂志社决定于2009年年底举办“迎2010年《故事会》作品改稿会”。本次“改稿会”将实行一些新举措：1. 新老作者不限，一律凭作品获“入场券”。2. 入围作品将保证在刊物上陆续发表。3. 部分实力作者将获得“故事会签约作家”称号。

征稿范围：具有现实感、新鲜感且可读性强的中短篇（包括超短篇）原创作品。超短篇（如“幽默故事”）的字数一般在1500字以内，短篇（如“中国新传说”）的字数一般在5000字以内，中篇故事的字数一般在15000字以内。

来稿方法：1. 从邮局寄发，请在信封上注明“改稿会参赛”字样，本刊地址：上海市绍兴路74号《故事会》杂志社，邮编：200020。2. 从网上传递，可寄各责任编辑信箱，请在主题上注明“改稿会参赛”字样，本期责任编辑的信箱是：xiaomeng.ye@gmail.com。本次征文截稿日期：2009年12月15日。

·中国新传说·

背后有只狼

□王　辉

回　家

局长病了，病得说小不小，说大不大，说小是因为局长虽然病了还能上班，说大是因为局长的病是个慢性病，一时半会还去不了根，弄得局长挺沮丧的。据可靠的小道消息：最近局长不知从哪里弄到了一个偏方，说能治他的病，可其中有一味药引子叫猞猁心，十分难弄。据说这猞猁是一种濒危野生动物，如今在野外连根猞猁毛都很难找见，更别说是什么猞猁心了……

今天中午，小黄听到了这个消息，精神不由为之一振，真是太巧了，就在今天早上，小黄刚和父亲通了电话，父亲偶然说起，他们村主任老颜叔昨天进山打猎遇到了一只猞猁，那家伙当时受了重伤，老颜叔知道这猞猁现在已经十分罕见，是国家保护动物，就把它救下来了，可刚弄回家过了一夜，那猞猁竟在今天早上死掉了……这样一来，局长的药引子不就有了吗？这真是天上掉下来的好机会呀！想到此，小黄便马上和老家联系，一说，那死猞猁还在，老颜叔还没动呢，于是小黄赶紧找个借口向局里请了假，马不停蹄地往老家赶。

小黄到家时已近傍晚，一进院门，父亲养的那几只猎狗就扑上来和他亲热，虽然他快一年没回老家了，可那狗恋着少主呢！狗的叫声惊动了屋里的人，小黄的爹娘赶紧从屋里迎出来了。黄老爹拄了一根棍子，两个月前进山打猎摔伤了腿，到现在还没好利索。一家人进屋，小黄问了问爹的腿伤，就把话题转到猞猁心上来了，黄老爹听儿子说完，不觉忧虑起来:“那猞猁倒是还在，可就怕你老颜叔不会把猞猁心给你！上个月，你老颜叔到市里找你，让你托托关系，给咱村批点钱，也好修修出村的那段山路，可你没答应人家啊！”

小黄一听这话，也皱了皱眉头，他略一沉吟，从怀里掏出一沓厚厚的票子，咬咬牙说:“爹，实在不行，咱就花钱买啊，花大钱，还怕那老颜叔不出手吗？”黄老爹摇摇头:“你老颜叔的脾气谁不知道，他不想办的事就是九头牛也扳不来，甭说是用钱买，就是刀架在他脖子上也是白搭！”小黄一听这话傻了，一屁股坐在了炕头上。

父子相对无言，只是默默抽着烟，一会儿，黄老爹问:“孩子，你和我说实话，要用这猞猁心治病的同事，你到底和他啥关系？”小黄的脸“腾”地一下红了，小声说“是局长。”黄老爹点点头，叹了口气，他吩咐老伴赶紧去炒几个菜，他要亲自过去把老颜叔请来。小黄的娘忙活去了，黄老爹就去请老颜叔，小黄站在门口，看着爹拄着棍子一跛一拐地往外走，忽然感到鼻子有点酸酸的……

小黄等在家里如坐针毡，大约过了一个小时，外面传来了老颜叔的大嗓门，小黄心中一喜，知道这事成了，他连忙迎了出去。老颜叔拿给小黄的娘一块猞猁肉，让去炖上，又递给小黄一个油纸包，说道:“你要的猞猁心我已经给弄好啦，不过咱先说好，那只猞猁是死了我才杀的，可不兴你这大干部回到市里告我滥杀野生动物啊！”说着老颜叔就大笑起来……

遇 险

猞猁心到手，小黄恨不能插上一双翅膀马上回城，来的时候，他已经和乡里的同学联系好，那人会连夜开车送他回去。于是，小黄敬了老颜叔一杯酒，别了爹娘，匆匆离了家门。

小黄刚刚走到村口，娘就从后面喊着追上来，娘拿了一件棉袄，是小黄他爹的，说外面天冷，山风紧，非要小黄穿上不可，小黄不穿，娘差点和他急了眼，没办法，小黄穿上了棉袄，急急火火地向村外走去。

村外的这段山路狭窄崎岖，同学的车开不到这儿来，小黄要再走十几里才能坐上车。小黄一路心情畅快，一气走了五六里，突然，他听到身后传来一阵奇怪的脚步声，心中诧异，便下意识地回头一看，这一看不要紧，顿时吓得魂飞天外！原来，小黄身后，已不知不觉跟上了一只狼！

小黄猛地看到这只狼，脊背上倏地掠过了一道凉气，头发都要竖起来了！看样子，这狼早已不知跟了他多

长时间，狼生性狡猾，怕是这一路上一直在寻找机会对自己下手吧！夜已很深，山路上别无他人，小黄哆哆嗦嗦地掏出手机拨号，可这山旮旯里哪有信号啊，即使有信号，给谁打电话，谁能赶来救他呀！他想再返回，可那狼在身后，已切断了他的退路，他想往前跑，却又怕狼会更加迅猛地扑上来……

小黄站住不动了，他偷偷地观看着，月光下，只见那狼哈着身子正往这边望着，不动声色地和他对峙。小黄壮了壮胆，又硬着头皮往前挪了几步，狼见他走，也悄悄往前跟了几步，

小黄停下，狼也停下了，如影随行，无疑，那狼是把小黄给盯死了！

就这样走走停停，停停走走，走了二里地，小黄却感觉像是走了十几里，小黄的心里愈加发毛了，这一天里他来回奔波，这会儿已是又累又倦，他真怕那狼乘着自己一时困乏而猛扑上来把他撕碎！

就在那一刻，小黄猛然想到：那狼莫不是闻到猪狲心的腥味才追上来的？如果这样，今夜怕是“舍不了猪狲赶不了狼”啦！扔了猪狲心，实在舍不得，他这一趟回家，所为何来？但和命相比，总是命要紧呀！想到这里，小黄咬咬牙，拿出了那个猪狲心，托在手上掂了掂，权衡再三，随后用力向那只狼扔了过去……

脱 险

那狼见有东西扔来，一闪身子躲开了，似乎吓了一跳，很快，它又弓着身子向那个油纸包凑了过去……小黄借着这个机会死命地向前跑去，跑了不远，前面隐约透出灯光，山脚下的另一个小村到了，小黄这才松了口气，他想起了自己那个开车的同学，便拿出手机拨号，万幸，这会儿通了，小黄一边打电话，一边回头看，这时，那只狼已经不见了。半个小时后，小黄和同学碰了头，他惊魂未定地上了车，上了回城的路。

半路上，爹打电话来问小黄坐上

车了没有，小黄心里不耐烦，说早坐上车了，就草草挂了电话。隔一会儿爹又打过来了，还要说什么，小黄更加不耐烦，索性把手机关了。

到了家，小黄一头扑在床上，这一夜冷汗淋漓，噩梦连连，他一直昏昏沉沉地睡到了第二天中午。迷迷糊糊中，小黄被一阵急促的电话铃声惊醒了，起来一接，却又是爹打来的，爹问："在家吧，怎么才接电话呀？"

小黄说"在家了，昨晚回来我遇到狼了，当时怕你担心，没敢和你说……"爹焦急地问："你没事吧？"小黄说："我倒没事，就是可惜了那个猞猁心，我把它扔给狼了！"

电话里，爹沉吟了一下，说："我明白了，孩子，我告诉你，你遇到的那不是狼，是咱们家的'大黄'啊，很可能是'大黄'跟着你送了一路……"

这一说，小黄糊涂了，"大黄"就是家里的那只老猎狗，因为长得高大威猛，又是浑身黄毛，一直被称为"大黄"。小黄有些不明白：怎么会是"大黄"呢？它怎么会神神道道、不近不远地跟着我呢？父亲说："唉，你临出村时你娘撵上你，让你穿上我那件旧棉袄，是她没敢和你说实话……其实，是我叫她把我攒的那点老虎粪弄湿了用布缝到棉袄上了，那东西可是咱猎人的宝啊，能避豺狼野兽……大概那'大黄'也是闻到你身上有'虎'气，不敢靠近你吧……"

小黄听得有些发呆，父亲又说："……你昨晚上扔的猞猁心，咱家'大黄'已经叼回来了，还有你留给老颜叔的那些钱，他也不要，今天一大早他就给你送猞猁心和钱去了，这会儿也该到了……"父亲又语重心长地说"孩子，不管你走到哪，混到咋样，千万别忘了自己的穷苦乡亲和家乡啊，要不，身后跟了你一路的，怕真就是只狼了……"通完话，小黄坐在床边发呆。一会儿，外面忽然响起敲门声，小黄赶忙跑去开门，一看，正是老颜叔！小黄给老颜叔拿烟、泡茶，又很快穿好衣服，说："大叔，你先在家里等等，我把这猞猁心给局长送去，回来我再好好和你喝两杯！"还没等老颜叔回过神来，小黄已经"砰"地带上门出去了。

没费多大工夫，小黄就回来了，满面喜气，手里还拿了一张纸，叫道："批了，批了，局长把咱村修路的钱给批了……"一瞬间，老颜叔明白了：刚才小黄给局长送去了猞猁心，没有拿它换来职位的升迁，却用它换来拨款的批条！老颜叔的眼角一下子潮湿了，他嗫嚅着："孩子，上回大叔就不该来为难你，还是你的前程要紧呐……"

小黄把那纸用力塞到老颜叔手上，说："大叔，你别说了，我这也是为了自己好，我不想以后走夜路时遇上一只狼……"

（题图、插图：谢　颖）

·中篇故事·

人们往往可以轻易骗过别人，却独独骗不过自己的良心。良心，大概是人类最本质、最美好的标志吧……

追包

□方冠晴

1．一口恶气要出

经济不景气，受冲击最大的就是名品商城，高档货没人买，商城生意清淡，于是，公司酝酿裁员，弄得人心惶惶。

皮具部的营业员们整天提心吊胆，生怕自己会被裁掉，只有孔静心平气定，毫不担心，因为她是整个皮具部销售业绩最好的，无论公司怎么裁员，都裁不到她的头上。

可是，最不合常理的事情发生了，这天孔静刚上班，就接到了皮具部主管郝小军的通知：她被裁员了。上完今天最后一天班，她明天就不用来了，而且，她是皮具部唯一一个被裁掉的员工！

孔静只觉得脑袋“嗡”地一下，整个人都木了，这是她做梦都没想到的结果，她气鼓鼓地问郝小军：“凭什么裁我？”

郝小军皮笑肉不笑，反问：“凭什么就不能裁你呢？”

“当然不能裁我！我的销售业绩是最好的，我一个人的销售量，抵得上两个人的。”

郝小军不紧不慢地说：“你的业绩是不错，但是，你的服务态度是最差的，我们不需要得罪顾客的营业员。”

得罪顾客？这不是睁眼说瞎话吗？孔静什么时候得罪过顾客？

郝小军扬了扬手中的意见簿：

“我有证据，这里面记录了顾客对你的评价。”

“意见簿”是名品商城在每个部门的墙上都挂了的本子，供顾客提意见的，但说实话，那只是摆设，没有哪个营业员会惹得顾客不高兴而在意见簿上被口诛笔伐的，也不会有顾客真有闲工夫去上面写点什么，他们真要有意见，往往是直接去找主管找经理投诉。

孔静从郝小军手里夺过了意见簿，打开一看，里面大多是空白的，只有一页上写了字，倒还真是对她的评价，说她服务态度怎么怎么恶劣等等。看着这些无中生有的话，看着那有些熟悉的字体，孔静终于明白了，这不是顾客写的，这其实就是郝小军自己写的。

郝小军上个月谎报破损商品，低价卖给亲友，孔静曾向高层反映过这事，郝小军这是挟私报复，既然这样，同他还有什么好理论的？她拿上意见簿，直奔经理室，孔静要商城经理给她主持公道。

商城经理是一个月前从总部新派来的，很年轻，对这里的情况了解得不多，也根本不认识孔静，而且孔静去得也不是时候，经理正在同一个客人说话。孔静冒失地闯进去，诉说裁员不该裁到她的头上，经理一听就恼了，根本不听她的解释，孔静本来指望经理给她主持公道，哪知道碰了一鼻子灰。

孔静回到柜上，气呀，越想越觉得自己窝囊，只觉得要是不做点什么，自己会被憋疯的。她的目光在货架的皮具上扫来扫去，最终，她盯住了一只皮包，那是整个皮具柜里最贵的一只包，LV牌的，标价23800元。这样的包上个月郝小军曾卖过一只给他的亲戚，他事先偷偷地在包的里面用指甲钳剪了一个豁口，然后请质检员来鉴定这是破损商品，便降价为13800元卖给了他的表哥。

这么一来，差价整一万，这件事被细心的孔静看在眼里，她便向经理室举报了，哪知道上面竟没对郝小军作任何处分，自己反而得罪了郝小军，导致了今天这样的局面。

孔静盯着那只包再也挪不开目光，心中一口恶气涌了上来，这个商城，就是不知好歹的东西，好坏不分，黑白不辨，好吧，你开除我，我也要像郝小军那样让你蒙受损失，这叫一报还一报！

主意打定，孔静走过去，不动声色地将LV包上的标价签给揭了下来，然后就近找到一只欧宝包，上面的标价是1450元。她将LV包和欧宝包的标价签对调了，这两只包的外形完全一样，不同的只是牌子，而且牌子都是英文的，一般人是看不出端倪的。

做完这一切，孔静打定了主意，

在今天最后一天班的时间里，她一定要以1450元的价格，将这只23800元的LV包卖出去。商城不仁，她也不义，她要让商城蒙受两万多元的损失，这就是开除她的代价！再说，皮具部蒙受这样的损失，身为主管的郝小军就要负责任，有郝小军好瞧的，这叫一箭双雕！

2. 天大的便宜谁来捡

孔静立刻从沮丧中振作起来，她又像平时一样，对每一个从柜台前经过的顾客笑脸相迎。只要谁往柜台上看一眼，她就立即热情地上前推销，同柜台的小雅看不过去了，她是刚来上班才两个月的新人，平时和孔静亲近，她小声劝孔静："孔姐，根本没什么生意，你没见大家都在歇着呢。大家没被裁都不揽生意，你一个被裁的人，还推销什么啊？你图啥啊？"

孔静冷冷一笑："你不懂，这叫站好最后一班岗。"

有时候事与愿违，她越是热情地推销，越是没人搭她的茬。眼看最后一天班所剩的时间不多了，还是没人愿买那只LV包，孔静急起来，她在心里直叹气："今天的顾客真的都是傻子，我这里有天大的便宜，就没人来捡？"

正叹气呢，来了一位妇女，怯怯地走近孔静的身边，问："你们这里，有LV牌的包吗，要多少钱？"

听到有人问价，孔静精神一振，但仔细看一眼面前的妇女，她立即就蔫了，这是一位快五十岁的妇女，穿着普通，哪像是买奢侈品的主顾？她没精打采地说："千把块吧。"

妇女失望地叹了一口气："才千把块？这个牌子就没有更贵的？"

听到这话，孔静不由刮目相看，再上上下下地打量了对方几眼，可怎么看对方也是穷人啊，不像是买两三万一个包的人。

这样也好，大便宜嘛，就得让这种和自己一样没钱的人捡，于是孔静立刻热情起来："阿姨，贵的包有啊！"她拿出了那只准备贱卖的LV包，"这包1450元。"

妇女摇了摇头："这么便宜啊，可我听说，LV包，要一两万呢。"

小雅闻声走了过来："一两万的有啊，我们这里最贵的包就要两万多，也正是LV牌的。"

"两万几？"妇女丢下孔静朝向小雅了，而且从怀里掏出一沓钱来，那架势，是要买了。孔静急了，这生意要是让小雅揽去那还了得，那是要把做了手脚的欧宝包当作LV包卖给这个老实巴交的妇女了！

孔静瞪了小雅一眼："我揽的顾客，你凑什么劲？"

小雅识趣地退到一边去了。

孔静热情地问妇女:“阿姨,你为什么一定要买两万多的包呢?你看我这只包多好,才一千多元,其实,跟那两万多的包是一样的。”

妇女叹了一口气:“你不懂,我必须要买那两万多的。你说,两万几吧?”孔静一时间沉默了,她不知道该怎么劝对方,她想了想,将妇女拉到一边,小声说道:“阿姨,我实话跟你说吧,我这包其实就是LV牌的,就是23800元的,我现在以1450元的价格卖给你。”

妇女满腹狐疑,她实在不相信商城会打这样大的折扣,正在她犹豫之间,一个男人走了过来,一把捏住了孔静手中的包,惊讶地问:“你刚才说,这包只卖1450元?”

孔静瞟一眼问话的男人,这男人三十来岁,面相白净,一身的服装全是名牌,这样的人才是名品商城真正的顾客,不用说,他是识货的。男人又逼问了一句:“这包到底卖多少钱?”

孔静不得不说:“1450元。”

男人立即掏出了卡:“我要了。”

孔静不想让这个男人捡这么大的便宜,连忙解释说:“对不起,是这位阿姨先看中的。”

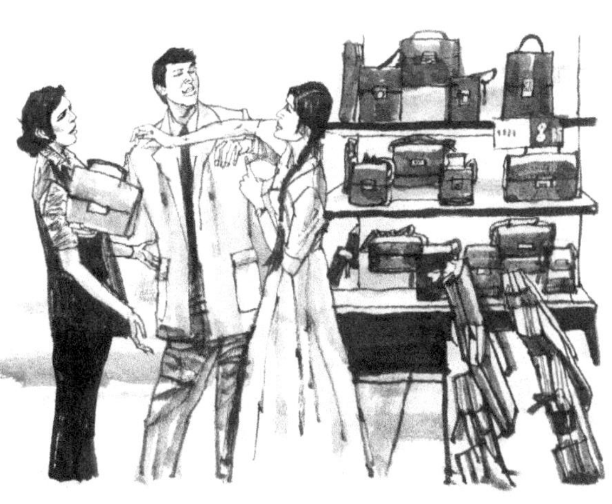

哪知道妇女发话了:“我不要,我要的不是这种包,我要贵的……我明天再来吧。”

妇女说着话蹒跚着走了,男人不由笑起来:“听见没有?她说她不要。那好,我要了,刷卡吧。”

孔静有些无奈,真是有心栽花花不发,无心插柳柳成荫。这天大的便宜要是让那位阿姨捡去该多好啊,可偏偏人家不识货。罢了,自己为的是要卖出这只包,管它谁捡这个便宜呢?她只得刷卡,开发票,这男人还不满足,问:“小姐,这样的价,这样的包,你们这里还有多少,全卖给我吧。”

孔静苦笑着摇了摇头:“人心不足蛇吞象啊,先生,这样的便宜还不知足啊?你去买彩票吧,这样的运气,你买彩票准中。”

“那是，1450元买只LV包，这运气好啊，哈哈……”男人大笑，拿上包，走了。

3. 戏剧性的转折

卖出了那只LV包，报复了商城，孔静以为自己心里会好受些，但实际上全不是这回事儿。

接下来的时间里，孔静蔫蔫的，毕竟是第一次做昧良心的事，她只觉得心里堵得慌。好在这一天的班也很快到头了，她和晚班的营业员交了班，换下工作服，最后看了一眼自己站了两年的柜台，恋恋不舍地正打算离开，就在这时，经理来了，经理拍了拍巴掌，对大家说：“反正这会儿也没什么生意，交接班的时间，中班和晚班的人都在，趁这机会，我要宣布两件事，谁去将你们的部门主管叫过来？”小雅连忙跑去将郝小军找来了，人都到齐后，经理这才清清嗓子，说：“我宣布的第一件事是，从现在起，免去郝小军皮具部主管的职务。”

这消息太突然，兴冲冲跑来的郝小军一下子傻了，他脸色青白，问：“啥……啥意思？”

“啥意思你清楚。”经理正色说，“我刚来这里上任的时候，就接到员工举报，你曾谎报破损商品，占商城的便宜。经过这近一个月的调查核实，这件事确凿无疑，公司是绝对不允许这样的事情发生的，所以，你被撤职了。”

孔静听了，心里暗暗念叨：报应啊！

就在这时，经理继续说话了：“我宣布的第二件事是，皮具部主管一职，从现在起，由孔静接任。”

所有的人都愣了一愣，孔静更是吃惊得张大了嘴巴：“你说啥？我、我已经被裁了啊！”

“对你的裁员决定是错误的，我们撤消那个决定。你不但没被裁，还升任为部门主管，从现在起，你享受部门主管待遇。”

现场爆发出一片掌声，经理示意大家安静，他笑着问大家：“想知道是什么原因吗？我们为什么要升任孔静为部门主管？”姑娘们齐声说想知道。

“那好，我告诉你们。”经理说，“今天下午，我到各部门巡查。到你们皮具部时，柜台上冷冷清清，因为没有生意，你们一个个蔫头耷脑，只有一个人除外，那就是孔静。孔静精神非常振奋，没有生意，她就主动揽生意。她可是接到裁员通知的人，一个即将被裁掉的员工，不怨恨，不气馁，仍努力站好最后一班岗，为商城做最后的贡献，这是多好的员工啊！可见，郝小军汇报说孔静的平时表现很差是不实的，所以，我们对孔静的平时表现重新进行了解，发现她是全皮具部业绩最好的一名员工，这样的员工不被重用还重用谁？”

经理后面的话被掌声淹没了，但这会儿孔静的脸上却发起烧来，她终于明白是怎么回事了。她在那里极力要卖掉那只LV包，要让商城蒙受损失，恰恰是她报复商城的举动让经理看到了，误以为她在努力工作，所以要提拔她。这种提拔，就像给了她一个耳光，让她羞愧难当。她真想将真相告诉经理，但是讲不得啊，讲了别说提拔了，工作都会没了，人们还会看轻她的人品。

工作时间，经理没太耽搁，宣布完人事任免就走了，临走时，他让孔静和郝小军立即办理交接手续。

孔静随郝小军去了主管办公室，郝小军一路上骂骂咧咧，孔静呢，像做梦似的，一直恍恍惚惚。

交接办理得稀里糊涂，郝小军给她什么账目，她就接什么账目，她就像货架上的一只没有思想的皮包，她的脑子，还在这一惊一乍中发着懵，直到办完交接回到皮具部，看着货架上空出的那一小块位置，孔静才从恍惚中猛地醒了，她实在不该贱卖那只包，刚才同郝小军交接时，并没有那只LV包的销售记录，她在销售单上填的是欧宝包，也就是说，损失的那两万多元，前主管郝小军不用负责任，这责任得由接任的她来负。她本来打算报复商城，报复郝小军，结果，报复到自己头上了，这就是报应吗？那只贱卖的包怎么办？那两万多元的差价，怎么办？孔静脸上的汗都下来了，同事们对她的祝贺她一句也听不到，她的脑子里反反复复的只有一句话：得将那只包追回来！

可偌大的一座城市，人海茫茫，到哪里去找那个买包的男人？

4.要堵窟窿不容易

这个世界有些事奇怪得说出来都没人相信，比方说孔静吧，她在商城里着急上火了两个小时，本以为再也找不到那个男人、追不回那只包了，晚上8点，她拖着沉重的脚步走出商城，竟意外地发现了那个买包的男人，那男人正横穿街道朝商城这边走过来，那身名牌服装，那张白净的脸，孔静一眼就认了出来！

孔静激动得忘乎所以，几乎以百米冲刺的速度蹿了过去，一把抓住了那男人的衣袖，那人被这突然的举动吓了一大跳，但细细一看，又听孔静一解释，也就明白怎么回事了，可那人说，包放在酒店的房间里，而且他并不想就这么轻轻松松地把包退还给孔静。那个男人振振有辞地说："我凭啥退给你？你说卖错了就卖错了？我说没错呢？"

"可事实就错了。"

"错了也跟我无关！你们柜台上怎么写来着：钱货当面点清，离柜概不负责！我们成交时是不是钱货两清？都两清了我还理你这破事？你自己错了你自己负责去！"男人很霸道，说完话，一甩袖子，抖落孔静的手，抬腿就走。

孔静是真没辙了，道理她一点都不占，她说不过这男人，但不能眼睁睁地看着那两万多元打了水漂啊，她追了上去，将对方拦住了，软磨硬泡起来，但男人还是强硬得很，就是不愿意退货。

他俩在商城门口这样纠缠，惹来好些看热闹的人，见有这么多人围着，孔静有了主意，男人都是好面子的，可以在这一点上做文章。她开始低声下气地央求对方，说看他的穿着，应该是大老板，有钱人，两万块钱的便宜对他来说不算什么，而对于她就不同了，她一个月才一千多元钱的收入，要是他不退包，那包的差价她就得赔，以她的工资收入，她要白干两年才能赔得上。她求对方网开一面，帮帮她。

可别说，这招还真灵，她可怜巴巴的话打动了围观的人，大家知道了事情的原委后都十分同情，纷纷劝说那男人高抬贵手，放人一马，也许是人们的帮腔起了作用，也许是这男人知道自己摆脱不了

孔静，他终于答应退包，但要孔静马上把1450元货款还给他。

孔静十分惊喜，但一掏兜，愣住了，她口袋里就几十元的零钱，她央求那男人跟她去商场取钱，男人不愿意，他让孔静去取钱，自个儿在这儿等。孔静有些不放心，六神无主地环顾了一下，一位老大爷暗暗冲她点了一下头，示意他会帮她看着那男人，孔静这才放心了些，立即跑回了商城。

孔静其实没花上几分钟就拿上钱跑了出来，但走出商城一看，围观的人早已散去，那个买包的男人也不见了，好在那位大爷还在，大爷告诉她，那人溜了，说是回去拿包，不过，大爷一直盯着呢，那人去龙祥酒店了，进去后再没出来。

孔静心想，不管他是真去拿包还是假去拿包，知道他的住处，就跑不了。她谢过大爷，立即穿过街道，去了龙祥酒店，到大堂打听那人住哪个房间，可孔静不知道那人的姓名，大堂服务员无法查找，孔静打算自己上去找，服务员不让，但说实话，就是让她找，那么多房间，她也无从找起呀!

实在没办法，孔静只好在大堂的沙发上坐下，想“守株待兔”，这一坐就坐到半夜。

午夜过后，孔静被服务员“请”出了大门，她便在门外蹲着，这一蹲便是一个通宵，而那男人却始终没出现过。现在看来，那男人是有意躲着她，毕竟是两万多元的便宜呀!

孔静在酒店门口一直蹲到第二天该上班的时间，还是没见那个男人露面，她只得打电话向商城请假。

到了下午，那男人还是踪影不见，孔静有些沉不住气了，追回包的希望变得很渺茫，也就在这时候，经理打来了电话，发了脾气:“刚上任的主管第一天就不照面，你是想以实际行动来证明我对你的提拔是错误的，还是你根本就不打算干？”孔静没辙了，咬咬牙，回商城去了。

核查货架上的商品，是主管每天上班的头一件事。孔静拿着清单，心事重重地核对着货架上的商品，走到她昨天做手脚调换价签的位置，她发现那只实价1450元、标价23800元的欧宝包不见了，一问，是小雅卖的，而且正是卖给了昨天那个五十多岁的阿姨。

小雅在这里上班才两个月，她只知道照价签卖货，她正在为销售业绩一下子提高不少而眉飞色舞呢!

孔静嘴上没说什么，心里却翻江倒海：自己将LV包以欧宝包的价格卖了出去，现在，小雅又将欧宝包以LV包的价格卖了出去，这样一来，刚好持平，商城没损失一分钱，自己报复商城留下的窟窿，刚好神不知鬼不觉地填平了……

但是，万一那位买包的妇女醒悟过来呢？

这一天注定了又是忐忑不安的一天，孔静一方面担心那位妇女会醒悟过来，来找麻烦，另一方面，她又为自己坑了一个无辜的妇女而不安。那位阿姨看样子日子并不宽裕，自己算是让她白白地多掏了两万多元钱呀，这可不是小数目。孔静打定主意，一有空就去找那个买走LV包的男人，只有将那只包追回来，一旦那位阿姨发觉上当后来找麻烦，自己就可以将钱退还给她，这样，才解决了问题，对得起自己的良心。

5.该来的终究要来

孔静一有空就到龙祥酒店门口蹲着，一连蹲了两天，但那个缺德的男人愣是像被蒸发了一样，没在孔静的视线里冒个泡儿。

想找的人找不到，不想见的人却找上门来了。

这天一上班，经理就传下话来，让孔静去经理室。孔静一进门就看到了那位妇女，就是那个向她问过价、想买最贵的包结果从小雅那里买走了欧宝包的阿姨，孔静的心一下子就沉了下去。女人手里有发票，还拿来了那只欧宝包。

经理问孔静："怎么回事？这位陈女士投诉，说你们皮具部将一只欧宝包以两万多元的价格卖给了她，有没有这回事？"

孔静不敢实说，一承认，小雅的工作算是丢了，再往下追根溯源，自己的职务、工作都保不住了，她硬着头皮说："应该不会有这样的事吧？陈阿姨，你将发票拿给我看看。"

发票小雅是照着价签开的，上面写着是LV包，于是孔静找到推脱的理由了："你看，发票上写着的是LV包，你拿来的是欧宝包，你拿来的包跟我们卖出的包不是一样的。"

陈阿姨一听这话就哭了："什么意思？你们想不承认？你们缺不缺德啊，你们坑了我两万多块钱哪！"

陈阿姨一哭孔静就慌了神，她一把搂住陈阿姨，对经理说："经理，这件事你交给我处理好不好？我一定会处理好的。"

经理狐疑地看着她："你能行？"

"我能行。"孔静拥着陈阿姨，半推半拥地往外走，一边走一边说："阿姨，你跟我来，我一定给你一个满意的答案。"孔静好言好语地哄着陈阿姨，将她弄到了更衣室，一进更衣室，孔静就关上了门，而后，双腿一软，给陈阿姨跪下了。

陈阿姨吓了一跳，瞪着她："这是干什么？下个跪就想抵我那两万多？"

孔静诚恳地说："我下跪不是想抵那两万多，我是想求阿姨一件事。

这包是我们卖错了，我们会帮你退的，但求你了，别找我们经理，也别声张，你一声张，我的工作就算丢了，现在找个工作不容易，求你了。”

陈阿姨渐渐听出了道道，她对孔静说，包的钱不用退，她不是来退包的，只是来换包，只要将那只值两万多的包换给她就行。

孔静愣住了：“那只真LV包是店里仅存的一款，前天我们已经卖了。”

陈阿姨一听，急了：“那你们赶快去进货啊！”

孔静说，那包是从外国进口的，就算马上进货，货也要三个月以后才能到。

陈阿姨一听，立刻捶胸顿足地叫了起来：“天啊，你们可害死我了！我怎么跟人家说，我该怎么办？”

孔静吓得一骨碌从地上爬起来，隔壁就是经理室，要是惊动了经理，那就全露馅了。她抓住陈阿姨的胳膊好言安抚：“阿姨，你冷静些，到底怎么回事，你好好地说。”陈阿姨叹了一口气，慢慢地讲了起来——

陈阿姨家有个邻居，20年前出国定居去了。邻居家有一只老皮包，带密码锁的那种，很有年头，那时候查得紧，出境检查时，认定那只皮包是古董，不能带走。邻居没办法，现卖又来不及，就临时将那只包交给了前去送行的陈阿姨，请她代为保管，说他回国时再到陈家来取。

既然是古董，陈阿姨就十分慎重，她还特意找专家鉴定过，专家给估了价，值两万元。

一个不起眼的包值这么多钱，陈阿姨就更加经心了，只等邻居什么时候回来好还给人家。哪知道邻居这一走就是20年，从来没回国过，也没和陈阿姨联系过。

陈阿姨有个儿子，正是谈恋爱、爱装扮门面的年龄，平时连买服装都爱买个假名牌。

前些日子，他趁陈阿姨没注意，偷偷地将那只老包拿出去，和一个姓孟的古玩店老板换了一只LV包，提

着LV包到女孩子面前去显摆。陈阿姨知道了，逼儿子去换回来，哪知道孟老板不换，理由是，陈阿姨的儿子将他的LV包弄破了，除非给他一个新LV包，他才会将那只老包退给陈阿姨。

可还别说，那只LV包里面还真的破了一个小小的豁口。

陈阿姨没办法，为了退回那只老包，她只得咬咬牙到名品商城来买她平时想都不敢想的LV包，但谁料到，她花了大价钱，买的却是一只只值千把元的欧宝包，她将包送去给孟老板，反而惹得孟老板生气了，他发了话：两天内要不拿一只完好的LV包来赎，他就将那只老包卖出去！

听到这里，孔静有点疑惑："你那只老包只估价两万元，那只LV包，虽然有一个小豁口，也能值两万多，你不亏呀，何苦还要来买一只LV包去赎那只老包，你这不是做赔本生意吗？"

陈阿姨瞪着孔静，生气了："你们年轻人怎么这么想？你就没想过，那只老包不是我的？我的邻居要是回来取包，我有什么脸见人？"

"人家20年都没联系了，兴许人家早忘了呢？"

"人家忘了我不能忘啊，这是做人的根本！我是红口白牙答应替人家保管的，我怎么能失信于人？人家的东西就是人家的，值钱也好不值钱也罢，我没有权利处理呀！要是人家回来，找我要那只包，我怎么说？人家还以为我从中昧了多少钱呢，我这张老脸不丢尽了？"

陈阿姨的一席话，像一记重锤，重重地敲在孔静的心上。

的确，人家的东西就是人家的，自己没有权利处理。陈阿姨为了一句承诺，急成这样，宁愿自己掏两万多元，也要信守人家的托付，自己呢？自己有什么权利调换商品的价签，调换了，出了问题，就要承担，自己不能连累陈阿姨！

孔静向陈阿姨作了保证："阿姨，你要是信得过我的话，你先回去。我保证，我会很快将你需要的包换给你的！"

孔静是下了功夫的，她知道再在龙祥酒店门口蹲守没有意义，只有上楼去找了。她假装成酒店的住客，混进电梯上了楼，然后，一间一间地摁门铃，只要客人打开了房门，她就闯进去，看里面的人是不是她要找的那个男人。就这样，她一共摁开了56间客房的房门，这动静大的！

当孔静摁第57间客房的门铃时，她被接到投诉闻讯赶来的两名保安"请"出了酒店，紧接着，保安虎视眈眈地守在酒店门口，再不让她踏进大门一步。

站在酒店门口，仰头望着高耸入云的龙祥酒店大厦，孔静彻底绝望了，要想追回那只LV包，还给陈阿姨，是没有任何指望了，看来，唯一能弥补自己过错的，只有钱了。

孔静回了一趟家，拿上自己的银行卡，卡里有两万多元钱，那是她打工三年的全部积蓄。她去银行将卡里的钱全部取了出来，而后，按照陈阿姨留下的地址，找到了陈阿姨的家。

孔静见了陈阿姨，慌忙从口袋里掏出了那两万多元钱，塞进了陈阿姨手里："阿姨，我没能找到你要的包，你别难过，该退给你的钱，我给你送来了。其实，那个姓孟的不就是要你赔包吗？你照价将包的钱赔给他也是一样的。"

陈阿姨见孔静没拿来那只LV包，一下子便虚脱了，跌坐在椅子上，喃喃地自言自语："不一样的呀，孟老板说了，他不要钱，只要包！两天内没赔给他LV包，他就将那只老包给卖了，说白了，他还是贪那只老包啊，兴许，那只老包现在升值了，不只值那个价，要是这样，我更没脸见我那邻居了！"

听到这话，孔静也急起来，就在这时，门口有人说话了："放心吧，你需要的LV包我们给你送来了。"

6.给你一个完整的结局

孔静和陈阿姨同时一惊，回头望时，孔静愣住了，只见商城经理大步迈进门来，更让她吃惊的是，经理的身后还跟着一个人，这人手里提着一只LV包，他不是别人，正是孔静苦苦寻找的那个买走LV包的男人！

真是踏破铁鞋无觅处，得来全不费工夫啊，这男人居然自己送上门来了。孔静正想冲上前去抓住这男人，哪知这男人绕开了她，却走到了陈阿姨的面前，将手中的包递了上去，说："阿姨，您花了23800元，本来应该买到的是这只包，是我们商城的员工弄错了，好在您留下了地址，我现在和商城经理一起将包给您送过来，并代表商城对您表示歉意。"

一旁的孔静听得犹如坠入五里雾中："你？你代表商城？"

"不错。"男人回过头来，似笑非笑地说，"敝人姓赵，名品商城总部的巡视员。这次来你们商城巡查经营情况，承蒙孔小姐关爱，让我捡了个大便宜。"说着，他指了指陈阿姨手中的包。

孔静一下子懵了，这人是总部来的？这么说……她的脑子还没转过弯来，一旁的经理发话了："孔静，我正式通知你，你被我们商城开除了，从明天起，你不用来上班了！"

孔静咬着嘴唇，一言不发。自从姓赵的男人自我介绍说他是总部派来的，她其实已经预料到了这样的结局，倒是一旁的陈阿姨惊愕了，为孔静不平起来："你们这是干什么？卖错包的人不是她，这不关她的事，你们为什么要开除她？"

"阿姨，您不了解情况。"姓赵的巡视员扶着陈阿姨，让她重新坐下，"您还记得吗，前天，您去我们商城看包的时候，是她拿着这只包向您推销，说只要1450元。幸好我当时从旁边经过，我知道她弄错了，为了不让我们商城蒙受损失，我当即就上前去询问她，但我立即发现，她不愿意以1450元的价格将这只包卖给我，而要卖给您。我意识到这中间有名堂，为了找出这中间的问题，也为了不让商城蒙受损失，我便决定自己掏钱将这只包买下来。在买包的过程中，我终于找到问题所在了，孔小姐不是不知道这只包的价格，而是故意要以极低的价钱将这只包卖出去，要让我们商城蒙受损失。阿姨，您想想，一个存心想让商城蒙受损失的员工，我们还敢要吗？"

陈阿姨惊讶地看着孔静："姑娘，这是真的？天啊，现在的年轻人怎么……"陈阿姨的目光像锥子，扎得孔静抬不起头来，孔静已无话可说，想了半天，她才问了一个问题："这么说，你们当时就知道我在故意让商城蒙受损失，可你们当时为什么不开除我，还要提拔我当主管呢，为什么？"

经理冷笑了一声："为了给你一点教训！"

"教训？"孔静突然醒悟了过来，"我明白了，你们提拔我当了主管，我就要为皮具部的损失负责，我卖掉这只LV包留下的窟窿就需要我自己来填，你们是想让我一直背着这个包袱，让我尝尝担惊受怕的滋味，好用这样的手段教训我。你们这样做也太狠了吧，这包本来就在你手里，商城并没蒙受损失！"

经理说"不是我们狠，而是你自己心术不正，凡事有因才有果，这样的结果正是你自己造成的。"

赵先生接着说："我们所说的给你一点教训并不仅仅指金钱，还有心灵的。如果我们当时开除了你，而你已经被我们裁员了，这样的处分对你没有任何的意义；相反，我们提拔你，事发之后再开除你，这对你心灵的震撼才是巨大的，这样的教训你才会铭记一辈子，今后到别的单位工作，才不会犯同样的错误。"

刚明白事情真相时，孔静是有些恼怒，渐渐的，她冷静了下来，心平气和地接受了商城对她的除名决定。经理说得不错，凡事有因才有果，自己报复商城，怎么说也是心术不正，理应得到这样的教训。

经理和赵先生离开后，孔静留了下来，她要为自己行为造成的后果负责，她要和陈阿姨一起去见孟老板，设法换回那只古董包。

到了古玩店，孔静一看到孟老板，马上认了出来，这个矮矮墩墩的男人就是郝小军的表哥，当初，郝小军故意在LV包的里面剪了一个豁口，就是折价卖给这个人的。认出了这个人，孔静立刻明白了一切：陈阿姨的儿子并没有弄破孟老板的包，包里面的豁口是买包前郝小军做的手脚。孟老板之所以声称包被陈阿姨的儿子弄破了，要陈阿姨赔一只新包，他其实是在讹人！

说白了，孟老板打定了主意要从这桩生意中赚钱：他以一只花一万多元钱买来的包换走了陈阿姨儿子手中价值两万元的古董包，他赚了；陈阿姨发现后，要赎回包，眼看他赚不了啦，他就说包里的豁口是陈阿姨的儿子弄的，要陈阿姨赔个新包，而新包要两万多元，他还是赚了，他怎么着都要赚这一笔！

明白了这一切，孔静在门口立即拽住了陈阿姨："阿姨，我们暂时不换了。我们先回去，看看那只孟老板的LV包。"陈阿姨还有些犹豫，孔静斩钉截铁地说："阿姨，你就相信我，我保证给你一个完整的结局，你放心！"

孔静到了陈阿姨家里，看到了那只孟老板用来换古董包的LV包，她仔细检查了一遍，除了包的里层那块小豁口之外，整只包再无破损，而里层的那个小豁口，她再熟悉不过了，那就是当初郝小军用指甲钳剪下的。

所有的事情再清楚不过了，孔静立即跑回名品商城，找到了经理，说明了一切，经经理同意，复印了那只包的破损商品鉴定单，又复印了当初的销售记录，尔后，拿着这些东西，带上那只LV包，和陈阿姨一起去了派出所。

在派出所的干预下，在证据面前，孟老板不得不承认了他讹诈陈阿姨的事实，他同意收回自己的包，将那只古董包退给了陈阿姨。

从派出所出来，看着失而复得的古董包，陈阿姨笑了："姑娘，谢谢你，

要不是你，我真被他骗了。”

孔静不好意思地低下了头：“我这其实也就是在赎罪。”

陈阿姨爱抚地摸着孔静的头：“人这一生，谁不犯个错？错上加错是恶人，错了就改是好人。”说着话，她看着手中那只赵巡视员送来的LV包，又叹了一口气：“早知道用不着这只包了，我就不用去买呀，花了我两万多啊，这只包我哪用得起？看着都心痛。”

孔静说：“你要真心痛，我们拿到名品商城去退掉呗。”

“能行？”

“试试呗，兴许行呢。”

两个人拿着包去了名品商城，直接找了经理。经理想了想，点了点头：“既然这包您用不上，想退就退吧，不过——”他掉过头来问孔静，“我有一件事想先问问你，如果我想请你再来我们商城上班，你愿意吗？”

这是孔静做梦都没料到的，她脱口而出：“当然愿意！”顿了顿，她又不安起来：“你们——还愿意要我？为什么？”

经理温和地笑了：“就因为你帮助陈阿姨的这份热心肠。我知道，你是在赎罪，因为整件事是由你而起，但是，你能为自己的过错负责到底，这说明你是个勇于承担责任的人，这，就够了。”

孔静高兴得不知所措，经理继续说：“说实话，这次我们想给你一点教训，但是，你也给了我们教训，我们平时在管理上也有过错，你能承担自己的过错，我们商城的管理者，为什么就不能承担自己的过错呢？来上班吧，不过，主管的职务没有了，你要是能一如既往地踏实工作，一年后，我提拔你。”

孔静笑了，一旁的陈阿姨也笑了，她摸着孔静的头，乐呵呵地说：“我相信，这孩子行！”

（题图、插图：杨宏富）

没事别装狼

有一只羊十分仰慕狼的地位，羊想，我要是能变成狼该有多好啊，如果和狼成为同类，就再也不用怕它们了！

于是，羊设法弄了张狼皮披在自己身上，千方百计想把自己弄成狼的模样。

果然，那只羊很像狼了，羊儿们见了它纷纷躲避，把最嫩的草地让出来供它享用，披着狼皮的羊对自己的行为非常满意，它认为自己是世界上最聪明绝顶的羊。

有一天，披着狼皮的羊正在草坪上晒太阳，猎人发现了它，枪响了，它死了。

猎人走过去，用枪筒挑开它身上的狼皮，对血泊中的羊说："对不起，我以为你是狼呢，可是，你为什么要装成狼的样子呢？"

（**作者**：佚　名；**推荐者**：姜　彬）

逆反心理

有人养了一条非常名贵的杜宾犬，听说鱼肝油是一种上好的狗饲料，于是，他就给狗服用了大剂量的鱼肝油。

每天，他总是用自己的膝盖夹着狗，强制打开狗的嘴，把液态的鱼肝油灌到狗的喉咙里。

每当这个时候，狗总是拼命挣扎、抵抗。

一天，他又在给狗喂食，狗猛地从主人的掌控中逃脱，并把装有鱼肝油的碗碰落，顷刻间鱼肝油洒满一地。

就在这个时候，一个奇怪的情景发生了：那只狗很快地又跑了回来，然后，津津有味地舔食起地上的鱼肝油。

他一下子明白了：原来，狗一直挣扎、反抗的原因不是因为不喜欢吃鱼肝油，而是自己采用的强制性方式。

（**作者**：佚　名；**推荐者**：贝　语）

我们不是木桶

森林里，“狐假虎威”这件事很快成为了笑谈。

老虎羞愧不已，抬不起头来。

森林里最有智慧的是黑熊老师，黑熊对老虎说：“一个木桶能装多少水，不是取决于它最长的那根木板，而是最短的那根。”

老虎听了，豁然开朗：自己所缺少的狐狸那样的智慧，正是它老虎最短的那根木板啊，这也正是自己被狐狸作弄的根本原因啊！

从此以后，老虎决定弥补自己的缺陷，他向猴子学习爬树，向羚羊学习奔跑，向老鼠学习掘土……每一项本领，老虎都学得不错，它成了森林里技能最全面的动物。

可是，有一天，老虎捕猎时遭遇了两只凶猛的猎豹，几个回合下来，老虎竟然败下阵来，躺在了血泊之中，因为这几年来，老虎一直忙于学习各种本领，撕咬搏斗的能力反而无暇训练。

一只老虎，就算不如狐狸狡猾，不如猴子会爬树，不如羚羊跑得快，又有什么关系？

一个木桶能装多少水，确实取决于它最短的那根木板，但是，我们不是木桶。决定一个人有多大成就的，永远是他最精通的那一项能力，就如决定一座山峰高度的，永远是山巅的那块石头。

（**作者**：朱国勇；**推荐者**：小　猫）

别收起门口的鞋子

女儿已经好长时间没回爸妈那里了，因为太忙。

周日，女儿一家三口终于回了趟家，刚进家门，他们就把脱下来的鞋子放进了鞋柜。

妈妈见了，把女儿他们三人的鞋子又都取了出来，重又整齐地摆放在门口。

妈妈告诉女儿：你爸不让把鞋放进鞋柜，他说，看到门口乱乱的鞋，就知道他的孩子们回来了。

女儿顿悟：只寻求整齐干净的她，无意之中竟把亲人那份期盼和惊喜悄悄收了起来。其实也真是这样，脱掉的鞋就那么摆放在门口，真的像一只只停靠在港湾的小船，有着安静，有着温馨……

（**作者**：郭　艳；**推荐者**：小　猫）

（**本栏插图**：安玉民　梁　丽）

·第一推荐·

大钟在决斗时停摆

第一次世界大战期间，士兵克鲁斯在敌人的俘虏营里待了三年，受尽了折磨。一天，他终于找到机会夺得了一把手枪，击毙看守，逃了出来。克鲁斯历尽千辛万苦，越过边境回到祖国，他想，妻子玛丽和儿子一定在翘首盼望自己，离家上前线的时候，儿子托尼还不满三岁呢！

克鲁斯风尘仆仆地往家乡赶，经过一片树林的时候，他从一伙劫匪手中救出母子三人，女人叫薇拉，丈夫已经阵亡了，她想上北方去找点活儿干，希望克鲁斯能和他们同行。因为是同路，克鲁斯答应了，就这样，他一路上保护着薇拉一家，两个孩子把克鲁斯当成了自己的父亲。

一个月后，克鲁斯回到了家乡，他把薇拉安顿在镇上的小旅馆里，就匆匆忙忙回家，他推开自家的院门，看见一个男人牵着儿子托尼的手出现在门口。那男人叫威尔逊，是克鲁斯的战友，也是他最好的朋友，两人曾经约定：如果谁不幸先死在战场上，那么另一个人将负责照顾对方的妻儿，显然，这里已是威尔逊的家了！

威尔逊见克鲁斯突然出现在面前，他不敢相信自己的眼睛："克鲁斯，你还活着？"克鲁斯一腔怒火，威尔逊连连解释："我们都以为你已经死了……我负伤回家后，发现我的家已毁了，于是，我就来照顾玛丽和托尼，我们没想到你还活着。"

克鲁斯握住了手枪，强压着心头的激愤，就在这时，玛丽冲了出来，

说：“克鲁斯，如果没有威尔逊的照顾，我和托尼早就活不下去了。”

克鲁斯说：“现在就让玛丽来选择，我和威尔逊，你选哪一个？”

玛丽捂着脸哭了起来，克鲁斯把手伸向托尼：“来，儿子，跟爸爸走！”托尼却躲在威尔逊的身后，小声说：“我爸爸在这儿，你不是我爸爸！”

克鲁斯伤心地说：“那我们用男人的方式来决定吧！明天12时，在啤酒馆外的广场上决斗！”

第二天，克鲁斯早早就来到了啤酒馆外的广场，那里已经聚集了很多人，镇上的神父也来了，大家都知道了克鲁斯回来的消息，也知道了今天决斗的事。10时到了，威尔逊没有出现，11时的钟声敲响了，威尔逊仍然没有出现，人群中开始窃窃私语。

当教堂钟楼上大钟的指针指向11时55分的时候，威尔逊出现了，他拄着一根拐杖，一瘸一拐地走到克鲁斯面前。克鲁斯见了他，讽刺道：“我以为你不敢来了呢！你的腿怎么了，你昨天不是还好好的吗？”克鲁斯说这话时显然没有注意威尔逊的脚，这时，威尔逊指着自己左腿空荡荡的裤管说“对不起，玛丽把我的假腿藏起来了，我找了一上午也没找到。”

克鲁斯心里不禁升起一丝怜悯，但是，得知玛丽藏起假腿不让威尔逊来决斗，这种妻子关切丈夫一般的情义，又让克鲁斯嫉妒得发狂，克鲁斯冷冷地说：“威尔逊，亮出你的枪吧！”威尔逊恳切地说“老朋友，我们就不能坐下来、心平气和地谈谈吗？”

克鲁斯拔出手枪，喝道：“威尔逊，拿出你在战场上的样子来，我不想和一个孬种决斗！要不然，你就躲到女人的裙子下面去吧！”

威尔逊终于拔出了手枪，两人各退后10步，只等教堂的时针指向12时。时间一分一秒地过去，广场上的人全都屏住了呼吸，等待着钟声和枪声响起。

“10、9、8……”克鲁斯在心中倒计时，手指准备扣动扳机，可是钟声没有响，就在这时，人群里有人喊道："大钟停走了！"大家纷纷抬头去看钟楼，克鲁斯和威尔逊也都瞟了一眼大钟，果然，指针停在12点只差一格的地方，纹丝不动！

克鲁斯冷冷地提醒威尔逊："威尔逊，别放下枪，那也许只是一点小故障，它马上会走到12点的！"

于是，两人继续举枪对峙。

不知过了多久，神父走到两人中间，他说："你们都是最出色的男子汉，敢于用生命维护自己的荣誉，可是大钟真的停了，这是自本教堂建立以来从未有过的事，这是上帝的旨意啊！如果你们还是上帝的子民的话，就请服从上帝的旨意，放下枪吧！"神父说完，所有的人都高喊起来："放下枪吧！请遵从上帝的旨意！"

威尔逊首先放下枪，紧接着，克鲁斯也放下枪，人群欢呼起来。

人们散去以后，克鲁斯向钟楼走去，走到钟楼的时候，他发现大钟的指针在微微抖动着，但始终不能前进，他突然明白了什么，于是沿着楼梯冲上了钟楼。钟楼内，大钟的齿轮发出令人心惊胆战的"咯咯"声，巨大的齿轮挡住了克鲁斯的视线，克鲁斯听到一个孩子带着哭腔的声音："妈妈，我就要撑不住了！"一个女人说："孩子，要坚持住，不能让时针到达12点。"那是托尼和玛丽，克鲁斯的心里顿时升起了万丈怒火！

也就在这时，又传来了另一个女人的声音："孩子们，坚持住，否则你们就看不见爸爸了！"那竟然是薇拉的声音！

等转过了一个巨大的齿轮，克鲁斯被眼前的一幕惊呆了：一根粗大的绳索套在一个巨大的齿轮上，玛丽、薇拉和三个孩子正拼命拽着绳子，阻止齿轮转动，地板上有一滴滴殷红的鲜血！

克鲁斯的手枪掉到了地上，薇拉的两个孩子最先看见了克鲁斯，"爸爸！"他们放下绳子，扑到了他的怀里，克鲁斯张开双臂揽住了他们，这是他第一次听到两个孩子这样叫他，心里感到满是暖意。

克鲁斯问："你们怎么会都在这儿呢？"薇拉答道："你昨天睡着后，我去拜访了威尔逊和玛丽，去了以后我才发现，威尔逊其实就是我那个已经'阵亡'的丈夫。他曾经寻找过我们，可是没有找到。玛丽藏起了威尔逊的假腿，可是我们都知道这个不管用，后来还是孩子们想到了这个办法，他们不想失去你。现在，一切都不可能再回到从前了，我们不想失去更多……"

克鲁斯把薇拉和两个孩子都揽到怀里，对玛丽和托尼说："回家吧，威尔逊在等你们。"

（**作者**：廖　华；**推荐者**：秋　树）

（**题图、插图**：安玉民　梁　丽）

·中国新传说·

请你开门

□ 孔祥树

人这一生，难免磕磕碰碰的，就说李魁吧，就是脾气急了、躁了，一不小心伤了人，偏偏不巧那人又死了，结果“过失杀人”，坐了十几年牢，等他出来时，妻子早已跟别人跑了，只留下一个空家。为了过日子，李魁先得找份工作，他在外面跑了几个月，也没找到活儿，于是便经常借酒浇愁。

那天晚上，李魁又喝多了，直到十点才回家，他跌跌撞撞的，就像风吹杨柳一样。李魁来到自家单元门前，掏出钥匙开门，但插了又插，扭了又扭，就是打不开。他怕拿错了钥匙，就把其他钥匙一个个试，也没有打开。这时，李魁发现门上贴了一张告示，才知道单元门锁坏了，上午刚换过，让户主到物业领钥匙。

这个时候，物业早下班了，看来只好求助左邻右舍了。李魁朝上一看，发现许多人家熄灯睡觉了，只有三、五、七楼还亮着，有人没睡就好，单元门口装了对讲电话，只要一按，上面的人家就能听见，如果上面人家允许你进去，在家里一按电话机，单元门就会自动打开，现在小区的住宅楼很多是这样的。

李魁颤着手，按了三楼，电话“丁冬”一响，有人接了，是个女的，那女的问：“谁呀？”李魁醉醺醺的，他僵硬着舌头，说：“是我，请开一下门……”那女的还没等李魁说完，就大声吼道：“你还回家干啥？你现在把家当成宾馆、把宾馆当成家了！你以为你当了一个芝麻官，有了几个臭钱就了不起啦？你就可以在外面吃喝嫖赌了？平时总是粘着那些狐狸精，现在喝多了就想起我了，就想让我服侍你了？没门！”说完，那女人重重地挂了电话。

李魁苦笑着，摇摇头，他只好又按五楼，巧了，接电话的也是个女的，那女的问：“谁呀？”李魁喷着酒气，含混地说：“是我，请开一下门。”那女的没等李魁说完，就嗲声嗲气地说：“我不是叫你最近不要来吗？我老公在外面打麻将，过一会儿就要回来的。我最了解你，一喝多了酒，就像只馋猫，净想偷鱼吃。两情若是久长时，又岂在朝朝暮暮，你快点走吧。”说完，她也把电话挂了。

李魁苦笑着，摇摇头，没办法，他只好又按七楼，这回接电话的是个男的，那男的问：“谁呀？”李魁打着酒嗝，支吾着说：“是我，请开一下门。”那男的不等李魁说完，就粗声粗气地说：“你又来干啥？那么多工人，一欠一二年都欠得，就你一个人欠不得？就你这几千元工资欠不得？你不是要去劳动部门告吗？你不是要去维权中心告吗？你尽管去告呀！老子难道是吓大的吗？你小子酒喝多了吧？想酒后闹事？告诉你，没门！”说完，他狠狠挂了电话。

李魁苦笑着，摇摇头，他显然又被误会了。没人开门怎么办？总不成今夜就在野外宿了？李魁万般无奈之下只好硬着头皮又按响了三楼，接电话的还是那个女的，电话一通，李魁抢着说：“不好意思，你刚才认错人了，我叫李魁，就住在四楼，麻烦你开一下门。”那女的不耐烦地说：“什么李魁，我这单元没听说这个人，你住四楼怎么没钥匙呢？我看你又是想混进来贴牛皮癣广告吧？每天早上一起来，走廊里到处胡涂乱画，污七八糟，好烦人的。”说完，她挂了电话，熄了灯。

李魁无奈地一笑，只好又按响五楼，接电话的还是那个女的，李魁又抢着道歉：“打扰你了，你刚才认错人了，我叫李魁，住在四楼，忘了去物业领钥匙，麻烦你开一下门。”那女的

一听，厌烦地说：“李魁？我怕你是李鬼吧！最近这栋楼小偷来了好几次，前不久把我家一个保险柜都搬走了，黑灯瞎火的，谁知道你是干什么的？”那女的一下挂了电话，把灯也熄了。

李魁叹了口气，只好又按响七楼，还是那个男的接电话，李魁又抢着小心翼翼地轻声说道：“冒昧打扰你了，我不是讨工钱的，我叫李魁，住在四楼，我忘了去物业领钥匙，麻烦你开一下门。”那男的说：“四楼李魁？我不认识，也没听说过。半夜三更的，你没钥匙怎么不早点回家呢？你不叫你家人开门为什么叫我呢？你不是讨工资的，那你肯定是那个流浪汉，在外边冻得受不了啦，又想混进来在楼道蜷一宿，恶心死了！”没等李魁回话，那男的就急急地挂了电话。

李魁很懊恼，很无助，寒风吹来，瑟瑟发抖。这时只有七楼还亮着灯，他只好又按响七楼，门铃响了好久，那男的才拿起电话，李魁赶紧解释说：“我真的不是流浪汉，我真是住在四楼的李魁，家里再没有其他人，麻烦您行行好，为我开一下门。”那男的凶巴巴的：“谁知道你是李魁还是李鬼，夜深人静的，你如果再骚扰，我就打电话报警了！”这个时候，李魁实在是忍无可忍了，他想不到自己遇上了这么一点芝麻绿豆大的小小难处，同住一幢楼的这几个人竟会如此对待他，他对着对讲口，说：“你不认识我，但你应该知道这栋楼里的另外一个人，这个人十几年前杀死了人，被抓去坐了十几年牢，你没听说过吗？”

那男的愣了一下，说“杀人的事谁不知道呀，这和你开门有关系吗？”李魁说：“当然有关系，那个杀人的人就是我！”电话那头一阵沉默，随即门“啪”地开了。

李魁推开门，一个踉跄，这个时候，他的醉意上来了，觉得整个身子软绵绵的，再也支撑不住，便慢慢地瘫了下去。

第二天早晨，李魁醒来，发现自己躺在一楼一个老大爷家的床上。老人听见响动，端了一杯热茶，来到床头，怜惜地说：“孩子哟，以后别喝多了，醉酒伤身呢。昨晚我儿子夜班回来，发现你躺在过道里，醉得不省人事了，就把你扶了进来。”

李魁接过热茶，眼睛红红的，半天说不出一句话来。这时，太阳透过窗户照进来，洒在身上，暖暖的……

（**题图、插图**：安玉民　梁　丽）

红版编辑部各编辑邮箱：

姚自豪：yaobianji@126.com；
郑继文：zjw002@vip.163.com；
吕　佳：lujia411@yahoo.com.cn；
叶小萌：xiaomeng.ye@gmail.com。

这个保姆真牛

□云　玲

一对夫妇生了一个孩子，丈夫决定请个保姆照料孩子。丈夫很抠门，想花最少的钱请最好的保姆，他通过一家家政公司找到一个保姆，经过简单测试，丈夫发现这个保姆很不错，已经达到博士后的水准，而这样的保姆，工资仅是五百元，丈夫很高兴，他觉得白捡了一个大便宜。

当天下午，这个保姆来到了雇主家，你别说，不愧是“博士后”保姆，照顾起小孩来简直无可挑剔，想起这样的天大好事，夫妇俩半夜做梦都会笑醒。

谁知好景不长，两个月后，保姆提出要涨工资，而且涨的幅度把夫妇俩吓得脸都变绿了：一千元，这样的涨幅，即使夫妇俩的心脏是钢打铁铸的，估计也承受不了，可人家保姆说了，没有任何谈判空间，要么把工资涨到一千五，要么另请高明。

没办法，夫妇俩只好忍痛割爱，让保姆走了。接下来，丈夫又去家政公司雇了一个新保姆，月工资六百元，不过那水平和先前那个真是没得比，最要命的是，自从那保姆走了以后，孩子一直哭闹，谁也哄不下来，这下，夫妇俩这才真正领悟到那保姆的本领。丈夫只好给那保姆打了个电话，同意把工资提到一千五百元。那保姆倒也挺实诚的，没说什么，当即就赶来了，自然，那新保姆也就辞了。

丈夫虽说答应给那保姆涨工资，但毕竟还是心疼，他对保姆说，他和老婆上班挺忙的，想从这个月开始，让保姆做饭，不料保姆听了，一口答应“做饭？不就这点活嘛，可以。”丈夫生怕保姆反悔，连忙又说：“那工资还是一千五？”保姆说：“明白了，一千五的工资，附加一个做饭的任务。”

当天晚上，夫妇俩第一次吃到了保姆做的饭菜，饭菜那个好吃就不多

说了，反正丈夫吃饭时说得最多的一句话就是：“我看呀，五星级饭店的大厨还不如我家的保姆呢。”

好日子总是过得太快，一晃又是两个月过去了，这天保姆又像上次一样，提出涨工资的要求：三千元。

如果丈夫是个千万富翁，他可能眉头都不皱一下，立即答应了，可问题是他没有这个经济能力，万般无奈，丈夫只好眼巴巴地让这个烧得一手好菜的、“博士后”级别的保姆走了。

保姆一走，这一家的日子可难熬了。这天下班后，老婆对丈夫说：“老公，我这里有一个好消息，一个坏消息，你先听哪个？”

“先听好的吧。”

老婆说：“好消息是，咱家原来那个保姆，她的老妈得了半身不遂，瘫痪在床了。”这是什么好消息？丈夫不解地问：“那坏消息呢？”

老婆不慌不忙地说：“坏消息是——我辞职了。”丈夫的眼珠子都快瞪出来了：“你……你说什么？那么好的工作，你居然辞职了？”

老婆倒是一副无所谓的样子，说：“是呀，我想好了，我要去那个保姆家当保姆，伺候她瘫痪在床的老妈……”丈夫生气地说：“她给你多少钱？”

老婆打断丈夫的话，说：“我才不在乎钱多少，只要一日三餐，能吃上她烧的饭，我就乐翻天了！”

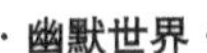

想当年

□王建江

潘老汉开了一家小茶馆，生意虽说不上红火，可混混日子也还过得去。这天正午，潘老汉正准备吃饭，一个戴鸭舌帽的小青年捧着一个包走了过来，神秘兮兮地问："古董要不要？"正在喝茶的人一看，个个摇头，没人相信这老套的骗术。

这时，一边的潘老汉好奇地问："这是啥呀？""鸭舌帽"压低嗓门说，这是古董，从老家弄过来的，值10万呢！急着用钱，便宜点，2万卖了。

潘老汉左看右看，爱不释手的样子，他问是什么古董，"鸭舌帽"四下一瞅，眉飞色舞地说这是明朝时流传下来的。潘老汉奇怪地问："明朝？"

"对对对，明朝，千真万确是明朝！""鸭舌帽" 唾沫横飞地介绍起来，"明朝你知道吗？那是很久很久以前啦，离现在有好几百年啦……"

潘老汉似乎是将信将疑，一边的几个大爷怕潘老汉上当，赶紧过来要劝，却被潘老汉硬生生挡了回去，他有点犹豫不决："唔……贵了点！"

"鸭舌帽"怕到手的肥肉丢了，虽然已介绍得筋疲力竭，但还是滔滔不绝"这哪里贵呀！你想想，本来值10万，现在才卖2万，那你白赚8万，8万哪，你说划算不划算？"

潘老汉点上一支烟，吐了个烟圈，点点头："哦，8万？""对啊，8万哪，得不吃不喝干多少年呢！""鸭舌帽"摇头晃脑，说得唾沫四溅。

潘老汉点头了，似乎要买了，可突然口气又变了："再便宜点吧！"

"跳楼价了！""鸭舌帽"哭丧着脸，"少一个子儿也不卖，这可是明朝的宝贝呢！""对了，明朝是什么时候？"潘老汉接着说，"我记性不好……""我的老天爷呀！""鸭舌帽"哀叹着，累得趴在地上，半天都爬不起来……

潘老汉笑眯眯地吸了口烟，冲边上几个大爷点点头，得意地说道："嘿嘿，想当年，我在信访办工作，可没这小子这么禁不起折腾的……"

鸭过拔毛

□张明重

有这么一个县，倾全县之力建起了一家鸭绒服厂，但是建成后，却发现当地甚至周边几个省都不适合养鸭，而一些鸭绒主产地也被其他鸭绒服生产厂家垄断了，工厂根本没有原料进行生产。

县长急了，发动全县干部、职工想办法，出主意，可是反馈上来的意见县长都不满意。这时，秘书对县长说："我有个建议不知道行不行？"

县长说："你讲，听听。"

秘书眉飞色舞地讲了起来："咱们县地处南北交界处，每年冬春、秋冬这两个时节，都会有不计其数的野鸭从县城南边的山口飞过，咱们可以在南北两座山之间拉起层层的索道，悬挂吊篮，让人坐在上面逮野鸭，拔鸭绒，用野鸭绒做的鸭绒服会更保暖，也会更有卖点！"

县长听了，一拍大腿,说："这个主意好！"于是马上成立了"野鸭绒空中收集领导小组"，县长亲自担任组长，秘书为常务副组长，制订了详细的方案。县长还一再强调"为了保护野鸭，所拔鸭绒不能超过鸭子身上绒毛面积的五分之一，拔过鸭绒的野鸭一律放飞，严禁无故宰杀。工程必须在野鸭南飞前建成。"

贷款三个亿的工程建成了，县里专门录用一千名工作人员，每天轮流在空中值班。很快，采集的鸭绒够生产一件鸭绒服了，鸭绒服厂总算得以开工生产了，县长在开工仪式上发表了热情洋溢的讲话。

那天，秘书提了一个包装漂亮的大纸盒，走进了县长办公室，县长问是什么，秘书笑得眼睛眯成了一条线"县长，这就是厂里生产的第一件鸭绒服，您穿着试试！"县长穿上了第一件也是今年最后一件野鸭绒服，他觉得真的很暖和，而且又轻又薄，他心里想道："看来这个决策是对了！"

451 2009 SEMIMONTHLY 下半月刊 11月

欢迎登录本刊主办"故事中国网"(www.storychina.cn)

故事会

—STORIES—

2009年11月

下半月刊·绿版

社长、主编：何承伟

常务副主编：吴 伦

副主编：姚自豪（上半月·红版）

副主编：夏一鸣（下半月·绿版）

本期责任编辑：杭 帆

电子邮箱：hangfan1102@126.com

绿版发稿编辑：

夏一鸣 朱 虹 邢 悦 刘迎曦（见习）

美术编辑：李宝强

电脑制作：郭瑾玮

通 联：归依玲

本社办公室电话：021-64375030

上半月刊编辑部电话：021-64332325

下半月刊编辑部电话：021-64336469

（上海市绍兴路74号 邮编：200020）

主管、主办：上海文艺出版（集团）有限公司

出版单位：《故事会》杂志社

制作、发行总监：张 凯

电话：021-64313938

广告业务：上海故事会文化传媒有限公司

广告总监：张 淮

广告业务：021-34010383

广告投诉：021-64333738

广告经营许可证

沪工商广字3100320050022号

发行：中国图书进出口上海公司

·笑话·

送点啥

这天，李老师从驾校学车回来，气鼓鼓地对丈夫说：“我们这个教练真是过分！每天绕着弯儿说以前的学员送过他什么东西，比如卖家具的送了一个衣柜，卖调料的送了十坛酱豆腐，开五金店的送他三盘电线。你说，气人不气人？”

丈夫听后，笑着说：“那你这当老师的，准备送他什么呢？”

李老师哼了一声，说：“我早想好了，他要是再嘀咕，我就送他一堆卷子！”

（余长生）

（本栏插图：李　加）

中国的牛

在美国的一所汉语学校里，老师对下面的学生说：“其实中文并不难学，在汉字中有许多象形字，看字形就能猜出它的意义来，比如，山羊的‘羊’字，不就有两只角吗？”

“哇！”学生们发出惊奇的赞叹声。

“那么，我们再来认识这个‘牛’字。”老师趁热打铁说道。

“老师，我不明白，”一个学生霍地站起来问道，“为什么中国的牛只长一只角呢？”

（珍　妮）

分门别类

妈妈带着儿子去庙里求神，她双手合十，虔诚地祷告：“求大仙保佑我儿子，语文考100分，数学考100分，历史、地理都考100分。”

这时，儿子在一旁提醒道：“还有英文，还有英文……”

“英文等礼拜天到教堂求耶稣，”妈妈镇定地回答道，“大仙又不懂英文！”

（蓝昌科）

学英语

小高在“迪斯尼英语培训班”做客户接待。

这天，有个母亲带着女儿来报名学英语，这位母亲看了一下资料，然后很认真地问：“那么，可以请迪斯尼亲自来教吗？”小高听完，一时愣住了，只好回答没有“迪斯尼”这个人。可不管怎么解释，对方就是不信。

小高实在忍无可忍，只好说“那你去对面‘小白兔英语培训班’吧！可以找小白兔教你孩子。”

（高小雨）

打分洗碗

乐乐家里新买了一台音响，带有卡拉OK自动打分功能。这天吃过饭，一家三口都抢着要唱，可这样一来就没人洗碗了。

妈妈想了想，提议道：“这样吧，我们一人唱一首歌，让卡拉OK机打分，然后再决定谁洗碗，怎么样？”乐乐和爸爸举手表示同意。

三人各自唱毕，乐乐得了最高分，妈妈分数最低。爸爸一看，自己的分数在中间，不禁有些得意，心说这下，怎么样也不会轮到我吧。

这时，就听妈妈开口道：“我宣布，去掉一个最高分，再去掉一个最低分，本次洗碗的是爸爸！”

（王庆纲）

他来了

小镇上的邮递员老约翰去世了。在他的葬礼上，牧师觉得自己应该讲点什么，于是他念了一首诗：“春天，当道路泥泞的时候，他来了；夏天，当太阳灼热的时候，他来了；秋天，当秋雨绵绵的时候，他来了；冬天，当大雪纷飞的时候，他来了。”

葬礼完毕，牧师问迈克：“我今天的讲话怎么样？”

迈克想了想，说：“还不错，但其实没必要那么长，你只要说，‘老约翰在各种鬼天气里都来’就够了。”

（方　方）

·笑话·

总算逮住了

刘方从未参加过孩子的家长会，每次都是他老婆去，这次他却心血来潮，抢着要去。

开完家长会回家，刘方一路哼着小曲进了门，显得很是得意。老婆见了，便问他："瞧你乐得嘴都合不拢了，是老师表扬咱孩子了？"

"不是。"刘方摇摇头，笑着说，"其实这些天来，我天天去局长办公室找他签字，可老找不着人。好在他今天也去参加家长会，这下总算让我给逮住了……"

（舒仕明）

最想做的事

公园里有一男一女两个雕像，它们面对面地伫立着已有数十年。一天，爱神丘比特来到它们面前，说："想必你们每天对看着，一定很郁闷吧！今天我就让你们变成人类，去做一件你们最想做的事情，可是只有十五分钟喔。"

话音刚落，两个雕像就变成了人，他们立刻兴奋地跳进草丛中……

过了十分钟，两人回来了。丘比特说："唉呀，还有五分钟呢！"两人对视一眼，又跳进了草丛……

这时，隐隐约约只听到女雕像对男雕像说："好吧，这次我来压住鸽子，现在换你在它头上拉屎。"

（蓝昌科）

原来如此

在公司组织的一堂训练课上，讲师为了炒热气氛，拿出一整袋糖果请大家随意取用。众人一拥而上，每人都拿了四五颗，只有老张一颗都没有拿。

讲师说，这其实是一项测试，每拿一颗糖果，就代表此人的一项个人特质。说着，讲师走到老张身边："这么说，你没有特质吗？"

"不、不是，"老张支支吾吾地说，"其实我有糖尿病。"

（史志鹏）

第一步

这天，大刘家里的台灯灭了，他拿出一个新灯泡刚要换上去，突然想起什么，便问十岁的儿子：“你知道第一步做什么吗？”“把旧灯泡拿下来。”大刘摇了摇头，儿子又说：“敲敲旧灯泡，看看是不是没坏。”

大刘还是摇头，有点生气地说：“你怎么没有一点安全意识呢，知道这带电的东西有多危险吗？万一触电了，可能就没命了！”

儿子听完，若有所思，试探着问道：“莫非第一步是先立遗嘱？”

（向日鬼）

运气问题

大卫是公司的人事部主管。最近，公司一下子收到了五百份求职简历，看着堆得像小山一样的简历，大卫很是头痛。

过了两天，老板问大卫找到合适人选没有，大卫苦着脸说简历实在太多了。老板一听，挑着眉毛轻松地说：“这有什么难的，你随便请五十个人来面试，其余的统统扔掉。”

“四百五十份统统扔掉？”大卫一脸惊讶道，“可这里面要是恰巧有合适的人选呢？”

老板回答说：“你的话有道理，可是，我也不想要运气不好的人啊。”

（梁超文）

好听的标题

李平家的小区物业十分混乱，他实在看不过去，决定写份意见书给物业管理。

两天后，意见书终于写好了，足足有五张纸，还做了个封面，封面上印了三个大字“意见书”。谁知，老婆只瞥了一眼封面，就说：“这样人家能看吗？物业最烦提意见的了，我看啊，你得改个好听的标题。”

“这意见书还能起什么别的标题？”李平没主意了，问，“要不你说怎么改？”

老婆想了想，说：“就写‘物业那些事儿’吧。”（李彦锋）

（本栏目欢迎原创笑话或翻译的最新外国笑话。来稿可从邮局寄发，也可从网上传递。如为电子邮件，请发以下信箱：hangfan1102@126.com）

阿P办公司

□钱 岩

阿P进了城，一连打了几份短工，手里有了一点小钱，就买了一辆二手三轮车，走街串巷收起废品来。

这天，阿P骑着三轮车进了一个小区，慢悠悠地边蹬边吆喝。这时，就见一个衣着光鲜的女人从三楼阳台上伸出头来，喊道:“收废品的，上来！”

阿P兴奋地“咚咚咚”奔上楼去，笑嘻嘻地问:“大姐，你是卖废报纸，还是卖旧家电？”可话还没说完，阿P却吃惊地瞪大了眼睛，只见那女人拖出来的既不是废报纸，也不是旧家电，而是一条死狗！

阿P顿时大惊失色，吓得忙摆手道:“大姐，我只收废报纸、旧家电，死狗我是不要的！”说着，转身就往楼下跑。见阿P要跑，那女人急了:“收废品的，你给我站住！谁说要把死狗卖给你了？”阿P停了下来，扭转头不解地问道:“大姐，那你拖出来一条死狗来干什么？”

女人红着眼睛，叹息道:“这是我养的宠物小狗，名字叫贝贝，跟着我已经五年了，比丈夫都亲。现在它生病死了，我不想把它扔进垃圾堆，你帮我找个地方把它给埋了……”

阿P一听，心想：我阿P虽然是个热心人，可一天不干活，就没有饭吃呢，哪有闲工夫帮她埋狗！于是说“这个我做不来的，你找别人吧。”那女人忙说“你放心，我不会让你白帮忙的。这样吧，你给我在城郊找个地方，把贝贝给埋了，我给你一百块钱。”

埋条死狗能得一百块钱！阿P抑制不住内心的兴奋，笑道:“大姐，我这人心肠软，平时最瞧不得女人掉眼泪了。好，我这就去帮你埋狗，钱不钱的，无所谓。”说着，阿P从地上捡起死狗，但站在门口就是不走。阿P嘴上说钱不钱的无所谓，其实他在等女人给钱呢。

女人看来很谨慎，她并不急着掏钱，只是说：“这位师傅，咱们先小人后君子，丑话我先说在前头，要是你拿了钱，把我的贝贝扔在路上了，或者带回家炖着吃了，那我不是太冤了吗？”阿P见到嘴的肉要飞，忙把胸脯拍得砰砰响：“别、别！你出去打听打听，我阿P说话一向算数。你放心把钱给我吧。”

女人早就有打算，只听她说“你先去找地方把我的贝贝给埋了，用手机拍下照片，回来再取钱。这是我的家，我跑不掉的。对了，你的手机有没有拍照功能？”

“有，有，”阿P不想失掉这笔生意，连忙说道，“好吧，我这就去找块风水宝地，帮你埋贝贝，不过到时你可别不认账啊。”说着，阿P把死狗拎下了楼，放进三轮车里，朝郊外骑去。

后来，阿P还真到郊外大青山的山脚下，找了块背阴向阳的地方，把小狗给埋了。女人看到阿P拍回来的照片，很是满意，还爽快地加了阿P二十块钱。

做完这笔生意，阿P突然灵光一现：哈哈，他找到了生财之道了！现在还收什么废品，他要创业办公司，专门帮城里的有钱人埋小猫小狗。阿P想了一夜，公司名字也起出来了，就叫“阿P宠物殡葬服务公司”。阿P决定再花钱印些小广告，他心里美啊，现在城里养宠物的那真是太多了，这要是死了都让我阿P来埋，那是多大的业务量！不久的将来，我还要在全国办连锁店，全国富翁排行榜给我阿P留着吧……

小广告发出去后，阿P隔三岔五也能接到活儿，但收入都很少，像第一个女人那么大方的顾客，一个也没有。不过阿P信心十足，心说：万事开头难，要不了多久，会有大单找上门来的。

终于，这天阿P接到一个电话，有人愿意花大价钱请他去埋宠物狗。阿P连忙兴冲冲地赶了过去。客户是一个上了年纪的老人，身体还不好。老人告诉阿P，他愿意出八百块钱，不过，出这么高的价钱，要求自然就比较特殊。

阿P笑道：“老人家，你有什么要求说就是了，不要有什么顾虑。可以这么说吧，只有你想不到，没有我阿P做不到的！”阿P心想：不就是埋一条狗嘛，只要你舍得付大钱，让我把它埋到哪里都没问题！

听阿P这样夸下海口，老人很高兴：“阿P师傅，龙山公墓你应该知道吧。你偷偷把狗给带进去，找到E区8排8座，那是一个叫朱海的王八蛋给他父亲买的墓，他父亲还没死，你就把死狗给埋到那空穴里。记好了，别弄错，E区8排8座，朱海那王八蛋！”

阿P一听，脑袋一下就大了，他根本没想到是这样，老人竟要把狗埋到人家父亲的墓里，这不是让人家认狗为父嘛！阿P一向自认为脑子好使，这下也没了主意，结结巴巴道：“这、这……”

老人见阿P这样，可不高兴了：“你刚才不是说‘只有你想不到，没有我阿P做不到的’嘛，敢情是吹牛呀。那龙山公墓是开放式的，晚上很容易溜进去。不要怕鬼，人死如灯灭，哪来的鬼啊？”

阿P叹道：“我是很容易溜进去，也不怕什么鬼。只是、只是把死狗埋进人家父亲的墓里，不厚道呀！”

老人一听，脸色大变：“什么厚道不厚道！那个叫朱海的王八蛋是我的仇人，想当初我可把他当儿子啊，他做生意没本钱全靠我赞助，可没想到，现在他有了钱却猪狗不如……”老人说着说着，禁不住泪流满面。

阿P听老人这么一说，也很生气，对这样忘恩负义的小人，还跟他讲什么厚道不厚道。想到这里，阿P摆出一副侠客的架势，爽气地答应下来：“老人家，这笔生意我做了。咱们老规矩，先干活，后付款！”

当天夜里，阿P就帮老人把死狗埋进了朱海父亲那墓穴里。整个过程，阿P是提心吊胆，但又充满刺激。第二天一早，阿P就来到老人家里，把拍下的埋狗照片给老人看。老人二话不说，就把钱给了阿P，还拉着阿P的手，说感谢他帮自己出了一口恶气。

阿P又做成一单大生意，兴奋得当晚就拉了一批老乡进了“喜洋洋火锅店”。几杯酒下肚，大家话就多了。阿P是什么人，肚里哪藏得住东西，早就抢着把昨晚的事说了，而且还添油加醋说得绘声绘色。

就在阿P唾沫星子乱飞的时候，一个男人突然骂骂咧咧冲上来，对着阿P的脑袋“嗵”地就是一拳，一下就把阿P打倒在地上。阿P倒在地上，捂着脑袋惊恐地喊：“你、你为什么打、打人？”

那男人愤怒道："你小子吃了熊心豹子胆了，竟敢把死狗埋到我老子的墓穴里！看我不打死你！"说着，抬起脚又要朝阿P踹去，好在被阿P的一帮老乡死死拉住。

真是无巧不成书啊！原来，阿P进的这家"喜洋洋火锅店"，老板正是那老人的仇人——朱海。刚才阿P开口闭口说朱海，而且越说越放肆，一直说到把死狗埋到朱海父亲的墓里，在旁边的几个服务员实在听不下去了，于是就找来了老板朱海……

阿P心里叫苦不迭，真是言多必失啊！他连连求饶，说自己和朱老板无怨无仇，只是上了一个老头的当，那老头说朱老板是他的仇人，还说朱老板猪狗不如，自己一时冲动，就稀里糊涂地帮他做了这事……

朱海听完，从地上一把揪起阿P，怒吼道："这么说来你只是一个帮凶？那好，你这就领我去会会那老头！你要是说假话，看我到时怎么收拾你！"

阿P没办法，只好领着朱老板去找那老头。可奇怪的是：当阿P敲开老头家的门，刚才还气势汹汹大喊大叫的朱老板，一见到那老头，顿时像泄了气的皮球一样，看得阿P是云里雾里的，这哪归哪啊？

原来，这老人就是朱老板的父亲。想当初朱老板创业时缺少资金，老人为了支持儿子，把名下的房子都给卖了，自己租房子住。可没想到儿子发财后，对老父亲不管不问，甚至连老人住在哪里都不知道，更不要说来问寒问暖了。老人很寒心，要儿子还房子。这朱老板竟能想得出来，在龙山公墓买了个墓穴当"房子"还给了老人！

后来，老人听说儿子养了只小狗，吃的是进口狗粮，住的是豪华狗舍，生病了还陪它打针吊水。敢情在儿子眼里，爹还不如狗啊！老人气不过，两天前从儿子那里把小狗偷了出来，用棍子打死，然后便让阿P把狗埋到儿子还给自己的那"房子"里：这狗就是儿子的爹！

阿P知道了事情的真相，顿时来了精神，一挺胸脯挡在老人前面，对朱老板进行了一番义正词严的声讨。看着朱老板那狼狈相，阿P可高兴了：我阿P办的这公司，不但能带来财富，还能够教育一些不孝儿女，看来很有发展前途呢！

（**题图、插图**：顾子易）

阿P是一个深受读者欢迎，且具有多重性格的喜剧人物。他正直、朴实，却又染有许多不良习气；他自作聪明，却又往往事与愿违，弄巧成拙；面对屡屡受挫的现实，他却能自我解嘲，很有点阿Q的精神姿态，让人啼笑皆非。

您身边有这样的人吗？希望您能把他写下来，寄给我们，从而让阿P这个人物更丰满，更具有典型意义。

本期游戏难度指数：★★★★☆

福尔摩伍的问题

一支箭

福尔摩伍接到报警，说一个叫杰克的学生死在宿舍楼门前。福尔摩伍赶到现场，只见死者倒在学生宿舍的大门外，头朝着门趴在地上，一支箭垂直插在他背上。显然，杰克是在进大门的时候背部中箭身亡的。

福尔摩伍轻轻翻动尸体，发现死者身下压着三枚硬币，他将硬币收入证物袋中，又继续检查，发现死者钱包里的硬币都放得好好的，并没有散落出来。

福尔摩伍站起身，问一旁的大楼管理员："这栋楼里住着多少学生？"

管理员说："现在是暑假，楼里只剩下杰克和罗伯特两个学生，他们是学校射箭队的，留在学校里等下周的比赛。"管理员说着，一指大门上方的二楼房间说，"那就是罗伯特的房间。"

"那你看到罗伯特下来过吗？"

"没有。"管理员摇头答道。

福尔摩伍来到罗伯特的房间，认定他与杰克之死有关，可罗伯特竭力否认："从我的窗口看下去，只能看到杰克的头顶，怎么能将箭射到他背上呢？"

福尔摩伍走到窗口，探出身子看了一眼，然后转过身，拿出装着三枚硬币的袋子："不，你有办法做到，我想这些硬币上一定有你的指纹吧。"罗伯特看到硬币，脸色有些变了，结结巴巴道："那可能是我上午回宿舍时，不小心从兜里掉出来的。"

福尔摩伍摇摇头，冷冷一笑说："不，这是你故意设下的陷阱。"福尔摩伍所说的陷阱是什么呢？（推荐者：木　木）

超级视觉

仔细看，是什么勾勒出这张美丽的脸？

世界500强面试题

贪心的服务员

有三个人去住旅馆，住三间房，每一间房100元，一共付给老板300元。第二天，老板觉得三间房只需要250元就够了，于是叫服务员退回50元给三位客人。谁知服务员贪心，只退回每人10元，自己偷偷拿了20元。这样一来，便等于那三位客人每人各花了90元，三个人一共花了270元，再加上服务员独吞的那20元，总共是290元。可是当初他们三个人一共付了300元，那么还有10元钱呢？　（推荐者：开　心）

答案

福尔摩伍的问题

罗伯特看到杰克走向宿舍大楼，预先把硬币扔在楼门外，杰克看到地上的硬币，下意识弯腰去捡，罗伯特趁机射出箭。于是，便出现杰克背后中箭、身下压着硬币的状态。

世界500强面试题

这是一道迷惑你的题。实际上，是三个人一共花了270元，其中的250元给了老板，而剩下的20元被服务员"贪污"了，和最前面的300元没什么关系。

杨秀英的“生意”

□黄　胜

第一笔生意

俗话说：“马无夜草不肥，人无外财不富。”在织布厂打工的杨秀英，一门心思要找机会发外财。机会还真来了！

这天，杨秀英抱着三个月大的儿子上街，正巧遇到一个老乡，对方看到她后眼睛一亮，问她想不想赚点外快。杨秀英说：“当然想，我正愁钱不够花呢。”

老乡便说“我有个朋友，老婆刚出车祸死了，撇下两个月大的孩子。他想找人帮忙把孩子送回福州老家，因为路途遥远，就想找一个哺乳期的女人，可以一路给孩子喂奶。”见杨秀英有些犹豫，老乡又说，“事情很简单，到了有人接站，你把孩子交给对方就好了。而且，人家答应出一千块钱呢，你愿不愿意辛苦一趟？”

杨秀英一听有点心动，沉吟道：“行倒是行，可我还要喂我自己的孩子啊……这样吧，一千五我就干。”老乡龇牙笑了：“你还真会讨价还价，好吧，就一千五。”

第二天晚上，杨秀英抱着老乡送来的孩子，上了去福州的火车。第三天的早晨，顺利到站后，孩子的爷爷来车站接走了孩子，一千五百块钱就这样轻轻松松到手了。杨秀英很兴奋，这可比她一个月的工资还要多，又比做工轻松百倍啊。只可惜，这种活儿可遇不可求。

想不到的是，刚过了两天，那个

老乡又来找杨秀英，说："还是跟上次一样的活儿，你干不干？"杨秀英先是一喜，而后一惊，心里就怀疑开了，她不笨，知道这种事绝对不会经常发生，便狐疑地问："怎么可能呢？你们……不会是人贩子吧？"

老乡高深莫测地一笑，不承认也不否认，只是说："我也不清楚，我只是中间人。你呀，只管赚钱，其他事情不要多问。一句话，你干不干？要不，我就去找别人了。"

杨秀英明白了，看来还真是人贩子，上次那孩子并不是回老家，而是被贩卖到了福州，怪不得当时自己感觉那"爷爷"的神情怪怪的。想到这里，她不禁有些后怕："不会有什么事吧？"老乡轻松地说："能有什么事？孩子又不是偷的抢的，是从他父母手里买来的，没人会追究。再说，你不过是被人托了送孩子的，什么都不知道，就是出事了，也跟你没有关系啊。"

杨秀英觉着这话有些道理，心里就轻松了一些，又想到那厚厚的一千五百块钱，心就痒痒的。老乡立马看出她的心思，趁热打铁道："这事儿一点危险都没有，小孩子又不会说话，有奶便是娘，路上要是有人问起，你就一口认定是自己的孩子，谁会怀疑啊？"

杨秀英回忆起上次送孩子的过程，一路上，不但没人怀疑自己，反而倍受照顾，走到哪里都有人给让座，那孩子认生啼哭的话，只要喂他喝奶就安安静静的了，谁都不会注意到自己。想到这里，杨秀英在心里对自己说：你不是想发财吗？有钱不赚，你不是傻吗？于是，她就下了决心，说："行，我干！"

生意兴隆

万事开头难，但只要有了一，就会有二，接下来三、四也就都来了。刚开始，杨秀英还有些内疚，尤其是看见三四个月大的婴儿，总觉得像自己的孩子一样。她就这样为自己开脱：反正自己不送，也会有别人送，那些孩子还是摆脱不了厄运。渐渐地，杨秀英就麻木了，她是越做越顺手，越做越大胆，后来，干脆把工厂的工作辞掉，搞职业化了。

这"行当"，并不是天天有活儿，有时候一两个月没生意，有时候可能要连轴转，一趟接着一趟，整月都不着家，即便回家，也是来去匆匆，顾不得跟儿子亲热一会儿。好在儿子有奶奶照顾着，即使喝不到母乳，只喝奶粉，也长得很快，跟庄稼似的，见风就长，几天不见，小模样就有变化。

最近，生意特别红火，杨秀英南下北上，已经整整一个月没回家了。这天，她刚回来，还没到家呢，就接到雇主老李的电话，让她立即去广西接一个孩子，杨秀英只好立马转身，直接返回火车站，南下去了广西。

在广西却遇到点麻烦，因为当地风声紧，警方正在拉网查找该男婴，杨秀英在一家小旅馆足足躲了七天，等风声过去，才抱了孩子登上返程的列车。一路上，杨秀英是归心似箭，心说：都一个多月没见儿子了，小家伙一定又长了不少吧？

列车到站，杨秀英按电话指示，将婴儿送到了指定地点。来接孩子的是人贩子老李，老李验完货，非常满意：“好货，能卖个好价钱。”说着，把一沓钱交给杨秀英。杨秀英一点，有三千块，心里一喜，就问：“涨价了？”“不是。”老李掏出一张火车票，说，“你马上把这孩子再送到甘肃，还有一个小时就发车。”

杨秀英不太愿意去：“甘肃太远了，来回又得一周。我很久没回家了，你换别人去吧。”老李说：“有钱赚还不愿意？好吧，再给你加五百，总行了吧？”说着，点出五百块钱，拍在杨秀英手上。杨秀英眉开眼笑，对着钞票猛亲了一口，说：“好吧，看在你的面子上，我再跑一趟吧。”

七天后，杨秀英顺利返回。在火车站，老李将一个男婴送到她怀里，而后是一卷钞票和一张火车票，说：“把这孩子送到安徽，这次很近，来回三天就够了。”杨秀英看看表，距发车时间很近了，又来不及回家看儿子了。她不由叹口气，心说：反正已经一个多月没回去了，也不差这三天。她把钱掖进腰里，腰里顿时鼓鼓囊囊的，令她兴奋：有了这，再怎么辛苦，也值了！

赔本生意

杨秀英抱着孩子上了火车，坐定后，她打开了襁褓，大概是老李给孩子喂了镇静药，孩子正睡得香甜。看这孩子，也就八九个月光景，长得白白胖胖，肥头大耳。她心说：这孩子可真胖啊，吃什么好东西吃的？

邻座的一个中年妇女探头看了一

眼杨秀英怀中的孩子，惊讶道“这孩子怎么这么胖呀？”杨秀英骄傲地说“我儿子吃得好呀。”中年妇女摇摇头：“我看这不是正常的胖，倒像是大头症的症状。”杨秀英不高兴了：“你儿子才大头症呢！”

中年妇女也不生气，微微一笑，说：“我建议你尽快带孩子到医院检查一下，现在市场上有一些劣质奶粉，婴儿喝了会患大头症。”杨秀英挺了挺胸脯，说：“我家宝宝是母乳喂养的。”中年妇女见她一副拒人于千里之外的神情，也就不再多说了。

其实，杨秀英也听说过劣质奶粉的事情，她也觉得这孩子有些不正常，不过跟自己有什么关系呢？明天，还不知他会成为谁的孩子。

第二天下午，杨秀英把孩子交到了接站人的手里，那人见孩子胖乎乎的，还挺高兴：“嘿嘿，这大胖小子，值了！”而后，杨秀英就返程回家。

这次，终于没有新任务了，杨秀英直奔回家，还没进家门，她就感觉有些异常，屋里好像有人在哭，冲进去一看，见婆婆正在抹眼泪。杨秀英顾不得别的，先去看儿子，床上却没有，她问：“妈，宝宝呢？”婆婆“哇”的一声大哭起来：“闺女，俺对不起你，俺没用，宝宝丢了！”

顿时，杨秀英脑子里“轰”的一声，冷汗都冒出来了，连声问：“什么时候丢的？怎么丢的？”

婆婆断断续续说了事情的经过。原来，三天前，趁着孙子熟睡，她出门去买菜，回来发现孩子不见了，还以为是被儿子抱走了，也没在意，后来等儿子回家才知道不是，赶紧报警，却已经晚了。如今找了三天了，毫无音讯。

杨秀英气急败坏：“出了这么大的事，你们怎么不打电话给我呢？”婆婆低声说：“我怕你着急，又以为很快能把孩子找回来呢，就……”

杨秀英绝望地一屁股坐在床上，恨得是咬牙切齿，却又无计可施。突然，她脑中一激灵：三天前，会不会……她问婆婆：“宝宝现在长什么样了？有照片吗？”婆婆抽泣着，找出一张照片：“这是上星期刚照的。”

杨秀英只看了一眼，就猛地跳起来——照片上的一个大头娃娃，正是三天前老李交给自己的那个婴儿。她目瞪口呆，心里咒骂道：这老畜生，偷孩子竟偷到我身上来了！只是杨秀英奇怪，当时自己竟没认出儿子来，一方面是根本想不到，另一方面，一个半月未见，儿子的变化也太大了啊，她忙问：“妈，咱宝宝咋胖成这样了？”婆婆道：“吃得好啊，那奶粉比你的奶质量都好。”

杨秀英气得浑身发抖：“什么呀！这是得了大头症啊，谁让你给宝宝喂奶粉的？”婆婆委屈地说“你又不在家，不喂他奶粉喂啥呀？”杨秀英一听，顿时哑口无言。

最后的生意

杨秀英把儿子送到合肥火车站就出手了，具体被卖到哪儿不清楚。她急忙拨打老李的手机，语音提示：电话暂时无法接通。杨秀英再打自己那老乡的电话，倒是通了，等她把情况说完，老乡也急了：“这老李太不仗义了，连你的孩子都偷！唉，可我现在也找不到他啊。”

杨秀英哭泣道：“那我要报警，让警察去找他。”老乡立刻阻止道：“千万别！一报警，事情就败露了，你也得栽进去。”杨秀英说：“他是重罪，我怕什么？我不过是帮着送送孩子。”

老乡却说：“那也是同谋，也是重罪！小杨，你算算一共送了多少个孩子？一个就能判你三年五年，十多个，够枪毙了，千万不能报警！”杨秀英傻眼了：“那怎么办啊？”老乡说：“你先别急，我一定帮你找回儿子。你等我的消息。”

十天后，绝望中的杨秀英终于接到老乡的电话，她迫不及待地问：“找到老李了？”老乡说：“老李没找到，但我打听到买主的地址了。”杨秀英大喜，这可比找到老李还要管用，激动之下，她哽咽着连句道谢的话都说不出来了。

老乡问：“小杨，你有没有把你做的事跟家里人说过？”杨秀英说：“没有，他们一直以为我在外面跑供销呢。你快告诉我，我儿子被卖到哪里了？”老乡说：“你别着急，咱们到火车站见面，我再告诉你。”

杨秀英急忙收拾好行李，对家人说声要去出差，就直奔火车站。在候车厅，老乡交给她一张纸条，说：“这是我好不容易查到的地址，你赶快去吧，别让他们又把孩子转移了。”杨秀英千恩万谢，老乡摆摆手道，“咱这关系，你跟我千万别客气！”

老乡把杨秀英送上火车，等火车开动后，他不慌不忙地拿出手机，拨通了一个电话，说：“货已经上路了，你收到后，就把钱打到我的账号里。还有，这女人心眼多，你让买主千万看管好，别让她跑了。”对方道：“放心吧，她心眼再多还不是着了你的道儿？自己被卖了都不知道，还帮你数钱呢。”“哈哈……”

列车上，杨秀英透过车窗，看到站台上的老乡在打电话，心里感激万分：真是好人啊，他肯定是为了自己的事，还在到处联系。列车开动了，杨秀英凝视着渐渐远去的车站。此刻，她当然不会意识到，这是她参与的最后一笔生意——她将没有机会再看到这座熟悉的车站，她的余生，将要在纸条上所写的那个荒僻的山村中度过……

（题图、插图：谭海彦）

遭遇敲诈

□谢元清

漫天要价

陈亮是云山县的中学老师，放假时喜欢独自到野外探险。这天，他从外甥那里借来一辆越野车，向这次的目的地天云山进发。

谁知，才开了两个多小时的车，天上忽然下起了瓢泼大雨。通往天云山的是一条土路，大雨一浇，路面顿时变得泥泞不堪。陈亮勉强将车子开到半山腰，却不小心陷入一个泥坑里，动弹不得了。

这荒山野岭的，叫天天不应，叫地地不灵，手机又没信号，陈亮有些绝望了，他茫然地望了望四周，忽然眼睛一亮：前方不远处立着几根电线杆，有电线杆的地方一定有人家。他顺着电线方向的一条便道走去，果然在山窝窝里发现了一个村庄。

陈亮走进村子，看见几个村民正在闲聊，就把自己陷车的事跟大伙说了，便有人跑去报信。不大一会儿，众人簇拥着一个老汉走过来，这老汉六十左右，腰板挺直，看上去很有威仪，他安慰陈亮道："推车没问题，我们有的是力气。"当即指点身边一个留着络腮胡子的男人，"你先去看看怎么回事。"

陈亮大喜过望，带着络腮胡来到现场。哪知，络腮胡绕车子转了一圈，忽然脸色一变，急急忙忙往回赶。陈亮不知就里，紧跟着来到村里，只见络腮胡在老汉耳边嘀咕几句，老汉面沉似水，两只眼睛朝陈亮上下打量片刻，变脸道："哼，叫我们办事，怎么一点规矩都不懂！"

"什么规矩？"陈亮丈二和尚摸

不着头脑。络腮胡干咳一声，两只手指在嘴边比了比。陈亮马上会意："抽烟啊，有，有，有。"立即掏出烟来分。谁知，老汉用手一挡，生气地说："打发叫花子呀！"陈亮一愣："哦，一人一包……好说，好说。"当即跑到旁边一爿小店，买了两条本店最好的香烟交给老汉。

老汉接过烟，"嘿嘿"一笑，说："你在这里等一等，我们研究一下，看怎么收费。"说着使了个眼色，众人都一窝蜂拥进了一间屋里。陈亮心里一惊：还要收费？难道想乘机敲竹杠？

一帮人在里头叽叽喳喳一阵嘀咕后，有个小伙子出来喊道："喂，进来有话问你。"陈亮踏进屋里，只见老汉端坐在案桌前，面前搁着一把算盘，一叠白纸，旁边围着一大群人，那场景像县太爷审案似的。陈亮正要说话，只听老汉"啊哼"一声干咳，正儿八经地问道："你这辆车是多少钱买的？"陈亮很纳闷，心说：推个车子和车子的价钱有什么关系？于是扯了个谎，说："20万，怎么了？"

"20万？恐怕不止吧？你有发票吗？"老汉追问道。"发票怎么可能带在车上！"陈亮更愕然了。老汉一愣，朗声说："好，就信你，按20万算。"随即"噼里啪啦"拨拉了几下算盘，又在纸上划拉几下，不一会儿，递过来一张收费单，阴沉沉地说，"推车费用共计人民币16725块。"

陈亮一听，如同触电似的跳了起来："有没有搞错，推一下车要一万多？"老汉白了他一眼，没好气地说："这是村里制定的收费标准，错不了。"陈亮一听，倒吸了一口冷气：糟了，还公开制定收费标准啊！不用说，他们是以此为生财之道了，说不定路上那个泥坑就是他们设下的"陷阱"呢……

然而，人在屋檐下，不得不低头，陈亮权衡再三，只好忍声吞气道："大爷，这个价实在太高了！这样吧，我再给你们几百块辛苦费，你们权当做一件好事，帮忙推一下。"谁知，老汉并不领情，粗壮的手掌往案桌上一拍，满脸不快地说："你以为这是买菜啊，可以讨价还价！16725块，一分不能少！"

一听这话，陈亮火了："你、你们这是敲竹杠……""骂得好！"老汉也说起了横话，"我们就是敲竹杠，怎的？你不愿意就立马走人！"陈亮一听转身就走，刚跨出门坎，又扭过头来说："起先的香烟要退还我。"老汉脸上掠过一丝尴尬，愣怔片刻，马上又板起脸说："进村敬烟，这、这也是我们的规矩，没得退！"

陈亮气呼呼地骂了一句："好，就当我施舍乞丐！"说完拂袖而去。

委曲求全

陈亮满脸沮丧地回到车上，心

想：现在只有等雨停了，看能不能找到一个有信号的地方，打电话让人来拖车了。正想着，忽然“轰”的一声巨响，前方几十米开外，崩下来一座小山包，把公路堵死了。

这一下，陈亮吓得胸口怦怦直跳，再往窗外一看，心立即悬到了嗓子眼：这车坏的不是地方，头顶有个十几米高的护坡，雨这样没完没了地下，要是再来个塌方，那可是车毁人亡啊！他越看越害怕，猛然间从座位上弹起来：不行，无论如何也得把车弄走，千万别因小失大。

陈亮顶着大雨又回到村里，老汉一见他，劈头就问：“说我们敲竹杠的，现在又有什么事？”陈亮这回学乖了，恭恭敬敬地递上一支烟，满脸堆笑道：“大爷，刚才多有冒犯，您大人有大量，别往心里去。我还是想把车子弄出来，您看能不能通融一下，少收点钱？”老汉听完，抬头看了看天，慢条斯理道：“好吧，你到村口等着，我一会儿就过去。”

陈亮站在村口，左等右等，都不见来人，眼看雨越下越大，心里急得像热锅上的蚂蚁。正当烦躁不安之际，老汉带着络腮胡等几个村民慢悠悠地走来了。老汉嘴里叼着一杆烟筒，“吧嗒吧嗒”地吸着，然后又把上午那张收费单递上来，说：“我们商量过了，价钱嘛……不能减，因为下午的雨比上午下得更大。”

这回，陈亮不敢嘴硬了，只好老老实实地接过收费单，可一看，只见第一行写着：勘探费，563元，他大惑不解地问：“大爷，怎么还有勘探啊？”老汉“哼”了一声，一指身边的络腮胡，反问道：“上午他是不是到现场看过？”陈亮点点头，老汉“嘿嘿”一笑，说，“这不得了，这就是勘探嘛！”

陈亮再看第二行，见上头写着：设计费，1583元，又不解道：“那怎么还有设计费？”老汉把脸一拉，说：“去看的人回来说，要带2根粗麻绳，3根大撬棍，6把锄头，12个壮劳力……这不就是设计嘛！”

陈亮哭笑不得，再往下看，只见后头写着：文明施工费、安全施工费、工具使用费、风雨季施工增加费、劳保费……五花八门，总共有30多项。陈亮看得脑袋都大了，心想：这山旮旯里的人，怎么可能想出如此千奇百怪的收费项目呢？这幕后一定有“高参”！不过他推车心切，只好央求道：“大爷，您就照顾照顾我，少收一些吧。”

老汉眯着双眼，说：“好吧，看你来一趟也不容易，那就照顾照顾吧，你去买两条‘中华’香烟来……这个收费嘛……给你打个七折。”众人一听，纷纷附和道：“对，对，买几条‘中华’来，犒劳犒劳弟兄们。”

陈亮气得脸憋成了酱紫色，但气归气，一想到车子的危险，他只好继续低声下气地央求道："大爷，'中华'香烟没有问题。只是，按你们说的打七折收费，我身上也没带那么多钱啊……"老汉瞥了陈亮一眼，问道："你带了多少现金？"陈亮苦着脸答道："只有五六千块。"

老汉在算盘上拨拉几下，把脸一拉，下了最后通牒："好吧，再相信你一次，你先交6000元，余下的打个欠条。要干，就马上交钱；不干，拉倒！"陈亮吐了吐舌头，还想说什么，忽然，"轰"的一声巨响，一个村民慌慌张张地跑进来说，前面又有塌方。陈亮心里一凉，再也不敢多说了，只好咬咬牙，从包里取出6000元现金奉上，催促他们快点上路推车。

谁知，老汉收了钱却不急不躁地说："这么大的雨怎么干活？等雨小些再去吧。"陈亮急了："那地方随时可能塌方，出了事谁负责啊？"

老汉哑然笑道："那地方是雷打不动的沙包土，怎么可能塌方？"络腮胡也嬉皮笑脸道："人家做初一，我们做十五，我们只是学人家'敲'一点钱，是决不会拿生命财产开玩笑的。"陈亮一听，悔得直跺脚，只是他不太明白络腮胡话里的意思，只觉得这村里的人都怪怪的。

过了一会儿，雨小了，老汉也不含糊，一声吆喝，十来个年轻村民便拿着撬棍、锄头、土箕等等上路了。络腮胡带领大家来到现场，围着车子"叽里呱啦"一阵议论，叫人扛来几根杉木桁条穿进车肚子，众人围着小车，有的搬，有的扶，有的扛，只听"一、二！嗨——"一声吼叫，车子被硬生生抬出了泥坑。

陈亮重重地吐了一口气，赶紧将车子调转车头，油门一踩，离开这是非之地。

·中国新传说·

惊人内幕

陈亮回到家，吃过饭洗个澡，就找外甥还车子去了。

说起这外甥可有出息了，才30多岁，就当上了县电力公司的经理。外甥一看舅舅脸色十分难看，便问道："舅舅，不是说要出远门吗，怎么回来了？"陈亮喉咙一哽，委屈得差点哭出来："我、我被人敲诈了！"

外甥一听，大为震怒："岂有此理，哪个吃了熊心豹子胆，竟敢在光天化日之下敲诈你？真是目无王法！"陈亮掏出那张收费单，哭丧着脸说："你看看吧，那村里的人简直和土匪一样！"

外甥接过单子一瞧，惊得目瞪口呆，不由脱口而出："这、这怎么和我们电力公司安装变压器的收费一个样呢？"继而瞪大眼睛问道，"那个村子是不是叫腰岭村？村里有一个老汉，还有络腮胡……"

陈亮咬牙切齿道："就是那帮人，坏透了！"外甥失声叫道"糟糕，他、他们这是在报复！""报复？我跟他们从来没有来往呀……"陈亮纳闷了。外甥摇头叹道："他们要报复的是我们电力公司，咳，这事说来话长……"

原来，上个月腰岭村村民集资办了一家工厂，由于工厂用电量大，他们便凑钱买了一台新变压器安装上了。可是陈亮外甥为了"充实"自己的小金库，乱开收费项目，结果开出了一张30多项、共计2万余元的收费单。村民们一看，吓坏了，一趟趟地跑去县电力公司，求爷爷告奶奶，要求减免收费，可人家只答应按七折收费，村民们砸锅卖铁，最后也仅筹到了6000元钱。这天，大家正在商议对策呢，便见陈亮来求助，本打算帮忙的，可络腮胡来到现场一看，发现车门上印着"云山县电力公司"的字样，便以为陈亮是电力公司的人，于是，立马改变了主意，接着，大家便活灵活现地上演了一场"报复"戏……

外甥大致说完事情的经过，见舅舅仍然愁眉不展，便宽慰道："这个小事一桩，我明天让人把安装变压器的钱退给他们，让他们也把钱退还你，这事不就解决了。"

谁知，陈亮听了这话不但不高兴，反而有些茫然，他呆立了许久，问道："我平时对你工作上的事不太了解，你的权力真的就那么大吗？"

外甥脸一红，打岔道："其实……这个很正常……舅舅，我看你有些跟不上潮流了……"

陈亮一下火了，操起墙角的一把拖把，朝外甥打来："龟孙儿，平时送我'中华'烟，我以为你孝敬老舅，没想到你是这样得来的啊……呸，我今天就代表腰岭村的村民教训教训你……"

（题图、插图：谢　颖）

包饺子偷来羊肉

□刘江波

巧珍今年三十出头，是村里有名的“小辣椒”，性格十分泼辣直爽。她男人在外地打工，每年春节才回家探亲一次，平日里，巧珍一个人拉扯儿子，是又当娘来又当爹。

这天早上，巧珍醒来时一看表，坏了，今天在外面打工的男人要回来了，应该去接站的，怎么还睡过头了呢。她急忙下地穿衣服，还没等走出院子，就听见外面有人说话，听声音正是自己的男人赵刚。另一个人呢，她扒着门缝往外一瞧，是隔壁杨宝的老婆翠云。这杨宝是和赵刚一起出去打工的，眼看就过年了，也应该一起回来才对呀，怎么没看见他呢？

巧珍正在纳闷，只见赵刚从包里拿出一沓钱来，递给了翠云。两个人说了几句，赵刚又拿出一沓钱，也全交给了翠云，这才往自己家走来。

这下巧珍可气坏了，混账东西竟敢在自己眼皮底下偷吃，这口气她才咽不下呢。巧珍回手抓起一把笤帚，见赵刚迈进门来，上去就给了他一下，然后张嘴就要开骂。赵刚眼疾手快，一把捂住她的嘴，拉着她进了屋。

等赵刚关上了门，巧珍挣脱了他的手，还顺势咬了一口，嘴像炒豆子一样数落开来:“好啊，人家都说男人有钱就学坏，你还没钱呢，就先学坏了！到家了不进门，先给别人送钱去，你是跟我过呢，还是跟她过？”

赵刚忍着疼求她小点声:“别胡说，那三千块钱是杨宝哥这几个月的工资，托我给捎回来的。”巧珍“呸”了一口:“想骗谁，我看你给了她两回钱，这是怎么回事？告诉你，姓赵的，今天不说清楚，这个年你别想过消停。”

赵刚叹口气，说:“你都看见了，那我也不瞒你了。第二回的钱是我的工资，我刚听翠云说她家小宝要做疝气手术，你想这孩子是在咱眼皮底下长大的，杨宝哥又不在家，这个忙咱能不帮吗？”

一听这话，巧珍的气消了一半，但她还是想不通:“帮忙是应该的，可你也得跟我打个招呼吧，再说，你把钱都给了别人了，自己家连年货都没置办呢。大过年的，我也不和你闹，你去找翠云要回一千块钱，借她两千行不行？咱们也得过年啊，这不算过分吧。”

这下子，赵刚为难了，刚刚借出去的钱，怎么往回要呀？一看他不动地方，巧珍一捋袖子，准备亲自出马。赵刚急忙拦住:“你可不能这么做，翠云的条件不如咱们家，逢年过节的连肉都舍不得买，就是要攒钱给小宝做手术。再说，杨宝哥在外面也没少照顾我，你要是这么一闹，我可没脸见人了！”巧珍“哼”了一声:“我不闹行了吧，我好言好语地说行了吧。”说着，硬是出了门。赵刚实在不放心，也跟着出来了。

翠云家就在隔壁，两家中间隔了一道砖墙，平时站在院里说什么，两家都能听到。这不，巧珍还没走出院子呢，就听见翠云家有人说话:“杨嫂，四条羊腿肉都给你挂墙上了。价是贵了点，没办法啊，一过年，这新鲜羊肉都涨价了。”

巧珍冷冷地看着赵刚，压低声音说:“你不说她困难吗？我看比咱们强多了！咱儿子最爱吃羊肉饺子了，我都没舍得给他买新杀的羊肉。”说着，巧珍搬来了梯子架在院墙上，“今天我非得偷两条羊腿过来不可！凭什么拿我家的钱去享受，让我们在这边干眼馋？”

赵刚说什么也不让，又不敢喊，只能一边撤梯子，一边小声央求道:“这不行，咱村里有讲究，大过年的丢东西，那是咒人家过不好日子。”巧珍抢不过他，正生气呢，就听隔壁翠云喊了一声:“小宝，别在外面玩了，进屋来先睡一会儿。”一看隔壁关了灯，巧珍也不去抢梯子了，她一个箭步蹿了出去。

刚巧翠云家的大门没有锁，巧珍摸黑进去，顺着墙边摸了半天，也没摸着挂羊肉的地方，一不小心还碰着个铁锹。屋里“吧嗒”一声亮起了灯，小宝说话了:“妈，外面有人！”翠云又把灯关了，说:“小孩子别乱说，我怎么没听见？”

这一开灯关灯，把巧珍吓得心头乱跳，但她也趁机看到了羊肉挂在哪儿，便轻手轻脚过去，摸了两条羊腿下来。可再想出大门是费劲了，刚才进门的时候，巧珍大概不小心把暗锁带上了，这会儿黑灯瞎火地摸了半天，也没摸到门上的暗锁，这万一要让翠云发现了，给她来个人赃俱获，这张脸可就没地方搁了。

正着急的时候，翠云家的门灯突然亮了，吓得巧珍差点坐地上。她回头一看，屋里黑乎乎的，不像有人发现的样子，这才放了心，连忙拨开暗锁，飞也似的跑回了家。

回到家，巧珍"梆梆梆"剁好了肉馅，一边包饺子，一边叨咕着多亏声控灯帮了忙，要不这脸可就丢大了。赵刚沉着脸道："你还好意思说，差点就让人家抓了个现行。"

"那我也不怕！"巧珍还不服气，"本来就是我的钱，我这算自己偷自己的羊肉。"赵刚看她像孩子似的不讲理，是又好气又好笑："我还从没听说有偷肉包饺子的，这饺子能香吗？"

这时门铃响了，看赵刚出去开门，巧珍一阵紧张，但不管她怎么想，该来的还是来了，翠云领着小宝进了屋，说："哟，这饺子馅够香的。"

巧珍的脸早涨得通红，平时那泼辣劲儿也没了，张了半天嘴也说不出一句话。翠云却好像没觉察什么，她笑着把钱递还给赵刚："刚子，这是三千块钱，现在还给你，赶紧给巧珍买两件新衣服吧。"赵刚还没接话，巧珍已经回过味来，她抢着把钱塞回翠云手里："这个不行，小宝马上就动手术了，再说，我们家过年的东西，都……买齐了。"

翠云说什么也不肯往回拿，两个人推让了半天，翠云急了："我知道你家也不富裕，就等着刚子拿钱回来过

年，我要是都拿走了，就太对不起你们了！哎，都怪这个缺德的杨宝，这时候也不回来，太没心没肺了，他眼里还有我们娘俩吗？”

这时，一旁的赵刚再也忍不住了：“嫂子，你别怪杨宝哥，他不是不想回来，而是被抓起来了。”“抓起来了！”翠云大吃一惊，“他老实巴交的，惹着谁了？”

赵刚叹了一口气，原来他们的老板是个外国人，圣诞节给工人放了几天假，春节就不让工人回家了。大家找老板理论，老板说了，他只过圣诞节，不过春节，如果谁想回去，就不给发工资。这下惹急了工人，混乱中大家砸了老板的办公室，连警察都惊动了。老板一看事情要闹大，被迫答应发这三个月的工资，但还有个条件，必须交出带头砸他办公室的人，否则谁都别想回家过年。

几十个工人都不敢吱声，眼瞅着就僵在那里，最后杨宝站了出来，承认是他领的头。结果，杨宝被警察带走了，他的工资也全被扣下。临走的时候，杨宝冲着赵刚喊道：“回去看到我老婆，就说我在这加班呢，还有小宝喜欢吃羊肉饺子，大过年的，别委屈了孩子。”

听到这儿，巧珍气得早骂上了，骂那个天杀的老板就是没良心。翠云却奇怪道：“刚子，杨宝的工资被扣下了，那你刚才给我的钱是哪来的？”

赵刚说“三十个工友，一人拿出一百块钱，说杨宝哥为大家受了委屈，他们要让你们娘俩过个好年。可大家都不知道小宝要做手术，要不然还能多凑点。嫂子，我的钱就是杨宝哥的钱，你千万得收下！”

翠云却说什么也不同意：“这三千块钱，还是多亏了大家的帮忙，我怎么能再要你的钱？”赵刚看她很坚持，不由得脱口而出：“嫂子，这是你应该得的，那、那个带头砸办公室的人，其实……是我！”

啊！翠云愣了，巧珍听了，在旁边狠狠给了赵刚几拳：“你个胆小鬼，敢做不敢当！这样的老板，砸了就砸了，有什么不敢认的？”

赵刚低下了头，喃喃地说：“我不是胆小，我就是想回家陪着老婆孩子过个年，在外面打了一年工，不就盼着这几天吗？所以我一犹豫，就没敢承认，让杨宝哥背了黑锅。”

巧珍的拳头还举着呢，一听这话却怎么也落不下去了，好半天，屋里的人全都不吭声。到底还是巧珍打破了僵局，她擦了擦眼睛，说：“大过年的，都别撅着嘴了，咱们先吃饺子。”说着，又转向赵刚，“明天你坐车回去，把事情说清楚，把杨宝哥换回来。”翠云连忙阻拦：“这不行，不能卖一个搭一个，你要这么一换，杨宝这两天的委屈可就白受了。”

两家人正争着，赵刚的手机响了，他一接，眼睛立刻亮了："你们家没人接电话，那是嫂子在我家呢。你怎么没事了，快给嫂子报个平安吧。"

翠云接过手机，杨宝的声音大得屋里人都能听见："老婆我没事了，派出所的同志做了我们老板的工作，他现在理解了我们中国人过春节的心情，给我补发了工资，又给我买了一张卧铺票，还说要给咱们全家拜年呢。我正在火车上呢，明天就能到家了。对了，咱这两家孩子都爱吃羊肉饺子，你给包了没有？"

翠云还没回答，巧珍已经把饺子端了出来，一迭声地说："包了！包了！小宝，你猜什么馅的？"小宝说："还用问，羊肉呗。"

巧珍奇怪了："咦！你怎么知道？"小宝说："刚才你去我家拿羊肉，我和妈妈在屋里看着呢，妈妈说刚子叔、巧珍婶就和我们自家人一样，她不让我出声，看你摸不着门，还让我给你开门灯呢。"

啊！巧珍的脸上一阵发烧，她不好意思地说："翠云嫂子，你瞧我这事做的……"翠云笑呵呵地说："不打紧，我买的四条羊腿，本来就有你们家两条。你提前拿回去了，肯定也是给大家包饺子，我吃现成的，不乐得清闲吗？"

巧珍看看小宝，又抬头看看翠云，再也挪不动脚步了。翠云一把接过饺子，说："小宝，快和弟弟去放炮，咱们吃羊肉饺子喽。"

（**题图、插图**：刘斌昆）

·本刊信息传真·

"迎2010年《故事会》作品改稿会"征文启事

为鼓励多出故事新手、多出优秀作品，《故事会》杂志社决定于2009年年底举办"迎2010年《故事会》作品改稿会"。本次"改稿会"将实行一些新举措：1. 新老作者不限，一律凭作品获"入场券"。2. 入围作品将保证在刊物上陆续发表。3. 部分实力作者将获得"故事会签约作家"称号。

征稿范围：具有现实感、新鲜感且可读性强的中短篇（包括超短篇）原创作品。超短篇（如"幽默故事"）的字数一般在1500字以内，短篇（如"中国新传说"）的字数一般在5000字以内，中篇故事的字数一般在15000字以内。

来稿方法：1. 从邮局寄发，请在信封上注明"改稿会参赛"字样，本刊地址：上海市绍兴路74号《故事会》杂志社，邮编：200020。2. 从网上传递，可寄各责任编辑信箱，请在主题上注明"改稿会参赛"字样，本期责任编辑的信箱是：hangfan1102@126.com。本次征文截稿日期：2009年12月15日。

□梁洪涛

我的墙面谁做主

墙体广告

芙蓉镇上有个老汉，人称“陈跛脚”，他家有一段临街的院墙，墙面是水泥抹的，平整光滑，很多商家瞅上了这段墙面，纷纷来喷涂广告。起初，陈跛脚也没在意，喷就喷吧，对院墙也没啥影响，花花绿绿的更好看哩。

这天，陈跛脚正和邻居李老汉蹲在墙根儿下晒太阳，忽然“吱”的一声，一辆摩托车停在两人面前，车上下来个年轻人，他热情地掏出两支烟递给二人，然后自我介绍说，他姓韩，是一家墙体广告公司的经理。韩经理瞅瞅墙面上的各色广告，问道：“大爷，他们在你的墙上喷广告，给了你多少钱？”

陈跛脚被问得一愣，摇摇头：“没人给钱。”韩经理一脸惊讶：“大爷，院墙是你家的，他们发布广告，占用了你的资源，应该付给你钱才对啊！”

陈跛脚摸着脑门一琢磨，觉得这话在理儿，自己以前咋就没想到呢？这么一想，再瞅那墙面上五颜六色的广告，陈跛脚是越发来气了，他一瘸一拐地奔回家里，提来一桶水，手里拿把笤帚，蘸着水就要往墙上刷去。

韩经理忙冲陈跛脚摆摆手：“大爷，这活儿我来做。”说完，从摩托车上取下涂料桶和喷枪，对着墙面一通猛喷，不一会儿，那些广告就全被盖住了。韩经理喷的是蓝涂料，喷完之后，整个墙面蓝莹莹一片，看上去赏心悦目，陈跛脚满意地点点头，连声道谢。

“不用谢，我还要在上面喷广告呢。”韩经理目测了一下墙面，掏出60元钱递给陈跛脚，说，“大爷，这段墙面大约20平方米，3元一平方，这是你该得的报酬。”说完，又从摩托车上取出几块刻好字的模片，一片片贴在墙上，拿起喷枪就要喷。

这时，从门洞里走出一个抱孩子的女人，冲韩经理喊道：“慢着，你不觉得60元有点少吗？”韩经理一愣，说：“3元一平方是这一带墙体广告的公认价格，已经不少了。再说，我和这位大爷早说好了，你凭啥阻拦？”

“凭啥？就凭这院墙是我们家的！”女人一步跨到韩经理面前，粗着嗓门说，“你不把每平方米提高到5元，就甭想在上面喷一个字！”韩经理一听傻了，转头问陈跛脚：“大爷，这院墙到底是谁家的，你做不做得了主？”

陈跛脚苦笑一下，把韩经理拉到一边，小声说，女人是他的儿媳妇，叫惠珠。他们住在同一个院子里，五间房子，老两口住两间，儿子一家住三间，出入都走一个门洞，院墙是共有的，所以，这事就由儿媳惠珠做主吧。

韩经理一咧嘴，讪笑着跟惠珠协商，还讨好地逗她怀里的孩子。可惠珠挡在院墙前面，就是咬住5元一平方不松口。没办法，韩经理只得掏出100元递给她。惠珠接过钱，对着光线照了半天，末了，嘴角牵动了一下，说：“爸，以后再有人喷广告，提前说一声，免得吃了亏！”说完，抱着孩子回屋去了。

儿媳妇走后，陈跛脚对一旁的李老汉摇头感叹道：“看见没？院墙是我一块砖一块砖砌起来的，现在有人在上面做广告，我却不能做主了！”

投标竞买

韩经理是为一家小诊所做的医疗广告，经过一个夏天的日晒雨淋后，字迹有些模糊了。陈跛脚每天从院墙下面经过，都不愿意抬头，因为一看到墙面上的广告，他的心里就堵得慌。

这天，陈跛脚刚从外面回来，还没进家门，就听“吱”的一声，一辆面包车停在了门口，车门打开，下来一个留小平头的中年人，冲着陈跛脚笑笑，问道：“大爷，我想在你家墙上做个广告，可以吗？”

陈跛脚上下打量小平头一番，问他想做什么广告。小平头取出宣传资料递给陈跛脚，说是给国内一家知名品牌的彩电做广告，是为了配合家电下乡宣传造势。陈跛脚摸了摸头，说：“你做这种广告我没啥意见，但现在墙上的广告咋办？人家交了钱的。”

小平头笑了笑，问那广告做了多长时间了，陈跛脚扳着指头算了算，说有一百多天了。小平头一拍大腿道：“大爷，这广告早过期了！你看，

这里写着有效期为三个月，所以现在算是无效广告，可以覆盖的。”陈跛脚“哦”了一声，刚想答应，忽然想起儿媳妇的叮嘱，便说：“你稍等，这事我做不了主。”

陈跛脚到院里把惠珠喊出来，跟她把情况一说，没想到惠珠断然拒绝：“不行，这广告盖不得！”陈跛脚一怔，不解道：“韩经理只给了咱100块，广告早就过期了，为啥盖不得？”

惠珠呵呵一笑，说之前韩经理又来过一次，他计划把墙上的广告重新喷一遍，说是这段墙面位置突出，宣传效果好，打算长期占用呢。正说着话，忽然传来“突突”的摩托车声，一看，正是韩经理。韩经理听说小平头想要覆盖他的广告，一下来劲了，挑衅地说：“哥们儿，别看你做的是品牌广告，我是小广告，今天照样让你鸟枪打飞机——够不着边儿！说吧，你最多能出多少钱？”

小平头微微一笑，说：“惭愧惭愧，我们做品牌广告的，赚的是良心钱，当然比不了你们。我这就撤，墙面归你。”说着，小平头收拾东西，就准备走。

陈跛脚伸手一把拦住他，又转头对韩经理说：“不如这样，今天咱们就搞个投标竞买，谁出的价高，谁就获得墙面的使用权。为了表示公正，我去找几个见证人。”陈跛脚说完，不等两人表态，转身走了。

不一会儿，陈跛脚回来了，身后跟着李老汉和几个乡亲。陈跛脚清了清嗓子，问小平头：“你最多能出多少钱？”小平头说，他们做这种家电广告，规定就是8元一平方，总共是160元。陈跛脚又转向韩经理，问道：“那么你呢？”韩经理没想到投标这样简单，把胸脯一挺，得意地说：“我出每平方9元，一共是180元。”

“是最高价了吗？你还加不加？”陈跛脚又追问了一句。韩经理眼珠转了转，心说已经比小平头高了，墙面归自己是板上钉钉的事儿，再加钱岂不是傻瓜？便大声说：“不加了！”

陈跛脚笑了笑，面向众人说：“大伙都听到了，现在最高出180元，还有没有人出更高价？如果没有，这段墙面就是……”

“我出200元！”人群里，突然高高举起一只手。大家循着喊声一看，举手的居然是李老汉。

幕后主人

李老汉乐呵呵地走上前，手里捏着200元钱，大声问：“这钱给谁？”陈跛脚笑笑，冲着惠珠一努嘴，李老汉忙把钱交到惠珠手里。惠珠一脸狐疑地问：“李叔，你买墙面做什么？”李老汉没言语，只是抿着嘴笑。

这一下，把韩经理弄傻了，他本以为只有小平头和自己竞争，谁知半路杀出个程咬金来。他垂头丧气地正想离开，却被李老汉一把拦住了：“你先别走！”韩经理迷惑不解，只见李老汉清了清嗓子，说，“其实，墙面在我手里没啥用，我想转让出去，你们两位都有机会。”

李老汉停顿了一下，又说“我对两位所做的广告也有些了解，尤其是韩经理的医疗广告，那更是有切身体会。我老伴患有腰痛病，看了墙面上的广告后，就去了那家小诊所。”说着，李老汉指了指墙面上有点模糊的字迹，“看见没？广告上说三次就能彻底根治，可我老伴一连去了五六次，一点疗效也没有，该哪儿疼还哪儿疼。大家说，这种夸大其词的虚假广告，还能让他继续做吗？”

乡亲们异口同声道：“不能！”

李老汉又转向小平头，说：“听说你的广告是宣传家电下乡的，具体是什么内容呢？”

小平头忙取出一叠宣传资料，一一分发给大家，说他做的彩电是国内知名品牌，质量好，价格也不高。乡亲们接过资料一看，果然不错，纷纷对小平头说：“这个广告好，墙面就归你了！”

韩经理一看自己没戏了，跨上摩托车灰溜溜地走了。李老汉笑着对小平头说：“这下好了，没人跟你竞争了，墙面只能转让给你喽！”

小平头挠挠头，说“可我最高只能出160元，赔钱你愿意吗？”李老汉呵呵一笑“怎么不愿意，反正钱不是我的。”说完，看了陈跛脚一眼。

至此，惠珠什么都明白了，这一切都是公爹一手操办的！她忙把李老汉给的200元拿出来，交到陈跛脚手里，惭愧地说：“爸，以后再有做广告的，还是由您来做主吧。”

陈跛脚爽朗地笑了笑，说“墙面虽然是咱家的，可上面的广告却是做给大伙儿看的，影响大着呢，所以，这主还是让大家来做吧！”

（题图、插图：谢　颖）

·传闻逸事·

斗拐

□吴芳芳

明崇祯年间，有个叫桐邱的县城里，发生了一件稀罕事：新任县令刘光阁要以脚斗比赛的方式，为自己的千金选婿，凡年满十八岁的未婚男子都可参赛。消息传出，报名的人差点挤破县衙。

所谓“脚斗”，就是单脚着地，用单膝攻击对方，以将对方击出场外或击倒在地为胜。北方多称此为“撞拐”、“斗拐”，而南方则多称为“斗鸡”。

报名者中有个叫麻五的，长得容貌甚丑，不但豁嘴，还瘸腿。看到他也报名，村里人都笑痛了肚子：“麻五，你也不撒泡尿照照自己，两脚着地还站不稳哩，瞎掺和什么？”话是这么说，可到了比赛这天，大家才算领教“没有三两三，哪敢上梁山”这话是啥意思了！

咋了？原来，麻五在赛场上简直神了，不管对方如何横冲直撞，他就是屹立不倒。好几次眼看着就要跌倒在地，谁知他就像风中的瘦竹，弯弯腰又直起身来。众人不得不叹服：这个麻五，有两下子！

最后跟麻五较量的是个英俊的小伙子，自报姓名叫袁青。这人出手很有气势，眼一瞪，胸一挺，顶、压、撞、掀，一招一式都有板有眼，简直把脚斗技艺演绎到了出神入化的地步。不过麻五也有对付的招，见自己被搞得滴溜溜转，他索性来个“以静制动”，站在地上的那条独腿突然就像铜浇铁铸一般，任怎么撞击也愣是不倒。没多久，袁青就累得大汗淋漓，气喘吁吁，不得不甘拜下风。

又瘸又豁的麻五居然拔得头筹，看客们个个惊得瞪大了眼睛，刘县令更是急得冷汗直流：如花似玉的女儿，怎么能嫁给这等人？正在焦虑，麻五却主动找上门来，说：“刘大人，俺自知容貌丑陋，难配小姐，请大人准俺退婚。”

刘县令一听，心中不由暗喜，但似乎又觉得有些理亏，便说：“既然你要退婚，那本县就成全你。这样吧，有什么要求你只管开口，能够做到的，本县决不推诿。”

麻五立刻趴在地上给刘县令磕头：“多谢大人！小的正有一个请求。听说大人祖上是江湖名医，传有可以治腰酸腿疼的赤药丹神丸，能不能赏、赏小人几颗？”

赤药丹神丸的确是刘县令祖传秘方，可一个又豁又瘸的穷小伙，宁肯放着县令女婿不当而要此药，这让刘县令很是不解。他问麻五：“你为什么单单要这药丸呢？”

麻五回答说：“刘大人，不瞒您说，我娘这几年老腰疼，我来比赛，就是想借机获得此药，用它来彻底治好我娘的病。”

别看麻五其貌不扬，可是个大孝子呢！刘县令听了心里一热，当场就差人拿药给麻五，还细说了用法。消息传开，大家都为麻五的孝心感动，刘县令还发话说，明年他依然要用脚斗方式选婿。

这一来，不但脚斗成了桐邱百姓的最爱，那麻五更成了众人追捧的对象，找他学艺的人排成了长龙。刚开始，麻五还能够应付，可后来找他的人越来越多。村里人就替麻五出主意：干脆开个“脚斗馆”，专门传授技艺。

脚斗馆开出不久，那个袁青竟然也找上门来了。袁青说他是东北人氏，这次是闻讯专门奔桐邱来比武招亲的，不想却输给了麻五。大家都劝麻五别收这个徒弟，可麻五却力排众议，硬把袁青收下了，看袁青没地方住，麻五还将他收留在家中。

这袁青非常勤快，天天帮麻五劈柴烧水，还伺候麻五的娘，处得像一家人。不过，时间一长，袁青也露出了烦躁之心。为啥？他来麻五这里是学习脚斗技艺的，没想到麻五天天让他们练“金鸡独立”、“迎风折柳”这些基本功，独门绝招却一点也不外传。更可气的是，麻五还让他们每天清早天不亮就上山，到悬崖峭壁上去给他娘采治病的草药。

袁青心中着实不甘。这天，他上山走到半道就拐了回来，正好看到麻五在院子里练功。只见麻五抱出一个盘着一条腿的木头人，他用手一点木头人的鼻子，木头人突然抬腿就向他攻来，麻五被木头人击得连连倒退，而木头人虽然被震得前后摇晃，却始

终没有倒下。袁青猜测，它支地的独腿莫非是用弹簧做的，进退自如，伸缩有序。

发现了麻五的这个秘密，袁青欣喜若狂。从那之后，只要麻五不在，他就偷偷把木头人抱出来练，可没练几次，他的两条腿就被踢得没一块好地方，到最后连路也不能走了。

麻五见袁青这个样子，问他："你和木头人过招了？"袁青见瞒不过去了，只好点头承认。

麻五骂道："你这小子，为什么不事先和我说一声？"袁青面露怨气道："师傅，你为什么留着绝招不传，天天让我们爬山受累？"

麻五没吱声，拿来止痛消肿的草药给袁青敷上，这才说："心急吃不得热豆腐。你知道吗？那个木头人虽然是假的，可它是用比铁还要硬的铁桦木做的，你贸然与它对攻，必输无疑。你现在功力还不够，我天天让你爬山，就是为了增加你腿上的功力啊！"袁青听了低头不语，嘴上没说什么，心里却是一百个不相信。

这天早上，突然大雨倾盆，可麻五还要大家上山去给他娘采草药。谁都撅着嘴不愿去，袁青趁机发难说："又让我们去，你自己为什么不去？"

麻五瞧瞧袁青，又瞧瞧大家的脸色，点点头说："也好，也好！"说完，他竟然用绳子把瘸腿绑上，单脚一跳一跳地沿着羊肠小道往山上而去。

大家一看顿时愣住了，齐声喊叫起来："师傅，快回来，危险！"袁青也后悔了，他正想出去拦住麻五，身后却响起一个苍老而慈祥的声音："让他去吧，这是我给他布置的功课，他已经坚持十几年了。"袁青回头一看，原来是麻五的老娘。他好奇地问："伯母，你为什么要给他布置这么奇怪的功课？"

麻五娘长叹一声，随即说出了一

个惊人的秘密。原来，麻五从小就得了小儿麻痹症，郎中说，如果不锻炼，这孩子就只能一辈子瘫在床上。于是，麻五娘就天天陪着麻五爬山练脚力。后来，麻五娘年纪大了，走不动山路了，她知道麻五孝顺，于是就故意说自己得了腰疼病，必须用新鲜的草药贴敷才能止疼，让麻五天天上山给她采草药。就这样，十多年了，麻五每天坚持上山，他嫌自己瘸腿走山路又慢又费事儿，就干脆把瘸腿绑上，蹦着一只脚上山，速度果然快多了，而且无意中还练成了一门奇特的脚斗功。

袁青恍然大悟，心里感慨不已。从那以后，他每天更加勤奋地练功，脚斗之术日益精进，麻五已经很难在他面前占得上风。

转眼，下一年的大赛来临了，麻五率领弟子们一路过关斩将，排名越来越靠前。斗到最后，台上又只剩下了麻五和袁青两个人。看着站在自己面前的袁青，麻五觉得他才是和县令之女天造地设的一对，他决定成全他们。

可谁知就在这时，刘县令却突然宣布麻五胜出，原因是袁青弃权了。麻五慌了，摇着手说："这不行啊，我这般模样哪里配得上小姐啊？"

刘县令脸一沉，说"大丈夫一言既出，驷马难追。要怪，就只怪本县小女命不好。来人啊，给麻五披红挂彩，即刻和小姐完婚。"

就这样，在众人簇拥下，麻五晕晕乎乎地和刘家小姐拜了花堂，入了洞房。可等揭开新娘的红盖头，麻五傻眼了：小姐竟然是袁青！

袁青笑嘻嘻地对麻五说："没看出来吧？其实我是东北名将袁承焕的义女，刘县令是我舅舅。我自小就喜欢脚斗，桐邱素有脚斗之风，我是女扮男装特意来替自己选如意郎君的。"

麻五结结巴巴地说"可我、我长得太丑了啊！"

袁青呵呵一笑"要论长相，你是差了点，可你的孝心却无人能比，我就是要找一个能为国尽忠、为母尽孝的忠义之士做丈夫。"

袁青还告诉麻五，搞脚斗比赛其实还有一个更重要的原因。原来，脚斗是由远古"蚩尤戏"演化而来，它融体能、智慧、技艺和观赏为一体，所以很快也被外族人学去了，他们还年年举办大赛，甚至数次邀大明派人参赛。当时，袁将军因军务繁忙没有理会此事，他们竟因此嘲笑大明无人，袁将军一怒之下决定教训教训这些井底之蛙，这才派义女到桐邱来挑选脚斗之士前去应战。

麻五一听，不觉热血沸腾，拉着袁青说："为大明尽忠，义不容辞，咱们……一起去！"

（题图、插图：黄全昌）

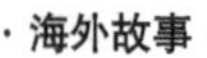

□谢庆浩

速滑生死

父子打赌

加拿大有个约克镇，由于地处极寒，几乎终年与冰雪为伴。这里的人不分男女老少，个个都酷爱冰雪运动。

镇上有个叫布莱恩的少年，今年十六岁，别看他年纪小，却已经有七八年的滑冰经验了。这天黄昏，布莱恩见父亲回来了，便迫不及待地换上冰鞋，说要同父亲进行一场速滑比赛。一旁的母亲笑了，道："布莱恩，你爸爸可是蝉联几届的速滑大赛冠军呀！而且，你向他挑战过十多次，却都输了。"

布莱恩仰起了头，说"男子汉是不会害怕失败的。何况，我今天有十足的把握会赢爸爸！"

父亲赞许地看了儿子一眼，心想：这孩子跟自己年轻时一样，有股永不服输的劲儿。他的直道速度是不错，但弯道技术却有所欠缺，又不肯下苦功去练，他拿什么来赢得比赛呢？

布莱恩见父亲不信，便加重了语气，说："反正我今天一定会赢，你敢不敢跟我打赌？要是你输了的话，就送我一辆摩托雪橇，作为我两个月后的生日礼物。"

父亲笑了，布莱恩吵着要买摩托雪橇好久了，自己一直不肯给他买。没想到，这小子居然打起了这个主意。父亲当即和布莱恩击掌为誓，并约定若自己输了，就给他买摩托雪橇；而赢了呢，则要他好好练上两个月的弯道技术。击掌过后，布莱恩跟母亲道了别，和父亲穿上冰鞋出发了。

离约克镇不远的地方，有一条宽阔的冰河一路蜿蜒从小镇穿过，父子俩决定就在这里比赛，逆流而上，往山里滑去。布莱恩一马当先冲在前面，父亲笑了笑，不紧不慢地跟在后面。这时，太阳已经落山了，父子俩都铆足了劲，在山林里风驰电掣般滑了起来。

一阵你追我赶之后，前面突然出现一个弯道，滑在前头的布莱恩下意识放慢了速度，不想他稍一减速，父亲已经追了上来，“嗖”的一下一越而过。接下来，尽管布莱恩奋力追赶，但父亲不再给他任何的机会。又滑了许久，月亮升上来了，父亲看时间不早了，便放慢脚步，对布莱恩说：“你输了，我们回去吧，明天起跟我好好练习弯道技术。”

布莱恩却大声说：“谁说我输了？我没有输！”话音刚落，他趁着父亲分神的刹那，“嗖”地超了过去，脚步一拐，滑上了一条狭窄的冰溪！

父亲惊慌失色大叫道：“回来，快回来！”但布莱恩充耳不闻，已经越滑越远了。父亲忙跟了上去，要知道，山林深处可是危机四伏的。不想这条冰溪越往里滑，却越是窄小，到后来几乎只容一个人通过，而布莱恩已经抢得先机，父亲根本就没有超越他的余地。

布莱恩哈哈大笑：“怎么样？我说过今天一定会赢你的，爸爸，你就准备回去给我买摩托雪橇吧！”他边笑边继续向前滑行。

生死比赛

突然，在布莱恩的笑声间隙中，传来一阵阵拖长声音的干嚎，那嚎声划过夜空，让人不禁毛骨悚然。是狼！最凶残不过的雪狼！不知什么时候，他们已经陷入狼群的重重包围之中了！

布莱恩惊叫着停住了脚步，他害怕得脸色苍白，全身瑟瑟发抖。这时，父亲已经赶了上来，布莱恩颤抖着声音说：“爸爸，对不起，我只是想赢得一辆摩托雪橇……”

父亲一把抱住儿子，低声安慰着，看着父亲坚定的目光，布莱恩也渐渐平复了情绪。就在这时，狼嚎声却突然戛然而止，四周一片寂静，父亲却不由自主地紧张起来：暴风雨来临前的寂静是最可怕的，这是狼群即将发起进攻的前奏，很快它们就会猛扑过来！

父亲握紧儿子的手，低声说道：“布莱恩，现在我们必须再赛一场，你的对手不是我，而是雪狼。这是一场生与死的赛跑，冠军奖品就是我们的生命。来吧，给自己点信心……”布莱恩郑重地点了点头。当下，布莱恩在前，父亲在后，两人飞快地转身回滑。

雪狼很快反应过来，纷纷嚎叫着从树林里奔出，沿着冰溪拼命追赶。幸好父子俩顺利滑出了冰溪，重新回到宽阔的冰河上。可是，他们的滑行速度快了，雪狼的奔跑速度也快了，很快追到了身后，落在后面的布莱恩甚至感觉到了狼的呼吸声。这时，父亲放慢了脚步，大声道："和雪狼赛跑，直道是滑不过它们的，我喊一二三，我们一起转弯！"

"一、二、三……"话音刚落，父子俩一起弯腰弓背，冰刀"刷"的一声，在冰面上滑过优美的弧线。身后的狼群料不到这一变化，一下子收不住脚纷纷跌倒。等它们重新站起来时，父子俩已经赢得了宝贵的时间。然而不幸的是，布莱恩在转弯时收脚不稳，重重地摔在了冰面上，尽管他很快就站了起来，但一只脚已经崴伤了！

雪狼霍地又追了上来，布莱恩绝望地闭上了眼睛。这时，父亲突然冲上前，将儿子用力往前一推，然后站在原地，大声喊道："布莱恩，不要管我，快走……要知道，今天你输就输在弯道上呀！记住爸爸的一句话，回去一定要把弯道技术练好……"

很快，雪狼的咆哮撕咬声淹没了父亲的喊声，布莱恩流着泪，强忍着脚上的疼痛，拼命向前滑去。没有狼再来追赶布莱恩，他一路平安地回到家中。

生日礼物

一晃两个月过去了，这天是布莱恩的生日。他一早起床，门外突然传来叫门声，开门一看，是送货公司的人，他们运来了一个大大的箱子，还有一封写给布莱恩的信。一看信封上的字，布莱恩的心不由得狂跳起来，这字体他太熟悉了，正是父亲的！

布莱恩迫不及待地撕开信封，看了起来，上面写着：布莱恩，我的儿子，爸爸不答应给你买摩托雪橇，不是因为吝啬，而是想送你一个惊喜呀。你的生日就快到了，那天你将收到一直以来梦寐以求的礼物——摩托雪橇。只是在这之前，你该听爸爸的话，好好把自己的弯道技术练一练了。儿子，你要知道，速滑赛场上没有永远的直道……

信的下方，署的日期是10月11日，布莱恩记得很清楚，这一天，正是自己第一次向父亲提出要买摩托雪橇的时候。他放下信，打开大箱子，一辆漂亮的红色摩托雪橇立刻出现在面前。

布莱恩顿时泪流满面，他进去拿了把电锯放在车上，然后启动摩托雪橇。母亲听见动静，连忙赶了出来，问道："布莱恩，你去哪儿？"布莱恩说："给自己准备生日礼物。"母亲不放心，也跟着上了雪橇。

布莱恩一拧油门，摩托雪橇轰鸣着奔跑在冰河上。也不知跑了多久，他停下雪橇，开响电锯，在冰河上破起冰来。母亲一看，松了口气，原来按照约克镇的习俗，过生日是得吃鱼的，布莱恩是破冰捉鱼来了。只见他把冰面破开一个两米见方的大口子，蓝莹莹的河水露了出来，布莱恩放下渔网，打上几条又肥又大的鱼来，交给母亲拎着。然后，两人又坐上雪橇回家了。

晚上，吃过鱼，吹灭生日蜡烛，布莱恩早早睡下了。母亲很快也回房间睡觉了。布莱恩躺在床上仔细听着隔壁的动静，在确定母亲已经熟睡后，他蹑手蹑脚地起了床，穿上冰鞋，偷偷溜出了家门。

这时，虽是夜晚，但月光很亮，照得四周的景物清晰可见。布莱恩驾驶雪橇沿着冰河飞速滑行，来到那个熟悉的冰溪口，他毫不犹豫地滑了进去，边滑边从怀里掏出袋液体，往雪地里撒了一半，剩下的一半倒在自己的身上。顿时，一股浓烈的血腥味飘散开来，那是新鲜的动物血液！没多久，四周就响起此起彼伏的狼嚎声，一阵阵轻微的脚步声向这个方向围了过来。布莱恩仰天大叫一声，回转身，向冰溪口滑去。狼群为血腥味儿所吸引，纷纷嚎叫着追了上来。

很快，布莱恩又回到了宽阔的冰河，滑行的速度更快了，而雪狼也拼了命似的追赶。左躲右闪中，雪狼又一次追近了身，尖利的狼爪眼看就要搭上来。就在这紧急关头，布莱恩突然弯腰收腹，一个急转向，雪狼收不住脚，纷纷摔倒在冰面上，在巨大的惯性下向前滑行。可这次它们再也站不起来了，前面是一个两米见方的大冰洞，就像张开了的血盆大口，等着雪狼一个个往下跳。厚厚的冰层如同一道无法逾越的高墙，无论雪狼怎么挣扎，都无法爬上来……

看着在水中挣扎的雪狼，布莱恩哭了。这两个月来，他苦练弯道技术，终于为父亲报了仇，也为自己送上了最特别的生日礼物。布莱恩抬起头，冲着莽莽山林大喊道："爸爸，我赢了雪狼啊……"此刻，远处传来呼呼的风声，就像父亲的回答，布莱恩又一次泪流满面……

（**题图、插图**：佐 夫）

·东方夜谈·

吴有才有一手奇绝的雕玉功夫。可怪人有怪癖，要是碰上一连几天不出太阳，他就整天躺在床上，任是天王老子都甭想拉他出来……

钓酒虫

□叶　梓

吴有才是一名玉匠，方圆百里，无人不知，无人不晓。他雕的龙能飞，凤能舞，就是一朵百合，那神采也绝对和其他玉匠雕的不一样。人们都说，吴有才有一双绝雕神手。

可是，吴有才也有一样别人长不出的毛病。

吴有才的父亲是个酒鬼，从他三岁开始，父亲就拿手指头蘸酒喂他。七岁时，吴有才已经能坐在酒桌前和老爷子对酌了。现在，吴有才已经年近五十，你说他喝了多少年的酒？而且他还不是一般的酒鬼，他喝的是“阴阳酒”：太阳挂在天上的时候，他滴酒不沾；可太阳一落山，他就非喝酒不可。如果是不出太阳的阴天，那他就整天泡在酒缸里，任是天王老子都甭想拉他出来。人们说，吴有才肚子里有酒虫，酒虫喜阴，怕阳气，所以吴有才才会这样。

这天，吴有才被当地的朱县令请进了衙门。朱县令可不是想把玩什么玉器，他是打听到两个月后，皇帝身边的大红人李太监要做六十大寿，觉得这是巴结李太监的绝佳时机。听说李太监喜欢玉器，所以朱县令倾全县之力购得一块翡翠石，想让吴有才在上面雕个“九龙盘珠”，拿去孝敬李太监。

吴有才一看到这块通体翠绿、碧光莹莹的玉石，眼睛都瞪直了：这是上等的天然翡翠，如果雕上九龙盘珠，绝对是无价之宝啊！哪个玉匠不喜欢在这样的原玉上雕凿？于是吴有才当下就焚香净手，祷告天地神祇，随后拿起量尺和雕刀雕琢起来。

朱县令早就打听到吴有才有嗜酒的毛病，所以吩咐家丁每天好酒好菜伺候。而吴有才也确实尽心尽力，不管晚上醉到什么程度，只要第二天太阳一出，他马上就跟换了个人似的，雕刀翻飞，游刃有余。晚上喝酒的吴有才和白天干活的吴有才简直判若两人，朱县令不禁暗暗称奇。

一晃，半个月过去了。朱县令悄悄过去一看，发现吴有才已将九龙盘珠的九只龙头雕成了，虽然一样是龙，可它们的形态竟个个不同，有面善的南龙王，有仁和的东龙王，有急躁的西龙王，有敦厚的北龙王……走到近前，耳际似乎能听到声声龙吟。朱县令大喜过望，恨不能立刻把这玩意儿孝敬了去才好。

可是，他高兴得太早。不久，梅雨季节来了，一连三天，天上根本不见日头，吴有才整天躺在床上，一副似睡非睡、似醒非醒的样子。起初，朱县令还不以为然，吴有才要酒，便令人端了去。可一连几天这样子，朱县令坐不住了：若是这雨一直不停，莫非吴有才就一直这么耗下去？那岂不误了自己的大事？

朱县令急得像热锅上的蚂蚁，师爷看在眼里，便献计说："大人，咱不如去买些风灯，挂满屋檐。反正那玉匠醉着，咱把这些风灯一起点亮，保不准他会以为是太阳出来，不就起来干活了？"朱县令一听却连连摇头："他又不是傻子，醉的时候人事不知，醒的时候却才思敏捷，你想用风灯糊弄他？休想！"

师爷眼珠一转，说："那咱不如换个玉匠？"朱县令瞪他一眼："做这活儿最忌的就是换手，换过后手法不一样，风格更不一样。西施和东施凑到一起，能漂亮吗？"

眼看着朱县令越发坐立不安，师爷思忖多时又有了主意，说："东君山有个白云道士，据说会些法术，不如请他来替玉匠捉捉酒虫？酒虫捉走了，那不管白天还是晚上，他不就都能干活了？眼下只有一个月不到的时间，这活儿是一天也不能耽搁了呀！"朱县令一听，觉得这办法好，于是就令家丁连夜赶往东君山，去请白云道长。

禁不住家丁软磨硬泡，白云道长一大清早就骑马赶到了县衙，朱县令赶紧将道长请进屋。听朱县令讲了吴有才的习性，白云道长微微一笑，说酒虫以前倒是钓过，但不知现在是否奏效，不过不妨试试。他要朱县令准备一坛上等美酒，又让取来一根细如发丝的麻线浸入酒中，浸泡个三天三夜。而且这几天，白云道长吩咐只给吴有才喝兑了水的酒。吴有才喝淡酒自然不过瘾，像犯了病似的急得抓耳挠腮，闹个不停。

三天一晃而过。白云道长从酒中取出麻线，在麻线的一头系上芝麻大小的银钩，又将酒糟粘了豆腐皮裹住麻线，令家丁给吴有才端了去。那吴有才闻到麻线上的扑鼻酒香，“噌”地就从床上坐起，捧起腐皮酒糟三口两口就往肚里吞，他哪里知道，这里面其实有一根长长的麻线。

白云道长在一边微笑不语，他看吴有才将酒糟全吞进肚后，只轻轻一扯，瞬间就将那嘴叼银钩的酒虫给钓了出来。朱县令和师爷十分好奇，凑上去一看，不禁啧啧称奇。只见那酒虫不过指甲盖大小，通体圆润，硬如玉石。白云道长将酒虫纳入袖中，朝朱县令微微一点头，便飘然而去。

这道长的功夫果然了得，钓走了酒虫，吴有才立马就清醒过来，外面仍是阴雨不停，可吴有才却拿起雕刀进了玉房。朱县令大喜过望，吩咐家丁好好侍候，吴有才要什么就给什么。

这下吴有才跟以前判若两人，白天从早干到晚不说，晚上还要接着干，而且再也没要什么酒喝。朱县令急着赶工，吴有才这样子，正好遂了他的心愿。他怕打扰吴有才，明令禁止任何人去雕房，有时候自己忍不住了，也只是在窗外偶尔张望一下。

就在李太监寿诞前三日，吴有才终于完工了，他用朱漆托盘将翡翠玉托了出来，端到朱县令跟前。朱县令

编读往来：你的问题我来答

浙江读者马康康： 编辑你们好，我有一个问题，常常在故事中看到一句话叫“宰相肚里能撑船”，请问它的出处是什么？

绿版编辑部： 好的。这里面有个故事的，说的“宰相”其实就是北宋时的王安石。话说王安石中年丧妻，续娶了一个妾叫姣娘。王安石公务十分繁忙，很少在家，时间长了，姣娘便与仆人有了私情。不久，这件事被王安石知道了。一日，他谎称要上朝，却悄悄藏起来，果然发现姣娘与仆人偷情。王安石火冒三丈，正想抓个“现行”，可转念一想，自己堂堂当朝宰相，传出去会很难堪的。正在这时，他看见院中大树上的乌鸦窝，灵机一动，便拿起竹竿向上捅了几下。仆人听到乌鸦叫以为有人来了，便慌忙跳窗而逃……

事后，王安石一直装作若无其事。这天中秋节，酒过三巡，菜过五味，他即席吟了一首诗：“日出东来还转东，乌鸦不叫竹竿捅。鲜花搂着棉蚕睡，撇下干姜门外听。”姣娘一听，心知事情败露，吓得跪倒在地，随即也吟了一首诗：“日出东来转正南，你说这话够一年。大人莫见小人怪，宰相肚里能撑船。”王安石一听，转怒为喜，心说：算了，不如来个成人之美吧！于是，他就将姣娘许配给那个仆人。

这事传出去后，人们对王安石的大度非常敬佩。后来，“宰相肚里能撑船”这句话就被用来形容一个人的宽宏大量。

（本栏目欢迎读者提供新鲜活泼、有代表性的问题，一经采用，即致薄酬。）

按捺不住心中的狂喜，轻轻地将覆在上面的红绸揭开，伸过脖子细细观赏。龙头还是以前的龙头，可是龙身……龙身呢？朱县令两眼一黑，差点跌倒在地。原来，这朱漆托盘上的九龙盘珠，前半部分是龙，可后半部分却分明是条硕大的虫。这不成了九虫盘珠了？那龙头虫身，泾渭分明。朱县令好半天才缓过神来，他细细一算，明白这后半部分的活儿，恰是吴有才在被白云道长钓去了酒虫之后干的。

吴有才见朱县令一脸怒色，拱手说：“我已经倾尽全力，无奈手艺不精，就此告退。”说完，一分工钱没要，拔脚就跑……

这件事一传十，十传百就这样传开了。有人说，白云道长是看不惯朱县令如此溜须拍马，才故意钓走吴有才的酒虫的。要知道，那酒虫在吴有才体内经过几十年美酒浸润，早有了灵气，没有了它，吴有才就成了没有灵魂的空壳，哪还有精气神来雕凿？

不过也有人说，后来在东君山看到过吴有才。他做了道士，那酒虫其实白云道长一直给他留着呢，后来东君山道观里的那些精美雕刻，八成都是吴有才的手笔。

（**题图、插图：** 黄全昌）

童心至真

有个学校的学生定期去福利院看望老人，和老人们结下了深厚的感情。临近春节，福利院的老人们精心编排了一台节目，目的是感谢同学们平日里对他们无微不至的照顾。

演出准时在学校上演了。老人们的节目有些粗糙，谈不上精彩，可他们却是百分之百的全身心投入。台下同学们的掌声一阵接着一阵，没有间断过。演出结束后，老人们在台上一字排开，就像正规演出那样，准备接受领导的上台慰问。今天，老人们的“领导”，就是坐在台下的同学们！在欢快的乐曲声中，同学们一个接一个走上台来。

这时，有一位老爷爷站在队伍的最尾端，脸上露出复杂的表情。看到别的老人在握手的那一刻，脸上都荡漾着幸福的笑容，老人却沮丧地想自己恐怕是没有机会了。原来，老人身患残疾，双掌尽无。没有手掌，孩子们怎么和你握手呢？

说话间，第一位同学已经走过来，老人顿时“手”足无措。就在慌乱之时，这位同学陡地伸开双臂和他来了一个拥抱，后面的同学也纷纷上来和老人紧紧相拥……

台上台下立刻响起长时间的热烈掌声。在掌声中，老人眼眶潮湿，脸上却绽放了幸福的笑容！

（作者：朱胜喜）

两毛一脚

新疆阿克苏盛产杏子。一天，有个年轻人路过一片杏林，他看到杏子挂满了枝头，正想采几个尝尝鲜，但见杏树底下坐着一个老汉，身旁放了几个铁皮桶，猜想他一定是树的主人，便走上前去，问老汉：“请问，这杏多少钱一斤？”

老汉的回答让年轻人有些摸不着头脑：“两毛一脚。”见他疑惑，老汉解释说，“给两毛钱，让你对着树踹一脚，掉下多少杏子，全都是你的。”

天下居然有这样的买卖？年轻人爽快地交了钱，提着桶便向杏林深处走去。他选了一棵硕大无比的杏树，心想：只消踹上一脚，必定会有无数的杏子掉下来，捡上个大半桶，没有问题。于是，年轻人使出了吃奶的力气，猛地向杏树踹了一脚，谁知那杏树却纹丝不动，一个杏子也没有落下来。气急之下，年轻人提腿刚想踹第二脚，老汉开口了：“再交两毛。”

这一回，年轻人不敢再选大树了，他挑了一棵细弱的小杏树，不轻不重地给它一脚，顿时，枝摇杏落，满满地捡了大半桶……

是的，下脚之前，先掂量一下自己的斤两，不贪心，不虚妄，在最可能成功的地方下脚，才能走出沉稳的人生。

（**作者**：陈志宏；**推荐者**：耿景辉）

五分钟的幸福

有一对小夫妻分居两地，每个周末，男人都会赶往女人所在的城市，因为那里有他们的温馨小家。这样的爱，让女人一直甜在心里。

可渐渐地，她发现男人变了。那天，正值盛夏，他们的女儿也刚刚出生。返程时，男人却不再像往常那样坐高速大巴了，而是选择了比大巴早五分钟发车的普通小巴。这让女人很伤心，她心想：男人那么急迫地想要离去，哪怕连五分钟的时间，也不愿在她身边多呆……

一天晚上，男人嗫嚅着想要说什么。女人一看他犹疑的样子，便说“我知道你要说什么。”“你知道？”男人感到很惊讶。女人点点头，忍不住哽咽道：“我早知道会有这么一天！”“你怎么哭了？难道我调回来不好吗？”男人说着，伸手擦干女人脸上的泪水，女人顿时欣喜若狂。

后来，女人还是忍不住问道：“可是那时，为什么你连五分钟也不愿在家多呆？”男人呵呵笑道：“傻瓜，大巴发车后直接上高速公路，而小巴会绕城转一圈，最后还能经过咱家。这样，我就可以看到咱家的阳台，还有咱女儿的尿布和小衣裳呀！”

其实，爱就是这样。回家的时候坐快车，为的是早一秒钟靠近你；分别的时候坐慢车，是想慢一点再慢一点离开家。哪怕，只为绕道看上一眼，阳台上那些花花绿绿的尿片！

（**推荐者**：曹　咏）

（**本栏插图**：安玉民　梁　丽）

□刘玉杰

意外的飞行

唯一的心愿

艾嘉今年十六岁，是德国慕尼黑的一名中学生。不幸的是，他患上了一种怪病，经常处于睡眠状态，每天清醒的时间只有一个小时左右，医生对此也无能为力，只好嘱咐家人让他过得快乐一些：“他喜欢什么，就给他什么！”

艾嘉喜欢民航飞机，他订阅了几乎所有的民航报刊，卧室的墙上也贴满了各种民航客机的图片，能带着旅客飞行是艾嘉最大的心愿。为了帮助儿子圆梦，父母抱着试试看的态度去了航空管制中心，工作人员都很同情艾嘉，但实在无能为力，民航条例只允许飞行员操作飞机，毕竟那关系到所有乘客的性命啊！

在医院里，护士珍妮很快和艾嘉成了好朋友。但是艾嘉不知道，珍妮的丈夫杰克其实是一名高级飞行员。很多次，杰克就悄悄地站在门口，从门缝里看着艾嘉手举飞机模型在空中旋转，小脸上露出幸福的笑容。杰克想起自己十六岁的时候，也是一个梦想着飞行的少年，自己的梦想是实现了，可艾嘉的梦呢？

杰克陷入了沉思，心想：民航条例当然很严格。不过，作为机长，自己能不能悄悄地搞点小特殊呢？只是艾嘉现在这种情况，机场的工作人员是不会让他登机的，怎么办？杰克绞尽脑汁拼命想办法，他在纸上设计着各种方案，然后重重写下：12000欧元，这是他让艾嘉圆梦的代价！

神圣的事情

几天后，艾嘉在一次长时间的昏睡后醒来，觉得有点儿奇怪，他听到一阵引擎沉稳的转动声，耳边还隐隐约约传来空姐悦耳的声音。艾嘉睁开眼睛，看到前面有一个驾驶台和仪表盘，显示着蓝绿色各种符号，两个飞行员正在操纵仪器；再看向窗外，是一片蓝黑色的夜空。他不知从哪来的勇气，一下子支撑起身体，兴奋地喊道："上帝啊，我在驾驶室里呀！"

这时，一个飞行员扭过头来，原来是杰克，他笑着说道："艾嘉，你醒了？感觉好些了吧？欢迎来到慕尼黑航空公司，我们公司特批你作为本次航班的编外飞行员。刚才是医院的人把你送了过来，可你一直在睡觉。好了，既然现在醒了，你就来操纵一下飞机吧……对了，我是不是应该先来介绍一下这架飞机……"

艾嘉看了看四周，抢着说道"这不是庞巴迪公司生产的CRJ-700客机吗？标准客舱布局载客人数是50＋70＋90，采用CF34系列涡轮风扇发动机，发动推力9220磅……"

杰克欣慰地笑了："看来你可以做机长了！没想到，你比我们还要熟悉这架客机。来吧，你就坐在我的位子上，我相信你完全可以应付得来！"

这时，艾嘉似乎怔了一下，没有说话。杰克催促道："艾嘉，这不是你一直以来的梦想吗？快来吧！"艾嘉还是没有动，只是小声说道："按照民航条例规定，我没有飞行资格证，不能触动驾驶台上的任何一个地方。"

杰克和另外一位飞行员对视了一眼，两人有些诧异，只好沉默下来，继续驾驶着飞机。又过了十来分钟，杰克显得有些急躁，他对艾嘉说道："放心吧，艾嘉，只操纵二十分钟，要不十分钟，不会出问题的！再说啦，好不容易才争取到这次机会，如果不试一下，你不觉得遗憾吗？"

艾嘉一阵咳嗽，低头想了一会儿，说道："我也知道，这可能是我一生中唯一的机会了。但正因为这样，我更要认真对待。如果我现在答应了，那就是把一件神圣的事情当成游戏了！"

杰克听完，倒是大吃一惊，只得苦笑着耸了耸肩。飞机呼啸着在夜空中飞行，艾嘉兴奋地看着窗外的星星……

可怕的灾难

没想到，在这个安静的夜晚，一场变故却突然而至。

驾驶台上的话机响了，杰克接听完电话，神色显得有些慌乱，另一名飞行员也破口大骂。艾嘉紧张地问："怎么回事？"两位飞行员谁也没有回答，只是看了艾嘉一眼，说道："上帝，我们开了一辈子的飞机，都没遇到过这种事，今天让你第一次就赶上了。”接着，两个人开始低声商量要按紧急处置程序来做，先寻找最近的机场，然后与地面安保和军方取得联系。

艾嘉一听就知道，肯定是客舱里发生了可怕的事情——劫机！

这时，只听到驾驶舱门处一阵枪响，杰克大叫起来：“机场的混蛋们是怎么检查的？有人带枪上机了！”随着一声巨响，舱门被强行打开了，紧接着有人闯了进来，放肆大笑道：“哈哈，想不到，我们开始主宰这架客机了！”

杰克回头一看，只见一个满脸大络腮胡子的人走了进来。接着，黑洞洞的枪口指着两位飞行员，说道：“两位先生，到客舱来一下，整个机组人员集中一下，我们头儿有话跟你们讲！”杰克大叫起来：“你疯了？我正在驾驶飞机……”

络腮胡子用枪托狠狠地砸在杰克的头上：“混蛋，你以为我是傻子，转用自动巡航驾驶状态！会议时间很短，只有几分钟，然后你再回来！”接着，两个飞行员无奈地被带到后面去了。络腮胡子转身时，狠狠地瞪了艾嘉一眼，骂道：“哪里来的臭小子，竟然可以坐进驾驶舱？”说完，骂骂咧咧地走了。

驾驶舱只剩下艾嘉一个人了，他正想悄悄去后面看看到底发生了什么，却听到几声惨叫，接着络腮胡子闯了进来，叫道：“天啊，头儿疯了，怎么能向飞行员下手啊！喂，小子，两个飞行员现在一死一伤，据他们交代你也会开飞机，现在你立即给我转向，开往法兰克福机场。”不想，艾嘉坐着一动也不动，络腮胡子拿枪顶在他的头上，说道，“小混蛋，你到底会不会开飞机？你要是不听话，后面的乘客就别想活了！”

这时，突然一阵剧烈的晃动，看来飞机闯入了对流云层中，根本不可能继续用自动巡航驾驶了。艾嘉叹了一口气，只好一把抓过操纵杆调整了飞机的飞行姿态。

络腮胡子乐了，他好像也懂些飞行知识，便坐在副驾驶座位上，命令艾嘉转向法兰克福机场。

刚开始，艾嘉还在集中精力操纵着飞机，但不一会儿，他嘴里喃喃说道："我现在感觉困了，可千万不能睡，不能睡呀，我正开飞机呢……"然而，没一会儿，他头一歪，倒在了驾驶台上……

善意的谎言

第二天，艾嘉在医院里醒来，睁开眼看到身旁的珍妮，他急切地说道："昨晚我又做梦了，梦到我在开飞机，不过真倒霉，遇到了劫机的……"正说着，一群人冲了进来，其中还有胳膊绑着绷带的杰克，珍妮在一旁兴奋地喊道："艾嘉，这次不是梦！我已经听说了，机上的歹徒被伪装成乘客的安全人员制服了，杰克重新夺回了飞机。大家都安全了，只不过当时你又睡着了。"

这时，两个记者冲了进来，说是要采访在此次劫机事件中表现不俗的小小飞行员。艾嘉有些吃惊，但是看到父母在一旁不住地点头微笑，他也感觉到了自豪。

这天晚上，只有珍妮在病房里，艾嘉说要给她讲一个笑话，结果真的逗得两个人在病房里捧腹大笑……

不久，在艾嘉的葬礼上，杰克把自己的飞行奖章别在艾嘉的胸前，还有一个满是络腮胡子的人，把一本飞行学院的纪念册也放在一边。牧师在致辞时，感谢了杰克，以及飞行学院的络腮胡子校长，是他们启用了学院的高仿真客机模拟舱，圆了一个少年的梦，让他带着欣慰离开了人世。

杰克感慨地对珍妮说道："艾嘉要是活着，以后肯定是一个优秀的飞行员。他知道要严格按照民航条例来，坚决不肯上驾驶台。上帝啊！时间一分一秒地过去，启动那玩意的费用很高的，要不是校长想到用劫机这个点子，我真没办法了！这样好了，终于圆了他的梦，花上12000欧元也值了。"

其实那晚，艾嘉在病房里给珍妮讲了一件可笑的事情：他订的民航杂志上面有关于民航客机模拟舱的介绍，他在"飞机"上时，就已经看出来了。不过，艾嘉想到肯定是很多热心的人想帮自己，便没有点明。可最好笑的是，居然有人"劫机"！真想不到哪里来的"劫机犯"，竟让他把模拟舱开到法兰克福去！他很想配合这群善良的人，但后来实在坚持不下去了……

珍妮答应艾嘉，没有把这个笑话告诉任何人。这样，大家就会因为"成功欺骗了艾嘉"而感到欣慰，不至于留下忧伤和遗憾。

（题图、插图：张恩卫）

夜火案

□见 雨

这年，寒冬将至。在园德县衙里，县令王宪正在为百姓过冬的事发愁。眼看这天气一个劲儿地变冷，可他申请赈灾的官文却屡屡被驳回，王宪急得像热锅上的蚂蚁，寝食难安。

突然，随身衙役刘忠急匆匆地跑进书房，说道："大人，有、有好消息！百姓们的粮食和御寒衣物有着落了！"王宪眉毛一抬，连忙说："是怎么回事，快说来听听。"刘忠喘着大气，兴奋地说："是张家老爷张大鑫，他放出话来，要把自己毕生积蓄拿出来，为乡亲们购置衣物和粮食。""什么？"王宪几乎不相信自己的耳朵，"张大鑫？"

这也难怪王宪惊讶，这张大鑫是外乡人，十年前来到园德县，靠着发放高利贷，成了园德县的首富。不过，他为人吝啬，一毛不拔，百姓们都喊他"张不拔"。现在，他突然要把自己所有积蓄拿出来赈灾，实在令人匪夷所思。

王宪问道："此话当真？"刘忠点点头："绝对是真的，听说东西已经买好，就放在仓库中，明天就开始发放。"王宪这才将信将疑地点点头，但他心里却隐隐有种不好的预感。

当晚快到午夜时，王宪突然被一阵急促的喊声惊醒，他连外衣都来不及穿就冲出了寝室。只见刘忠一阵风似的跑过来，上气不接下气地说道："出、出大事了！张、张家起火了！""什么？"王宪来不及细问，连忙披上衣服，带着几个衙役赶往张府。

隔着老远，便看到张家那边火光

冲天，等到王宪一行人赶到，张府已经被烧得差不多了，偌大的仓库只剩下几根支柱，哪里还有粮食和衣物的影子？王宪不由仰天长叹："难道是天要绝我园德县？"

可事情好像没那么简单。第二天，王宪去调查现场时，惊讶地发现，这张家上下几十口人几乎全被烧死在床上，没有半点挣扎的痕迹，显然是有人迷晕了他们，再故意纵火。

看到这些，王宪的眉头都快扭成一个疙瘩了，百姓的衣食还没有着落，又出了这么大的事，更何况现在一点线索都没有。说是要杀人劫财吧，如今张家将所有钱财都用来买衣物粮食了，怎么还会有人打张家的主意呢？难道是有人惦记那些赈灾物品？但这么多的东西，要偷偷运走可没这么简单。

想到这里，王宪回头问刘忠："我记得昨晚失火的时候，有很多百姓在抢救物品，那些东西呢？"刘忠面露难色地答道："大人，昨天实在太混乱，属下们都忙着救火，没来得及收编物品，估计都被百姓们拿走了。"

王宪想了想，说道："张府应该也没剩下什么了，就不用追查了。""可是大人，小的昨天好像看见有人在搬一些很重的箱子……"刘忠话还没说完，就被一阵哭喊声打断了，只见一个男子跪在张府外哭得凄惨："老爷，你怎么就这样抛下小桂了啊……"王宪一听，忙命人把他带过来，一问才知道，原来是张家的仆人小桂，前几天回乡探亲去了，没想到躲过了一劫。王宪问小桂道："你家老爷是否曾与人结下仇怨？"小桂摇头说："老爷即便与人有些不快，但也不至于到深仇大恨的地步。"

"哦，"王宪点点头，良久沉吟不语，突然，他又问道，"你服侍张家这么多年，是否知道张人鑫他为什么要来园德县呢？"小桂想了想，道："小的也不太清楚。听说老爷好像是为了躲什么……"王宪听了，思索了一阵，把刘忠叫到身边，嘱咐了几句，便带着人回了县衙。

第二天一大早，刘忠就来向王宪禀报："大人，小的已经去问过周围各条官道的守兵了，他们说，这一个月来都没有大车队进出过。"王宪若有所思地点了点头。很快，王宪下令封锁了所有通向县外的道路，不允许任何运送物品的车队出城。同时，衙役们都打扮成普通百姓的样子，分散打探着什么……

又过了几天，天气越发寒冷，不少百姓已陷入饥寒交迫的境地。入夜，一间客栈厢房内却是一片花天酒地，一名喝得满脸通红的精壮大汉不断地向另一名男子敬酒："大哥啊，你、你实在是高明，计划得天、天衣无缝，等风声过了，一定要、要多分点给兄弟们啊！""是啊是啊！"其他人也纷纷附和。被敬酒的男子长着络腮胡子，还戴着一顶皮毡帽，他听了众人的话，微微点了点头，嘴角露出一丝不为人知的奸笑。

猛地，那敬酒的精壮大汉“砰”地一头倒在桌上，其他人纷纷大笑：“这牛二，平时说自己千杯不倒，现在才两碗就不行了！哈哈哈……”可是，众人很快就止住了笑声，一个接一个地栽倒在地，唯独络腮胡子还坐在那儿：“哼，想分我张家的财产？没门！”言罢，他站起身来，推开房门就要离开。

突然，两把钢刀“刷”地架在了他的脖子上。随后，一个身着官服的人踱进厢房内，正是县令王宪！

“你们抓我做什么？”男子大吼道。王宪不急不慢地吐出一句话：“你说呢，张小鑫？”一听这话，那男子脸色大变：“你、你胡说什么？”

“哼，我派人到各地调查姓张的大户，终于让我查到，张大鑫是当初洛阳城张员外家的大少爷。十年前张员外病逝，张家二少爷在服丧期间意图侮辱嫂子，被张大鑫及时发现，送进了监牢，后来张大鑫全家便搬到了园德县。一个月前，正是张家二少爷，也就是你出狱的日子！而你便是杀害张家数十人的凶手！”

那男子的脸色又是一变：“你血口喷人！就算我真是张小鑫，有什么理由杀自己的哥哥？”

“哼！”王宪冷笑了一声，“据我所知，你为人贪财，张大鑫的家产就足以让你动心了！”

“真好笑，他不是已经倾尽家财为百姓买衣物粮食了吗？哪来的钱财让我动心？”张小鑫道。

“呵呵，这就是关键所在。当时我就觉得奇怪，张大鑫出了名的一毛不拔，怎么会突然大发善心？而就在他宣布赈灾的当晚，张家就发生了这场大火，这未免也太巧了吧。于是，我便去追查那些赈灾物资的下落，没想到却发现，原来张家根本就没有买衣物和粮食！”

“是吗？”张小鑫不慌不忙地说，“你说这话有什么根据？”

“刘忠！”王宪转头问道，“张家火灾后，我让你去查问各个路口的守兵，他们是怎么说的？”刘忠答道：“他们说，已经一个多月没有大车队进出了。”

王宪点点头：“没错！园德县有这么多百姓，如果张大鑫真的买衣物粮食赈灾，那数量绝对不少，可是最近都没有大车队进出园德县，这些衣物粮食从哪里来？所以，只有一种可能，就是张家根本就没有买赈灾物品！”王宪瞥了一眼张小鑫，继续说道，“你的确很聪明，先是做出张大鑫散尽钱财的假象，再用一场大火烧死张家上下数十口人，顺便烧掉那根本没有赈灾物品的仓库，让人以为张家已没有家产，而你和同伙却趁乱将张家的财物搬走。可是，你们搬着那些大箱子，怎能不引起别人的注意？我已查明，那些箱子就在这间客栈中！说来有趣，我本来以为捉拿你们要费一番工夫，没想到你竟然下毒害死了同伙，倒为我省了麻烦。现在，你还有什么话好说？”

“哈哈哈……王县令果然厉害！”张小鑫突然仰天大笑，“事到如今，我也只能认了。”说罢，张小鑫突然摘掉皮毡帽，又把脸一抹，抹掉了假胡子，露出一副与张大鑫极为相似的嘴脸。

“嘿嘿，我和那混蛋本来就长得相似，我先潜入他府中，将他杀死，然后穿上他的衣服命令管家放出话去，说要倾尽家产赈灾，那老眼昏花的管家自然信以为真。哈哈，没想到，机关算尽，到头来却还是一场空！老天，你对我不公啊！”张小鑫声嘶力竭地喊道。

王宪厉声问道：“你贪图钱财，杀害亲兄弟一家数十口人，如今天网恢恢，你还有何脸面说老天对你不公？”

“难道不是吗？”张小鑫恨恨道，“十年前，家父病逝，张大鑫那混蛋为了独吞家产，竟然对我下了迷药，将我扒了衣服放在他老婆床上，然后这对混蛋夫妇演了一出双簧，将我送进了大狱！如今，我只是一报还一报，拿回本来就属于自己的东西，没想到却功亏一篑，这难道不是不公吗？哈哈哈……”话刚说完，张小鑫大笑三声，猛地往架在他脖子上的钢刀撞去……

王宪看着眼前的情景，摇摇头，吩咐刘忠：“你马上安排下去，将追回的张家钱财全数用来购买赈灾物品，尽快发放到百姓手中！”

说完，王宪叹息了一声。虽说一切都真相大白，百姓的过冬问题也解决了，可是他的心却依然沉甸甸的……

（题图、插图：黄全昌）

·外国文学故事鉴赏·

万圣节又称“鬼节”，是美国的一个传统娱乐节日。在这一天，人们戴上面具，提着南瓜灯，串门走户去讨礼物，房主如不给礼物，你就喊一句“不给礼物就捣蛋”，那么，他就得乖乖地打开门……

不给礼物就捣蛋

□黎义全　改编

本文根据美国当代著名作家杰夫里·迪弗的小说改编

鲁迪是个职业杀手，由于他生性狡猾，虽然犯案累累，却从没给警察抓到过。然而，常在河边走，难免不湿鞋。最近，他在抢劫银行时杀害了一名出纳员，虽侥幸逃离了现场，但却被一个中年男子看到，那男子不但向警察说明了情况，还愿意出庭当目击证人。

鲁迪得知消息后暴跳如雷，决定干掉这个男子。于是，他买通了一名叫约翰尼的坏警察，搞到了那男子住所的地址，并且特意挑选在万圣节之夜，戴上化装面具，按照纸上的地址摸了过去。

离着老远，鲁迪就看见那男子家的灯亮着，门廊旁的南瓜灯明亮闪烁，鲁迪不由得笑出声来，他走到门前按响了门铃，捏着嗓门喊了一句：“不给礼物就捣蛋。”不一会儿，就有一位金发女郎微笑着打开了门。鲁迪眼疾手快，抽出枪来就顶在她的脑门上，金发女郎吓得尖叫一声，手里拿的盘子摔落下来，碎瓷片和甜饼撒满了一地。鲁迪一把将她推进屋内，然后“咣当”一声关上门。

金发女郎惊魂未定，颤声问道：“你是谁？”

鲁迪没有回答，而是反问道：“你叫什么名字？”

那女人吓得一哆嗦，说：“我叫安

妮，安……妮。”

“你丈夫在哪儿？”

安妮浑身筛糠似的抖个不停，喘着粗气说：“他出去了……”

“什么时候回来？”

“不知道，我真的不知道。”

鲁迪厉声说：“别跟我耍小聪明！他上午七点去上班，现在，他应该到家了。”说着，向安妮挥了挥手中的枪。

“他下班后得处理些文件，一般八点半会回来……”

鲁迪抬起手腕看了看表，还有四十分钟。安妮瞪大眼睛看着他，声音发抖地问：“难道……你就是我丈夫要去指证的那个人！”

“哈哈哈，”鲁迪突然狂笑了一阵，说，“算你聪明！其实，我没打算伤害任何人，只不过想告诉你丈夫，是我杀了出纳员，抢了银行，这次来就是请他忘记在银行看到的一切。只要他肯合作，一切都会没事的！现在你听我说，安妮，表现得正常点儿。要是有小孩子过来敲门，你就给他们些礼物，要微笑，说你喜欢他们的装扮，然后撵他们滚蛋！”

安妮抽噎着，强忍住泪水道：“我没有礼物，只有饼干……”

鲁迪不耐烦地说：“随便你怎么做，做好就行！还有，把这一堆收拾干净了。”说着，他朝地板努了努嘴。安妮迅速把地板清理干净，然后进到厨房，烤好一炉饼干。她的手一直在不住地颤抖，脸色更加惨白。

“快点！”鲁迪命令说。

这时，门铃响了。“不给礼物就捣蛋。”一个女孩叫道。

安妮赶紧把饼干码放在新碟子上，挤出一副笑容便向门口走去。就在她快要打开门时，“站住——”鲁迪突然喝道，“嘿，站那别动！”

他咧嘴笑着，大步朝安妮走过来，拿起最上面的饼干，把它翻过来捏了捏，突然一张纸条落了下来，只见上面写道：榆树街384号……快叫警察！

安妮的头低了下来。

“哈哈，点子不错啊！”鲁迪又抽样检查了另外几块饼干，没有发现纸条，这才奸笑道，“去吧。”

安妮发完饼干，送走了孩子，鲁迪便示意她坐在椅子上，自己则在旁边坐了下来。鲁迪慢慢吃掉那块带有求助纸条的饼干，觉得那味道还真不错。他们俩就这样坐在起居室里，谁也不说话，只听见落地式大摆钟“嘀嗒”作响……

八点半终于到了！不久，外面传来一阵车库门打开的声音。安妮听到声响，站起身就要走过去，鲁迪却拿着枪命令她：“进厨房去！”安妮不情愿地进去了，鲁迪看着她，自己站到了房间中央，只要那男人一进家门，

他就左右两枪把他们两个都杀了。

这时，钥匙插进门里发出“咯咯”的声音，鲁迪深吸了一口气。然而，数十秒过去了，什么都没发生。门没开，再听听车库那边，也十分安静。鲁迪不由皱起眉头：“搞什么名堂……”

突然，身后有人厉声喝道：“警察！把手放在头上，马上！”鲁迪倒抽一口冷气，向身后看去，只见三名身穿防弹背心的警察正用手枪瞄准自己。

“马上，鲁迪！”再接着，就听见安妮也在命令。鲁迪一愣，他朝后瞥去，只见安妮正拔出手枪瞄向自己的胸膛，眼神冷酷，仿佛在警告说，要是不按命令去做，她会马上毫不犹豫地开枪射中他。

好汉不吃眼前亏，鲁迪只得乖乖地束手就擒。这时，他才看清楚，那个拿枪指着自己的中年侦探，正是他之前买通的“坏警察”约翰尼！

约翰尼朝他笑着说：“嘿，你好，鲁迪！”

“约翰尼，你给我设套！”鲁迪咆哮道，“你假装被我收买了。其实，根本就没有目击证人，是不是？”

“不错，确实没有，”约翰尼说，“是我们故意放出风声，诱你掉进这陷阱里的。”

“那这座房子是怎么回事？”

“房子是从一个退休侦探那儿借来的，他正在佛罗里达度假呢。告诉你，我们花了整整一天来架设摄像头，怎么样，干得不错吧？你什么都没发现！”

鲁迪这才知道，原来安妮也是警察，她是约翰尼的搭档。其实，当鲁迪跑来“买通”约翰尼时，警察就可以抓捕他了，但因为手中没有证据，怕起诉的时候会被驳回，所以，安妮的任务就是让鲁迪在录像里承认自己抢劫银行，并杀死了出纳员。这一点，鲁迪刚才简直是太配合了，“蠢货！”他痛苦地搔着头，过了一会儿，又不死心地问，“但那块请求救援的饼干呢？你干吗这么做？”

安妮耸耸肩，说：“只有这样，你

才不会怀疑我的身份。我想让你以为我当时确实吓坏了。”

鲁迪大声说：“好吧，你骗到我了……但你们这群人真疯狂！想想那些孩子，我可能会开枪的。”

约翰尼皱皱眉头，说“我们可没那么做，这整个街区从你到这起就封锁了。”

“但门口的孩子们！”鲁迪冲口说道，“我听到他们的声音了。”

“噢，那是我，”一名年轻女警说，她的嗓音的确像是孩子的，“我穿着不同的衣服来讨礼物，前前后后敲了五次门，赞美一声‘饼干很好吃’，然后就把它们全吃光了。”

这时，安妮看向鲁迪，突然大笑起来，说“你设计的万圣节谋杀真有趣！”

“为什么？”

“原来今晚，谁都可以戴上面具而不被怀疑，而且最棒的是，只要喊一句‘不给礼物就捣蛋’，房主就会高兴地打开门，决想不到有什么生命危险。不过这一次，倒是我们得到了礼物，而你被捣蛋了。”说到这，安妮转向旁边的警察，“好啦，把鲁迪带到警察局登记入册吧！”

（**题图、插图**：佐　夫）

致命的吻

□毛汉珍

初 试

卢小玲今年二十出头，长得唇红齿白，楚楚动人，可不想她年纪轻轻的，竟然得了舌癌。医生说，要想保住命，就得切掉舌头，卢小玲听了，一万个不愿意，没了舌头，以后的日子还怎么过啊？

卢小玲百般打听，四处求医，终于找到了一个老中医。老中医为卢小玲配了一副药，让她每晚把药涂在舌头上，连涂三个月，或许能治好她的病，不过老中医说只有五成的把握。

事已至此，只能死马当作活马医了。卢小玲天天按着医生的嘱咐用药，不到半个月，竟然感觉有所好转，这让她大喜过望，涂抹得更加认真了。虽然这药的味道让人难以忍受，不过，如果能治好自己的病，这些苦又算什么呢？

为了筹集治病的钱，卢小玲白天在一家珠宝店上班，晚上还要去酒吧做服务生。这天晚上，卢小玲端着托盘正在工作，却隐隐感到角落里有个人盯着自己。那人戴着墨镜，鸭舌帽压得低低的，看上去很奇怪。埋单的时候，那人递给卢小玲两张钞票，卢小玲发现里面竟然夹着纸条，上面写着：我很喜欢你，半小时后在华夏酒店门口见，你一定不会后悔的。

卢小玲知道这又是个无聊的追求者，便将纸条揉成团，扔进垃圾篓。

深夜，酒吧打烊了，卢小玲换了衣服准备回家。她出了酒吧，没走多远，就听见身后传来急促的脚步声，没等她转过头，就被一个高大的男人捂住了嘴巴，正是那个鸭舌帽！卢小玲拼命挣扎，可那男人却像老鹰捉小鸡一般，把她抱到自己的车边，一把塞进车里，然后强行吻了上去。卢小玲逐渐失去了反抗的力气。那男人正想侵犯她，却突然捂住了胸口，浑身抽搐起来。卢小玲又惊又怕，打开车门慌乱地逃走了。

第二天整整一天，卢小玲都处在惊恐不安之中。中午，她打开当地的新闻网，一眼就看到了一则新闻，说是一名男子突发心脏病猝死车中，让人不解的是，这男子衣衫不整，而且姿势奇怪。据说，死者是一位富商的儿子，曾两次涉嫌强奸，但都因证据不足而逃脱……

看到这里，卢小玲关闭网页，心里骂道：活该！

二 试

周末晚上，卢小玲去酒吧上班，还没到门口，就听见有人在喊她的名字，转头一看，是个不认识的人。那人朝着她大步走过来，惊喜地说："你是卢小玲吧，你不认识我了？我是姜伟啊！"

一听这两个字，卢小玲的神色一下子就变了。姜伟是她的高中同学，同学三年，姜伟追了她两年半，后来卢小玲实在受不了对方的骚扰，就告到了教导处。于是，高三的最后一个学期，姜伟被要求转学，一晃已经五六年没见了。

确认了对方是卢小玲后，姜伟脸上露出了兴奋的表情，提议道："去喝杯咖啡怎么样？"卢小玲连忙摇头，说自己得赶紧上班去，说罢，头也不回，匆匆离开了。

这天，卢小玲一直工作到凌晨，下班的时候又累又倦，正想回家休息，一出酒吧却撞上个人，是姜伟！卢小玲转身就想走，姜伟却说："你怎么就这么狠心？我好不容易遇见你，一起喝杯咖啡都不愿意？当年要不是被你鬼迷心窍，我早考上大学了，你难道不觉得亏欠我什么吗？"

一听这话，卢小玲气不打一处来，质问道："你怎么能说出这样的话？当年要不是你一再骚扰我，我早考上大学了！"说完，卢小玲裹紧大衣，快步走出了酒吧的大门。可没走出多远，她突然感觉到脸上一凉，浑身上下一点力气都没有，接着软绵绵地倒了下去……

姜伟走上前，满脸狞笑地把玩着手里的喷雾剂，心想：看来这迷幻剂还挺管用。他看了看左右，然后一把抱起卢小玲，钻进了公园的一个僻静角落，把卢小玲放在长椅上，便迫不及待地将嘴巴凑了上去……

半夜里，卢小玲被冻醒了。她坐起来连打了几个喷嚏，慌乱地往身上看，发现衣服完好无损，再低头一看，发现姜伟就躺在地上，身子僵直，一动不动。卢小玲吓得差点儿叫出声来，慌慌张张地逃离了公园。

接下来的几天，卢小玲四处打听姜伟的消息，最后从老同学那里得知，姜伟心脏病突发，猝死在公园里。老同学还告诉卢小玲，姜伟前几年去广州淘金，金没淘着，却犯了命案，一直在外逃窜，想不到刚回来就死了。

姜伟的死让卢小玲迷惑不解，短短几天工夫，两个对她欲行不轨的男人都死于心脏病，这也太巧了吧!

心里有了事，卢小玲在珠宝店上班时也有些魂不守舍了。一次她给女顾客佩戴胸饰时，不小心把胸饰掉到了地上。那女人扫了她一眼，冷冷地说:“笨手笨脚的。”卢小玲的脸涨得通红，这时，和女人同来的男伴却柔声安慰道:“没关系，人总有不小心的时候嘛。”卢小玲感激地看了男人一眼，那女人却气呼呼地转过身，拽着男人出了珠宝店。

接下来的几天，那男人没事就到珠宝店来，趁着没人时，他直截了当地告诉卢小玲，自己叫林岳，已经喜欢上她了。卢小玲说自己已经有男朋友了，在英国留学。可林岳并不在意，越是拒绝，他越是来得殷勤。

这天晚上，卢小玲从酒吧出来，发现林岳的车停在门口，她犹豫了一下，走上前想把话说清楚，没想到林岳一脸认真地表白道:“我只想每晚都送你回家，仅此而已，可以吗?”

卢小玲低下头，不知道该怎么说才好。林岳看她一副楚楚可怜的模样，再也控制不住，突然上前紧紧抱住她，深深地吻了下去。卢小玲拼尽全身力气才推开对方，飞快地逃离……

恋　人

之后的几天，林岳再也没有出现。直到一周以后，卢小玲才得知林岳死了。这下，她彻底惊呆了，三个和自己接过吻的人都死了！卢小玲还听说，林岳其实是个贪官，已经有了家室，却经常在外面拈花惹草。

卢小玲被这一系列的事情弄蒙了，回到家，她站在镜子前，用力伸出舌头查看，可并没有发觉什么异样。为什么那些人都死了呢？难道癌症也会传染？

不久，卢小玲的男友回国了。男友一个人在英国念书，卢小玲怕他分心，一直没有把自己生病的事告诉他。一见到卢小玲，男友一把将她抱在怀里，低下头就想吻她，卢小玲却一再闪避，男友见状，生气地责问她是不是变心了？卢小玲忙摇头否认，可她张了张嘴，又不知该如何解释。男友松开了手，说："我在英国时就想到，可能会有这么一天。现在，你至少应该让我知道他是谁。"

卢小玲哭笑不得，只得将自己得了舌癌，以及三个男人的事情说了。男友听完，连连摇头："这怎么可能？我不信！"说着，他又一次捧起卢小玲的脸吻了下去，情急之下，卢小玲突然伸出脚，用力踩了一下男友的脚尖，然后挣脱了他，哭着跑掉了。

第二天上午，卢小玲去医院复查。令人惊喜的是，她竟然康复了，癌细胞全都消失了。这让医生也非常惊讶，连连说是个奇迹。出了医院，卢小玲赶紧提着礼物，去感谢那位老中医。面对老中医，卢小玲忍不住将心中的困惑说了出来："您给我的药究竟是什么呀？怎么那么有效？"

老中医笑了："现在你康复了，告诉你也无妨。那是用毒蛇、毒蜥蜴等极毒之物的舌头焙干后研成的粉，我这药就是想以毒攻毒。以前没告诉你，是怕你会心里害怕，不敢往患处擦涂。"

卢小玲若有所思地点点头，犹豫片刻，她鼓足勇气将之前发生的事说了。老中医一听，诧异道："我这药是用特殊方法秘炼而成的，一般对人体不会造成伤害。难道它还具有某种不为人知的特殊功用？"卢小玲也觉得纳闷，不过现在身体康复比什么都重要，在回去的路上，她给男友发了条短信：现在，你可以随时吻我了！

三个月后，卢小玲和男友结婚了。婚后，她经常会提起那段离奇往事，老公听了只是笑笑，在他看来，一切不过是卢小玲的臆想。要知道，当卢小玲熟睡的时候，他可是偷吻过她许多次。如果那舌头上真有毒，自己恐怕早死过上百次上千次了。当然，为了让老婆高兴，他也就假装相信了。有时候，卢小玲凑过来吻他，他也装出闪躲的样子，挥着双手大叫："舌头有毒！"每当这时，卢小玲就会笑嘻嘻地说："我就要毒死你。"

（**题图、插图**：刘斌昆）

·中篇故事·

三尺斗鸡台上，各色人等粉墨登场，一场千载难逢的豪赌正在上演，比的是财力，是技术，更是人心……

斗鸡王

□王永坤

1.两“宝”赌宝

清朝乾隆年间，在豫南古黄府芒山脚下，有座佛光寺，这里一年一度的庙会十分热闹，而最吸引人的还要数佛光寺东墙根下的斗鸡台。

这年三月初八，天刚放亮，三尺高的斗鸡台上，斗鸡已经在捉对厮杀。到了正午，台上变得空落落的，可看客们不但没散，反倒越聚越多。原来，大家正在翘首企盼压轴好戏开场呢！

说到这场压轴好戏的主角，是两个“宝”，一个叫刘有宝，一个叫毕德宝。他们是一对豪赌的主儿，近几年，两人已斗红了眼。

先说刘有宝，他是家有“三宝”的刘公子。所谓“三宝”，即：一、刘家拥有一座生意兴隆的酒楼“仙客居”；二、刘家门上挂着“千顷牌”，以示城外有良田千顷；三、刘家祖传有一套能保子孙代代富贵的黄马褂。

富贵里生富贵里长的刘有宝，为人倒是豪爽仁义，可他整日飞鹰走狗，尤其嗜好赌博。老管家刘老忠看在眼里，急在心中，可刘有宝不但不听规劝，还嫌他絮叨，把他给辞了，另外聘了个与自己脾性相投的黄之光当管家。黄之光是抱着两只斗鸡进刘府的。在他的建议下，刘有宝派人西去开封、东到海州，买来了几十只各色名样的斗鸡，还聘了个鸡倌王小三，整日抱着斗鸡寻人斗，而且一连两年称霸斗鸡台。斗鸡台主祝大牙，还做了块上书“斗鸡王”的金匾送给他。

再说毕德宝，不知他是何方人士，人们只记得现任知府汤怀高上任那年，他在府衙对面开了一家专卖金银珠宝的金凤宝楼，粗略一估，都说刘家三宝也顶不上这一座金凤宝楼，真乃“一宝”压“三宝”！这个毕德宝不仅夺去了刘家古黄府首富的金交椅，而且偏偏也是个“斗鸡迷”，家中养着一窝子斗鸡。他听说刘有宝成了“斗鸡王”，很不服气，于是便向刘有宝下了挑战书：斗鸡。

这两人斗鸡，所下的赌注让人瞠目结舌。前年，毕德宝掏出一张十万两的银票押在台面上，刘有宝拿不出这么多现银，便将仙客居的契据押了上去。三盘战罢，刘有宝那只屡战屡胜的“疙瘩冠”竟被毕德宝的小斗鸡斗得落荒而逃！刘有宝输掉了仙客居。去年，刘有宝精心驯养的“小黑嘴”又吃了败仗，输掉了千顷牌！今年，刘有宝一咬牙，押上最后一宝黄马褂，誓与毕德宝一决雌雄！

随着一声铜锣响，刘、毕双方开始“斗鸡”。

刘有宝这次的斗鸡名叫“铁公鸡”，看着不同凡响，只见它深眼窝、豆绿眼，浑身铁灰色，一望便知不是中原斗鸡品种。原来，是刘有宝不惜重金，派人千里迢迢去蕃王府里挑选来的。

再看毕德宝抱出的斗鸡，羽毛呈枣红色，屁股后拖着翠绿色的大镰尾，就像官老爷纬帽后的花翎带，这鸡的名字也官气十足，叫做“一品红”！刘有宝一眼便看出，这只一品红是个中看不中斗的花架子，他同一旁的黄之光交换了一下眼神，便撒手放开了铁公鸡。

铁公鸡一上场，果然斗性十足，嘴啄、翅扫、爪蹬，杀得一品红只有招架之功而无还手之力，战至中盘，一品红被铁公鸡啄得头上鲜血淋漓，绕着台子直打转，成了逃鸡。

中盘后稍作休息，鸡伙计抱起双方的斗鸡“使水”，即用嘴噙冷水往鸡身上喷洒，使之降温，稍稍恢复体力。此时，刘有宝不由长出了一口气，心说：逃鸡架不住三圈撵，到了残盘，铁公鸡定能乘胜追击，为自己赢回千顷牌！他不无得意地扫了一眼对面的毕德宝，却惊奇地发现毕德宝居然悠闲地轻摇折扇，比自己还要笃定。

这时，台上突然传来“咯”的一声怪叫，一个鸡伙计惊恐地对台主祝大牙叫道：“不、不好了，吴老倌使水使过了头，把铁公鸡喷倒架了！”祝大牙大惊失色，赶忙奔了过去，一把推开那个吴老倌，蹲下来抱过铁公鸡，只见铁公鸡曲背蜷腿，缩成一团，除了偶尔转转眼珠之外，简直成了一只木鸡！坐在台下的刘有宝和黄之光也顾不上鸡主人不得上台的规矩，飞步跳上台，见铁公鸡成了木鸡，惊得

目瞪口呆，暗叫：煮熟的鸭子又飞了！

祝大牙惶恐不安地站起身，结结巴巴地对刘有宝说："刘公子，小人、小人认赔，认赔！"

不料没等刘有宝答话，毕德宝却一步跳上斗鸡台，指着祝大牙的鼻子骂道："呸！你小子赔得起吗？就是把你剥了皮，骨头磨成渣，怕也抵不上黄马褂的一只袖子！"

祝大牙无奈之下，一咬牙道："二位爷莫生气。全怪小人瞎了眼，让这个吴老倌使水闯了祸。这小老儿是个身无分文的老叫花，三天前在这儿转悠，小人见他会说几句行话，便招他当了鸡伙计。没想到……这样吧，按规矩，小人先剁一只手给二位爷，然后拆了斗鸡台，从此不再踏进斗鸡场半步！"说着，右手抽出利刃，扬手就往左手剁去。

"慢！"刘有宝一步上前，按住了祝大牙的手，瞟了一眼毕德宝道，"看你也是条汉子，有你这句话就中！今天这场斗鸡我认和。反正来日方长，要斗，咱明年再来。"

台下顿时掌声四起，看客们无不称赞刘有宝轻财仗义，言下之意是讥讽毕德宝得了便宜还卖乖！毕德宝被"将"了一军，也只得握手认和，抱起一品红下了斗鸡台，悻悻而去。

祝大牙逃过一劫，对刘有宝连连拱手，感激不已，一扭头见那个惹了祸的吴老倌还站在一旁，忙呵斥他快给刘公子磕头谢罪。不料，吴老倌像没听见似的背过身去，旁若无人地抽起旱烟来。

祝大牙怒火中烧，破口大骂："你个老叫花，差点儿拆了老子的斗鸡台，滚！滚！"吴老倌鼻子"哼"了一声，抬脚就走。

2. 奇人吴老

刘有宝和黄之光走出斗鸡台，踱到佛光寺后的一家小酒楼，喝起了闷酒。两杯酒刚落肚，门被推开了，定睛一看，不是别人，竟是那个吴老倌。黄之光一见，就气不打一处来，挥手让他滚。吴老倌手往袖筒里一抄，道："小老儿如今已无路可走了，我没别的本事，只会养斗鸡，求刘公子让小老儿进府当个鸡倌，好歹有口饭吃。"

黄之光冷笑道："哼！连给鸡使水这么简单的活儿都干不好，把个铁公鸡给活活喷瘫了。你还好意思说会养斗鸡？"吴老倌没有理睬黄之光，目光定定地盯着刘有宝。刘有宝见吴老倌六十开外年纪，虽然衣衫破旧，面色黝黑，却话语铿锵，手脚利索，便道："刘某虽说没了仙客居和千顷牌，但家中再多一个人还是养得起的。你就跟我走吧。"

刘有宝如此宽容大度，吴老倌不但不言谢，反倒一声长叹道："刘公子果然仁义，看来我吴某真的要当鸡倌了！”说着，又冲黄之光一瞪眼，道，“谁说铁公鸡瘫了？”说着，他端起桌上的一杯酒，倒入口中，噙在嘴里，往缩在墙角边的铁公鸡一喷，然后手指在鸡颈上轻轻一弹，只见铁公鸡一个哆嗦之后，扬头伸颈，翅膀一扇，竟然好了！这下轮到刘有宝和黄之光瞪眼珠子了。

刘有宝已瞧出吴老倌并非等闲之辈，赶忙离座拱手道："敢问您老高姓大名？"吴老倌一笑，说："小老儿行不更名，坐不改姓，姓吴，名叫芝泉。你若叫不惯，仍旧叫我吴老倌好了。"

一听这话，刘有宝和黄之光大惊失色：要知道在斗鸡圈子里，吴芝泉的大名如雷贯耳啊！众所周知，"北吕南吴"是当今中原最好的驯鸡手，其中"北吕"指的是北曹州的吕书民，"南吴"就是这位南颍州的吴芝泉。刘有宝曾派人北上南下，探寻吕、吴二人。可惜吕书民已经作古多年，只留有一个叫吕一丁的儿子，可这儿子偷鸡摸狗不成器，又下落不明；而吴芝泉则是个四海为家的闲云野鹤，几次拜访均无所遇。万万没想到，今天他竟自己找上门来了！

黄之光眨巴着眼睛，问道："吴前辈，如此看来，今日斗鸡台上，你是故意将铁公鸡喷瘫的了？"吴老倌爽快地点头承认："不错。"

刘有宝不解，脱口而出道："可铁公鸡就要赢了啊！"吴老倌呵呵一笑，道："没想到刘公子到现在还以为铁公鸡能赢？试想，我只不过往它的天璇穴上稍稍喷重了一口水，它便瘫了，如果再斗残盘，你能指望它斗得过一品红？"刘有宝愣住了。

吴老倌又道："一方水土养一方鸡啊。蕃王府的斗鸡自幼食肉，非牛即羊，生性勇猛；饮则高山雪水，这种饮食导致它元气不足，招数单一，就像只会三板斧的程咬金，头两盘胜则胜矣，若不胜则必在残盘中一败涂地！你不见斗至中盘，铁公鸡虽占上风，但已气喘吁吁，脚步明显慢了许多吗？小老儿敢说，只要残盘的锣一响，一品红必将一举击垮已是强弩之末的铁公鸡！"

听到这儿，刘有宝才恍然大悟，

不由惊出一身冷汗：好险啊，原来是吴老倌及时出手救了自己！黄之光依旧疑惑不解："吴前辈，久闻您是方外高人，一向以出入豪门富户为耻，不知今日为何改弦更张？"

吴老倌叹口气，道："江湖常在人易老。小老儿早年云游四方，倒也自得其乐，可如今年迈力衰，不得不作养老之计。久慕刘公子慷慨仁义，今日一见，果不其然，便略施小计，以铁公鸡为见面礼投奔公子，实在也是缘来相聚啊！"

于是，吴老倌当天就进了刘府，可看了刘家的几十只斗鸡之后，他却大摇其头，连说都不是上品。刘有宝皱眉道："吴前辈所言极是。我原以为花费重金买来的斗鸡应该能战善斗，不成想这两年都输给了毕德宝的斗鸡，方才明白这些尽是二流货色。听说当今中原斗鸡，首推商丘府的贾家斗鸡，可惜我去晚了一步，贾家斗鸡一连三代都已被人预定下了。我猜想，十有八九是那个毕德宝。"

吴老倌点点头："不错，毕德宝的一品红秃冠紧头皮，水白眼，黄嘴黄腿，确实属于贾家斗鸡的品系。"接着又自言自语道，"看来要想战胜贾家斗鸡，只有请出火眼金睛斗鸡了。"

黄之光一听，失声道："火眼金睛斗鸡？那不是前明末代开封周王宫中的斗鸡吗？听说周王嗜好斗鸡，培养了不少名品，尤以红眼珠外罩一圈金色虹膜的火眼金睛最为著名。当时流传说：'天下斗鸡在开封，开封斗鸡在王宫，王宫斗鸡上百品，火眼金睛第一名。'只不过明末天下大乱，乱兵饥民攻破王宫，周王被杀，数千斗鸡全被饥民一锅烩了，从此火眼金睛便绝种了。请问吴前辈，咱们去哪儿弄这火眼金睛呀？"吴老倌没回答，而是拿起了旱烟袋。

3.深山名鸡

吴老倌磕磕旱烟袋，笑道："黄管家果然见多识广呀，不过你是只知其一，不知其二。当年兵乱之时，有位姓崔的斗鸡师抱了几只火眼金睛逃了出来，隐居于伏牛山中，如今尚有一位名叫崔老八的后人在繁育火眼金睛品系。这崔老八神龙见首不见尾，小老儿东奔西走，也是偶然才有缘结识。"

刘有宝大喜，当即让黄之光去准备银子，吴老倌笑道："刘公子，恕小老儿直言，真正的斗鸡世家是绝不会卖鸡求银的，须是真正的爱鸡之人，通过知交介绍，方可获无偿赠送。但鸡死之后，必须把鸡头、鸡爪送还，以示物归原主，所谓'宁舍千金，不舍一鸡'！你只需准备好盘缠，明天一早，我们就动身去伏牛山！"

第二天，吴老倌和刘有宝便上路了，两人风餐露宿半个月，来到伏牛山，见到了崔老八。崔老八是个四十来岁的山里汉子，果然慷慨仗义，听吴老倌说明来意后，二话没说，便将两人带到自己驯养的火眼金睛斗鸡前，让吴老倌挑选了两只彪悍威猛、排序为“钢”字辈的斗鸡：“钻钢风”和“飞钢篷”。

日近中午，崔老八安排厨房整治酒菜，自己则和吴老倌畅谈“斗鸡经”。刘有宝插不上嘴，便到处转悠，不知不觉来到了院子里，只见厨子已经杀好了两只鸡，此时正气喘吁吁地捉另一只斗鸡。这是只倒过一次毛的一龄鸡，虽然也是火眼金睛的品种，却长了一双轻飘飘的罗圈腿。

说来也怪，别看这“罗圈腿”走起路来趔趔趄趄，可上飞下跳的，那厨子就是捉不住它，只得求刘有宝帮忙。两人前追后堵，费了好大劲，才将它逮住，可那鸡啼叫起来，凄厉悲楚，刘有宝听了心中一颤，便问：“为何非要杀它？”

厨子说：“崔爷说了，这是一只走鸡。走鸡你知道吗？就是不敢斗嘴、一斗就逃的鸡，只好杀了吃了。”说着，又指着已杀好的那两只鸡道，“不仅要杀它，就连它的鸡父、鸡母也要杀掉，以防弄混了整个鸡群的血统。”

“说得不错！”这时，崔老八陪着吴老倌走了过来，接腔道，“这支品系的斗鸡十世单传，不曾想，却出了这只不敢斗的罗圈腿，想来是不知什么时候被杂鸡混了血！”说话间，厨子已一手将罗圈腿按在案板上，准备宰杀，那罗圈腿叫得更加悲哀了，还扭头望着刘有宝，头一顿一顿的，竟像是在磕头求救。

刘有宝忍不住大叫一声：“这鸡杀不得！”崔老八一怔，问：“为何？”刘有宝期期艾艾地说：“我、我不吃鸡了！”崔老八被逗笑了，转头对吴老倌道：“刘兄弟果然是个心善之人！这只走鸡就送给他吧。”

酒足饭饱之后，两人准备辞别崔老八，这时，刘有宝忽然指着怀中的罗圈腿，说：“崔老哥，给这只鸡也起个带‘钢’字的名儿吧，总不能叫它罗圈腿吧！”崔老八很是尴尬，因为出了走鸡是令整个鸡品难堪的事，自然不会给按序起名了，于是便扯开话题，含糊道：“刘兄弟，你喝醉了。”哪知刘有宝却听岔了，大喜道：“对，对，就叫醉鸡！这鸡走起路来摇摇晃晃，像醉酒一般，叫它醉鸡合适、合适！”崔老八和吴老倌听了，哈哈大笑。

回来之后，吴老倌就开始训练“钻钢风”和“飞钢篷”。几个月后，两只火眼金睛已被调教得各有绝技在身，刘府里包括铁公鸡在内的斗鸡全数被斗得俯首称臣。刘有宝喜上眉梢，心想：有了名鸡和名师，肯定胜券在握！可吴老倌却说这两只鸡都难称王，与贾家斗鸡相比，也只是伯仲之间而已。

这天，钻钢风又斗赢了一场比赛。从斗鸡场回来，刘有宝和黄之光正陪着吴老倌对酌，突然鸡倌王小三慌慌张张跑进来，叫道："不好了，刚才钻钢风和醉鸡斗在了一起，斗、斗死了！"

刘有宝听完，心想：这醉鸡被带回家后，确实是毫无斗性，就是寻常家鸡一展翅也会把它吓得躲避。没想到，今天它居然有了斗性，可惜刚"破嘴"开斗，就被钻钢风啄死。于是，刘有宝随口说道："什么大不了的事，大惊小怪的！把醉鸡拎到厨房，炖了给吴前辈下酒！"王小三却哭丧着脸说："不，不，是钻钢风让醉鸡一腿打死了！"

一听这话，"叭"的一声，吴老倌手中的酒杯掉到地上，摔了个粉碎。几个人赶忙跑到鸡舍一看，只见醉鸡正引颈高亢，而钻钢风鼻孔流血，已经瘫在一边。刘有宝上前抱起钻钢风，心疼不已。吴老倌却抓起醉鸡，仔细审视一番，眼里放出光来，说："小三，去把飞钢篷抱过来，让它与醉鸡再斗两嘴！"

刘有宝惊道："吴前辈，若是飞钢篷再让醉鸡啄坏了，我、我们怎么办啊？"吴老倌一锤定音道："那就用醉鸡上斗鸡台！"刘有宝和黄之光听了，面面相觑，过了一会儿，他们似有所悟：莫非，这醉鸡非同寻常！

不大一会，王小三抱来了飞钢篷。吴老倌将飞钢篷和醉鸡放进一个大竹圈，用斗鸡棍略一撩拨，两只斗鸡便抖毛拍翅，嘴脚相向。飞钢篷经过几番斗鸡比试，一招一式颇有章法。醉鸡则左冲右突，虽然勇猛，但它脚步蹒跚，给人以头重脚轻之感。很快，飞钢篷便狠狠啄了醉鸡几口，随即纵身上前。眼看醉鸡就要被逼出竹圈，不料眨眼间，只听一声惨叫，一只鸡直滚出竹圈外一丈多远，竟然是飞钢篷，原来它头上吃了醉鸡一脚，被打晕了！

醉鸡追上去还要发脚，被吴老倌上前将它一把抱住。吴老倌细细观察它的腿脚，禁不住连声称赞："好个醉鸡！"随即喜不自胜地对刘有宝和黄之光说，"你们瞧，醉鸡的暗腿腿弯处弯度很大，显然弹跳力很强，而明腿则是鳞厚骨壮，这样一来，腿力重，拐点高，使它走起路来如醉酒一般，看似柔绵，其实直伤筋骨，脚脚致命，江湖中人称‘蚀心腿’。小老儿玩了一辈子斗鸡，也只是听人说过，不曾想今日竟亲眼目睹！只是这鸡不显山露水，大器晚成，就连崔老八也误把它当作走鸡，若非刘公子您一善之念，它早已成了腹中之物！”说罢，竟然唏嘘不已。

这真是踏破铁鞋无觅处，得来全不费工夫。刘有宝大喜过望，当下让吴老倌修书一封，将醉鸡一事告知崔老八。

破了嘴的醉鸡性情大变，一天比一天暴烈，听不得其他鸡的啼叫，一听到，它便飞羽起腿，跃跃欲斗。吴老倌稍加训练，醉鸡便可以在十几个回合之内，以疾风骤雨之势打败对手，霸气十足。

4.醉拳驯鸡

转眼到了来年，离佛光寺庙会只有一个月了。整日琢磨醉鸡斗战技巧的吴老倌忽然一拍大腿，想起一件事来，忙问刘有宝：“你家的十年酿杏花春酒还有吗？给我打两壶来！”刘有宝惊诧道：“酒是有，不知吴前辈作何用途？”吴老倌摆摆手：“你休要问，只管把酒拿来。”

不一会儿，黄之光提来了两壶酒，只见吴老倌脱了外衣，单穿一件贴身小褂，一口气将壶中的酒喝光，然后哈着酒气对刘、黄二人说：“无论发生什么事，你俩都不要管。切记切记！”

一会儿酒劲涌上来了，吴老倌脚步踉跄，舒手踢腿，在醉鸡面前打起了醉拳。只见他右拳暴长，手背凸鼓，五根指头撮在了一起，形似一个鸡头，在醉鸡眼前闪来晃去，反复挑逗。醉鸡终于被“鸡头”激怒了，顿时羽毛倒竖，眼中喷火，急忙去啄。可那“鸡头”倏忽多变，一招“猕猴摘桃”，尖尖的中指像鸡喙一般“啄”在了醉鸡的眼皮上，醉鸡本能地护疼，倒退几步才缓过神来。接着，又见那“鸡头”伸了过来，醉鸡似乎知道不可硬啄，便将脖子一扭，来了个“苏秦背剑”，准确地啄在了“鸡头”上，“鸡头”顿时鲜血淋淋！

吴老倌忍痛大叫一声：“好！”随即一个旋转步，再出一招“太白击剑”，向醉鸡脸侧扫去，小拇指不轻不重地戳在了醉鸡的右眼皮上。醉鸡吃了亏，也跟着变招。只见人鸡相斗，越斗越猛，醉鸡啄中“鸡头”的频率也越来越高。每啄中一次，吴老倌都大声叫好，可他做“鸡头”的右手背早已是血肉外翻，惨不忍睹！

刘有宝从未见过这等血淋淋的场面，眼见吴老倌曲背弓腰，那“鸡头”向醉鸡头顶直压下来，醉鸡忙伸颈张

喙，准备迎击。刘有宝再也看不下去了，大叫一声："吴前辈！"便冲上前紧紧抱住了吴老倌，泪如雨下。

吴老倌挣脱不得，跺脚大叫："混小子，你知道我在干什么吗？"见刘有宝不解，吴老倌又说，"我发现这醉鸡依仗自己有蚀心腿，只知进攻，不知防卫，尤其是不知道护住眼睛——这可是斗鸡场上的大忌啊！我今天就是要用醉拳中的套路，使醉鸡知晓如何躲避来自各个方向对眼睛的攻击。本来小老儿正要再使一招'飞鹰搏兔'，使醉鸡化解来自高飞之鸡的攻击，就算大功告成了，不想却被你拖下场，功亏一篑啊！"

刘有宝急忙安慰道："吴前辈，世上哪有那么神的高飞之鸡？再说了，斗鸡场上瞬息万变，只怕对手还没高飞，就被醉鸡一腿打倒了！"

吴老倌无可奈何地点点头，又若有所思地说："醉鸡腿力极大，可惜它是刚换过一道毛的鸡，体力耐力略有不足。如果来年再换一道毛，它可以斗三连场，到那时才是名副其实的斗鸡王！"

5. 醉鸡连胜

很快，一年一度的庙会又到了。斗鸡台下如同往年一样，人头攒动，人声鼎沸。但与往年不同的是，古黄知府汤怀高居然也来了，就坐在台下正中的太师椅上，兴致勃勃地观赏斗鸡比赛。

刘有宝他们来到斗鸡台时，只见毕德宝早已等候多时了。祝大牙见双方人马已到，便敲锣开场。吴老倌不慌不忙从王小三怀中接过醉鸡，拍拍它的小圆头，一撒手，醉鸡便雄赳赳气昂昂地在台上走了一圈，然后一个高飞回到吴老倌怀中，那架势很像大战前下马察看地形的大将军，引得台下看客一片喝彩。

毕德宝的鸡倌也抱出了斗鸡，众人一见，不由掩口而笑：竟然还是去年那只差点儿落败的一品红！刘有宝见了也好生疑惑，心想：隔年的皇历翻

不得，斗鸡场上最忌自己的底细被对手摸清，难道这毕德宝昏了头？

这时，祝大牙又敲了一声锣，大叫一声："放鸡！"早已急不可待的醉鸡一个猛虎下山，占据了台中心，接着便向一品红发起暴风骤雨般的进攻。刚开始，一品红还能与醉鸡正面抵抗一番，但被狠狠啄了几口之后，就眼露怯意，一味躲闪，勉强才将头盘支撑下来。使水后再次上台，醉鸡便使出了杀手锏，一翅将一品红撞了个趔趄，随即横空出腿，朝对方头上狠狠扫去。一品红急忙躲闪，但前胸已被"咚"的一声击中，瘫倒在地，挣扎半天也没起来。祝大牙边拍巴掌，边数数："一、二、三……"当他拍到第七下时，毕德宝的鸡倌将一条表示认输的白手巾扔到了台上。

终于赢了毕德宝，收回了千顷牌，刘有宝别提有多开心得意了！一旁的毕德宝冷冷地盯着刘有宝，道："刘兄，敢不敢斗连场？我再把仙客居押上！"

没等刘有宝表态，毕德宝一挥手："抱大龙花来！"手下鸡倌又抱出了一只斗鸡。只见这只斗鸡体型强健，圆圆的黑豆眼，金颈白沙尾，羽色鲜艳夺目，不愧称作"大龙花"。

"安南鸡！"吴老倌对刘有宝悄声道，接着，他眯起眼观察在台上踱步的大龙花。而他怀中的醉鸡见了台上的大龙花，扬颈蹬腿，喉中不停发出咕咕声。刘有宝说："吴前辈，这还有啥犹豫的？醉鸡没费什么劲，就斗胜了一品红，现在斗志正旺盛呢，定能再胜这大龙花！"吴老倌点了点头，接着，他用胳膊紧紧箍着醉鸡，一双手来回不停地捋它的翅膀，显然是提醒醉鸡不要急躁。捋了几十回之后，醉鸡安静了许多，吴老倌这才撒手。

两只斗鸡并没有一上台就斗，而是绕着圈子对峙，都在试探对方，寻找进攻的最佳时机。突然，两只斗鸡不约而同地腾空而起，在空中缠斗起来。大龙花身姿灵活，进退自如，令醉鸡难以出腿。醉鸡一反平时的猛攻快打，而是紧守自己爪下的三尺台面，很有耐心地与大龙花周旋。

坐在台下的刘有宝也看出了门道，不由暗暗佩服吴老倌，心想：若是让醉鸡带着急于取胜的心态去斗，只怕早已着了大龙花的道儿了！两盘过后，刘有宝见吴老倌不慌不忙地举起了旱烟袋，便知已胜券在握。果然，残盘开始后，醉鸡不再与大龙花贴近纠缠，而是有意拉开距离，一啄之后，迅速后退，接着或长距离地突然出击，或转到侧翼攻其不备，大张大合，大起大落，十几个回合下来，大龙花渐渐体力不支。而醉鸡出嘴越来越快，不一会儿，大龙花已被啄得皮开肉绽，鲜血洒地，终于负疼不过，趴在地上发出声声哀号。随着"哐"的

一声锣响，祝大牙高声宣布："大龙花趴盘出声为负，醉鸡胜！"

台下顿时一片叫好声。醉鸡连胜两场，老祖宗留下的家业终于全收回来了，刘有宝激动得喜极而泣。看客们见今年的"两宝"斗鸡已结束，便嚷嚷着准备离去，可是那位坐在太师椅上的汤大人仍在低头品茶，毫无离席之意。

祝大牙已经命鸡伙计抬出了今年的金匾，王小三喜滋滋地正要伸手去接，突然传来一声叫喊："慢！"众人转头一看，原来是毕德宝，只见他挑衅地盯着刘有宝道，"敢不敢来个三连场？"刘有宝毫无思想准备，惊诧道："三连场？莫非你疯了？"

毕德宝从鸡倌怀中接过一只斗鸡，撒向斗鸡台："我还有一只斗鸡，想和你的醉鸡再斗一场。这回，我毕某把金凤宝楼押上，也请你把你的'三宝'全押上。今天，把你我的恩怨来个彻底了断，就看你有没有胆量赌一把！"说着掏出金凤宝楼的契据，"啪"地甩给祝大牙。

刘有宝向台上看去，只见毕德宝的这只斗鸡骨架倒不小，但两腿细得像秤杆，一身说红不红、说黄不黄的羽毛，还夹杂着不少黑色和紫色，煞是难看。准备散去的看客们听说要斗三连场，又重新聚到台下，一见台上这只斗鸡就七嘴八舌嚷开了，都说这是最没能耐的柿黄毛，最多能斗十几嘴。

毕德宝听了，脸红脖子粗地呵斥道："柿黄毛怎么了？不错，我这只斗鸡就叫柿黄毛！照样可以称王称霸，他姓刘的咋不敢再斗了？"刘有宝的赌劲一下子被煽了起来，捋起袖子就要撒鸡。被吴老倌一把扯住，一字一顿道："斗不得！"刘有宝纳闷道："一只柿黄毛啊！咋个斗不得？"

吴老倌压低声音道："这只斗鸡并非真正的柿黄毛！真正的柿黄毛毛色斑杂，羽根色重，羽尾色浅，而这只斗鸡却是极纯的一色，且黑紫二色间隔有序，定是以贾家鸡为父本的串子鸡！还有，它那两腿虽细，却遍布苞谷大的鳞花，大鳞花压着小鳞花，分明尽是筋腱，这叫牛筋腿，着力极大，恐怕不亚于醉鸡的蚀心腿。而醉鸡已斗过两场，元气消耗过多，只怕体力难支！要斗，就等来年吧。”

一旁的黄之光听了，很不服气，撺掇道：“我看醉鸡虽连斗两场，但皮毛无损，斗性也正旺，而姓毕的斗鸡就是外行人也看得出不堪一击，难道还怕了他不成！”

刘有宝心动了，他手一松，早已急不可待的醉鸡便扑棱棱飞到了斗鸡台上。吴老倌忙伸手阻拦，已来不及了，急得冷汗“刷”地流了下来。

6.谁是王者

不出吴老倌所料，柿黄毛果然身手不凡，嘴啄爪弹，干脆利落，而且四两拨千斤般巧妙地化解了醉鸡打来的蚀心腿。头盘结束，醉鸡竟没沾得丝毫便宜。刘有宝方才意识到事情不妙，心中懊悔不已。这时，吴老倌倒平静下来，他亲自给醉鸡使水，喷出的水雾极其仔细均匀，一双大手不停地在醉鸡身上按摩揉搓，让它尽可能地恢复体力。

战至中盘，醉鸡的速度已大不如前，喉咙里还发出“咕咕”的声音，似乎自觉有点力不从心。而柿黄毛却加快了节奏，一口啄在醉鸡头上，顿时鲜血淋漓。不成想，血腥味刺激了醉鸡的斗性，它甩了甩头，同柿黄毛对攻起来。两只斗鸡搅在了一起，进入近身肉搏的状态。这本是醉鸡的拿手好戏，可是柿黄毛脚法凌厉，并不好对付。十几个回合后，柿黄毛突然来了个鹞子翻身，凌空跃起丈许，从醉鸡的正前方直扑下来，恰似飞鹰搏兔。醉鸡刚一抬眼，只觉得左眼钻心的疼，不由一声惨叫，左眼一团红珠迸出！

台下看客一片哗然，刘有宝浑身筛糠般抖起来，吴老倌的旱烟袋也是抖个不停。此时，台上的醉鸡左眼已成了黑窟窿，右眼也被血水模糊，只有挨啄挨踢的份儿了。柿黄毛更是得势不饶人，趁机连连出击。醉鸡虽然死战不退，但毕竟难辨方向，渐渐地被逼到了台沿边，眼看就要跌下来，幸好一声锣响，中盘结束。吴老倌一个箭步飞身上台，将醉鸡紧紧揽在了怀中！

这边的毕德宝兴高采烈，折扇摇得呼呼直响。汤知府则摇头晃脑吟起了王勃《斗鸡赋》中的句子：“两雄不堪并立,一啄何敢自安?”

看客们无不把同情的目光投向醉鸡。只见它头上血肉模糊，剧烈的疼痛使它浑身抖个不停。吴老倌眼中含泪，为醉鸡抹上止血的粉末，又用嘴对着它的右眼一阵猛吮，吸净已凝结的血块。刘有宝脑子一片空白，身子发软，没等他回过神来，台上又“哐”

地响起了催命锣声！刘有宝一咬牙，摸出一块碎银，叫王小三买条白手巾来。他觉得今天是输定了，但总不能把醉鸡的命再赔上，这可是崔家两代人的心血啊！

再次上台，柿黄毛专找醉鸡的“盲区”进攻，很快又将醉鸡逼到了台边。突然，无路可退的醉鸡箭一般地冲向对手，柿黄毛猝不及防，背上结结实实挨了一腿，一屁股跌倒在地，好大一会儿才挣扎着立起身，可是，它的一只翅膀已经耷拉下来。站立起来的柿黄毛恼羞成怒，一声低啼，对醉鸡发起了猛攻，几十个回合后，它故伎重演，半空中一个高飞而下，又啄中了醉鸡的右眼。惊呼声中，醉鸡双目全瞎！

输了，彻底输了！刘有宝心中哀叹，刚要把手中的白手巾朝台上甩去，却被一双大手紧紧攥住，抬眼一看，不是别人，竟然是崔老八！原来，崔老八接信后，一直对醉鸡牵挂在怀，得知今年佛光寺庙会醉鸡出斗，便跋山涉水赶过来悄悄观战。崔老八夺下白手巾，红着眼道：“醉鸡姓崔，只有我说了算。从来就没有自甘认输的火眼金睛，我宁可醉鸡斗死在台上！”

台上的柿黄毛欺负醉鸡双目已瞎，退后几步，一个高飞，在半空中猛扫一腿就要出杀招，说时迟，那时快，只见醉鸡也一个高飞，迎着风声出腿就扫。犹如两团乌云相撞，只听“嗵”一声闷响，两只鸡双双落地。令人惊异的是，醉鸡身子摇晃了几下，终于站稳了；而柿黄毛却一头栽倒在地，当场晕了过去！形势又一次逆转，醉鸡循着柿黄毛的哀鸣，不急不忙地一腿又一腿抽打在它的头上……

柿黄毛终于瘫成了一堆肉泥。醉鸡高昂起头，空洞洞的眼窝直对苍天，发出一声高亢的啼鸣，然后便如雕像一般，一动不动地立在了斗鸡台正中！

7.大彻大悟

铜锣声终于响了。刘有宝跌跌撞撞扑上台去，将醉鸡抱在怀里，方才发现，醉鸡已经僵硬了！

刘有宝抱着醉鸡下了台，双目流泪，对崔老八道

“老哥，对不住了，火眼金睛这一品系绝了……”崔老八抹了一把脸上的泪水，喃喃道：“怪不得你们，全怪我有眼无珠！而且，我还要感谢你们，尤其是刘公子，是你们成就了醉鸡‘斗鸡王’的名声……”说罢，拱了拱手，抱起醉鸡踉跄而去。

此时，台下已经大乱，而那个原本稳坐钓鱼台的汤知府不知为何勃然大怒，一把摔碎茶壶，手指着瘫倒在地的毕德宝，破口大骂：“你个混账东西，你、你不是打包票说柿黄毛能赢吗？怎么反将金凤宝楼输了呢？”毕德宝哭丧着脸辩解道：“汤大人，本来一切都胜券在握，没想到那醉鸡太神勇了，实在是千载难逢的斗鸡王啊……”

“住口，你这该死的囚徒！”汤知府骂罢，又喝令衙役，“速将这囚徒拿下，给我往死里打！”众衙役领命，如狼似虎地把毕德宝掀翻在地，红白棍上下翻飞，打得毕德宝杀猪般嚎叫起来。汤知府一屁股瘫在太师椅上，喃喃自语道：“我的金凤宝楼，金凤宝楼啊……”大家这才明白：原来金凤宝楼的真正掌柜，居然是这个现任知府汤怀高！

吴老倌一直冷眼旁观，这时他对刘有宝一番耳语，刘有宝点了点头，推开众人，径直来到汤知府面前，冷冷说道：“汤大人，看来是你想赢刘某的黄马褂了？”汤知府连忙站起来，结结巴巴地拱手道：“刘公子，岂敢岂敢……”

“那么，你为何要杖毙毕德宝呢？”

汤知府支吾道：“他、他本不姓毕，姓吕，叫吕一丁，四年前在海州犯了盗窃案，朝廷下了海捕文书。本官三年前侥幸将他捕获归案……不，不，是本官今日认出了他！”

吴老倌手持旱烟袋，走过来说：“我看吕一丁不过同小老儿一样，也是个鸡倌而已。汤大人要杖毙他，恐怕是因为他输掉了这场斗鸡吧！”汤知府一时语塞了。吴老倌转头又对刘有宝道：“刘公子，救人一命，胜造七级浮屠，不知您今日是否舍得……”

不待吴老倌说完，刘有宝“啪”地将那张刚赢到手的金凤宝楼契据甩在八仙桌上：“汤大人，本公子情愿用这张契据赎回毕德宝一命，如何？”汤知府顿时眼里放光，但他假装沉吟了一会儿，才说：“这、这倒也使得。”说罢，胳膊一伸，将契据紧紧抓在手中。

毕德宝，不，是吕一丁绝处逢生，眼含泪花，站起身来，一咬牙指着汤知府道：“姓汤的，我是个朝廷通缉的逃犯，三年前被你捉进牢中。你听说我是‘北吕’吕书民之子，也有一身驯斗鸡的绝技，便强迫我与你合作，用斗鸡谋夺刘公子的三宝。为了活命，我只好答应你。还有，你早买通了黄之光到刘府做眼线，让他引刘公子上套，并暗中通风报信……”

刘有宝这才恍然大悟：难怪自己每回斗鸡都在对方的算计之中！刘有宝忙扭头找寻黄之光，发现他早已脚底板抹油溜了。此时的汤知府被人揭了老底，脸都涨成了酱紫色，在众人鄙夷的目光下，他灰溜溜地钻进大轿，狼狈而去。

吕一丁对着刘有宝和吴老倌，各磕了两个头，双泪长流道：“二位以德报怨，让小人羞愧难当，还有何面目苟活世上？”说罢，便向斗鸡台石基撞去。吴老倌连忙一把拦住他，语重心长地说：“吕后生，你既有自尽之举，必有悔改之心。再说刘公子赎了你的性命，此身已非你可支配；而那姓汤的虽放过你一时，早晚还要再来找麻烦。依小老儿看来，也只有刘公子的黄马褂能遮护住你。如今，刘府恰好少一个鸡倌，你的本领不下于我，不知你意下如何？”

一听这话，刘有宝惊慌叫道：“吴前辈，你……”吴老倌捋须一笑：“世上没有不散的筵席。今日刘家三宝完璧归赵，就是你我分手之时！”刘有宝颤声问道：“这、这话怎讲？”

“你还记得老管家刘老忠吗？”吴老倌脸色凝重起来，“两年前，他不忍刘家败在你手上，费尽千辛万苦找到了我，苦苦哀求我拉你一把，保住刘家三宝。小老儿向来不入富贵之门，一口拒绝了他，不成想第二天他竟吊死在我家门前，以死相求！如此忠义之人，不由得小老儿不答应啊……”刘有宝听了，呆愣住了，两道长泪簌簌而下。

“刘公子，小老儿再送你两句话：斗鸡可养可斗，不过是个闲情逸致而已，万万不可再赌，否则必坠无底深渊！”说罢，吴老倌收起旱烟袋，拱手而去。

刘有宝方才如梦初醒，突然面朝南方，“扑通”一声跪倒在地，悲怆地喊道：“老忠叔，我再也不赌了……”

（**题图、插图**：杨宏富）

牧羊童的发明

约瑟夫是美国加州的一个牧羊童。由于家境贫困，他被迫辍学替人放羊，眼看同学们都高高兴兴上学堂，他好不羡慕。于是，约瑟夫就利用放羊的空闲时间来读书。可每当他埋头于书本时，羊群却经常失控地冲破围栏，跑到田里去损害农作物。

每次发生这样的事，农场主就会破口大骂："约瑟夫，牧羊要什么学问？好好看着你的羊！"

约瑟夫不想放弃读书的心愿，于是他不得不想出办法来解决这个问题，他开始观察羊是怎么跑出围栏的。不久，约瑟夫发现利用蔷薇做的围栏虽然十分脆弱，却从未被羊破坏过；而出问题的地方，往往是拉着铁丝的围栏。

这是为什么呢？约瑟夫冥思苦想，终于想到了，因为蔷薇有刺！

于是，他又进一步思考："那我能不能把刺也装在铁丝网上呢？"他试着把细铁丝剪成一段一段，然后缠在铁丝网上做成刺状。第二天，约瑟夫发现羊再也逃不出去了，他可以安心地读书了。

后来，这种带刺的铁丝网引起了美国军方的重视，他们把它利用在了战场上，取得了很好的防御效果。为此，约瑟夫获得了一笔巨额奖金。

其实，有麻烦的地方就有创新的契机，关键是你需要积极地思考，大胆地尝试。

（**推荐者**：木　木）

关键词：带刺的铁丝网

白手与黑手

法国巴黎大剧场内，数万观众静静地等候着大戏开场。今晚，这儿要上演莎士比亚的名剧《奥赛罗》，而且，扮演剧中男主角奥赛罗的是法国著名演员菲力浦。不久，大幕徐徐拉开，菲力浦身穿骑士戎装登台亮相。

突然，观众们惊讶地发现：奥赛罗明明是摩尔人，皮肤很黑，而这位大明星虽然脸黑如

·开卷故事·

漆，手却是白白净净的。到底是怎么回事？大家开始叽叽喳喳议论开了。

这时，菲力浦正巧低头一瞧双手，不由得倒吸一口冷气：糟了！刚才因为参加宴会，回来晚了，化装时竟忘了将双手涂上黑色油彩。

不过，菲力浦毕竟是久经舞台的大明星，他打定主意不慌不忙地一路演下去，一直演到戏中间下场。菲力浦进入后台，利索地取来黑色油彩，将双手涂抹得黑亮亮的，再戴上一副洁白的丝质手套，然后重返舞台了。

观众们一瞧，菲力浦仍是黑脸、白手的模样，再也不买大明星的账了，爆发出一阵阵的嘲笑和哄闹声。

可菲力浦似乎沉浸在角色之中，丝毫没有理会台下的起哄。只见他搓着双手，说出剧中的一段台词：“真急死人了，玳丝德蒙娜怎么还不来？外面的风真大，会不会是海风将这美人乘的船拦在海上了？对！要派个人去看看！”他边说边自然地摘下了白手套，露出一双墨黑的手。

所有的观众都大吃一惊：剧中的奥赛罗原来是戴了白手套，自己刚才竟然想错了，是啊，菲力浦怎会出这样的差错呢！剧场里顿时掌声如雷。

有时候，将错就错、随机应变，不失为创意的另一种思路。

关键词：白手套

（**作者**：孙旭明；**推荐者**：浩　天）

不拉马的士兵

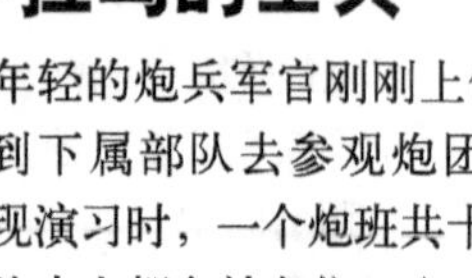

一位年轻的炮兵军官刚刚上任，就到下属部队去参观炮团演习。他发现演习时，一个炮班共十一个人，其他十人都各就各位，分工明确，可另外一个人却站在旁边一动不动，直到整个演习结束，他也没做任何事。

军官感到十分奇怪，便问：“这个人没做什么事，他是干吗的？”

下属一愣，报告道：“我们的作战教材里就是这样编队的，一个炮班十一个人，其中一个人就站在那里，我们也不知道为什么。”

关键词：炮班编制

军官回去后，认真地查阅了资料，这才知道：原来，早期的大炮是用马拉的，炮车到了战场上，大炮一响，马就跳着要跑，于是便有一个士兵专门负责拉马。而到了现代战争，大炮都实现了机械化运输，不再用马拉了，而那个士兵却一直没有被裁掉，仍旧站在那里。

从管理学的角度讲，企业里也经常会有这样的问题，我们应该及时发现并裁掉“不拉马的士兵”，这样才能提高管理效率，减少资源浪费。

（**推荐者**：希　希）

（**本栏插图**：安玉民　梁　丽）

“网络司令”讨说法

□庄稼汉

梁军在一家私企工作，他年龄不大，网瘾不小，尤其对一个叫“四国军棋”的网络游戏情有独钟。在游戏里，他注册的账号名叫“长白大侠”，如今，这个虚拟的名字已经在网上赫赫有名了。

不过，梁军还不满足，他的目标是让“长白大侠”登上“司令”的宝座。所谓“司令”，是“四国军棋”网络游戏里对级别的称呼。网络游戏公司为了鼓励用户上网游戏，按照上网时间和积分，给玩家们设定了不同的级别，最低是“列兵”，最高就是“司令”。成为“司令”，不仅仅是一个称号，更是网络游戏里英雄的象征。

终于，经过八年的打拼，“长白大侠”以游戏开通以来的最高分，登上了“司令”的宝座。这下梁军得意了，不仅向网友炫耀，就是和身边的朋友们说起这事，也非常自豪。女朋友小丽也不再埋怨梁军没能耐了，反而对他刮目相看。

有些网友对梁军这个“司令”的头衔羡慕不已，甚至有人想花一万元购买“长白大侠”的账号。可梁军怎么会答应呢，他自豪地对别人说：“这账号给多少钱也不卖！八年奋战得来的全国第一，容易吗？”

正当梁军陶醉在“司令”的光环中时，一件意想不到的事情发生了：一天下午，游戏论坛中突然出现了一则公告，里面说因为接到大量用户投诉，说“长白大侠”有作弊行为，决定对其予以分数清零处分。也就是说，梁军好不容易赢得的“司令”称号被免职了。

看到这则公告，梁军一下子蒙了：怎么会这样呢？他实在想不通，自己辛辛苦苦赚来的分数，怎么就被清零了呢？曾经威名赫赫的“司令”，眨眼间变成了一文不名的“列兵”，这给梁军的打击太大了。

然而接下来发生的事，更让梁军无法接受：“司令”被免职后，一些联系多年的网友认为梁军游戏作弊，人品不好，从此和他断绝了来往；还有人在网上发出“人肉搜索令”，说要把他这个骗子的真实身份公布于众。女友小丽也因此认为他人品靠不住，提出要和他分手。梁军拼命向人解释，可谁都不相信他的话。这让他的心情郁闷到了极点，只好整日里借酒消愁。

这天下班后，梁军正在单位附近的一个小酒馆喝闷酒，突然有人拍他肩膀：“哟，这不是小梁吗？”

梁军抬头一看，原来是公司的法律顾问刘主任。刘主任见梁军神情恍惚，便问他有什么不顺心的事，梁军这下总算找到了倾诉对象，便把事情一五一十地都说了出来。

刘主任听完，沉思了半天，才慢慢开口道：“那个游戏公司在没有通知你本人的情况下，毫无根据地发布公告，将你的游戏积分清零，并取消排名，致使很多用户认为你是骗子，这已经对你构成了名誉侵权。你可以起诉那个网游公司！”

“真的啊？”梁军听了这话，精神一振，“要是真能打赢官司，那我就能重新挺起腰杆了！”

刘主任笑着说：“这次，我帮你打这场官司，不过你得按照我说的去做。”

“好，我听您的。”

在刘主任的指导下，梁军第二天就和那个游戏公司进行了电话沟通。哪知对方一听梁军的话，笑了：“你告吧！侵犯你名誉权？我们都不知道你真实姓名叫啥，咋侵犯你名誉权啊？你那个‘长白大侠’，是网络虚拟世界里的人物，有啥名誉权啊？”说完，就挂了电话。

梁军一听，捧着话筒，心里又没底了：是啊，网络虚拟人物，哪有什么名誉权啊？这官司，打还是不打呢？他不知道该怎么办，只好又去找刘主任，把沟通后的情况说了。刘主任的态度很坚决：“这个官司不但要打，而且还必须要打赢！”

看到刘主任这么有信心，梁军的心里也踏实了。不久，他就向自己所在地的法院递交了诉状。起诉书中，他提出让那家游戏公司恢复自己的名誉权。

不久，法院开庭了。庭审中，梁军请了三个证人到庭，证明“长白大侠”的确就是现实生活中的梁军。

而刘主任作为梁军的辩护人，也坚持自己的观点：“长白大侠”虽然是虚拟人物，但那是梁军在网络世界的身份，梁军有名誉权，那个“长白大侠”自然也有名誉权。

最后，法院判梁军胜诉，“网络司令”终于讨回了说法。

律师点评：

根据《中华人民共和国民法通则》有关规定，公民享有姓名权、名誉权、荣誉权等等。在网络中，一个人的网络代号声誉被损，事实上等同于自身的名誉、荣誉受到了侵犯。这个故事中，虚拟人物“长白大侠”实际就是梁军，那么，他在网络受到的指责和扣分，客观上影响了他的名誉、荣誉。所以说，被告的游戏公司在无法律依据的情况下，擅自认定“长白大侠”有作弊行为并对其处以积分清零，已属于侵权行为，理应承担相应的法律责任。

（**题图、插图**：安玉民　梁　丽）

·**本刊信息传真**·

法律知识故事征文

本刊在与司法部连续举办三届法制故事征文的基础上，推出新栏目“法律知识故事”，通过发生在我们身边的、短小而具体的个案，生动、形象地宣传法律知识。这些知识注重现实性、实用性，真正起到解剖一个案例、明白一个道理的作用。

为鼓励作者深入生活，写出高质量的法律知识故事，我刊决定面向全国征文，优秀作品除在《故事会》发表并参加评奖外，还将结集出书（具体评奖方法稍后公布）。

本次征文也欢迎读者和法律界人士提供相关素材、案例，一经录用，即付稿酬。

来稿方法：1. 从邮局寄发，请在信封上注明“法律知识故事”字样，本刊地址：上海市绍兴路74号《故事会》杂志社，邮编：200020。2. 从网上传递，可寄以下信箱：wulun@vip.sohu.net，请在主题上注明“法律知识故事”字样。凡已和我刊编辑有联系的作者，稿件可继续投给原编辑。

蜡烛的作用

□彭金平 编译

在德国的一个偏僻小镇上，住着一对夫妻，他们结婚很多年了，还没有孩子。夫妻俩到处寻医问药，却无济于事。最后，他们只好向当地的一名牧师求教。

慈眉善目的牧师说：“我的孩子呀，你们去祈祷吧！上帝会保佑你们的。”听了牧师的话，夫妻俩就每天坚持虔诚的祈祷。可过了几个月，还是没有动静，于是他们又去见牧师。

牧师想了想说：“这样吧，刚好过几天我就要去佛罗伦萨了。等我造访当地的教堂时，我为你们点上一支蜡烛祈福吧！”夫妻俩千恩万谢，正准备离开时，牧师又说，“愿上帝保佑你们一切顺利！我要在佛罗伦萨呆很长一段时间，大概得十五年吧。等我回来后，一定会去拜访你们的。”

十五年过去了，牧师又回到了小镇上。一天傍晚，牧师突然想起了十五年前的许诺，于是寻到那对夫妻的家门口，伸手按响了门铃。

门开了，扑面传来一阵孩子们刺耳的哭闹声和尖叫声，牧师觉得耳朵都要被震聋了，却又高兴地想：不错，看来那支蜡烛的确发挥作用了。他满面春风地走进门去，只见狭小的房间里摆了两张高低床，十来个大大小小、浑身脏兮兮的孩子几乎占据了整个空间。床前站着一个披头散发、愁眉不展的妇人。

牧师指了指那些孩子，不无得意地说：“感谢上帝，是他保佑了你们。”妇人无精打采地苦笑一声：“是的。”牧师打量了一下四周，又问：“你丈夫到哪里去了呢？我也要祝贺他！”

“他已经到佛罗伦萨去了！”

“佛罗伦萨？他去那里做什么呢？”牧师好奇道。妇人瞪了他一眼，很不耐烦地喊了起来：“他去吹灭你点的那支蜡烛呀！”

到底谁埋单

□胡忠军

贾大方是个有名的吝啬鬼。这天晚上，他和朋友小齐去参加一个聚会，聚会结束时公交车已经停运，两人一合计，决定同乘一辆出租车回家。可是，这车费到底该谁掏呢？贾大方犯起了嘀咕。按理说，贾大方的家比小齐远一些，不用说，买单的自然是他了，可他不想掏腰包。

眼看快到小齐家了，贾大方突然灵机一动，悄悄弄响了自己的手机，“喂”了一声后，就一脸惊恐地喊了起来：“什么？老头子出事了？好，我马上过去……师傅，快停车！”他边拉车门，边对小齐说，“对不起，我岳父从乡下来，在前面文化路口被车撞了，我得赶紧去看看。”说着，就急匆匆下了车。

贾大方下车后，一路晃晃悠悠地回了家。虽说多走了不少冤枉路，却省下了车费，心里美滋滋的。到家一看，妻子刘梅不在，八成又去打麻将了，不用管她。贾大方一屁股坐在沙发上，打开电视看了起来。

过了一个多钟头，房门“咣当”一声，刘梅气冲冲地进来骂道：“贾大方，你说谎！”贾大方愣了：“我啥时说谎了？”刘梅眼睛一瞪：“你不是对小齐说我爹出事儿了吗？”贾大方一听，赶紧把事情原原本本说了。刘梅气得直跺脚：“你可把我害苦了！”

原来，贾大方刚才把手机忘在车上了。小齐发现后，就让司机开到贾大方家楼下，给他家打了个电话。刘梅听说老爹出事了，急忙跑下楼来，小齐就让她坐那辆出租车去了。刘梅一气儿找了几个路口，又接连跑了四家医院，也没见到老爷子。最后把电话打到乡下老家，谁知道老人压根就没出门，刘梅这才知道是贾大方说了谎。

贾大方听得目瞪口呆，愣怔了好大一会儿，问：“这么说，车费……”刘梅从钱包里掏出一沓出租车票，狠狠摔到他脸上：“你一句谎话不打紧，让咱枉花了一百多！”

和狗有缘

□尹树良 搜集整理

大溪村有个祖辈留下来的老规矩:女人生孩子，小宝宝“哇”的一声落地后，当爹的就去开院门，他第一眼看见什么，就给孩子取什么名字。

村里有个叫张大狗的，因为当年他爹一开门，正看见墙根下有只狗在撒尿，便取了这个名儿。自己叫狗就算了吧，最让他烦心的是大女儿的名字。事情就有那么怪，大女儿落地时，他家的大黑狗偏偏就趴在院门口，张大狗一开门，当时吓得瘫坐在地!没办法，女儿也只能叫张黑狗了。

眼看老婆木桶的肚子又有动静了。两口子商量着，说什么也要给老二取个文明秀气点的名字。木桶出了个主意，让男人在门口左边栽一棵白杨，右边种一株百合花，开门第一眼就能看得到。这样，若生了男孩就叫白杨，生了女娃就叫百合。张大狗听了，两眼笑成一条线:“木桶就是木桶，肚里还装不少货呢!”

树也栽了，木桶也终于临产了。她“哇哇呀呀”喊叫了一宿，天快亮的时候，里屋终于传出“哇”的一声婴啼，接生婆掀开门帘走了出来，笑着对张大狗说:“生了个男孩儿，快去开门取名儿吧!”

“好，白杨啊!”张大狗乐得一个箭步来到门前，忽然又站住了，心说:别忙，这回一定要慎重，不能再出岔子了。他隔着门缝四下扫了几眼，发现没有什么阿猫阿狗的，这才抽动了门闩。当他两手抓住门扇的时候，忽然又长了一个心眼儿，于是紧紧闭上了眼睛，想等眼睛对准了白杨的方向，再打开院门猛地睁眼，这样就万无一失了。

张大狗定了定神儿，“咣当”拉开门扇，闭着眼睛往外一蹿，只听“噗

□高 琦

王平是个热心肠，做事根本不考虑自己的能力大小，动不动就来一句："有事找我！"好像这世上就没有他办不成的事儿。

这天晚上，王平带着老婆去赴宴。几杯小酒下肚，那句话又从他嘴里滑了出来："在咱这小城，没有咱办不成的事儿，哥们有事尽管找我！"

要在往常，酒桌上的话是没人追究的，偏偏今天席上的主角是一家大公司的马老板，他正被众星拱月般地轮番敬酒，一听这话，觉得王平抢了自己的风头，于是摇摇晃晃站起来，冷冷地说："你小子别把牛皮吹破了，咱俩赌一把，怎么样？"王平当然不会示弱："赌就赌，你说怎么赌吧！"

马老板从怀里摸出一个U盘往桌上一拍："这里面有俺家老爷子的照片，三天以内，只要你能把它整到市政府大楼的正门上方，我出五千！"

哧"一声，脚下一滑打了个趔趄，好像踩上了什么东西。张大狗不由自主地睁眼一瞧，脑袋"嗡"的一声，顿时身子凉了半截儿。那棵白杨他也不看了，看了也是白看。

张大狗耷拉着脑袋进了屋，看着躺在炕头上的小宝宝，泪水"刷"地流了下来："木桶，我对不住儿子啊！"木桶忙问怎么回事，张大狗狠狠捶捶脑门儿："怎么咱跟狗这么有缘份呢？"木桶微微一笑，连忙安慰他："你又看见狗了？叫狗就叫狗吧。"

张大狗抹了把泪，跺着脚哭喊道："要是叫狗也就算了，可我、我第一眼看见的……是一摊狗屎啊！"

说着，又摸出一沓钞票推到王平面前，“这是两千块定金，大家作个证，事成后一次付清！”

在座的人都愣了，心说：除了领袖人物的照片能挂上政府大楼，还有谁有这么大的神通呢？这时，王平的酒也醒了，赔着笑脸正想说什么，王平的老婆却埋怨起来：“不让你胡吹，总是管不住那张臭嘴！马老板，你就饶了他吧，回家我狠狠收拾他！”

马老板皮笑肉不笑地说：“那怎么行？是爷们就把这钱收下。要没有这个能耐，就当众表演个节目，在这地上爬仨圈儿！”

王平哪里受过这等窝囊气，他面红耳赤，一拍桌子“嗖”地站起，大声说：“好！三天后咱到市政府大楼当场检验，没有照片，我就在那里给你爬仨圈儿！”说完，抓起钱和U盘塞进包里，拉着老婆离开了酒店。

转眼三天过去，大家如约来到市政府门口，还有很多人闻讯赶来看热闹。众人抬眼看看大楼正门上方，当然没有什么照片，不免议论纷纷，而马老板更是得意洋洋，叼着个雪茄晃来晃去，就等着王平当场出丑了。

就在大家七嘴八舌胡乱猜测时，一辆的士“嘎”地停下，王平挎着个肩包慢悠悠地从车上下来。众人一窝蜂似的围上去，马老板拍拍他的肩膀，指了指地上，得意洋洋地说：“小子哎，就等着你表演节目了！”

王平淡淡一笑：“我说过，没有咱哥们办不成的事儿。”说着，笑眯眯地从肩包里取出一架望远镜递给马老板，“请您瞧仔细喽！”

马老板在望远镜里看到了什么？原来，正门右上方一个极不显眼的地方，果然贴着他爹的一张一寸大小的照片！马老板的脸顿时气成了猪肝色，气极败坏地说：“你、你……这照片也太小了！”

“您说的是把老爷子的照片整上去，可没说照片的尺寸大小呀！”王平边说，边又掏出一沓钞票塞到马老板怀里，“喏，两千块留下一千，算是劳务费。还有，这只望远镜就送给你了，想老爷子了就来看看啊！”

救命歌星

□杨清江

柳林镇上有个业余的“酷鸭子”艺术团。团长尤其擅长“模仿秀”，电视上那些大腕们摇头、扭腰，挤着眼睛干嚎的毛病，他一看就能学得惟妙惟肖，人送外号“赛歌星”。

说来也怪，尽管赛歌星在当地也小有名气，可眼看三十出头了，还是光棍一条。他心里老大不服气，经过几个不眠之夜后，决定主动出击！刚巧赛歌星有个舅母辣椒婶，在邻村办了个“文化茶馆”。这天，他闲来无事，便去串门子。

辣椒婶的一双眼可厉害，一见面就撇了撇嘴说：“你小子是不是看上俺村的姑娘了？就你那条件，哼！”

赛歌星“嘿嘿”一笑：“舅母，你外甥今非昔比，我也是有身份的人了！”见辣椒婶一副不相信的样子，赛歌星又说，“你老人家见多识广，不会没有听说过‘酷鸭子’吧？”

辣椒婶不解了：“鸭子怎么‘苦’了？做菜的时候忘掉把苦胆摘了？”

“什么苦胆，是‘酷毙了’的‘酷’！”赛歌星把声调提高了八度，忽然觉得不够礼貌，又降了两个音阶，满脸堆笑道，“也不能怪你老人家不懂这新名词儿。给你说吧，你外甥现在是酷鸭子艺术团的团长了！”

“啥艺术团？胡唱乱跳的，也能算艺术？”辣椒婶很不屑。

赛歌星摆了摆手：“舅母，你那是没看过我们的演出，就拿我来说吧，啥舞都能跳，啥歌都会唱！我敢说，只要我在你这里喊一嗓子，姑娘小伙马上就来一大群！”

辣椒婶也来劲了：“那好！就跟你打这个赌。来人不来人我不敢说，只要有人说一个‘好’字，你小子的亲事包在我身上！”

赛歌星精神一振：“那咱说定了！”说着，赛歌星拿过话筒，干咳

两声，试试效果，然后就闭上眼睛，摆了个S形的姿势，声嘶力竭地吼了起来："这不是梦，这不是梦……"

这一嗓子还没有喊完，就见隔壁二大娘风风火火地跑了过来，问："辣椒妹子，谁家的驴跑到你院子里来了？"辣椒婶两手一摊："哪来的驴呀？"

二大娘说："一定有，我明明听见驴就在你这儿叫唤。""哈哈！"辣椒婶恍然大悟，笑得合不拢嘴，说，"那是俺外甥在唱流行歌儿哩！"

这一闹腾，茶馆里更热闹了，"轰"地拥进好多人来。突然，就听一个老人高喊一声："哎呀，这不是我的救命恩人吗？"说着，便从人群里挤到了前面，扯开二大娘，一把亲亲热热地拉住赛歌星的手，不住地说，"缘分啊缘分，想不到今天在这儿又遇上了！"

赛歌星越听越糊涂："老人家，你一定认错人了，我们根本不认识啊？"老人摇摇头说："不会错，不会错。你不认识我，我老汉可认识你。你不就是那位赛歌星吗？"

"是啊。可我、我在哪里救过你啊？"赛歌星一脸茫然。老人却连连赞叹："难得，太难得了，做了好事自己都不知道！"

原来，就在一个多月前，老人到柳林镇去串亲戚，刚好碰上市里的歌舞团下乡来演出。那台下是人山人海，风雨不透。正看到兴头上，老人的肚里突然发作了，就想寻个厕所解决解决，可怎么也挤不出去那层层叠叠的人墙，老人急得差点儿要哭了！得，就在这时，赛歌星出场了，说是要代表本乡本土献演一个节目。哪料他憋足劲儿刚喊了一嗓子，只听"哗"的一声，台下的人顿时四散开来，大家上厕所的上厕所，买小吃的买小吃……

听到这里，赛歌星满脸涨得通红，恨不得立刻找个地缝钻进去。这时，老人万分感激地抱住他的肩膀摇了又摇，说："多亏你啊，小老弟！要不，我非憋死在人群里不可……"

情敌凶猛

□魏柏林

老聂离婚后，在麻将桌上认识了倩倩。倩倩不但脸蛋儿漂亮，那一口洁白的牙齿，笑起来更是格外迷人，老聂一见就忘不了了。两人交往了一段日子，看看时机成熟，老聂打算登门求婚了。

可是，当老聂手捧鲜花来到倩倩的住所时，却发现房里还有一位男子。倩倩说，这是她的前夫，名叫赵虎。原来，他们是离婚不离房，至今还住在同一个单元里。

那赵虎人高马大，满脸横肉，粗壮的手臂上满是怪异的刺青，叫人看了害怕。老聂揉着被他握得酸痛的手掌，不由暗暗叫苦不迭：天哪，难怪倩倩离婚几年仍然“待字闺中”，原来有这么一只“虎”守在身边，谁还敢娶她呀！

老聂哪里还敢提求婚的事儿，连忙扔下怀里的鲜花，抱头鼠窜。这一走，可把倩倩气坏了，她紧跟着就打电话来质问。老聂支支吾吾了半天，只得委婉地道出缘由。倩倩听罢，冷冷一笑：“就为这个呀？和你结婚的是我，又不是他！再说，我都不怕他，你怕什么？”

老聂心想：你是不怕他，可我呢？怎么着也算是个情敌吧？在赵虎面前横刀夺爱，分明是虎口拔牙啊！于是，老聂就以“再考虑考虑”为由，果断地挂了电话。此后，倩倩又接连打了几次电话，非要和老聂面谈不可，老聂全都借故回避了，

倩倩见不着老聂，便给他发了个短信：既然你不懂我的心，那好，就让赵虎替我跟你谈谈吧。我相信，他会给你一个有力的证明！老聂看完，心里一阵猛跳，差点儿吓晕过去。看来，倩倩是让前夫替她出气来了！什么“有力的证明”，这不明摆着要动武吗？

两天后，气势汹汹的赵虎果然找

到老聂的公司。幸好老聂早有防备，让几名保安把他挡在了门外。此后，老聂更是小心谨慎，只要发现形似赵虎的身影，就会远远地绕道躲开。

这天，老聂刚刚开门进屋，赵虎突然像影子似的跟了进来。面对半截铁塔似的赵虎，老聂颤着声音可怜巴巴地说："兄弟，我和倩倩只是、只是交谈过几次，从没有什么轻慢之举啊……"

赵虎眼睛一瞪，低声吼道："少给我来这些文绉绉的！我只问一句，'你到底想不想娶她？'"老聂连连摇头："岂敢岂敢。我以前是不知道她和赵先生的关系，现在，你就是给我吃了熊心豹子胆，我也不敢多想了……"

话音未落，只见赵虎猛地一撸衣袖，抡起了粗壮的胳膊。老聂赶紧缩头闭眼，可奇怪的是，只听"咚"的一声，那记老拳并未落到自己的头上。

怎么回事？老聂睁眼一看，只见赵虎跪在地上，举着刺满青紫花纹的胳膊，泪流满面地说："聂哥啊，聂哥！你就发发慈悲救救我吧。这回，你无论如何也要娶了她啊！"

形势变化太快，老聂一时反应不过来，张大嘴巴吃惊地看着赵虎。这时，只听赵虎又说道："你哪里知道，自从我俩离婚后，倩倩交过好些男友，每一次告吹，回家就拿我的胳膊撒气。你看，我这双胳膊已被她咬得不成样子了。你再不娶她，她会咬死我的啊……"

（**本栏插图**：顾子易　包丰一）

绿版编辑部各编辑邮箱：

夏一鸣：gshxym@163.com

邢　悦：simyyue@126.com

朱　虹：zhong98305@sina.com

杭　帆：hangfan1102@126.com

刘迎曦：liuyingxi1203@163.com

· 本刊信息传真 ·

第一推荐：2008年最具人气的故事集

这是一本从千余篇2008年《故事会》刊发的优秀作品中，精心挑选的24则最具人气的故事，代表了2008年《故事会》的整体水平。它们或写实社会，令你直面人生；或幽默诙谐，令你忍俊不禁；或情真意切，令你怦然心动；或富含哲理，令你掩卷深思……

452

2009 SEMIMONTHLY 上半月刊 12月

故事会

STORIES

2009 年 12 月

上半月 · 红版

社 长、主 编：何承伟

常务副主编：吴 伦

副主编：姚自豪（上半月 · 红版）

副主编：夏一鸣（下半月 · 绿版）

本期责任编辑：郑继文

电子邮箱：zjw002@vip.163.com

红版发稿编辑：

姚自豪 吕 佳 叶小萌

美术编辑：李宝强

电脑制作：郭瑾玮

通 联：归依玲

本社办公室电话：021-64375030

上半月刊编辑部电话：021-64332325

下半月刊编辑部电话：021-64336469

（上海市绍兴路 74 号 邮编：200020）

主管、主办：上海文艺出版(集团)有限公司

出版单位：《故事会》杂志社

制作、发行总监：张 凯

电话：021-64313938

广告业务：上海故事会文化传媒有限公司

广告总监：张 淮

广告业务：021-34010383

广告投诉：021-64333738

广告经营许可证

沪工商广字 3100320050022 号

发行：中国图书进出口上海公司

·笑话·

超级近视

这天，班里的同学去体检，检查视力时，一位近视女生显得很紧张。护士用棍棍指着第三行的"E"，她张大嘴巴、瞪着眼睛看半天，摇了摇头。于是，护士的棍棍指向倒数第三行的"E"，她还是摇头。

护士只好把棍棍指向第一行的"E"，没想到近视女生还是摇头，护士急了："你连这个最大的'E'也看不见吗？"

近视女生一脸苦笑，说："我能看见'E'，但我看不见你的棍棍。"

（董　行）

（本栏插图：李　加）

诱惑力

周一一大早，乐乐就催爸爸快点送他去幼儿园，爸爸疑惑地问："乐乐，你今天这么爱上幼儿园，是不是因为老师喜欢你？"

乐乐笑了笑，摇摇头。

爸爸又问："是不是幼儿园的小朋友喜欢跟你一起玩？"

乐乐还是摇摇头。

爸爸奇怪了：上个星期儿子还哭着不肯上幼儿园，这是怎么了？

乐乐掰着手指头，得意地告诉爸爸："我只要上完五天幼儿园，就能休息两天，所以，我得抓紧上完！"

（石爱娟）

加减法

妈妈带着4岁的女儿来单位玩，这个小女孩聪明伶俐，数字100以内的加减法都会算，大家纷纷出题考她，这个小女孩全都算对了。

这时，有人给这个小女孩出了道难题："小朋友，1减2等于多少？"

小女孩望着这个人，说："你这个人好笨，连题目都出错了！"（小　英）

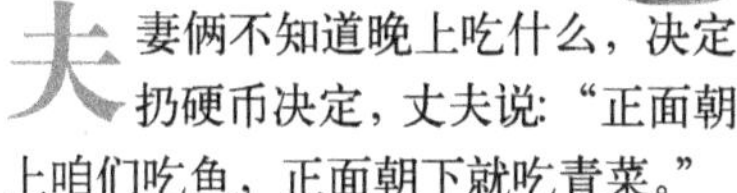

恐怖的新鞋

街角新开了家制鞋店，对外承揽各种皮鞋制作，顾客还可以带料加工。这天一早，李姐穿着一双崭新的高跟鞋来上班，几位女同事立刻围上来，问：“这鞋真漂亮，在哪儿买的？”

李姐抬起脚，炫耀地晃了一下新鞋，说：“我在街角那家新开的鞋店定做的。不错吧？”

有人动心了，说：“确实不错。很贵吧？”

李姐得意地说：“一点都不贵，因为皮是我自己的，总共只花了150块钱。”

有个同事惊呼一声：“天哪！你自己的皮？好恐怖的一双新鞋！”

（阙菊贞）

医生懂得多

一个男人出了车祸，被送到医院抢救，他妻子站在病床边，问医生：“他是不是伤得很厉害？”

医生回答：“恐怕他已经死了。”

男人一听这话，连忙动了下头，说：“我没死，我还活着！”

妻子连忙制止他，说“安静点，医生比你懂得多。”

（焦淳朴）

夫妻对话

夫妻俩不知道晚上吃什么，决定扔硬币决定，丈夫说：“正面朝上咱们吃鱼，正面朝下就吃青菜。”

结果，硬币被扔到楼下去了。

妻子开心地说“既然这样，咱们到外面吃吧！”

（潇　风）

真　笨

茶话会上，一位妇女问她的邻座：“对面那个丑八怪是谁？”

邻座回答：“他是我哥哥。”

这位妇女很尴尬，过了一会才结结巴巴地说：“我真笨，你们兄弟俩长得很像，我怎么就没看出来呢？”

（余长生）

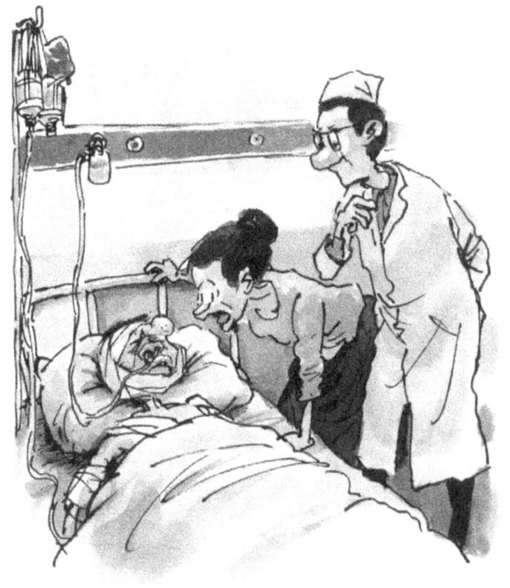

·笑话·

感谢信

外籍员工杰克丢了个钱包，被办公室的小东捡到了，小东拾金不昧，把钱包还给了杰克，杰克很感动，决定写一封感谢信。同事问杰克：“你不会是写一封英文感谢信吧？”杰克笑了笑，说：“你别小看人，我来中国已经两年多，难道连一封中文感谢信都写不出来吗？”

第二天早晨，杰克把感谢信贴到了宣传栏里，结果，每个看了感谢信的人都忍不住笑了。

原来，杰克写的感谢信的标题是：瞧，小东干的好事！

（焦淳朴）

迎接检查

一大早，小刘就在办公室打扫卫生，同事们见了，都想：不用说，准是上级下了通知，又要来检查卫生了。于是，大家一起干起来，不一会就把办公室打扫得窗明几净，一尘不染。这时，一位同事喘着粗气问小刘：“上级会在什么时候来检查卫生啊？”

小刘听了非常奇怪，反问：“谁说上级要来检查卫生了？”

同事更奇怪了：“既然上级没有人来检查，你搞什么卫生？”

小刘说：“我搞卫生，是因为刚认识的女朋友打来电话，说要来看看我的办公环境。”

（张素萍）

想法不同

狗儿想：我生活的这家人对我真好，他们喂我食料，让我住在清洁温暖的地方，无微不至地照料我……他们一定是上帝！

猫儿想：我生活的这家人对我真好，他们喂我食料，让我住在清洁温暖的地方，无微不至地照料我……莫非，我就是上帝？

（蓝昌科）

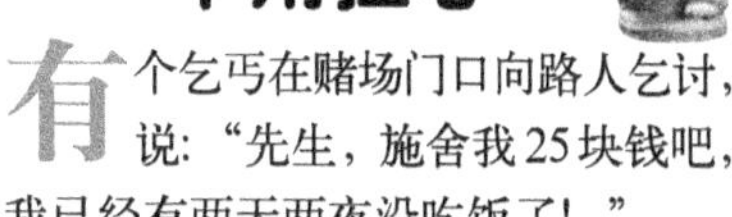

以前很像

妻子问老公："你说说看，我像是40岁的女人吗？"

老公说："不像。"

妻子开心了，又问："真的啊？"

老公说："是呀，现在不像，以前很像。"（佚 名）

拒绝再婚

一个刚离婚的男人对朋友说他不肯再婚的原因"我现在已经有了一只狗、一只猫和一只八哥，够了！"

朋友问："这些能代替妻子吗？"

男人回答："那只狗整天咆哮，八哥整天骂人，那只猫则整夜不回家，完全可以取代妻子！"

（田和通）

提前预防

约翰和妻子离婚后，想重新恋爱，就在报纸的征婚栏目上查找，找来找去，找到了一个最中意的，就把这个女子的资料圈了出来。

两天后，约翰收到一条短信，是前妻发来的，她说："我到你家借工具时，看见了你圈过的征婚广告，请不要打上面的电话，那是我！"

（赵景亮）

不用担心

有个乞丐在赌场门口向路人乞讨，说："先生，施舍我25块钱吧，我已经有两天两夜没吃饭了！"

路人掏出钱，正要交给乞丐，又突然缩回手，问："我怎么知道你不会拿这些钱去赌博？"

"不会的！"乞丐信誓旦旦地说，"赌博的钱我早已讨到了！"

（蓝昌科）

本栏欢迎来稿，读者、作者可将有新鲜感、有精彩细节的笑话佳作投寄给我们。来稿一经采用，最高稿费为一则100元。本期责任编辑电子信箱：zjw002@vip.163.com。

拉面馆里的秘密

说到“吃”，像董事长这样的人，还有什么吃不上的？除非是外星人烹饪的太空佳肴、天外美食，可这一天，董事长突然心血来潮，说是要吃“拉面”，他家的厨子可为难了：厨子是扬州人，会做淮扬菜，不会做拉面，于是就到市里最有名的兰州拉面馆里订了一份。拉面送来，董事长尝了一口，连连摇头，恰好席先生在旁边，问起其中的缘故，董事长便说了一个拉面的故事……

有个年轻人，名牌大学毕业，但不知怎的，倒霉事却接踵而来：先是没找到合适的工作，工作后又和同事相处不好，女友又同他劳燕分飞，加上这一年夏天，他又大病一场，这一切让他身心疲惫。

转眼到了国庆假期，年轻人临时决定一个人到南方去旅游，换个环境散散心。他选了云南一个小镇子作为目的地，到了小镇，年轻人窝在一个家庭旅馆里睡了一天，晚上，又在旅馆附近一家小饭店里喝得半醉，等他回来时，没想到旅馆的男主人还没睡，正坐在外屋喝着酒，见年轻人回来，便热情邀请他一起喝，年轻人没推辞，坐下来便喝起了酒。有酒就有话，天南海北聊了一会儿，两人渐渐熟了，年轻人就一一说了心中的郁闷，没想到男主人听完后“哈哈”大笑，他拍拍年轻人的肩膀，说：“小伙子，建议你明天去吃碗拉面，吃完后你就不会这么想了。”

年轻人虽然有些醉意，但听了这句话后很是不解：“心情郁闷跟吃拉面有什么关系？”

男主人笑着说：“你吃了后就知道了，不过，吃面的时候，一定要弄清一个问题——为什么这家拉面馆的拉面这么好吃？”

年轻人还是半信半疑，第二天，他按照旅馆男主人的指点，找到了那家拉面馆，这店铺有个很大众的名字：“夫妻拉面馆”，进去一看，餐厅不小，座无虚席，找了半天，才找到一个座。年轻人一坐下，就有服务员过来招呼，不大一会儿，年轻人点的面就送上来了，一看，果然不错：面条细如发丝，面汤白如乳水；牛肉切成长方形，肉筋交错，一看就是好肉；香菜末、葱末绿如野萍，没一个枯星子。年轻人吃了一口，果然鲜美至极。

年轻人狼吞虎咽，很快把一碗面条吃了个精光，吃了碗好面，心情也舒坦多了，年轻人刚想走，忽然想到男主人要他弄清的那个问题，是呀，为什么这家拉面馆的面这么好吃？

想到这里，年轻人没有马上离开，他从随身带的包里拿出一本书，漫不经心地看起书来。过了吃饭的点，食客渐渐少了，就在这时，年轻人看到了这样一个情景：从门口进来一对老头老太，挑着担子，一人挑的是香菜，一人挑的是小葱，那香菜和小葱，一看就知道是刚从地里拔出来的，新鲜极了。两人穿过店堂，往后面厨房去了；他俩进去不久，又进来一个人，衣衫褴褛，看上去像是个乞丐，这人进来后，大摇大摆的，挑了个座位，一屁股坐下，一拍桌子，吆喝了一句：“面，吃面，多加肉！”

年轻人一见，正在奇怪，却看见服务员很快给那乞丐模样的人端来一碗面，而且上面堆满了牛肉。那人“呵呵”笑开了，把牛肉吃完，胡乱吃些面条，筷子往桌子上一扔，钱也没付转身走了。服务员过来把碗收走，脸上没露出一丝的不快……

见此情景，年轻人既十分意外，又感慨万千，看来这店的老板心眼

好，对乞丐都如此善待，心有多宽，生意就有多宽，生意好，面自然会做得好，这难道就是这里的拉面好吃的原因？

年轻人低头看书的工夫，服务员过来给他续了好几次水，年轻人有些过意不去，正想离开，也就在这个时候，他看到刚才那两个老人又挑着香菜、小葱走进店来，年轻人十分诧异，时间没过不久，怎么又来送香菜和小葱呢？正这么想着，恰好一个服务员又过来给他续水，年轻人便问："你们这店里香菜和小葱用得这么快，一会儿就要让人送来？"

服务员笑了："您一看就是外地

过来旅游的，不是用得快，而是求一个'鲜'，牛肉拉面对香菜、小葱要求很高，这两样东西离地时间一长，就不新鲜了，所以我们老板要求两个小时更换一次。"

年轻人一听，不由目瞪口呆：天哪！没想到这拉面店连香菜、小葱都要求这么严格，那面条、汤、牛肉更是可想而知了。说话间，挑菜的老头老太从后面厨房出来了，在他们身后跟着一位中年人，那中年人热情地把老头老太送到门口，老头转身对中年人说："徐老板，您留步吧，两个小时后我们又该见面了。"

年轻人看着这位"徐老板"，顿时一惊：他竟然只有一只胳膊！

徐老板走进里屋后，刚才那个乞丐模样的人又走进了店，还是嚷嚷着："面，吃面，多加肉！"一切都像电影回放那样，服务员又把一碗堆满牛肉的面端了上来，"乞丐"吃完了碗里的牛肉，嘴巴一抹，分文未付，走了。服务员毫不在意地收起了碗，没有一点不乐意……

当天晚上，年轻人买了些酒和菜，约旅馆的男主人一起喝酒，喝着，聊着，年轻人便说了白天所见之事，说完后感慨不已。

男主人笑笑，对年轻人说："其实你今天吃的这碗面里有三个秘密。"

年轻人一听，连忙问是哪三个秘密。

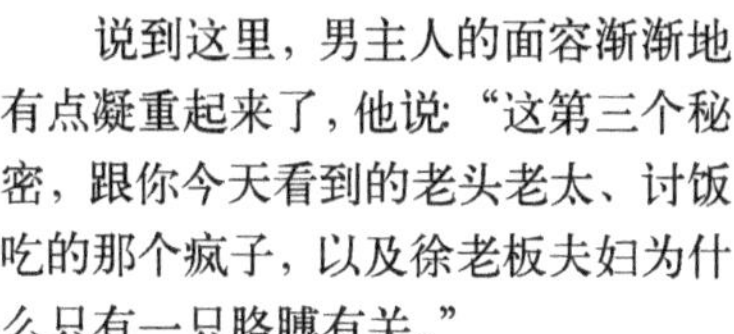

男主人说“要想做好一碗面，其实很不容易，第一是要面好，碗中的料好汤好功夫好，这是最简单的秘密，可就是这样简单的秘密，很多人是不知道，很多人是知道了却做不到，所以做出来的面连看都不中看，就别说吃了，他们哪里能像这家店那样，连香菜和小葱都要每隔两小时换一次……”

年轻人问：“那第二个秘密呢？”

男主人接着说：“这第二个秘密就是做面的人。做面的人要执着、认真，你今天也看到了，面店的徐老板是只有一只胳膊的残疾人，不知你有没有注意到那家店的名字叫什么。”

年轻人说：“知道，叫‘夫妻拉面馆’。”

男主人喝了口酒说“是啊，你难道没想过，一个断了胳膊的人怎么能拉面呢？拉面可是要两个手的啊，所以徐老板的帮手就是他妻子，也就是说每一碗面都是由他们夫妇俩一起合作拉出来的。”

年轻人一听，嘴巴张得老大。

男主人笑笑：“我再说一点，你嘴巴也许会张得更大，这徐老板的妻子其实也只有一只胳膊，也就是说，两个只有一只胳膊的人，凑成了一双手，二十多年如一日，拉出了一碗碗美味可口的面条。”

年轻人彻底惊呆了，他连忙问：“难道这就是第三个秘密吗？”

男主人却摇摇头，年轻人迫不及待地问：“那第三个秘密是什么？”

说到这里，男主人的面容渐渐地有点凝重起来了，他说：“这第三个秘密，跟你今天看到的老头老太、讨饭吃的那个疯子，以及徐老板夫妇为什么只有一只胳膊有关。”

年轻人一听，好奇心已经完全被“吊”起来了。

男主人又不紧不慢地喝了一口酒，接着说：“二十多年前，徐老板夫妇刚结婚不久，两人开了一家面馆。一个夏天的晚上，两人忙完了，一起到镇外的公路边散步，不巧的是，一辆失控的卡车朝两人冲来，卡车把两人撞倒之后，后轮碾过了两人的胳膊，而且徐老板的妻子还断了三根肋骨，那辆卡车冲下了坡，翻了十几个滚，司机命是保住了，但脑袋受到严重撞击，神智从此不再清醒……出事的那一天，正好是徐老板夫妇结婚的第一百天。司机是因为喝了过量的酒才酿成这场车祸的，司机的父母跪在徐老板面前请求原谅，甚至愿意把家产变卖了，来赔偿给他，但徐老板没这么做……”

此时此刻，年轻人的眼角已有了泪花，男主人的眼里也是湿漉漉的，他接着说：“讲到这里，想必你也猜到了，那个司机就是讨饭吃的疯子，而那个司机的父母从此后就种起了香菜

和小葱，卖给徐老板，得到的钱，司机父母只收一半，另一半作为赔偿金给了徐老板，就这样，本该是仇人的几个人，却很好地生活在一起。如今，你也看到了，徐老板和妻子各用伤残后剩下的一只手继续拉面条，开面馆，而且生意越来越火，就连那两位老人也富了，他们有二十多亩大棚菜；最让人感慨的是，二十多年来，那个闯祸的司机却成了最幸福的人，他每天都有免费的面吃，他面里的牛肉要比一般客人多得多，而且只要他走进面店，面就端来，不管他一天吃多少碗，天天如此，

这就是拉面里的第三个秘密：以恩报怨，以和消仇！”

听到这里，年轻人忽然觉得自己的心胸为之一震，豁然开朗，海阔天空，这碗面里蕴含着太多太多的东西，有执著、认真、细致、爱、无私……和徐老板他们相比，自己生活中的那些小怨小愁、磕磕碰碰算得了什么呢？人一生看似漫长，多少人抱怨生不逢时，命运不公，但说到底，芸芸众生之中，能有几个可以做好一碗拉面的？

说到这里，董事长感慨地一声长叹：“从此以后，我再也没有吃到过当年那样好吃的拉面了！”席先生听了，这才知道，故事中的那个“年轻人”，就是董事长。

（**本期作者**：王兴莱）

（**题图**、**插图**：安玉民　梁　丽）

征稿启事

“新一千零一夜”是本刊“红版”推出的特色栏目，希望广大读者能喜欢。“红版”编辑部热忱欢迎作者惠赐原创佳作，要求：1.题材不限，能以较新的视角反映生活，立意独到；2.核心情节新鲜、奇巧、生动；3.篇幅在2000字左右。来稿可从邮局寄发，也可发电子邮件，请在信封或电子邮件的主题栏内注明“新一千零一夜”字样。红版编辑部各编辑邮箱见第29页。

·第一推荐·

美女爱靴子

巴特是个年轻人，天性乐观，从来不想生活中有什么烦恼事。前不久，巴特喜欢上了一个漂亮的姑娘，没过多久他们就结了婚，搬进了一间舒适的爱的小屋，这间屋子有宽敞的床铺，还有一台电视机，这对于巴特这样的普通大学生来说，已经相当不错了，何况巴特还有一个既温柔又体面的漂亮妻子，这样的生活真是太令人满意了。

可是有一天，娇妻突然对巴特说："我们班的女生都开始穿有一排电纽扣的靴子了，只有我没有，我不敢和同学们一起出入了。怎么办呢？"

巴特毫不犹豫地说："买！"巴特知道，相互攀比是女人的天性，妻子也是女人，所以，她的愿望非常正当。他揣上这个月的打工收入，上了大街，在商店里没买到，又来到集市，总算看到了那种款式新颖的纽扣靴子，可是，那个长得灰不溜秋的摊主只看了巴特一眼，开口就要400元。

巴特摸了摸相当单薄的钱包，正在发愁，恰好过来一个熟人，巴特连忙向他求救，总算解了燃眉之急。

从此，巴特的妻子也穿上了新款靴子，又可以和姑娘们一道，兴高采烈地在大街上并肩行走了，巴特很开心。

过了几天，妻子又发起了牢骚："亲爱的，我不敢进教室了：诺尔金、罕达她们都穿上了镶有彩云花纹的皮靴，我还能穿这样的靴子去上学吗？"

经过一番商议，巴特决定把电视机卖掉，换回妻子想要的那双靴子。从此，巴特的妻子穿着新的靴子，安心地去上课了。

没多久，妻子说，又有人穿了一种最新款式的靴子，于是，巴特家的

双人床也没了。

邻居们都羡慕巴特的妻子经常穿各式各样最新款式的靴子，可是他们却不知道，他们两口子已经没有睡觉的床了。

这天，巴特上好晚自习回来，看见爱妻正在独自落泪。原来，她们班的姑娘们已经淘汰了那种没有脚后跟的靴子，开始穿打了补丁的靴子，估计马上就要开始流行了。

巴特急忙安慰妻子，说："亲爱的，别哭了，虽然我们手头没钱，但可以想办法借呀！"

妻子嘤嘤地抽泣着，说："我听说罕达用她的房子换了靴子。"

听了这话，巴特的脸顿时变了颜色，但他又想到他的妻子是美女，就使劲咬住自己的舌头，没让它说出反对的话。

巴特卖了房子，寄宿在别人家闲置的一间小屋里。这天，巴特和妻子手挽手走在小巷里，有个打扮得妖里妖气的姑娘从对面走过来，眼尖的妻子看了眼那女人脚上的靴子，长长地悲叹一声，说："亲爱的，我没法子再活下去了。"

巴特一阵紧张，连忙问："你又怎么了？"

妻子说："你没瞧见吗？人家都穿上梅花斑点的靴子了！我们还是快点回去吧，我反正是没脸再穿这种过了时的靴子在大街上走的，不然，姑娘们要笑死我了。"

巴特心里清楚，这次妻子看花了眼。刚才走过的那个女人，她的靴子上只是沾了些溅起的泥巴点子，并不是什么最新款式，巴特突然想跟妻子开个玩笑，于是，他装作非常认真地对妻子说："依我看，刚才那个女人靴子的款式早已过时了。你难道不知道吗？现在市面上已经有长眼睛的靴子了！"

妻子一听，眼里顿时涌出阵惊喜，问："你说什么？长眼睛的靴子？"

巴特一本正经地说："是啊，那种靴子是在靴子尖上镶一只大眼睛，不过商店里见不到，得到厂家定做，你还不知道吧？"

妻子兴奋地说："那，我们也赶紧去定做一双吧！"

巴特故意为难地说："可是，做这样的靴子，要用活人的眼睛……"

"不会吧？天底下哪有这样的事？"妻子忍不住大叫了一声，继而又陷入了沉思。

巴特脑子里还在转点子，想继续逗妻子玩下去，没想到，妻子突然用一种视死如归的口气，果断地对巴特说："不知道挖出眼睛是不是疼得厉害？但我知道你是一直不怕疼的，我们还是先到那家厂看看吧！"

（**作者**：［蒙古］沙·曾德阿尤希；**推荐者**：许海莉）

（**题图、插图**：安玉民　梁　丽）

县长自小就聪明

□王楚英

特殊爱好

县里新来了一位代县长，姓吴，三十来岁，从市府下来，来头不小，人还没到，投资上亿元的省道改建工程就定下来了。这项工程是从县里连接到省城高速公路的，县里争取了好多年，都因为资金缺口没批，据说这次是吴县长起了关键作用。

吴县长一上任，便带着秘书小王到省道改建工程指挥部检查工作，工程指挥部的人接到电话，马上忙了起来，吴县长一到，对工程的各个环节作了全面细致的了解，作了非常细致的指导，一番忙碌，已是吃午饭的时间了，指挥部负责人带着吴县长进了工地食堂，一桌热气腾腾的山珍海味已经等着他们了，吴县长一看，皱起了眉头，说："这些统统不要，给我上一盘花生米就行了！"

负责人一听，顿时紧张起来，说"工程指挥部刚成立，地方又偏僻，没啥好招待的，都是些当地的出产，值不了几个钱！"

吴县长说："你把这酒菜撤下去，让指挥部的同志们打打牙祭，给我和小王来一盘花生米！"

负责人连忙吩咐厨房火速准备，不一会，菜就上了桌，吴县长拿起筷子，没过一会，一盘花生米就被他风卷残云吃了个一干二净。吴县长放下碗，一边美滋滋地抹着嘴，一边对小王说："今后在外面吃饭，一切从简，但花生米这道菜不能少，我这个人没啥爱好，就爱吃个花生米！"说完，他也不嫌龌龊，把散落在桌上的几颗花生米捡起来，丢进口中，津津有味地大嚼起来。

小王很感动，回来写了篇《县长爱吃花生米》的文章，在报纸上发表，在全县引起强烈反响，好评如潮。没过多久，县人大召开大会，吴县长几乎以全票当选，正式成为县长。

跟吴县长处得越久，小王对吴县长爱吃花生米的习惯印象也就越深。吴县长的妻子在市里上班，他就把自己的母亲接过来，为他洗衣做饭。小王发现，吴县长母亲为儿子做的饭菜，餐餐少不了花生米。

三年下来，在吴县长“好这一口”的带动下，吃花生米成了县里的时尚，吴县长廉洁奉公的名声也越来越好，小王满怀崇敬之情，将吴县长克己奉公的事迹，频频再现笔端，见于报纸，让吴县长声名鹊起。这不，三年任期一到，吴县长就被提拔到一个地级市担任要职，过几天就去上任。

这天晚上，吴县长让母亲备了一桌酒菜，把小王请到家里。临别在即，吴县长和小王你一杯我一杯的，尽情欢饮，酒至半酣，小王忍不住问道：“吴县长，你放着那么多山珍海味不吃，咋就爱吃个花生米？”

吴县长回头看看还在忙碌着的母亲，笑着说：“我知道你早就想问，又不敢问，其实，我这爱好跟你说说也无妨——”

原来，吴县长小时候家里穷，兄弟三个中，他是老三，由于父亲死得早，家大口多，日子过得好不艰难。这年冬末，母亲从山外亲戚家借来半袋子花生，准备套种在小麦地里，到时卖点钱补贴家用。母亲怕孩子们偷吃，就把花生放在一只竹篮里，用绳子拴在堂屋正中两丈多高的屋梁上，还在提绳上套了一个没底的酒瓶，挂上一圈狗儿刺，防止老鼠偷吃。精明的母亲这一招，既防了孩子，又防老鼠，万无一失。

诱惑难挡

仨兄弟自打娘胎出来，谁也没吃过花生，只听别的孩子说，那是天下最好吃的东西。看着挂在屋梁上的篮子，他们心里都痒痒的，趁着母亲不在家，想尽了千方百计，可篮子挂得太高，根本无从下手。

转眼春天到了，母亲准备下种了，她取下篮子一看，大吃一惊，一篮子花生只剩下小半篮：这花生怎么会少了呢？

吴县长说到这里，又喝了一口酒，吃了粒花生米，得意地问小王：“你说，那花生怎么会少了？假如你面对这么挂着的一篮花生，你怎么做到既可以偷吃，又不让母亲发现？”

小王说：“这不难，要是我，拿几个凳子叠起来，搭上去偷！”

这时，一旁的吴县长母亲接过话，说：“他大哥也是这样想，他叠罗汉似的架了四张凳子，摇摇晃晃地爬上去，离篮子还有八尺远，就摔了下来，差点跌断了背脊骨，从此再也不敢这样偷了。”

小王来了兴趣，又说：“要不，找个长梯子爬上去！”

吴县长母亲笑呵呵地说：“他二哥就是这么干的，把家里的长梯找了过来，可篮子挂在堂屋正中的梁上，长梯无处搭靠，二小子只好自己撑着，让小三上，但小三还没上几步，二小子就撑不住了，梯子压下来，差点没把他砸个半死！”

小王笑着指指吴县长，说：“偷花生的肯定是你，你用的啥办法？”

“当然是我，我们哥仨，就数我最聪明！自打母亲把花生挂在那里，我的心思就全在那上面。于是，我天天乘着母亲和哥哥们不在家的空档，在家里家外、房前屋后，一边吞着口水，一边转悠着，让我落下一天不吃花生米口里就淡得慌的毛病，但也让我想出了一个两全其美的法子……”吴县长说完，哈哈大笑起来。

不过，吴县长用的是什么法子，他还是没说。

没过几天，吴县长就开开心心到新地方上任了，又过了没几天，他协调指挥的省道改建工程中的一座桥突然倒塌，正在上面行驶的一辆客车摔下山崖，造成二十多人伤亡，上级派人下来一查，发现整个省道改建工程都有严重的质量问题，纪检部门当即介入，不久就查出吴县长通过他妻子与建筑方勾结，泄露标底，鲸吞建设资金近百万元，拔出萝卜带出泥，接着深入一查，吴县长这些年来，贪污受贿累积起来，竟然有上千万。

由于证据确凿，数额巨大，后果极为严重，半年后，吴县长被判处死刑。执行死刑时，吴县长家里没来人，他的尸体火化后，骨灰盒无人认领，小王念着旧情，在县政府开了个证明，取出吴县长的骨灰盒，用一块红布包着，次日一大早就乘车赶往吴县长的老家。

小王直到黄昏时才赶到吴县长老

家，一进村子，就知道吴县长母亲因为儿子的事服毒自杀，正在医院救治。

小王辗转找到医院，一眼就看见吴县长母亲斜靠在病床上，怀里抱着只两头尖的竹篮子。老太太见了小王，一把抓住小王的手，禁不住老泪纵横，说："我悔啊，悔不当初……"

悔不当初

随着吴县长母亲的讲述，小王的心绪跟着又到了上次吴县长提到的那篮花生上面。

那天，吴县长母亲发现花生被偷吃了，看了三个儿子几眼，她不动声

色，又从亲戚家借来一篮花生，依旧挂在老地方，每天假装外出，却突然杀回，想逮一个正着，却回回落空。这天，她买回一包打蛔虫的宝塔糖，让三兄弟把这打虫的药吃下去，没过一会，三兄弟一个个跑到屋后空地拉了摊大便，她拿着根木棍，把仨兄弟的大便依次拨拉开，终于在老三的大便里发现了花生仁。

吴县长母亲没生气，好奇心却上来了，开始暗暗地盯起梢来。这天，她看见小三悄悄扛起门口长长的晒衣服用的竹篙子，闪进堂屋，举起竹篙子朝竹篮子一头用力一顶，竹篮的另一头便往下一歪，一大捧花生就顺势簸了出来，他一粒不剩捡进口袋，回身把竹篙子放回原处，然后若无其事躲到没人的地方去了。

第二天，吴县长母亲端出一盆清水，为小三洗净满脸的污垢，给他换了套干净衣服，牵着他的手，在两个哥哥羡慕的眼光中，把他送进了山下的学校。

吴县长母亲说到这里，又一次痛苦地闭上眼睛，说："我当年没惩罚他，还鼓励他，把他送进学堂，是见他爱耍小聪明，怕他不走正道，想让他读书明事理，谁知道他见我奖励他上学，却以为耍小聪明就能占大便宜，竟然把国家的钱当成花生来偷，真是把书读到狗屁眼里去了。"

（题图、插图：魏忠善）

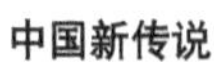
·中国新传说·

最后一程

□范大宇

半夜来客

吴超是一家寿衣店的老板，这天晚上快9点了，天空突然飘起了雪花，他正犹豫着要不要关门打烊，二男一女突然进了店。

进来的三个人都四十来岁，女的一脸憔悴，两个男的，面色一黄一黑，从穿着打扮看，都是农村人。黄脸膛男人问："老板，有衣服吗？"

吴超点点头，轻轻地问："男的还是女的？"

女人说："男的！"

吴超拿出一套最好的衣服，女人扫了一眼衣服，挺满意，便问多少钱。吴超看了看他们，心里盘算了一下，把价钱往下压了压，说："四千五！"

"多少？四千五？"三人异口同声，一起盯住吴超，那样子像是要生吞了吴超。女人把衣服往柜台里推了推，意思是买不起。吴超摇摇头，苦笑了一下，又拿出另一套，这套比刚才那套明显差许多，女人看看衣服，又看看吴超，小心地问："这套，也很贵吧？"

吴超伸出两根手指，晃了晃。

女人没注意吴超的举动，她把衣服拿起来，翻过来转过去地看，然后问黄脸膛男人："哥，这套行吧？"黄脸膛男人看了看，"嗯"了一声。

女人又问吴超："多少钱？"

吴超不动声色地说："两千三！"

女人愣了，提高了嗓音，又问："多少？两千三？"

吴超不说话，静静地看着他们。

女人央求说"师傅，便宜点吧？"

吴超冷冷地说"我们这地儿，没有讨价还价这一说！"

女人还在犹豫，黄脸膛男人说：“妹子，咱到别处看看吧！”

女人摇摇头，低声说“怕是来不及了。”

吴超闻听，心中一喜。他知道，这又是一个现上轿现扎耳朵眼儿的主儿。平时没准备，人快咽气了，才想起买寿衣。每到这个时候，你抬多高的价儿，他们都得忍着。为什么？因为按老规矩，寿衣必须得在人咽气前穿上身才行，否则一咽气，穿了也是白穿，到“那边”是光身一个。

左右为难

那黄脸膛男人显然不愿在这儿买，又说：“到别处看看！”

吴超冷冷一笑，从牙缝里挤出话来：“别处？哼，都一样！弄不好比我这儿还贵。不信你们就去，我可说好了，你们再回来，两千三还不卖了！”

这时，一旁的黑脸膛男人忍不住了，说：“你这不是欺侮人吗？”

吴超看看他，不紧不慢地说“爷们，你这话我可不爱听，我强卖给你了吗？我是明码标价，买卖不成情义在，你说话怎么这么难听呀？”

女人显然心里急，想赶时间，她凑上一小步，就着灯光看了看衣服，然后抬起头说“师傅，你这衣料也就是一般的布料，成本没多少，咋这么贵呢？”

吴超抖抖衣服，说“布料是纯棉的，穿着舒坦，再说了，你看看，这是什么牌子？皮尔卡丹，世界名牌！”

黑脸膛男人说：“还皮尔卡丹呢，外国人有做中国寿衣的吗？你这是盗版！”

吴超有点光火，盯着黑脸膛男人说：“你少给我上课，举报去啊！”

女人赶紧扯扯黑脸膛男人的衣角，对吴超说“师傅，就便宜点吧！”

吴超一字一顿地说：“一分不能少！还价是对死者的不尊重，懂吗？这是什么地儿？交界处！用通俗话说，是出国办行头，有出国讲价的吗？”

黑脸膛男人说：“你这价也太离谱了。”

吴超微微一笑，说：“干我们这行的，吃的就是这碗饭，守在医院旁，天天看苦脸、听哀乐，一般人愿意干吗？就因为这，物价局都不管，让我们自己定价。”

黑脸膛男人不再说什么，只是小声嘀咕：“也不积点德。”

声音虽小，吴超却听得真真切切，他回答说“积德？我给谁积？实话告诉你——我也在往黄泉路上走呢，别拿眼瞪我，我唬你干啥？我，癌症，已经转移了，保不齐哪天，我也‘出国’！”

这时，女人拉住黄脸膛男人，小

声问："你还有多少？"

黄脸膛男人翻翻衣兜，说："我接到信儿就跑来了，没带多少，还有三百！"

女人哭丧着脸，说："不够——"她不由又把目光转向吴超。

吴超把脸扭向一边，这场景他看得多了。做生意，心该硬就得硬，但他又不想丢掉这笔生意，准备再耗耗，时间就是金钱。反正这深更半夜的，又是人快咽气前，分秒必争的时候，他们也不好找第二家。

正在这时，外面传来一阵汽车刹车声，紧接着，一男一女冲进来，男的胖胖的，一看就知道是个款爷儿，人还没站稳，声音已经飞了过来："老板，给我来套最好的男服！"

吴超眼睛一亮，忙拿出最先拿出的那套，胖男人看也不看，拿出钱包，边掏钱边问："多少钱？"

"五千六！"

"喂！"黑脸膛男人说，"你怎么说抬价就抬价？刚才给我们还四千五，这会儿就五千六了？"

吴超一点不慌，说"你懂什么？我这套是开过光的。"

黑脸膛男人较真儿了，问："开光？什么时候开的？"

这时，那胖男人不耐烦了，看了看先进来的二男一女，问："你们是买东西还是搞稽查来了？"

黑脸膛男人说："大哥，你别上当！"

胖男人乐了："哎呀，我什么时候成你哥了？啊？"

这两人你一言我一语正说着呢，"呼拉拉"一阵风似的，外面又冲进来十几个人，七嘴八舌地说："老板，买寿衣！"

吴超愣了，心里正琢磨今天是怎么了，怎么都在这节骨眼儿上买寿衣，这时，进来的人群中有个眼疾手快的，一眼就相中了胖男人手上的寿衣，一把就夺了过去，胖男人不干了，嚷嚷道："有没有个先来后到？"

但抢他手中寿衣的人仗着人多，根本不理他，一个劲儿问吴超"多少

钱？快说！”

胖男人也不是个弱主儿，把那套寿衣一把抓住，说：“这套是我买的！”

黄脸膛男人忙打圆场，对吴超说：“老板，你再拿一套不就结了？”

吴超白了他一眼，摇摇头说：“好的就这一套了。得！谁的出价高，我就卖给谁！”

冷暖之间

胖男人二话不说，“刷”地抽出六千块，跟他抢的人也不示弱，拿出了七千。

胖男人吼道：“实话实说，今儿，这衣服我是买定了！我不是为自己的家人，我这是给别人买的！”

跟他抢的人也说：“我们也是给别人买的！”

“你给谁买？”

“你又给谁买？”

胖男人一下子竟哽咽了，说：“我给孩子的老师买，他、他在危急关头，为了救孩子，自己让车撞了。”

“啊！”他的对手愣了，问：“你们是张家村的？说的是张健强老师？”

胖男人点点头：“你们也是？”

最后进来的一群人都哭了，说：“张老师救了我们的孩子，可他——”

吴超听得真真切切，他想起来了，刚才的晚间新闻播放了今天傍晚发生的一起车祸：一个乡村教师带着三十多个学生在马路边等车时，一辆大货车失控，冲向学生，那个教师挺身而出，把学生们推到路边的坡下，自己却倒在车轮底下。

这时，店外传来一阵声嘶力竭的哭声，众人循声一看，原来是最早来的那位女人，她跪在雪地上，号啕大哭：“健强啊健强，你值啊！这么多人惦记着你啊！”

胖男人拉住黄脸膛男人，问：“她是——”

黄脸膛男人说：“她是我妹，张健强的老婆！”

这一说，所有的人全跑了出去，都在那女人身边跪下。

雪还在下。吴超默默走到那位女人身边，将一套寿衣递给她。女人抬头一看，说：“老板，我钱不够。”

吴超摇摇头，说：“钱，我一分也不要！这衣服是我自己备的，准备‘上路’时穿的，今儿给你家老公穿吧！这是整套13件，从上到下，从里到外，有单有夹有棉，让张老师穿得舒舒服服的。”

女人说：“这，这更使不得！我们承受不起！”

“见外了！”吴超说，“你家先生连命都舍了，我连套衣服都舍不得吗？快回去，赶紧给张老师穿上，让他体体面面地上路！”

（题图、插图：张恩卫）

谁动了我的垃圾

□春　晓

这两天，住在一单元四楼的张大妈心里不痛快，因为有人让她吃了亏，还让她说不出口。

原来，张大妈是个很节俭的人，她有个习惯，爱把一些废弃了的瓶子、书籍、针头线脑收集起来，等收废品的人来了再卖掉。可是一连好几次，她放在家门口边上的废品袋不见了。

居然有人眼馋废品！这人会是谁呢？张大妈心里直犯嘀咕。单元的楼道是全封闭的，外人一般进不来，肯定是单元内部的人贪小便宜，顺手牵羊拎走了。

这天，张大妈故意收集了一些废报纸和旧酒瓶，塞了一大袋，像往常一样，放在自家门口，然后躲在门后边，透过门上的猫眼进行观察。没想到一连两天，张大妈眼睛盯痛了，脚也站酸了，却一直不见有谁下手。第三天上午，就在张大妈想放弃的时候，门外响起了轻轻的脚步声，张大妈顿时来了精神，连忙透过猫眼观察。

楼道里出现了一位小伙子，二十多岁，西装革履，一表人才。张大妈看见是他，立即泄了劲儿。咋了？这人她认识，姓黄，是个新来的房客，说起来还跟张大妈有点关系：张大妈的女儿女婿以前住在这个单元顶层六楼，一个多月前才搬到新家去，那套

房子空下来，正好这位小黄来租房，张大妈听说他在一家大企业工作，收入挺高，属于白领一族，就给女儿作主把房子租给了他。只见小黄弯下腰，悄悄拎起那袋废品，带着欣慰的笑意，走下楼去。

张大妈看得目瞪口呆，小黄这人表面上很和气，挺热心，为人非常不错，平日里见了谁都是笑呵呵打着招呼，一副彬彬有礼的样子，虽然来的时间不长，但大家都很喜欢他，想不到这一切都是假象，他一个白领，竟然会做这种事，如果不是亲眼所见，打死她都不会相信。

按照张大妈的脾气，本来当时就要冲出去抓个现行，哪知一个愣怔，小黄就下了楼，让张大妈一时不知怎么办：报案吧，小题大做，没准还有人说她小气；不吭声吧，又怕姑息养奸，将来弄出什么大事故来。她很后悔当时把房子租给这个小黄，琢磨了半天，终于有了个主意：废品价值太小，我就让你偷个贵的，再给你来个人赃并获，到那时候，哼哼！就是公安不抓你，我也可以名正言顺赶你走……

这天，张大妈准备了一个大花瓶，在听见小黄开门下楼的时候，悄悄放在门口，然后掩上门观察。她看见小黄来到门口，顺手拿起花瓶就往楼下走，但只走了一级台阶又停住了，他站在楼梯上，举着花瓶仔细观察着，然后朝张大妈家看了看，吓得张大妈下意识地往旁边一躲，再看时，小黄已经走了，张大妈拉开门，却发现那花瓶又好端端地摆回来了，张大妈疑惑地自言自语：“他难道看不上？这花瓶比那些破烂可值钱多了。”她把花瓶捧进屋，想了一会，忽然明白过来：敢情这东西体积太大，拿出去太招眼！

于是，张大妈第二天又精心准备了一份诱饵。她在一个皮夹里放了几十元钱，用一个黑塑料袋包裹了，放在门口，还故意露出皮夹的一只角，又约了一个跟自己关系最好的老姐妹一起守候，一是壮胆，二是好有个见证。

两位大妈躲在门后，小心翼翼地往外窥探，终于看到小黄在门口停住，捡起塑料袋，翻出了皮夹，皱着眉头不知道想着什么。突然，门铃响了起来，吓得张大妈她们差点叫出声来，张大妈故意问了声“谁啊”，装作若无其事地打开门，说：“哎呀，是小黄，有什么事吗？”小黄把皮夹递上来，说：“张大妈，你的皮夹是不是掉了？”张大妈装作大惊失色的样子叫道：“我说怎么钱包不见了嘛！原来掉到外面了。谢谢！谢谢啊！”小黄礼貌地摆摆手，说：“不谢！”下楼去了。

回到屋里，老姐妹对张大妈说：“我怎么看那小伙子也不像你说的那样！”张大妈摇摇头说：“也许他是嫌钱少了？或者是反试探？我也搞不清楚了。”

这事过去后，张大妈再没刻意地去试探小黄，但她心里对小黄还是有怀疑和戒备的。这天早上，她又收集到了一堆废品，因为里面有碎玻璃，就特意找了个破布袋装了，放在自家门口，然后去市场买菜。想不到她与几个邻居一起说说笑笑回来时，正好在楼梯口碰上小黄。小黄正在下楼，手里拎着个袋子，正是张大妈装废品的破布袋！

张大妈马上上前拦住小黄，喝问道：“小黄！你手里拎的是什么？”小黄顺口答道：“废品呀！”张大妈又问：“这废品哪来的？你自己收集的？”小黄笑着说：“这废品是你的，你不是放在家门口吗？”张大妈禁不住有些气愤了，说：“你明知道这是我的，为什么还给我拎走？以前那几袋，也是你拎走的吧？”

小黄听了个满头雾水，疑惑地

令银行吐血的用户

◇ 客户到银行取20万元现款，柜台小姐说："你取20万元，是要收费的。"

客户马上填好5张取款单，每张取4万元，递进柜台，说："这样取，不收费吧？"

柜台小姐无奈地说："这——不收。"

◇ 客户第二次到银行取款，刚好又取20万元，柜台小姐说："你取20万元，是要收费的。"

和上次一样，客户马上填好5张取款单，每张4万元，交给柜台。

不料，柜台小姐说："每天最多只能取5万元，多取也要收费。"

客户问柜台小姐："开户不收费吧？"柜台小姐点点头，客户又填好5张开户单，每张存4万元，然后让柜台小姐开户，等柜台小姐开好户，客户立即填好5张取款单，每张4万元，说"我全取出来，销户，不收费吧？"

柜台小姐苦笑着说："这——好像不收。"

◇ 客户第三次到银行取款时，正好又是取20万元，柜台小姐说："这次我们一定要收费。"

客户拿出七大姑、八大姨的4张身份证，填写5张取款单，每张4万元，5张开户单，每张存4万元；再填5张取款单，每张4万元，说："我自己只取5万，其他的都是帮别人开户，再帮他们取钱，你们总不能收费吧？"

柜台小姐无话可说。

（**推荐者**：丁利斌）

问："大妈，这些废品不是你让我拎下去的吗？"

张大妈气得瞪大了眼睛："我？我什么时候委托过你，把我的废品拎下楼？"小黄说"你在给我的留言上说的，上面白纸黑字，你怎么就忘了？"张大妈斩钉截铁地说："不可能，我根本没给你写留言！"小黄一跺脚，说了句"你等着"，"噌噌噌"就上了楼，一分钟不到，小黄拿着张纸条又旋风般地走回来，把纸条递给张大妈，说"你把这纸条贴在我房门后面，我按照你的吩咐，把那些废品都拎到你家楼下的杂物间去了。"

张大妈将信将疑地接过纸条，大家凑过来一看，只见上面写着："小黄，请你把废品收集好了，连同我门口的废品袋，一起拎到楼下的杂物间去。"

看完纸条，张大妈呆了半晌，突然大笑起来，直笑得泪花直流，笑得旁边的人面面相觑。好半天，张大妈才平息下来，说："误会！一场误会啊！这是在房子出租前，我给我女婿的留言，他也姓黄！"

（**题图、插图**：刘斌昆）

印花手帕

□阮红松

果果是名初中生，她的外婆有一方老掉牙的印花手帕，粗布料，蓝花边，中间印了朵鲜艳的红花，边上还有两个小洞，平日里，外婆就用这方手帕包钱，一层一层地包，花钱时，又一层一层地打开，这方印花手帕让外婆当宝贝似的用了十几年，没想到，前几天让小偷给偷走了。

为这事，外婆这几天吃不香睡不好，像丢了魂似的，成天在家念叨："要是有哪个好心人捡到我的手帕，还给我就好了。"

瞧着外婆失魂落魄的样子，果果很难过，她决定帮外婆找回手帕。

这天，果果写了一张寻物启事，写明外婆丢手帕的时间、地点和手帕的特点，最后加了句"有送还者，当面重谢"，并附上家里的电话号码。她来到外婆丢钱的地段，把寻物启事在附近的电线杆上都贴上。回家后，果果就守在电话机旁做作业，哪也不敢去。终于，中午有个人打来电话，说捡到了果果外婆的手帕，又问手帕是怎么丢的，果果想了想，告诉对方，其实同时丢的还有一笔小钱，但跟手帕相比，那点钱不值一提，手帕才是外婆的宝贝。对方一听，松了口气，要求第二天在大桥下碰头，当面把手帕交给果果。

第二天，果果如约赶到大桥下面，她心里很清楚，交还手帕的人，十有八九就是那个偷外婆钱包的小偷，她准备确认后，当场喊人抓住小偷。大桥下蹲着两个人，一个是中年男

子，一个是小青年。果果先向中年男子走去，礼貌地打着招呼，问：“叔叔，您好！您昨给我打过电话吗？”中年男子瞧瞧她，摇了摇头；果果又将目光投向那个小青年，小青年也在打量她，两人目光一碰，小青年连忙将手里的手帕一举，果果眼睛顿时一亮。

小青年将手帕递给果果，果果接过一看，粗布料，蓝花边，两个小洞，

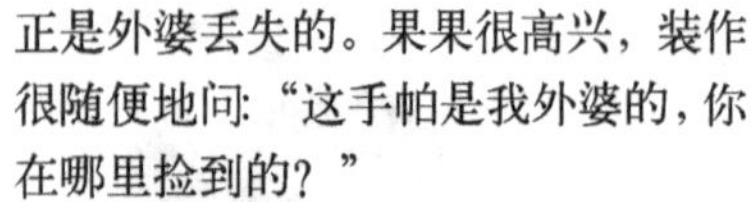

正是外婆丢失的。果果很高兴，装作很随便地问：“这手帕是我外婆的，你在哪里捡到的？”

小青年告诉果果，自己经常陪妈妈散步，这方手帕是在陪妈妈散步时，在路上捡到的。果果没有见过妈妈，听小青年说经常陪妈妈散步，突然觉得他不像小偷了，就不想喊人抓他了，她向小青年笑了笑，拿着手帕准备离开。

“等等。”小青年忽然叫住果果，“你不是说有重谢吗？你想怎么谢我呢？”

果果站住了，不知说什么才好。

小青年说：“你外婆这么宝贝这手帕，你就给我200块钱吧！”

果果一听就愣了，小青年见状，一把从果果手里夺过手帕，转身就要跑，果果一把拉住小青年，说：“你等等，我现在手里没钱，但绝不耍赖。”说着，从口袋里摸出一张纸，找出一支笔，在纸上写了“欠你200元”几个字，然后把纸条交给小青年，一字一顿地说：“三天后，你给我手帕和欠条，我给你200元钱。”

回家后，果果将寻手帕的事告诉了外婆，哭着说：“外婆，我真没用，没要回手帕不说，还给他留了张200元的欠条。外婆，那手帕值不值200元啊？”

外婆斩钉截铁地说：“值！”

果果哭着说：“可我们到哪弄这

200元？”

外婆摸摸果果的头，说：“孩子，别急，外婆来想办法。”

到了第四天，外婆对果果说：“走，外婆今天不出摊，跟你一起去会会他！”

她们来到大桥下，那个小青年已经等在那儿了，外婆走到小青年跟前，从怀里掏出一个小布包，一层层打开，拿出一沓钱，交给小青年，说：“你要的酬金我带来了，你数数，看够不够？”小青年向四周张望一番，接过钱，一看，问：“怎么全是零票子？”

外婆说：“这是我平日卖水果的钱，一点一点攒起来的。”

小青年拿钱的手哆嗦了一下，说：“我不数了，手帕还给你吧！”说着，就把手帕递过来。

外婆笑着接过手帕，细细看了一番，又问小青年：“我肯出这么高的代价要回它，你就不想知道它有多贵重吗？”

小青年说“是啊，我一直在研究这手帕有多贵重，硬是没看出来，你跟我说说吧！”

外婆叹口气，指指手帕，说：“你看见上面这两个小洞了吧？这就是手帕最珍贵的地方。十六年前，我的女儿生孩子时，痛得不行，嘴唇都咬破了，于是，我便将这方手帕放在她嘴里，让她咬，硬是被她咬出了两个小洞。你想想，那时她该有多疼啊！我留着这方被她咬了两个洞的手帕，就是要让孩子记住，父母把你带到这个世界上，有多难，要受多大的苦！”外婆说着就流出了眼泪，她拉过满脸都是泪水的果果，继续说，“我女儿生的孩子都长这么大了，我的女儿却没见她一眼就走了。孩子，你妈妈生你时，她痛吗？她为你吃过苦吗？”

小青年突然蹲在地上，哭了起来，说：“外婆，我的妈妈也死了，我是个没人管的孩子，我好想我的妈妈，一直都想我的妈妈……”

外婆抹了把眼泪，把小青年拉起来。

小青年把那沓钱还给外婆，说：“外婆，你那手帕是我偷的，手帕里的钱也让我花光了，这点钱你先拿着，我这就自首去，等我出来挣了钱，再还给你。”

外婆开心地笑了，说：“孩子，妈妈把你带到这个世上，是想你好好做人的，不论遇上多大的难处，都要走正道啊！”

（**题图、插图**：张恩卫）

红版编辑部各编辑邮箱：

姚自豪：yaobianji@126.com；
郑继文：zjw002@vip.163.com；
吕　佳：lujia411@yahoo.com.cn；
叶小萌：xiaomeng.ye@gmail.com。

妻子犯迷糊

□胡斯庆

最近，阿星成了下岗人员，在街上摆了个摊子，替人擦鞋。

这天生意很清淡，阿星一天下来没揽到几宗活，就背起擦鞋架子，早早回家，路过一个巷口时，他被人一把扯住了，回头一看，原来是小时候的邻居张乐凯。

说起这张乐凯，也算是城里的一个人物，他一会儿是开发公司的总经理，一会儿又成了贸易集团的董事长，谁都不知道他在捣鼓些啥，前段时间还听说他跑到外地去避什么风头，没料想今天突然在这儿遇上了。阿星和他虽说打小就认识，但平时很少照面，没什么来往。

张乐凯好不高兴，亲热地拉着阿星的手，说："没想到在这里遇上你了，咱哥俩今儿要好好喝几杯。"

阿星笑了笑，心想：我一个下岗人员，家里穷得连耗子都不愿光顾，他黏乎我干什么？于是随口说道："今天实在没空儿，我有点事，得急着回家……"张乐凯只好松了手。

第二天，阿星收工回家，在路过昨天那个巷口时，冷不丁又被人扯住了胳膊，一看，还是张乐凯，张乐凯笑嘻嘻盯着阿星，打着哈哈说："老弟呀，今天别拿要紧事来搪塞我了！刚才我还看见你老婆坐在家门口织毛衣，啥事也没有！"

阿星抹不开情面，只好随张乐凯到邻近一家小酒馆坐下，张乐凯点了几个小菜，整了瓶白酒，两个人有一搭没一搭地闲扯开了，随着酒瓶越来越浅，两人的话也越说越多，不知不觉间，就扯到了阿星下岗这事上。

张乐凯问：“你下岗后可别忘了办下岗证，这证件很重要的。”

阿星说“早办了，前几天厂里刚寄过来。”

张乐凯接着说：“那你可要保管好，那东西能派上用场呢！”

阿星手一挥，漫不经心地说“就那小本本，能有啥用场？当不得饭吃，废纸片一张。”

这时，张乐凯似乎突然想起啥似的，说道：“兄弟，老哥我想办个养殖场，启动资金还有点缺口，你得帮帮我啊！”

阿星一听就笑了，说“我那点家底子你又不是不知道，老婆又一直有病，这方面，我是帮不了你喽！”

张乐凯拍拍阿星的肩膀，说：“能，你一定能帮老哥这一把！”

阿星这时候已经喝得高了，大着舌头说：“你要我怎么帮？只要能做到，一句话！”

张乐凯说：“你那下岗证搁家里也是闲着，我想借来使使。”

阿星疑惑地问：“下岗证能有啥用？”

张乐凯端起杯子跟阿星碰了碰，又干了一杯，才说：“是这样的，昨天，我去银行申请了一笔创业贷款，银行方面说，得用下岗证提供贷款担保。”

阿星本来已经喝得七荤八素，一听这话，心里猛地一个激灵，酒一下全醒了：把下岗证借给他担保贷款，到时要是他还不出，那还款的责任，就得由我承担。昨天妻子还说起，她有个远房亲戚，帮朋友提供贷款担保，后来他朋友赖账不还，跑了，银行就把账算到她远房亲戚头上，每个月只留给他一些生活费，其余的都扣下来用来还债。为张乐凯这号人担保，心里能踏实吗？阿星是个厚道人，吃人家的嘴软，虽说心里不情愿，拒绝的话他却怎么也说不出口！

张乐凯见阿星支支吾吾的，似乎看出了阿星的心思，拍着胸脯向阿星保证说：“我张乐凯绝不会做连累兄

弟的事，你放心，我只是资金一时周转不过来，三个月后，资金到账，贷款还清，账户销号，啥事都没了！”

张乐凯已把话说到这份上了，阿星只好敷衍说：“行，回头我把下岗证给你送过去！”

张乐凯连忙把手机递给阿星，笑呵呵地说：“我等会儿就要上银行找信贷员放款子，这样吧，你给你老婆打个电话，让她辛苦一趟送过来，行不？”

阿星说：“不行啊！你知道的，我老婆有个犯迷糊的毛病，犯起病来就像个傻子，啥也做不好。”

张乐凯摇摇头，说：“你就打个电话嘛！我刚才还看到她好好的坐在家门口织毛衣，她这会儿肯定没犯病。”

这一下，阿星只好硬着头皮拨通了家里的电话，对妻子说：“我在鸿运酒家喝酒，张乐凯大哥想借我的下岗证到银行贷款，你把我的那张下岗证给送过来吧。如果没有空，托个顺路的人捎来也行。”

过了没多久，阿星的妻子端着个盘子来了，她把盘子放在桌子上，笑嘻嘻地对阿星他们说：“我怕你们光吃下岗证没味道，就打了几个鸡蛋，和着一块烧了！”

阿星一听这话，大吃一惊，再看眼前的盘子，果然是份炒鸡蛋，不过，掺和在鸡蛋中的，还有些像海带丝一样的东西，用筷子一拨拉，竟是些红色的塑料片！阿星的脑子“嗡”地一声闷响，苦着脸对张乐凯说：“我妻子的迷糊病又犯了，她把下岗证当菜给烧了！”

张乐凯见了被切成一丝丝的下岗证，哭也不是，笑也不是，无奈地说：“算了，我找别人想法子去……”

阿星顾不上和张乐凯继续喝酒，拉了妻子就往家里走。

回到家里，阿星赶紧给妻子找药，他拉开抽屉，看到一个去了封皮的小本本赫然躺着，正是自己的下岗证。

阿星正在疑惑，妻子走了进来，说：“我见这本子上有你的相片，就把它给留下了，说啥也不能把我老公给烧了啊，你说是不是？”

阿星恍然大悟：妻子用来当菜烧的，只是下岗证的塑料封皮！

（题图、插图：张恩卫）

昂贵的假牙

□陈志荣

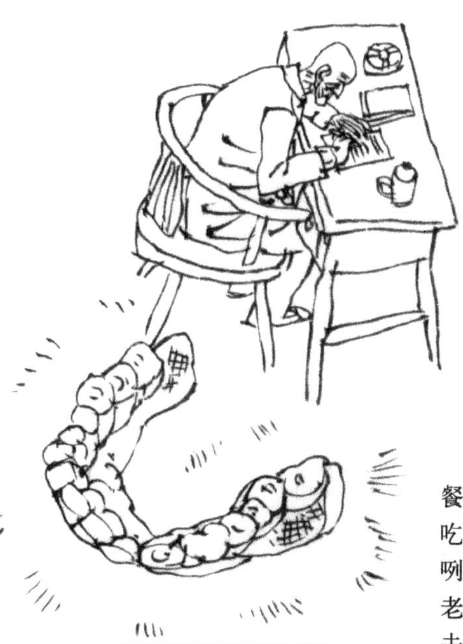

财动人心

肖卫国是城里的大老板，他父亲原本住在乡下，跟着肖卫国的大哥肖卫东生活，但肖卫东一家对父亲很不好，肖卫国看不下去，就把父亲接到城里自己照应。谁知父亲一来就生了重病，没多久就卧床不起了，眼看病情一天天沉重，肖卫国只好打电话告诉了哥哥。

肖卫东接了电话，为了装装样子，特意到了弟弟家，陪了父亲几天，父亲看到两个儿子都在跟前，天天细致地照料自己，心情畅快，病情大为好转，然后就天天吵着要出院，肖卫国只好为父亲办了出院手续。到了小儿子家，饭菜香，父亲胃口也好，一餐能吃一大碗，但肖卫国觉得父亲吃得不利索，就问是怎么回事，父亲咧了咧嘴，说："用了好几年的假牙，老碍事。"肖卫国忙说："明天我带您去配副好的。"

第二天，肖卫国带着父亲去了牙科医院，一回来，父亲冲着肖卫东直乐，肖卫东问是咋回事，父亲得意地张了张嘴，说："你弟弟这回出了大价钱，为我换副假牙，花了两三万块！"

肖卫东听得眼都直了：两三万块一副假牙，根本没听说过，太高级了！

几天后，肖卫东回到乡下，没想到，父亲又一次病倒，病情急转直下，医院让家属早作准备，肖卫国只好又给哥哥打电话，让他再来一次。

肖卫东来后，父亲自知时日无多，拉着两个儿子的手，说自己只想叶落归根，回乡下去。肖卫国为了父亲的心愿，只好把病重的父亲送回老家，父亲回家没过几天，就与世长辞了。

两兄弟在家里设了灵堂，按照乡下规矩，死者必须在灵堂停尸三天，儿女后代得轮流为死者守灵。肖卫国强忍悲痛，一连为父亲守灵两天，到了第三天晚上，肖卫东对弟弟说："你已连着守了两个晚上，应该好好休息了，今天夜里让我和你嫂子来守灵。"

肖卫国听到哥哥这样说，心中感到一丝欣慰，点了点头。

另有所图

安顿好弟弟，肖卫东就开始活动了。这几天他吃不下饭睡不好觉，为什么？当然不是为失去父亲伤心，也不是为没有尽孝而内疚，他是惦记着父亲嘴里那副昂贵的假牙。他想，花两三万块钱做的假牙，肯定是用金子做的，那天父亲张嘴让他看，很像是铂金，听说铂金比黄金还要值钱，让这么贵重的东西随着尸体火化，实在太可惜了，不如想个办法偷偷把它弄下来，这几天吊孝、守灵的人川流不息，怎么也下不了手，明天父亲的尸体就要火化了，今晚是最后的机会。

眼看已是夜深人静，肖卫东让老婆看着周围的动静，自己掀开盖在父亲脸上的布，把手伸进父亲的嘴里，拔了几下，那副假牙一动也不动，他拿来老虎钳，又担心损坏了昂贵的假牙，就找了块软布垫好，使劲拉了几下，终于把假牙从父亲嘴里拔了下来，小心翼翼揩干净，用布包好，放进一只塑料袋里。

肖卫东心惊胆战做好这些，刚刚坐下，突然想到，明天火化前，要在殡仪馆举行告别仪式，亲友们要瞻仰死者遗容，如果那时候父亲嘴巴瘪瘪的，肯定露馅，怎么办？他猛地想到，父亲以前还用过一副假牙，以父亲一生节俭的性格，肯定不会扔掉，没准还能找到。于是，他又蹑手蹑脚来到父亲生前住的房间，打开床头柜子的抽屉，就着窗外进来的暗淡的月光，竟然一眼就看到里面有一副假牙，他连忙取出，回到灵堂，四处张望一下，慌忙塞进父亲的嘴里，仔细看了看，真是天衣无缝，没有一点破绽，这才放下心来。

办好父亲的丧事，送了弟弟回城，肖卫东顾不得疲劳，迫不及待到了县城，来到一家金店门口，把那副用布包着的假牙递过去，说:“这可是好东西，卖给你们吧！”

金店师傅以为来了笔好生意，暗暗高兴，连忙接过，打开一看，竟然是副牙齿，顿时一愣，心想，糟了，来了个精神病患者。

肖卫东见金店师傅还在发愣，忙解释说:“这副假牙是铂金做的，值两三万块钱呢，你们门口不是立着牌子，说高价回收金器吗？”

原来如此！金店师傅没好气地说:“这不是金子，你快点给我拿走！”

肖卫东不死心，又连跑好几家金店，都是如此。他捧着假牙呆住了，怎么也想不通，这么昂贵的假牙，怎么不是金子做的呢？

既然这副假牙不是金子，那就把它当作假牙卖吧！他曾听父亲说起过，这副假牙最起码可用三十年，现在只用一个来月，成色很新，眼下什么东西都在搞回收，如果把它卖到那些私营的牙科医院，就算是打个对折，也还有一万多块钱能收回。

于是，肖卫东来到一家私人牙科诊所，拿出假牙，说想让他们回收。

牙科医生好不容易才弄明白肖卫东的目的，差点笑掉了自己的牙齿，说:“这副假牙是那些江湖游医做的，是质量最差的那种，镶的时候最多只要二百元钱。再说，就算是上等的假牙，镶上去时昂贵，弄下来后就分文不值了。你想想，谁愿意在嘴巴里镶一副别人用过的假牙？”

在众人的嘲笑声中，肖卫东灰溜溜地离开了，他心里越想越来气：一副两百来块钱的假牙，弟弟却骗父亲说要两三万，不但糊弄了父亲，还为

他换了个孝子的名声，还害得自己为得到这笔“财产”费尽心机，到头来还这样被人讥笑。回到家里，肖卫东越想越气，就给弟弟打了个电话，把他数落了一通。

一声叹息

肖卫国接了哥哥的电话，感到莫名其妙：自己为父亲配的假牙怎么可能是劣等货？这种事如果在村子里传开，自己成什么人了？说什么也要弄个水落石出，还自己一个清白！于是，他马上找出为父亲镶牙的发票，开着车子回到老家，直接把发票交给了肖卫东。

肖卫东看了眼发票，说：“现在连人民币都有人作假，弄张假发票，还不是易如反掌。”

肖卫国也不开心了，就说：“说话要凭证据，你凭什么说我为父亲镶的是劣等货？”

这一来，肖卫东说不清楚了，话语也支支吾吾的，前言不搭后语。肖卫国突然想到，父亲的假牙早已和遗体一起火化了，哥哥为什么直到丧事后才说那副假牙是劣等货，最多只值二百块呢？哥哥一直长着个小心眼儿，看到钱财，恨不能从肚子里伸出手来，难道他以为昂贵的假牙还可以变钱，在火化前从父亲嘴里撬下了假牙？于是，他就直接问肖卫东：“莫非你撬下了父亲嘴里的假牙？”

这一来，肖卫东脸上红一阵白一阵的，承认不好，不承认更加不好。不把这事明说，不但不能剥下弟弟这张孝子的画皮，自己还会因为诬陷弟弟受到更多的指责。于是，他心一狠，拿出那副假牙，说：“不错，我是撬下了父亲嘴里的假牙，做得不对，但比起你的假仁假义来，我强得多！”

肖卫国接过假牙，马上摇头，说“不对！这不是我为父亲镶的那副！”

肖卫东白了弟弟一眼，说：“我亲自从父亲嘴里撬下的，还能有假？”

肖卫国觉得一定另有蹊跷，他叫上村里的几位堂叔堂伯，和肖卫东一起，来到父亲生前住的房间，几个人翻来找去，没找到什么有价值的东西，只在抽屉里找到一张纸条，一看，竟是一份遗书，上面写着：“卫东：你弟弟一家现在生活很好，我很放心，你目前生活还不富裕，老让我放心不下。别人给儿孙留金银玉器，我没有这些东西留给你，考虑再三，这副假牙你弟弟花了两三万，很值钱，没用几天，直接烧掉太可惜，我就把原来那副假牙换上，把这副昂贵的假牙留给你，你可以拿去换点钱，就算是我给你的一笔遗产吧。”

大家这才明白，肖卫东从父亲嘴里撬下的是以前那副假牙，换上的却是他一直想要的昂贵的假牙。

（题图、插图：魏忠善）

我为乐器狂

□马　超

苦乐不同

阿P所在的企业福利很好，没结婚的职工都分到了一间单身公寓，而阿P运气好得没法说，他那一间所在的楼层只安排了两个人，其余的房间都当作了库房，最让阿P开心的是，紧挨着自己房间住的是一个单身美女，名叫丁小兰。刚开始，阿P开心极了，和美女为邻，“近水楼台先得月”，两人老这么在一起磕磕碰碰，迟早能够迸发出一点“火花”来的，阿P心里是“桃花朵朵开”，觉得自己的“幸福春天”就要来到了。

很快，阿P发现现实还是残酷的，近水楼台不一定得月，反容易水漫楼台，被水淹着。原来，小兰崇尚的是才女式的生活，她觉得一个女人要想在外企里混个名堂出来，靠姿色当花瓶那是没有前途的，必须要全面发展，既能上办公室，又能下K歌房；左手能琴棋书画，右手能鼠标电话。考虑到自己嗓音先天不足，唱歌不太拿手，所以小兰认真思考了几天几夜，决定学一门拿手的乐器，她这一拍桌子不要紧，可苦了阿P。

这天是星期六，一大早上，阿P就被刺耳的声音吵醒了，刚开始，他以为小兰叫了个电钻工来打孔，想往墙上钉什么东西，可这一钻就钻了几个小时，后来阿P实在忍不住了，过去一问才知道：小兰在学唢呐！小兰决定吹唢呐，追求的就是一个字——“雷”，一个美女拿着一支唢呐，吹上一首《好汉歌》，还不把人给“雷”死啊？到时粉丝还不得一大堆？

阿P明白了缘故，哭丧着脸离开了小兰的屋。接下来的几周，只要有空闲，小兰就会躲在屋里吹唢呐，她越吹越开心，越吹越精神，反把阿P

吹成了失眠健忘，大脑缺氧，睡觉睡不着，走路晕乎乎，阿P抗议了两次，小兰却不理不顾，他只能背地里唉声叹气。

这一天，阿P上班时困得不行，刚想迷糊一下，老板正好过来查岗，阿P惊出一身冷汗，等老板走后，阿P想："不行，再这么下去，我得被开除了。"他歪着脑袋想了一下午，临到下班时，脸上渐渐有了笑容……

当天晚上，阿P拎着一兜水果和营养品，敲开了小兰的门，一进门，阿P就笑着说："小兰啊，我给你送点吃的来，怕你营养跟不上。"

小兰奇怪地问："瞧你这意思，是说我营养不良喽？"

阿P笑着说："当然不是了，我这不是瞧着你在学唢呐嘛？我有一个哥们，唢呐吹得特别好，他告诉我，吹唢呐靠的是底气，你得丹田运气，鼓起腮帮子，扯着脖子，用吃奶的劲去吹。你一天不吃个十顿八顿的，底气肯定不足，再怎么学也学不好。"

小兰一脸恐慌："真的啊？"

阿P一脸正气："当然是真的了，我那朋友自打迷恋上吹唢呐，就经常加餐，当时一百四十斤的帅小伙，到现在快奔二百去了，我们都这么说他——大肚罗汉，拼命吃饭，气比牛粗，脸像蒲扇……"

小兰听了这一番话，脸立刻拉得老长老长，果然从当天晚上开始，小兰再也不吹唢呐了。阿P聪明呀，他知道爱苗条是每个漂亮女孩都坚持的基本原则，抓住这一"软肋"，一兜子零食和营养品，就把小兰给打发了！

再生波折

接下来，阿P过了一周太太平平的日子，转眼到了周末，阿P又被一阵奇怪的"吱吱吱"声惊醒了，这声音叫个不停，起初他以为是闹耗子，听了一段时间，这才听出来，那声音又是从隔壁小兰屋里发出来的，等他敲开门一看，差点没晕倒在地上，我的妈呀，小兰放弃了吹唢呐，改成拉二胡啦！

有了上次的经验，阿P躺在床上冷静地想了一上午，终于想出来一个美妙的点子。下午，阿P带个录音机敲开了小兰的门，进门就说："小兰，你刚学二胡，就拉得这么好，我一定要替你录下来，好好珍藏起来。"

一句拍马屁的话，把小兰哄得开心极了，她赶紧拿着那把二胡，晃着脑袋，"吱吱呀呀"拉了几分钟。随后，阿P把录下来的声音给小兰播放了一遍，一听录音机里的声音，小兰觉得好像无数只蚂蚁在啃着自己的脚趾，又痛又痒，简直让人抓狂。

这时，阿P又掏出一副墨镜递给小兰，小兰问他干什么，阿P一脸坏笑："拉二胡，你就得戴墨镜，学瞎子阿炳，还得有一脸苦相，脸上不能有笑容，还得满是皱纹。”

小兰急了：“你听谁说的？”

阿P赶紧从兜里掏出一沓照片：“你看，我为了让你学好二胡，特意到大街小巷去拍了一些高手的照片，他们都是这样的。”

小兰一把夺过照片：“我看看。”她看着看着，脸就变色了，原来阿P跑到附近的地铁口、街头、商场门口，给几个拉二胡、弹单弦的乞丐一一照相，然后加急冲洗，拿给小兰看。这时，阿P说：“据不完全统计，那些在街头拉二胡的人，平均年龄在五十五岁以上，而且以男人居多；还有，拉二胡的人家里，耗子比平常人家里多十倍……”

小兰听到这里，疑惑地问道：“拉二胡跟耗子多少有关系？”

阿P点点头：“嗯，你这种拉法，耗子尤其多，它们以为是谁在召集开会呢……”

听到这里，小兰站起来就往外走，阿P一见，赶紧问：“小兰，你去哪里啊？”小兰说，她不拉二胡了，她得赶紧再去换一种乐器。

阿P一听，腿都软了：“我说小兰，你老去换乐器，乐器店是你开的啊？”

小兰说，开乐器店的跟她特别熟，他店里一共有一百多种乐器，答应让她免费试个遍，直到找到合适的再买。听了小兰这番话，阿P都不知道自己是怎么回到宿舍的，天哪，一百多种，一样一样试下去，什么锣啊鼓的，人家奏乐要掌声，大不了要点钱，可她小兰是要阿P的命啊！

接下来一周，阿P都过得胆颤心惊的，生怕小兰又折腾出一件要人命的“乐器”，可一段时间下来，小兰那边还算安静，没有声音，好像没练啥乐器，阿P心想，看来小兰是想通了，认识到自己没这个能耐，自觉自愿地打退堂鼓了。

就在这时，阿P负责的两个项目顺利通过验收，老板一开心，给他连升两级，让他当上了小主管。这下，小兰对阿P的态度热情了好多，还主动

献起了殷勤，掏钱请阿P吃了顿升职大餐，把阿P美得不得了。

意外之喜

这天是周五，快到下班的时候，小兰一脸羞涩地走过来，问阿P有没有空，晚上到她宿舍去一趟，她要给阿P一个惊喜。阿P一听开心极了，连声说有空。下班时，小兰含情脉脉地看了阿P一眼，然后先走了。阿P心花怒放，连办公桌都没收拾，就直奔楼下而去，冲进理发店做了个很酷的发型，闯进花店买了束火红的玫瑰，兴冲冲地叫了辆出租车往公寓赶去。

阿P敲开了小兰的门，小兰满脸通红地说："我还以为你不来呢。"看到阿P手里有花，小兰奇怪地问："你来就来，买花干什么？"

阿P简直不知怎么回答她，这个小兰也太笨了，买花干什么？买花表明自己想追她啊，转念又想道：现在的女孩都很含蓄的，当然要假装不知道，故意问一句。

等阿P进了屋，小兰让他闭上眼睛，说是要送他一样东西，阿P幸福地闭上眼睛，这时小兰把一样东西递到他手上，说："好了。"

阿P睁开眼，一看，差点没把手中的东西扔在地上：居然是一支唢呐！这时，小兰晃了晃她的手，阿P这才看到她的手中攥了一支笛子。小兰不好意思地说："这就是我给你的惊喜。我到了乐器店，一问老板才知道，现在都流行乐器组合了，我一个巴掌拍不响，这一层楼里又只有你住，所以我就想拉上你，搞成一个组合，前段时间我一直在吹笛子，可这玩意太难吹了，我刚刚能吹出声音来……"

阿P一听，差点晕倒在地上，怪不得前段时间听不到声音，原来她在吹笛子，只不过没把笛子吹响而已！

小兰又温柔地说道"阿P你这么瘦，看着让人心疼，你上次说过，吹吹唢呐，多加加餐，就能胖起来，你就吹唢呐吧，这样岂不是一举两得？还有你上次送给我的那些营养品，你拿去，正好派上用场。"

阿P见小兰带着三分羞涩，笑吟吟地看着自己，简直不知该怎么拒绝，突然，他想起来了，电视里那些流行的组合到最后男女都成了夫妻，天哪，这才是真正的一举两得呀！想到这里，阿P迫不及待地把唢呐嘴放在唇边，试着想吹，可没吹响，他想，没吹响怕什么？今天吹不响有明天，明天吹不响有后天，总有一天能吹响的，他怀着壮志凌云的一腔豪气，说："小兰，就这么定了，乐队的名字就叫'我为乐器狂'，咱们这就开始练习吧……"

（**题图、插图**：顾子易）

诡异相亲

□高　菲

崔晓晓命不好，模样长得有些对不起观众，还一口“四环素牙”，转眼三十多岁了，不晓得相亲了多少次，还是没有男朋友。

这天，在朋友的撮合下，崔晓晓又要去相亲了。因为相的次数实在太多，这次朋友只给了她一个地址和约定的时间，便让她自己去。这次相的男子叫金喜熊，选的约会地点也很特别，是当地最有特色的“吸血鬼驿站”餐厅，这个餐厅是喜欢搞怪恶作剧的年轻人常去的地方。

到了餐厅，崔晓晓在服务员的引领下，来到订好的包间，崔晓晓让服务员把灯打开，服务员说，餐厅的规矩，就是不开灯，客人来齐了，会点上红蜡烛。崔晓晓只好坐在昏暗的包间等，哪知等了十几分钟，金喜熊还没来，正在着急，一个女人大摇大摆走进来，崔晓晓提醒她说：“这是订好的包间，你走错了！”

进来的女人大吃一惊，问：“你能看见我？”

这叫什么话？难道进来的不是人，是鬼？崔晓晓吓了一跳！

这时，进来的女人突然哈哈大笑，摘下假头套，露出个大光头，说：“我就是搞行为艺术的金喜熊。”

崔晓晓很生气：这不是耍人吗？

这时，服务员点燃两根红蜡烛，上好酒菜，崔晓晓因为不开心，一直没说话，也不看金喜熊，金喜熊却兴致勃勃，不停地讲吸血鬼的故事，越讲越恐怖，最后，他突然凑近崔晓晓，说：“你知道吗？我长着和吸血鬼一样的虎牙。”崔晓晓抬头一看，金喜熊正龇牙咧嘴，露出两颗非常尖利的牙齿，崔晓晓害怕了，讨好地朝金喜熊挤出一个假假的微笑。

突然，金喜熊惨叫一声："鬼呀！"起身冲出了包间，跑得比吸血鬼还快，一会就没了影子。

这叫咋回事呀？嫌我丑？你那个大光头就好看了？哪有这样作践人的！一场相亲让崔晓晓吃了一肚皮气，顺带还支付一笔不菲的餐费，她心里火死了。

走出餐厅，已是晚上十点来钟了，崔晓晓坐上公交车，车上人比较多，突然，她看到金喜熊也在车上，装成一个长发飘逸的女人，旁边坐着一个面目清秀的女孩。

崔晓晓越想越生气，真想上前揪住金喜熊，给他两记耳光。

还有两站就到终点了，车上的乘客陆续下了，就剩他们三个人，崔晓晓终于忍不住，走到金喜熊跟前，一把抓住金喜熊的头发，说："还在装女人啊？给我摘下来吧！"用力猛地一扯，只听一声惨叫，崔晓晓使出了吃奶的劲，只扯了金喜熊一把头发在手上，金喜熊旁边的那个女孩气坏了，站起来推了崔晓晓一把，怒道："你怎么乱抓人家的头发？"

崔晓晓糊涂了，她明明亲眼看见金喜熊摘下自己头套的，怎么这次就摘不下来了？难道他用强力胶把头套粘在头上了？

这时，金喜熊停止叫唤，把身旁的女子拉到座位上，对崔晓晓说："你肯定把我当金喜熊了，我叫金喜虎，跟金喜熊是同胞兄弟。我一直蓄长发，金喜熊才用头套的。"崔晓晓这才知道认错人了，便一个劲地向对方认错，使劲赔着笑脸，哪知道，对方一句话也不说，突然大叫一声："鬼呀！"跑到车门前，拍着车门，要司机赶紧停车开门。司机踩下刹车，回头想看到底发生了什么事，崔晓晓连忙走过来，挤出一个无奈的笑，正要跟司机解释，哪知道司机跟着也大喊了一声"鬼呀"，推开车门逃了下去。

崔晓晓上上下下将自己打量好几次，看不出和平常有什么异样，为什么他们都说自己是鬼呢？难道自己被鬼缠上了，别人能看到，自己却看不到？

崔晓晓战战兢兢走下车，匆匆往家的方向走，夜已经深了，她走的是小路，路灯非常昏暗，不见一个人影，这时，她身后突然传来隐隐约约的脚步声，下意识地回头，却连半个鬼影都没看到。这时，她看到前方不远处有个报亭还亮着小灯，赶紧走到报亭，看见里面有个长发女人正在整理报刊，崔晓晓急促地敲着门，说："小姐，快帮帮我！"

女人抬起头，崔晓晓一下又愣住了：又是一个金喜熊！再一细看，真是个男的！有了刚才的教训，她没有大喊大叫，而是小心地问："金喜熊是你家人吧？"

这个人告诉崔晓晓，他叫金喜豹，跟金喜熊是同胞兄弟。

崔晓晓跟金喜豹聊了一会儿，估计刚才跟着自己的那个人应该离开了，便离开报刊亭，向家里走去。终于走进自己家的楼道了，没想到二楼和三楼的灯都坏了，楼道里漆黑一片，崔晓晓深一脚浅一脚地往楼上摸，刚挪到二楼半，身后突然传来一声低喝："站住，把钱包给我！"

崔晓晓吓坏了，慢慢转过身，一边颤抖着把钱包往强盗手里递，一边说："大哥，我把钱都给你，你……"

"鬼呀！"强盗根本没要钱包，惨叫一声就跑掉了。

自己真的被鬼跟上了？崔晓晓拖着双腿进了家门，谁知家里的保险丝又断了，老爸正在换新的保险丝，崔晓晓松了一口气，上前摇摇老爸的膀子，喊道："爸！"

崔爸爸停止手上的活，看了女儿一眼，突然大叫一声："鬼呀！"

崔晓晓连忙使劲摇爸爸的手，说："爸，是我！"

崔爸爸这才安静下来，慢慢缓过神，说："死丫头，这么能闹，你的牙到底怎么了？发出那么可怕的白光？"

老爸这一问，崔晓晓恍然大悟，原来，她在网上买了瓶美国生产的洗牙液，抹上这种洗牙液，牙齿立刻就会变白，能遮住自己的四环素牙。今天去相亲，她又涂了这种洗牙液，为了强化效果，比平时多涂了两倍。没想到涂得太多，这种洗牙液在幽暗的光线下发出了可怕的荧光。

（题图、插图：刘斌昆）

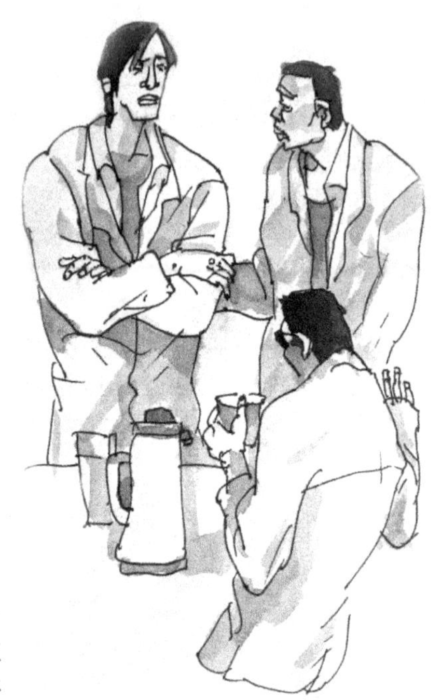

明亮的眼睛

□路　华

旧事重提

阿洪是个卡车司机，这天，他开车路过郊区时，一个老头站在路中间朝他招手，要他停车，阿洪停了车。老头说，他是对面村子的人，有事找阿洪，想请阿洪到家里说说话。阿洪不认识这老头，当然不肯下车，老头就堵在路中间，不让阿洪走，阿洪想想自己走南闯北见多识广，一个老头也不能把自己怎么样，就停好车子下了车，跟着老头往村里走。

到了老头家，老头给阿洪倒了一杯茶，指着床上躺着的一个老婆婆，问："认得她吗？"

阿洪摇摇头，老头又拿出一件沾着血迹的衣服，问："这件衣服你总认得吧？"阿洪还是摇摇头。

老头一听提高了声调，说："你就别装了！去年5月19日傍晚，你在刚才停车的地方撞了一个老太婆，怎么就记不起来了？"

阿洪一听，吓了一跳。老头说的没错，去年这个时候，他的确在刚才的路段撞倒了一个老太婆，当时阿洪还下车喊了她几声，发现她昏了过去，看看周围没人，阿洪心一狠，就开着车子溜之大吉了，可这老头怎么知道是他撞的呢？阿洪把当时的情况细细又想了一遍，确认不可能有目击者，就问老头："你想怎么样？"

老头说"你也不是故意撞的，所以我也不想太为难你，你拿出几千块钱，给我老伴治治伤就行了！"

阿洪哈哈一笑，说："你想得好美，凭什么说是我撞的？你如果有证据就拿出来，我宁愿坐牢。没有就别乱说，小心我告你诬陷！”说完，扔下一旁傻愣愣的老头，头也不回地走了。

瞎子点灯

转眼又过了十天，这天傍晚，阿洪刚踏进家里，那个老头带着个戴墨镜的黑瘦男子跟着也进来了。

阿洪问老头怎么找到他家的，老头说：“我不仅知道你家，还知道你叫吴江洪，你还有个长年卧床的妈，你老婆身体也不好，有个儿子正在上初中，一家五口全靠你赚钱养家。”接着，老头指指戴墨镜的男子，说：“你不是说我没有证据吗？告诉你，他就是证据，他亲眼看见你撞了人！”

阿洪一听，冷汗直冒。老头看他这样子，叹了一口气，说：“你过得也很不容易，所以我直到现在也没报警，只想跟你好好谈一谈！”

阿洪给他俩各倒了一杯茶，恭恭敬敬地递到他们手上，没想到戴墨镜的男子接茶时，手伸出后摸索了好半天，还把手指伸进了茶水里，烫得“呀”的叫了一声。

阿洪愣了一下，又点燃两支烟，一支递给老头，一支递给戴墨镜的男子，结果戴墨镜的男子摸索半天，竟然夹在了烟头上！

阿洪“扑哧”一声笑了，拿来纸笔，在纸上划拉了一阵，递给墨镜男子，说：“好吧！我愿意给你们钱，不过咱们得签个协定，从此两不相欠，你看这样写行吗？”

墨镜男子不接，只是说：“你给老叔看一下吧！”

阿洪哈哈大笑，说“你知道我在纸上写的什么吗？告诉你，我写的是‘瞎子点灯——白费蜡’！既然你们想阴我，我今天也就把话说白了，人确实是我撞的，但瞎子是不能充当目击证人的，你们根本告不倒我！”

阿洪刚说完，墨镜男子忽然哼了一声，慢慢歪倒在地。老头一看慌了神，问他怎么了，墨镜男子指指胸口，说：“这里很痛……”

阿洪掏出100块钱递给老头，说“你快点带他上医院看看吧！以后别再来找我了，要是你也跟他一样得个什么病，我可负担不起！”

老头接过钱，狠狠摔在地上，想了想又捡起来，放进口袋，这才扶着墨镜男子，出门招了辆出租车，走了。

转眼过了半个来月，这天，阿洪出车回来，累得歪倒在客厅的沙发上，迷迷糊糊刚要睡着，门忽然被推开了，阿洪一看，上次来的那个墨镜男子走了进来。阿洪还没开口，墨镜男子就先说话了：“阿洪，你右下巴这颗痣，是颗福痣呢！”

阿洪吓了一跳：自己右下巴确实有一颗痣，痣上还长着一根毛，可瞎子怎么能看得见呢？阿洪轻轻拿起茶几上的剪刀，把痣上的那根毛剪掉，然后说：“我这颗痣上还长着一根毛

呢，你没看见吗？”

墨镜男子哈哈一笑，说：“原来是长着一根毛，不过你刚才把它剪了！”

阿洪吓坏了：原来这家伙不是瞎子，上次他为什么要装瞎呢？

墨镜男子像是看透他的心思似的，说：“你想知道我为什么装瞎，是吧？告诉你，我是想帮助你。”

阿洪说：“你我素不相识，你凭什么要帮我？”

墨镜男子说：“去年5月17日，也就是你撞人的前两天，在灵水路菜市场门口，你给了我一袋面包！”

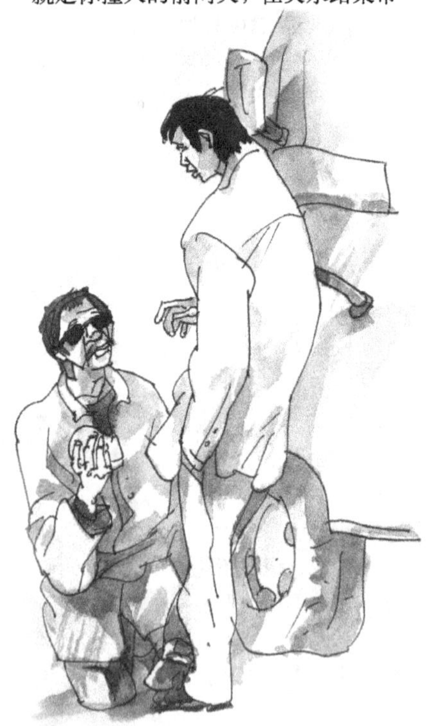

阿洪摇摇头，说想不起来了。

承担责任

墨镜男子说：“去年5月17日那天，你在灵水路菜市场门口卸货，买了一袋面包，开车门时不小心，把面包掉在地上，落在一个戴着墨镜的乞丐脚边，那乞丐把面包捡起来，摸摸索索还给你，你却把那袋面包送给了乞丐，乞丐连声感谢，问你的名字，你说你的车号是88518，记住你的车号就行了。那个乞丐就是我，我不仅记住了你的车号，还记住了你的声音。”

阿洪问：“你真的见我撞人了？”

墨镜男子说：“你撞人那天是农历十五，是我女朋友的忌日，那天我正在玉米地里为她上香，看到你撞了人，没想到你却逃跑了，这一年来，我一直在等你良心发现，承担自己的责任。”

阿洪说：“你也知道，如果这件事被查出来，我就会去坐牢，我一家老小怎么办？”

墨镜男子摇摇头，说：“这不是理由，你得为你的行为负责，承担后果。我不举报，是想让你去自首，得到从轻处罚的机会。如果你还是不肯做，那只好我来帮你做。”

第二天，阿洪去交管部门自首，经过协商，给了受害人三万元钱赔偿金，受害人主动请求法院对阿洪免予

生死相逢

□任黎明

两枚铜钱

唐朝元和年间，洛阳有个叫朱长发的富人，突然发急病死了，他一死不打紧，好大一户人家转眼间稀里哗啦就垮了。丧事刚办完，朱长发的老婆何氏就给了儿子朱成一笔钱，让他出去自立门户，随后变卖了全部家产，带着钱财不知跑到哪里去了。

这朱成还不满十七岁，突然遭了这样的变故，一时没了主张，娘留给他的那点钱经不起折腾，没过多久，他就身无分文，流落在外，饥一顿饱

刑事处罚，最后阿洪被从轻判处一年有期徒刑，缓刑一年。

阿洪很想当面感谢那位墨镜男子，却不知道他住在哪里，只得去找那位老头，没想到老头摇摇头，说：“那天他被你气成心肌梗塞，送到医院后就死了！”

阿洪大吃一惊，又问墨镜男子是不是瞎子，老头说：“他的确是瞎子，你撞倒我老伴时，他正好在玉米地里，你喊我老伴时，他听见了你的声音，也就知道了你的车号，他一直说你是个好人，请求我给你一个改正错误的机会。”

后来，阿洪找到了墨镜男子的坟墓，每年清明他都会去为墨镜男子扫墓，有人问他为何对一个死去的瞎子这么好，阿洪总是回答：“他虽然是个瞎子，但他有一双明亮的眼睛！”

（**题图**、**插图**：谭海彦）

一顿地混日子。

这天，朱成又饿得前胸贴了后背，蜷缩在一户人家的墙角。一个和尚走到朱成跟前，看着他露在外面的脚丫子，问："你叫朱成吧？"

朱成奇怪了，反问："你怎么知道我的名字？"

和尚交给朱成一只小布袋，说："这是你娘托我交给你的，里面有两枚铜钱，如果实在撑不下去，可以用来救急，但每次最多只能用一枚，不要全都花掉，切记，切记！"

朱成接过布袋，倒出铜钱一看，只是两枚再普通不过的"开元通宝"，顿时大失所望："两枚铜钱，最多只能买两只馒头，能救什么急？我娘在哪儿？她怎么扔下我就走了？"

和尚摇摇头，叹了一口气，走了。朱成拿出一枚铜钱，买了只馒头填了肚子，拖到第二天，等到肚子又饿得"咕咕"叫时，他想，这最后一枚铜钱留着也没用，还是换只馒头救急吧，他往袋子里一摸，不禁大吃一惊：里面还是两枚铜钱！

朱成高兴了，他想，如果再饿一天，袋子里就有了四枚铜钱，如此饿个三五天，生钱的"种子"多了，钱就会越来越多。哪晓得第二天打开袋子一看，里面还是两枚铜钱，他只好又拿出一枚铜钱买了馒头充饥。

又过了一天，朱成一摸口袋，袋里还是两枚铜钱，看样子，一天只能花一枚铜钱，吃一只馒头，这虽说能活命，但毕竟没吃饱，不如找点正经活干，好歹能混个饱。这天，朱成来到一家杂货铺，拿出那两枚铜钱，求掌柜卖给他一把斧头。掌柜看看朱成，说："一把斧头要一两银子，你只有两枚铜钱，让我如何卖给你？"

朱成失望地摇摇头，转身就走。掌柜见他相貌清秀，觉得非常奇怪，就喊住他，问他买斧头做什么。朱成说想买把斧头上山砍柴，以此度日。掌柜见他很是可怜，便接过朱成手上的铜钱，转身拿出一把斧头，说是暂借给他。

朱成千恩万谢，拎着斧头进了山，打好一担柴火，挑进城里，想卖个好价，可卖到天黑，一担柴火只卖

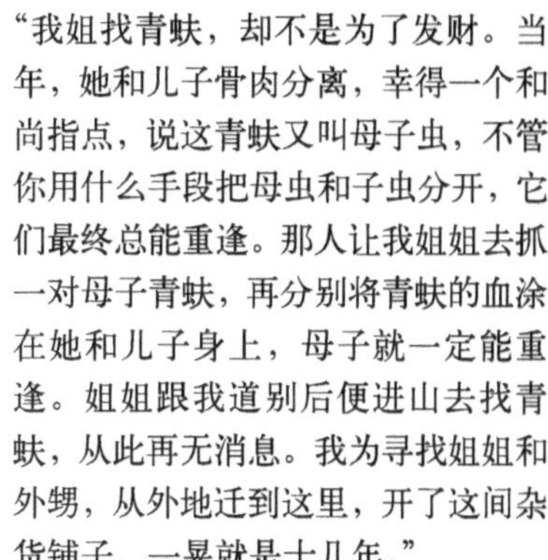

了一半，朱成就把剩下的半担柴火悄悄放在杂货铺门口。

青蚨现身

就这样，朱成当起了樵夫，每天砍柴换些铜钱度日，卖不完的柴火，便悄悄放在那家杂货铺门口，以报答那老板。这样过了两个来月，这天，朱成又像往常一样，把卖剩的柴火悄悄放在铺子门口，正在这时，杂货铺的门开了，掌柜走出来，牵住朱成的手，说："孩子，进来说话。"

朱成不安地进门坐下，掌柜端上一杯热茶，问："每次放在店前的柴火，都是你送的？"朱成点点头。掌柜把朱成当天送来的那捆柴火搬进来，摆在油灯下，细细搜寻了一番，小心翼翼地从柴火缝里拈出一只金黄色的虫子来，放在手心上，说："你可知这是什么虫子？"

朱成摇了摇头，掌柜说"这虫名叫青蚨，它可不是一般的虫，多少人一生之中若想见着一回，也是千难万难。当年，我姐姐为了找到它，至今生死未卜，想不到你每次送给我的柴火中，都有这种虫子！"

朱成一听，好奇心大起，问："这虫子有何神奇之处？"

掌柜说："这种虫只需养上一只，便能招财进宝，可它只生在洛阳深山之中，多少人成年累月踏遍深山找它，都是空手而归。"

朱成问："那你姐——"

掌柜叹了一口气，说："我姐找青蚨，却不是为了发财。当年，她和儿子骨肉分离，幸得一个和尚指点，说这青蚨又叫母子虫，不管你用什么手段把母虫和子虫分开，它们最终总能重逢。那人让我姐姐去抓一对母子青蚨，再分别将青蚨的血涂在她和儿子身上，母子就一定能重逢。姐姐跟我道别后便进山去找青蚨，从此再无消息。我为寻找姐姐和外甥，从外地迁到这里，开了这间杂货铺子，一晃就是十几年。"

朱成听着，不由得呆了。这时，掌柜从里屋拎出一只口袋，往桌上一放，说"自从在你送的柴火中找到青蚨后，我的生意越来越顺，接连开了几家铺子，生意都很兴隆。这里是一百两银子，你拿去置点产业，好生经营，不要再餐风宿露地上山砍柴了。"

朱成大喜，连忙接过银子，掌柜把刚才捉到的那只青蚨装进口袋，又跟朱成讲了许多经商与为人之道，朱成谢过，拜别而去。

此后，朱成盘下一间铺子，开始做起生意来。他经营得法，不过几年之间便富甲一方，于是他赎回了娘当年卖掉的家业，又娶了娇妻，一年刚过，添了个女儿，女儿满月这天，朱成大宴宾客，连路过的乞丐都能吃一顿丰盛的酒菜。

流水席开到第二天，正吃午饭

时，来了一个年老的女丐，她对仆人送上的酒菜理也不理，独自走进后院，来到水缸旁，舀起一瓢凉水洗起脸来，这时朱成正好路过，一看，失声惊叫："娘！"

这女丐正是当年把朱成赶出家门、然后卖掉家产不辞而别的何氏，朱成见她模样可怜，心下不忍，上前扶住何氏，问："这些年你到哪里去了？怎么是这般模样？"

何氏摇摇头，说："一言难尽，别提了！你带我去看看孙女吧！"

于是，朱成带着何氏去看刚满月的女儿，这孩子长得粉妆玉琢，何氏好生怜爱，一把将她抱在怀里，哪知刚才还满脸是笑的孩子，被何氏这一抱，顿时小腿乱蹬，"哇哇"大哭。何氏百般逗弄，这孩子还是哭个不停，只好把孩子放回摇篮，这时，她突然看见孩子左脚底板长着一粒朱砂痣，神情顿时一变。

朱成念及旧情，安顿好何氏，对她很是孝敬，何氏却总是闷闷不乐。这天，她问朱成发家的经过，朱成便将上山打柴得到青蚨的事情说给她听，何氏一听，顿时脸色惨白。从此，何氏经常一个人发呆，朱成吩咐下人对她加倍照顾，可何氏仍旧日日叹息不已，更奇怪的是，何氏经常独自出门，却不知去了哪里，回到家又一个字也不肯说。朱成怕她又生什么枝节，准备一探究竟。

这天吃完午饭，何氏又出了门，朱成尾随在后，只见何氏出了城，来到山上一个土堆前，双腿一弯跪了下去，哭道"妹子，如今你们骨肉相逢，就原谅我当年一时糊涂吧！"

何氏话音刚落，只听得一声"阿弥陀佛"，不知何时，一位和尚双手合十，站在身旁，和尚身后还跟着一人。朱成一眼认出，正是这和尚当年送了他两枚铜钱，而身后那人，就是资助他发家的掌柜，于是便上前一一施礼。和尚让朱成脱下右脚的鞋袜，朱成满腹疑惑，脱下鞋袜，和尚指着那只光脚对掌柜道："你来看他脚板，便知道他是谁了。"那人看了，顿时悲喜交加，抱住朱成就哭。

和尚又朝何氏施了一礼，指着掌柜对她说："这位就是墓中人的兄弟，解铃还须系铃人，施主要想解开两家人心里的怨结，还是亲自说出来吧。"

何氏看了朱成一眼，又是尴尬，又是惭愧，指了指身前的坟墓，说："我不是你的亲娘，你的亲娘躺在这里——"

母子连心

原来，朱成的亲娘叫作紫姑，二十多年前，因老家遭灾，流落到洛阳谋生，被朱长发买回家，收作贴身丫环。朱长发一心想要子嗣，何氏却一直不曾生育，朱长发就背地里和紫姑好上了，不久，紫姑偷偷生下朱成，不料何氏知道了此事，便把紫姑赶出了朱家，却把朱成留了下来。

从此，母子俩骨肉分离，紫姑一连几天去寺院进香，在菩萨跟前声声祷告，哭得肝肠寸断，数次晕倒在地，终于打动了一旁的和尚，他对紫姑说："你若能在深山找到一对母子青蚨，便能骨肉团圆……"

紫姑听了和尚的话，回了趟老家，跟弟弟作别，转身进了深山。数月之后，终于找到一大一小两只金色小虫。为了辨别真伪，和尚拿出两枚铜钱，分别涂上两只虫子的血，分置两个房间，第二天，这两枚铜钱竟然合在了一起。

和尚让紫姑在脚底涂上青蚨的血，然后来到朱家。此时，朱家因朱成终日啼哭，正四处求医，和尚自称有秘方能使小儿不哭，朱长发连忙把和尚请进内室，和尚将青蚨的血涂在朱成的脚板上，朱成脚板上马上现出一粒朱砂痣，再也不哭了。

没想到何氏知道了这件事，打听到紫姑的下落，带着几个仆役到了她栖身的山洞，将紫姑一顿痛打，还用刀子生生削下紫姑脚板上的朱砂痣。没过几天，紫姑含恨而终，和尚为她备了口薄皮棺材，把她埋在洞边。

何氏说到这里，一旁的和尚开了口，他告诉朱成：何氏以为削了紫姑脚板上的朱砂痣，他们母子便不得相会，想不到青蚨血一旦进入身体，便使母子连心，紫姑即使不在人世，青蚨也能让朱成和舅舅相遇，如今，紫姑已转世投胎，做了朱成的女儿，母子到底还是重逢了，而何氏带走的万贯家产被一把大火烧了个精光，一路乞讨回来，还得靠朱成收留她。

听到这里，朱成才恍然大悟。过了几天，朱成和舅舅带着几个人来到娘的坟前，想将娘的尸骨迁入朱家祖坟。众人挖开坟墓，打开棺材，一群金黄色的虫子突然从棺材里飞出来，在众人头上飞舞一阵，翩翩而去……

（**题图、插图**：谢　颖）

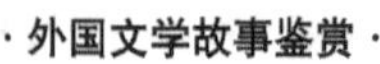

女儿在飞机上丢失

□[美]比利·雷
华登喜　改编

疑点重重

一架民航班机正从华盛顿飞往伦敦，忽然，机长皮雷跟前的警报响了起来，是机舱传过来的，皮雷将工作交给副机长，走出驾驶室，只见一个面容憔悴的中年妇女，正对着空姐丽丝狂叫："我的女儿茱莉亚不见了，她在这飞机上丢了！"丽丝耐心地安慰这位中年妇女，中年妇女却一个劲地说："求求你，求求你，我的女儿真的不见了……"

这时，那位妇女看见皮雷，连忙冲过来，从怀里掏出一张照片，激动地说"这就是我的女儿茱莉亚，褐色麻花辫，穿红色连衣裙，她与我一起上的飞机，登机后我才睡了一会，她就失踪了！"

皮雷耐心地听着这位妇女的诉说，将她请到了乘务员休息室。这时，空警范佩西走过来，说，那位妇女名叫凯莉，刚才一上飞机就在座位上睡觉，飞机起飞不久，她就惊叫说她六岁的女儿不见了，还说她的女儿一直睡在她旁边的座位上。

皮雷问："你找过她女儿吗？"

范佩西点点头，说："全部找过了：每个乘客座位底下、卫生间、吸烟间、乘务员休息室，都没有凯莉女儿的踪迹！"

皮雷走到凯莉那排座位，问坐在凯莉旁边的乘客，是否见过凯莉的女儿，一位少女说："她一直在睡觉，我没看到她旁边有小女孩！"另外的乘客跟着也摇了摇头。

皮雷拿起对讲机，对整个机舱广播说："各位乘客，请问各位有没有见到一个六岁的小女孩，她叫茱莉亚，褐色麻花辫，穿红色连衣裙，请见过她的乘客马上跟我联系，谢谢！”

机舱内的乘客一阵骚动，但过了好一会，也没有乘客过来联系。

这时，凯莉从乘务员休息室冲过来，对皮雷喊道：“机长，我要求对这架飞机进行全面检查！”

皮雷说：“让我们商量一下再答复你，好吗？”

皮雷找来空姐丽丝和空警范佩西，一起商量对策。丽丝说：“我认为这个女人是个疯子，飞机上根本没有她女儿……”

范佩西说：“她拎的袋子印着华盛顿威斯汀酒店的标志，是不是跟华盛顿威斯汀酒店联系一下？”

皮雷点点头，丽丝马上拨通了威斯汀酒店的电话，不一会，她放下电话，说：“酒店经理说，凯莉前几天的确住在他们酒店，她是带女儿来华盛顿做心脏手术的，在前几天的手术中，她女儿已经去世了！”

机舱搜索

这个消息让皮雷浑身一震，他走到凯莉面前，柔声说：“女士，请你安静下来！刚才我们已经知道了你的情况，小姑娘去了天堂，我们非常遗憾，请你面对现实，回到座位上！”

凯莉惊讶得瞪圆了眼睛，歇斯底里地喊道：“不可能！茱莉亚的手术已经成功了，我要带她回家！求求你了，机长，再给我一次机会，让我在这飞机上找找，茱莉亚很淘气，她一定在跟我捉迷藏！”

皮雷望着凯莉的神情，陷入了沉思，过了片刻，皮雷叫来范佩西，说：“虽然凯莉女士神志可能不清醒，但我们还是要尽到职责，你再带领空乘人员，对飞机进行一次大搜查，不要放过任何角落！”

很快，全体乘务人员再次对机舱的每个角落进行了检查，每个睡觉的乘客都被叫醒，每个位置都检查了一遍，还是没有茱莉亚的任何踪迹。

皮雷走进乘务员休息室，对凯莉道：“我们又对机舱进行了彻底的搜查，茱莉亚不在飞机上！”

凯莉使劲摇头，说：“不可能，绝对不可能！她跟我一起上的飞机，我吻了她的额头才让她睡觉的，你们查了机舱，但没有查发动机舱……求求你们，再查查发动机舱……”

皮雷坚决地摇了摇头，发动机舱是飞机最重要的核心区域，门一直紧锁，一个小孩不可能进去。范佩西把皮雷拉到一边，说：“凯莉坚持要查发动机舱，非常可疑，我查了她的资料，她有恐怖分子的嫌疑！”

皮雷思量片刻，严肃地说：“你马上将她关到禁闭室，防止她闹事，我们要对全体乘客的生命安全负责！”

范佩西摸了摸腰间的手枪，和皮雷一起走到乘务员休息室，来到凯莉跟前，皮雷使了个眼色，范佩西上前一把抓住凯莉的肩膀，凶狠地说："女士，我们现在请你去休息一下，这是命令！"

没想到凯莉只是慌张了一下，马上就恢复了镇定，反手一把摸到范佩西的腰间，拔出了范佩西的手枪，只听"砰"的一声，枪声响了，子弹打中了旁边的机舱。

凯莉握着手枪，指着范佩西，说："你们不要乱动，否则我就开枪……你身上有发动机舱的钥匙，马上带我过去！"皮雷见情况变糟，马上向地面汇报："航班遭到恐怖袭击，恐怖分子持枪劫持乘警……"

凯莉让范佩西举起双手，两个人一前一后进了发动机舱，皮雷一直跟在后面，跟着他们走到发动机舱门口，看着凯莉关上舱门，听到凯莉在发动机舱大声呼叫："茱莉亚，你在这里吗？茱莉亚——"

令皮雷想不到的是，这时，发动机舱里发生了出人意料的变化，走在前面的范佩西突然放下双手，转过身，冷冷说道："把枪给我！"凯莉把手扣在扳机上，对一步步逼上来的范佩西说："你再走近我就开枪，我只想找到女儿，你们却不相信我！"

范佩西毫不畏惧地说："你开啊！"凯莉闭上眼睛，扣动了扳机，但枪却没有响，原来里面已经没有子弹了。范佩西一拳将凯莉打倒在地上，拿过枪，哈哈大笑着从口袋里拿出子弹装上去，说："现在让我告诉你，你的女儿在哪里。"

说完，范佩西指了指凯莉背后的发动机箱子，凯莉回过头一看，发动机旁躺着的，正是褐色麻花辫、身穿红色连衣裙的茱莉亚。凯莉欣喜若狂地扑了上去，但茱莉亚却没有丝毫反应，凯莉惊恐地问："你——你对她做了什么？"

范佩西露出一丝诡异的笑容，说："我只是给她注射了镇定剂！你放心，只要你配合我，我一定让你女儿平安回到地面！"

凯莉不解地问："我能配合你什么？"

范佩西得意地说："现在我要呼叫地面中心，说你已经劫机，身上绑了炸药，要求飞机降落夏威夷，同时，向一个特定账号汇入一亿美金！你按我的吩咐去做，你的女儿就有一条生路，否则，你和女儿都是死路一条……"

真相大白

原来，这一切都是范佩西策划的，他和空姐丽丝在拉斯维加斯赌博，欠下了巨额赌债，为了还清债务，他们上演了这出劫机苦肉计，先是挑中最早登机的凯莉母女，在端给凯莉母女的饮料中放了安眠药，让她们一上飞机马上就睡觉，接着，丽丝用毯子盖住在座位上睡觉的茱莉亚，让后来登机的乘客都看不到茱莉亚，在飞机即将起飞时，范佩西趁其他乘客不注意，抱起用毯子裹着的茱莉亚，将她藏到发动机舱，乘客们看到的是一位乘警抱走一件小毛毯，没有人会想到毯子里还有个小孩。

说到这里，范佩西取下随身携带的对讲机，对地面呼叫："我是被劫持的乘警范佩西，劫匪要求飞机火速降落夏威夷机场，并向她指定的账户汇入一亿美元，否则这架航班的发动机将被她破坏！"

过了一会，地面指挥中心传来答复："答应劫匪要求……"

范佩西关了对讲机，拿起手枪，得意地对凯莉说："这一切是不是天衣无缝啊？女士，赎金马上到账了，我的目标也快达到了！"说完，他举起枪，对着自己的大腿开了一枪，范佩西痛得龇牙咧嘴，跟着又笑起来："这一枪是我受伤的证据，在飞机降落前，你必须死去！"

说完，范佩西对着凯莉举起了枪，只听"砰"的一声，尖利的枪声在机舱里响起，倒下的却不是凯莉，而是范佩西，他的胸前涌出了大片鲜血，机长皮雷推开发动机舱门，握着手枪走了进来。

原来，在凯莉押着范佩西走进发动机舱的时候，皮雷将掉落在地上的一部对讲机踢进了发动机舱，那只对讲机将发动机舱内的对话全部传了出来，于是，皮雷迅速逮捕了丽丝，找到了发动机舱的备用钥匙，打开舱门，救了凯莉……

（**题图、插图**：佐　夫）

·海外故事·

一次再美丽

□荡梦堂

约翰在小巷开了个修鞋铺，这天晚上，他正要收摊，一个十八九岁的女孩提着双红皮鞋走过来，女孩的身影在路灯下一晃一晃的，仿佛风一吹就会倒。

女孩走到铺子门口，急切地问约翰："师傅，还修鞋吗？"

约翰说："很抱歉，已经很晚了，如果你不介意，我可以带回家修，你明天一早来取。"

女孩迟疑了一下，还是把皮鞋递给约翰，说："你明天早上一定要早点来，我会在这里等你的。"

这是一双精美的红皮鞋，很新，只是有只鞋跟有些松，粘点胶水就可以了。约翰微笑着朝女孩点了点头，关了铺面，拎着女孩的皮鞋，拖着疲惫的身子回了家。

约翰打开家门，太太又不在家，约翰想，她肯定去朋友家参加派对了，就随手把红皮鞋放在妻子的梳妆台下，倒头大睡，准备醒来再修女孩的这双皮鞋。

约翰猜得不错，他太太的确是去参加朋友家的派对了，不过，她走在半路上，突然发现忘记戴项链，就返身回了家，取出项链戴好，转身欲走时，突然看到了梳妆台下那双漂亮的红皮鞋，她以为是丈夫为自己准备的，于是穿着试了试，满意极了，就穿着这双红皮鞋离开家，去朋友家参加派对。

再说约翰，他醒来就找那双红皮鞋，却怎么也找不到，顿时大惊失色。他虽然只是个修鞋匠，但非常遵守职业道德，想到明天早上不能把修好的鞋子交给那个女孩，顿时心急如焚，坐立不安。

熬到半夜，约翰太太总算回来了，她一进门就朝约翰抱怨：“你给我买的什么皮鞋呀，才跳了半支舞，就掉了鞋跟，肯定又是买的便宜货，我气得一把扔了！”

约翰一听，什么都明白了，怒道：“那是我带回家修理的鞋子，你说都不说就拿去穿了，还给扔了，叫我明天怎么给人家交货？”

约翰太太自知理亏，吞吞吐吐地说：“我看你睡得很香，就没有叫醒你……”

第二天一大早，约翰悄悄来到自己修鞋铺附近，远远一看，那个女孩已经在铺子门口翘首张望了，约翰吓得赶紧退了回去，不敢再进自己的铺子。当天晚上，他和太太出来买了些生活用品，经过那条巷子时，约翰又特意朝自己的修鞋铺瞧了瞧，那个女孩居然还站在那里，耐心地等着约翰给她送鞋。

约翰把那个女孩指给太太看，约翰太太也非常内疚，为了弥补过失，他们决定买双新的红皮鞋，还给那个女孩。

约翰夫妇跑了好多商店，才找到那种红皮鞋，一看价格，马上又退却了。售货员在一旁不停地说：“你们就买一双吧，打8折，才8600元，没剩几双了……”

夫妇两人垂头丧气回了家，一夜未眠。

第二天，约翰又跑到小巷自己修鞋的铺子旁，看到那个女孩又一直等到天全黑下来，才一瘸一拐回了家。约翰想，那双红皮鞋对她一定非常重要，无论如何，必须买一双新的皮鞋还给人家。当天晚上，约翰夫妇拿出半年的积蓄，买下了那双昂贵的红皮鞋。

次日一早，约翰拎着红皮鞋，到了自己的修鞋铺，一个上午过去了，那个女孩没有出现，又等了一个下午，女孩子还是没来，一直到天黑，约翰都没见到那个女孩。他不知道究竟发生了什么事，心里很失落，正要收摊时，有个中年男子跑过来，气喘吁

吁地说："你好，我叫布鲁丝，几天前我女儿在你这修过一双红皮鞋，她让我来取。"

约翰很想知道到底发生了什么事情，就问："她为什么不亲自来取呢？"

布鲁丝沉默片刻，沉重地说"今天一早，她去医院截肢了。她的双脚曾经被汽车撞过，后来发生了肌肉坏死，必须马上进行手术。"

约翰拿出那双红皮鞋，交给布鲁丝，说："真是不幸，希望她的手术顺利。"

布鲁丝接过红皮鞋，突然哭了起来。

约翰慌了，连忙问："布鲁丝先生，你这是怎么了？"

布鲁丝泪雨滂沱，说"这双红皮鞋是她今年生日时，我送给她的生日礼物，她一直舍不得穿。后来医生说她要截肢时，她才想起要穿这双红皮鞋，否则以后再也没有机会穿了。她还说，只要穿着这双红皮鞋走进手术室，她就不会害怕。可是，她一直没等到这双修好的红皮鞋，她是光着脚丫走上手术台的……"

听了布鲁丝的话，约翰犹如五雷轰顶，他这才意识到自己犯了一个多么大的错误，是自己的错误破灭了女孩最后的希望，扼杀了她最后美丽一次的权利。

从此以后，这条巷子里再也没人看见约翰修鞋。

（**题图、插图**：佐　夫）

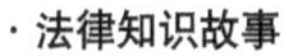

不平静的翠湖

□啸 声 倍 思

现在的大学里，年轻人蒙蒙胧胧的恋爱很多。有个大一的女生小美，就与同班男生小爽对上了眼，两个人甜言蜜语，难舍难分。

但是，好景不长，最近几天，小爽好像又有了新朋友，见到小美不如以前那样热情了，弄得小美吃不下饭睡不着觉。

这一天，小美在路上拦住了小爽的哥们小帅，问起了小爽最近的动向。小帅经不住小美的死缠烂打，道出了一个秘密:“小爽又有女友了，她就是隔壁班级的小丽。”

小美闻言，心如刀绞，但她嘴上还是说:“你骗人！你瞎说！”

小帅见对方不相信，忙说:“你若不信，我们可以找个机会试试，他心里还有没有你。”

“你……你说怎么试？”

“星期天，我们约小爽和小丽一起去翠湖，是真是假就都清楚了。”

小美低头想想，觉得是个办法，于是就打起了手机。

到了星期天，小美、小爽、小帅，还有那个小丽他们四人结伴来到翠湖，合租了一条游船。一上船，船老大就把救生衣递了过来，小爽、小帅和小丽都说会游泳，不愿穿救生衣。小美不会游泳，但她想，他们三个都不穿，我一个人穿也太没面子了，再说风平浪静的翠湖还怕它翻船？于是也说不穿救生衣，船老大见几个年轻人这么说，便不再坚持。

游船不大，一共两排，小美一伸手就拉小爽坐到后排座位上，可小爽挣脱了她的手，扶着小丽坐在了前排。小美立刻满脸冰霜，但她还是忍住了。

小船在翠湖上荡漾，其他三支桨都在笑语声中划了起来，惟独小美双手抱肘，两眼失神地望着远方。船到翠湖中心，坐在前排的小爽和小丽放下桨，伸手撩着水玩，还不时打起了水战，显得很是亲昵。

撩人的水珠，撩人的笑声，激起了小美心头的阵阵狂澜，她的胸脯激烈地起伏着，这时游船又晃了一下，小美“呼”一下站起来，近乎歇斯底里地大叫：“谁再晃船，再晃我就跳湖！”

大家一下子都呆了，好长时间，小爽才不高兴地说：“你发神经呀？谁惹你了？”旁边的小帅为了打破尴尬的气氛，开起了玩笑：“没事，小美真要跳湖，小爽一定会救的！”

这真是说者无心，听者有意，小美她想：“对啊！关键时刻才真正考验人，小爽只要能下河救我，就说明他还是爱我的！”想到这，小美大脑一热，只听“扑通”一声，真的跳了下去。

大家刚才还嘻嘻哈哈，此刻一船人都吓傻了，看着小美在湖中挣扎，小爽带着哭声喊道：“不好了，小美她不会游泳，快救人啊！”

随着喊声，小帅先跳下湖去，小爽也跟着跳下湖去，船老大急着用手机向岸上呼救，请求负责游船安全的工作人员快过来。

这时是春季，湖水还有点凉，人入水很容易引起抽筋。这小帅跳下去时没来得及脱外套，所以划了几下水，就有些力不从心了，小爽一看危险，用尽全身力气，把小帅推向游船，当他再回头时，小美已经沉下湖底不见踪迹了。

小美是因呛水窒息而死的，小美的死引起了一起官司，悲痛欲绝的小美父母将小爽、小帅、小丽还有管理游船的公司一起告上了法庭。

小帅觉得非常无辜，小美跳湖是

她本人的事，为了救她自己险些也丢了性命。小爽说他也没有责任啊，自己又没推她、逼她，而且还奋力救起了小帅。小丽更是感到委屈，怎么就莫名其妙成了被告了呢？那游船公司的经理则明确表示这事根本不能预料，与他们毫无关系。

这是一起民事赔偿纠纷案件。庭审中，经法院调查举证质证，最终作出了一审判决。法院认为，小美自己已属成年，在没有他人威逼强迫的情况下，明知自己不会游泳却草率跳湖，应负事故70%责任；至于小爽，他与小美之间的情感纯属初恋蒙胧阶段，他无法预料事故的发生，而且在事故发生时奋力相救，已经尽责，故没有责任；而小帅的“小美真要跳湖，小爽一定会救的”话，语言中显然有鼓动小美投湖的含意，虽然他后来也参加了施救，但仍应负相应的事故责任，应付20%赔偿；小丽对这起事故不负责任；游船公司虽然设置了警示牌，船上也配备了救生衣，但没能严格管理监督，应负事故10%赔偿责任。

律师点评：

《不平静的翠湖》主要告诉人们一个基本法律问题，即公民法人由于过错侵害他人人身的，应当承担民事责任。故事中小帅尽管没有恶意和故意，但关键是恰恰因为他的刺激性语言挑动了小美跳湖的决心，其行为显然有一定的过错；而游船公司对游客未能严格管理、未能及时施救，同样也存在一定过错。为此，根据过错不同程度他们就应当承担相应民事赔偿责任。当然，在本起事故中，小美自身过错还是主要的。

（**题图、插图**：魏忠善）

·本刊信息传真·

“迎2010年《故事会》作品改稿会”征文启事

为鼓励多出故事新手、多出优秀作品,《故事会》杂志社决定于2009年年底举办“迎2010年《故事会》作品改稿会”。本次“改稿会”将实行一些新举措：1. 新老作者不限，一律凭作品获“入场券”。2. 入围作品将保证在刊物上陆续发表。3. 部分实力作者将获得“故事会签约作家”称号。

征稿范围：具有现实感、新鲜感且可读性强的中短篇（包括超短篇）原创作品。超短篇（如“幽默故事”）的字数一般在1500字以内，短篇（如“中国新传说”）的字数一般在5000字以内，中篇故事的字数一般在15000字以内。

来稿方法：1. 从邮局寄发，请在信封上注明“改稿会参赛”字样，本刊地址：上海市绍兴路74号《故事会》杂志社，邮编：200020。2. 从网上传递，可寄各责任编辑信箱，请在主题上注明“改稿会参赛”字样，本期责任编辑的信箱是：zjw002@vip.163.com。本次征文截稿日期：2009年12月15日。

世上有怪人，所以生活中总会有奇事，奇得波诡云谲，远远超出你的想像。不过，回过头一想，奇的背后，总能看到一个发人深省的道理……

防不胜防

□江四来

1. 举报贪官

许志明刚从人事局局长的位子退下来，就遇上了麻烦。

这天，他骑着自行车路过片区派出所门口，听到里面传出一阵喧哗，中间有个中气十足的声音，一听就是老冤家王海成。许志明下车走进去一看，王海成正拉着一个民警，不断地说自己要举报一个贪官，那民警一脸不耐烦，想走又走不掉。

许志明走过去，笑呵呵地朝王海成说："哟！又在闹呢？我跟你说，你来这没用，人家派出所不管这事儿，你要告我，得去法院或者检察院。"王海成扭头一看，立即朝许志明吼道："你来得正好，今天咱们当着民警的面说清楚，你到底有没有收我的钱？"

那位民警趁着他们针尖对麦芒地拌嘴皮，赶紧溜走了，其他民警在院子里进进出出的，谁也没停下来调解一下。这两人在这片区都是出了名的——许志明是卸任退休的人事局长，王海成当过劳模，还受过省领导的接见。据说，半年前，许志明还是人事局长时，王海成想给儿子换个工作，托人给许志明送了一笔钱，没想到王海成儿子的工作没调成，许志明接着也退休了，王海成觉得冤，就向许志明讨回那笔钱，许志明却一口咬定自己没有收。

王海成拿不回自己的钱，倔脾气

上来了，就四处告许志明受贿，因为无凭无据，没人理会他。虽然许志明没有理会王海成，但毕竟不是什么光彩事，心里也很不爽。王海成告别人受贿，自己同时也成了行贿者，厂里就让他办了内退，王海成的儿子王强也被调到车间一线当工人。王海成肺都气炸了，可一圈告下来，已经没人理他，他就经常跑到派出所来举报许志明，弄得民警们看到他就躲。

两人在院里你一句我一句地吵着，吸引了很多围观者，许志明皱着眉头说："好了，我不跟你说了，你要真有本事，就别在这里闹，影响派出所工作。"说完就走了，他这一走，王海成更来劲了，指着许志明的背影大声说："看看，他心虚了，逃了！"

有人逗他，说："许局长不是心虚，他是不屑跟你吵呢！"

王海成急了，说："他不屑？我还不屑呢！你们知道吗？他是个大贪官，他家床上都不用床垫，垫的都是钱，我呸！"

这话又引起了一阵哄堂大笑。这时，一个民警正好押着两个小偷走过来，两个小偷听了王海成的话，相互对视一眼，微微点头。

许志明出了派出所，骑着自行车又去了公园，老婆李美丽总是逼着他跟那些老头老太学打太极拳，他只好每天骑着车子去那里逛逛，应付一下，算准了时间再回来。今天他被王海成耽搁了时间，只到公园坐了一会儿，看看时间差不多，就骑着车子回了家。

许志明回到小区门口时，保安小马对他说："许局长，刚才有个保险公司的人来找你，让我给拦下了，没让他进去。"

许志明说："那是我让他来谈事的，下次你拦人，先给我打个电话。"

小马连忙说："他说明天还会来，他一来我就直接放他进去。"

第二天早上，小马又在门卫室值班，一个人走过来，向他打听许志明家的住址，小马一看，这人西装革履，还夹着个黑皮包，有点像昨天来过的，就问："你是保险公司的吧？"

来人很惊讶："你咋知道的？"

小马忙给许志明家打电话，没人接，就对来人说："许局长家在B座701室，你进去等他吧。"

来人很有礼貌地说了声"谢谢"，走进小区，走到一个路口，一个漂亮的女人靠过来，问："打听到了？"

他亲昵地把手搭在女人肩上，轻轻地说："B座701室，走！"

2. 雌雄大盗

这对男女是两个小偷，昨天他们在派出所听到王海成骂许志明是个大贪官，马上就盯上了许志明，从派出所一出来，没多久就让他们打听到许志明住在这个小区，又轻易地进了小

区，还打听到了许志明家的住址。

这对雌雄大盗进了B座楼，大摇大摆来到701门口，一看就乐了：“这门没锁。”

两人小心翼翼地推开门，女贼只扫了一眼就不想进去了，问：“我们走错了？”

男贼看看门牌号，说：“没错，是B座701室。”

不怪这两个见过世面的贼失望，因为他们要进的这户人家实在是太普通了，根本勾不起他们动手的欲望，突然，男贼拍了拍脑袋，说：“贪官都喜欢把自己弄得很穷似的，越是不起眼的地方，越有宝贝。进！”

两人进了屋，女贼特意看了看墙上挂着的相框，肯定地说：“没错，就是他！”

客厅看不出东西，两人直接就进了卧室，哪知刚进去，又突然像被人踩了尾巴一样迅速跳回来，面面相觑：卧室里竟然有个男人在睡觉！女贼想要开溜，男贼一把将她抓了回来，指了指另外两个房间，那意思是说：贼不落空，这规矩不能坏了。于是，两人在另外两间房胡乱地翻找了一会儿，结果只找到几块零钱，便匆匆而逃。

再说许志明，他“锻炼”回来，路过门卫室时，保安小马跟他说，保险公司的人正在等他，他在楼下转了几圈，也没见人，就先回了家。

这时，妻子李美丽已经买菜回来，正一脸阴沉地坐在沙发上。这李美丽是许志明的第二任妻子，两个人老夫少妻，年龄相差很大，生活差异也很大，时间一长，为了彼此方便，就分房睡觉了。

李美丽见了许志明，腾地站起来，将一个物件丢在许志明面前，吼道：“你好大的胆子，竟敢趁我不在，带女人回来睡觉！”

许志明捡起一看，是个珍珠耳坠，一看就是地摊货，他疑惑地问：“什么意思？这是哪来的？”

李美丽暴跳如雷，说：“哪来的？在你的床上找到的！”原来，刚才她给许志明整理床铺，在许志明床上发现了这个耳坠，她从来不戴这种珍珠耳坠，这说明，许志明背着自己带女人回来了！

许志明无法解释耳坠怎么会跑到自己的床上去，他支支吾吾的样子，在李美丽看来就是承认了，李美丽顿时哭得死去活来："我这么年轻跟了你，没过几年好日子，你就退休了，要钱没钱，要身体没身体，这日子可怎么过啊！"

许志明被这顿哭诉数落得脸上无光，他咬了咬牙，说"你也别这么说，钱，我还是有的！"

李美丽闻听，立即停止了哭泣，问："钱在哪？"

许志明向前走了几步，来到李美丽的卧室，突然听到李美丽在身后发出一声惊呼，跟着，许志明也看到，李美丽的床头上有一顶男式太阳帽，再看看床上，被褥很凌乱。而李美丽是个爱干净的女人，每天起床的第一件事就是整理被褥……

再说雌雄大盗，两人铩羽而归，回到住处，掏出今天的战利品，放在床上一清点，仅仅七块二毛钱，还不够吃顿早饭。男贼叹道："丢人啊！我们越混越不入流了，真窝囊！"

女贼说："只能怪我们运气太差，主卧室竟然躺着个年轻男人。"她突然皱起眉头，又说："也真是奇怪，那两间卧房都有人睡的迹象，很可能男女主人是分居的，但主卧看陈设明显是女主人的，怎么会睡着年轻男人呢？"

男贼不屑地说："还能有啥？肯定是情人嘛！镜框里的相片你看了没？那女的年轻又漂亮，一个退休的老局长哪能熬得过她？红杏出墙是理所当然的事。"

女贼捂着嘴笑了起来，一笑，耳朵上的珠花耳坠直摇。男贼突然说："你的耳坠少了一只。"

女贼摸了一下耳朵，紧张起来："还真是少了一只！不会是掉到那户人家里了吧？"

3. 复杂关系

男贼满不在乎地说："这种地摊货就是送到公安局去，他们也查不出线索的，得，还是先去吃点东西吧。"

两个贼出了门，到一家简陋的饭店里点了几个菜，吃着吃着，女贼的目光突然直了，男贼顺着她的目光看过去，发现她在注视不远处一张桌子上的年轻男人，心里顿时泛起一股酸意，问："他很英俊吧？"

女贼压低声音，问："他像不像那个睡在女主人床上的男人？"

男贼仔细一看，果然像，特别是左耳朵上边那块秃了的头皮，更是一模一样。男贼冲女贼使了个眼色，女贼会意地点了点头，从兜里掏出手机，装作在发短信，连着给秃头小伙

拍了好几张相片。

秃头小伙吃好饭，付钱走了，两个贼马上跟了上去，秃头小伙走到一幢居民楼前，看到远处来了一个老头，就迎了过去，对老头说：“爸，跟你说件事……”

女贼在他们后面又拍了几张照片，回到住处，把照片转到笔记本电脑上，一看，大吃一惊，说：“这不是昨天在派出所跟局长吵架的老头吗？”男贼一看，可不是嘛！老头骂许志明是贪污犯，老头的儿子却跟许志明的老婆有一腿，这关系真够复杂的。

两个贼没有认错，那个秃头小伙正是王海成的儿子王强，王强的脾气跟他老子一样倔，自从下放到车间后，就发誓要把许志明掀倒，他看到父亲四处告状没效果，就走了歪道。他对王海成说，刚才利用平日钻研的开锁技巧开了许志明家的门，想进去翻找许志明贪污受贿的罪证，找了半天没找到，这时突然又来了人，一听来人对话，知道来的是两个贼，眼见着没地方躲，灵机一动，脱了衣服躺在床上装睡觉，两个贼一看到他，以为是这家的主人，就没敢进来。等两个贼走后，王强跟着也匆匆离开，没想到因为心里着急，把帽子落在许志明家。

王海成听了，先是吃了一惊，想想又说：“应该没事。你没拿他东西，他也不想惹事，估计他不会报警。你就没发现这老狐狸把钱藏哪了？”

再说许志明家，两口子都吵累了，瘫倒在沙发上。这时，许志明突然想到，自己每天六点半出门，八点钟回来。而李美丽七点出门买菜，七点半回来，这是雷打不动的习惯。那么，她有必要这么“赶时间”吗？不可能！

这时，李美丽也惊叫起来：“见鬼，你怎么可能就这会儿带女人回家？难道是家里来了贼？”

接着，许志明给保险公司的业务员打电话，问他有没有来过，那位业务员说今天很忙，没有来过。许志明猛然间跳了起来，神情非常紧张，说：“贼，我们家来过贼了！”

两个人连忙行动，里里外外一查看，没丢失值钱的东西，顿时松了一口气，李美丽困惑地问："贼既然进来了，为什么不偷东西就走了？"

4. 改变计划

花开两枝，各表一头。雌雄大盗决定改变行动计划，开始跟踪王强，准备拍下他与李美丽的偷情场面，然后拿着他们的偷情照片进行敲诈，可一连跟了好多天，硬是没看到王强与李美丽在一起，两人一商量，觉得没有偷情照片也可以进行敲诈，李美丽既然和王强有奸情，自然会心虚，只要把王强的相片寄给她，她就应该心里有数，乖乖地拿出钱来。说干就干，他们立即把王强的照片冲印了两张，夹在一封信里，寄给了李美丽。

这天，许志明回家时，在楼下看到自己家的邮箱里有信，就拿了出来，到家后一看，信是寄给李美丽的，捏一捏，硬硬的，里面似乎是照片，顺手就把信给拆了，里面果然有两张照片，照片上是个年轻小伙子，这小伙长得还挺帅，一张戴着帽子，一张没戴，露出了耳朵上边的秃疤。另外还有一封信，上面写着：

尊敬的局长夫人，我们已经找到你的情人了，我们对你的行为表示同情并理解，因为比起你老公来，他的优点太多了。也正因为这样，我们决定给你个机会，让你们维持这种美好的关系，也就是说，只要你往信后附着的银行账号里打入十万元钱，我们就会忘记此事。否则，你老公或许更愿意买下这个消息。

信后附着一个银行账号。

这时，李美丽回来，见许志明拿着一封信正在发呆，凑过去一看，顿时吓了一跳，连声说："这哪来的？老许，我跟你说，我从来没有过这事……"

许志明说"你别害怕，我还没那么笨。"

李美丽长松一口气，拍了拍胸口说："谁这么无聊？这照片上的人又是谁？"

许志明铁青着脸，恨恨地说"我认得这个秃疤，这是王海成的儿子王强，一个愣头青。你再看看他这顶帽子，跟出现在你房子里的帽子一模一样，虽说不是同一顶，但至少说明他喜欢这样的帽子。可以肯定，那天偷偷来我们家的贼就是他！这个王海成，做得实在过分，见告不倒我，竟然派他儿子来我们家收集证据。"

李美丽慌张地问："那怎么办？"

许志明没答李美丽的话，却在一旁自言自语："寄来照片的又是谁？凭什么判定我们看到照片就要给钱呢？"接着，他又从口袋里掏出那个耳坠，给保安小马打了个电话，问："那天你放他进来的那位保险业务员长得什么样？有没有戴帽子？”

小马肯定地说：“没戴帽子！”

许志明放下电话，喃喃说道：“难道，那天进咱们家的是两拨贼？”

李美丽说：“别说这些了。不怕贼偷，就怕贼惦记。你告诉我，家里到底有没有钱？要是有，还是先把钱转移走吧。”

许志明点点头，说：“不管有没有钱，这地方的确不能再住。你这两天赶紧收拾一下，我们搬家！”

李美丽看着许志明像喝水般轻松地吐出“搬家”两个字，吃惊极了：“搬家？搬到哪？”

许志明根本不看李美丽吃惊的表情，只是轻轻地说：“百鸟园小区，我们在那里有套大房子。”

李美丽一听，兴奋得直哆嗦：这个许志明，到底还有多少事瞒着自己啊！

再说那对雌雄大盗，给李美丽寄出那封勒索信后，一天跑几次取款机，可卡上的钱一分也没见多，看来，李美丽压根就不想把钱打过来，两个贼气坏了，决定再去一趟许志明家。

两个人这次扮成农民工的样子，来到许志明居住的小区门口，还是保安小马在值班，他看了两个贼的穿着，以为是到处找工作的外来民工，竟然不让他们进小区，两个人只好站在小区门口发呆，准备瞅个机会再悄悄溜进去。

这时，一辆卡车开过来，一个女人从车窗探出头，问道：“我们家要搬，你们能做搬运工吗？”

雌雄大盗一眼就认出来，跟他们说话的正是勒索对象李美丽，男贼想也没想，就连连点头，说道：“搬！只要给钱，就搬。”

于是，李美丽让两个贼也上了车，一起去她家。两个贼上来一看，车里还有两个民工，女贼眼尖，捅了捅男贼，男贼一看，大吃一惊，其中一位竟然是上次遇上的那位秃头小伙！小伙子边上还有一位，看上去年纪比较大，戴着顶帽子，把帽檐压得很低，看不清面目。不过，随着车子一个急刹车，那人身子往前一顿，向后一仰，整个脸都露了出来，两个贼又吃了一惊，这老头竟然是王海成。

王海成和王强怎么会变成民工了呢？原来，王海成一直告不倒许志明，反而失了业，只好每天到劳务市场揽活干，这天是周六，他带着儿子王强一起到市场，看到一个女人在市场找搬家的民工，工资开得很吝啬，没人愿意去。王强一眼就认出那个女人，正是许志明的老婆李美丽，想，许志明这个时候搬家，肯定有什么名堂，便拉上王海成一起去应征，一口应承了李美丽开出的低价，揽上了这笔生意。

李美丽又租了辆卡车，带着王海成父子往家赶，在路上给许志明打了个电话，说了情况，许志明听说她只找到两个民工，就说肯定不够，让她再找两个，这时车子已经到了小区门口，也真是巧了，那里正好有两个民工模样的人在等活干，她顺便就给叫上了。

5. 真是害人

车子到了许志明家楼下，为了防止被认出来，王海成和王强故意大声咳了几声，对李美丽说他们感冒了，戴上口罩，然后和雌雄大盗一起上了楼。

许志明已经打点好物件，将一些零散的打包理好，正在家里等着。这些零散的东西很快就搬到了车子上，接着，许志明让雇来的人将床和柜子等大宗物品搬下楼，王海成等人一看，这些大宗物品全都破旧不堪，一般人家都不会把这些东西搬到新屋去，往楼下搬时，几个人分别上上下下地摸索，想找出中间隐藏的机关暗格，却什么也没找到。

半个小时后，屋里的大宗物件只剩下一个庞大的席梦思床垫了，这个席梦思一看就有年头，是那种厚厚的老式床垫，看上去非常笨重，男贼有些失望，他偷偷看了看许志明，发现许志明的眼睛紧紧盯着墙上，男贼一看，墙上挂着一个相框，心里一动，便上前去取，不想王海成这时也看到了，也把手伸了过去。

许志明忽然冲上前，伸手拦住他们，说:“你们去搬床垫吧，别管这个了，这个我自己来。”

四个人立即认定，这个相框里有名堂，但许志明已经发了话，只好上前去抬那张床垫，哪知四个人一起用力，这张床垫还差点抬不起来，又攒了一把劲，这才将它搬动，吭哧吭哧的好不容易抬到楼下，刚放到车上，许志明抱着镜框也过来了。

男贼反应快，他一下跳到车上，伸出手，对许志明说:“老板，快把相框递给我，我来放。”

许志明迟疑片刻，说了声“小心”，将相框递了上去。男贼接过来，沉得往下一坠，连忙用力接住，想:怎么这么沉？难道这相框是用真金做

的？他跳下车来，看到许志明和司机等人都在边上站着，许志明正在向司机说着什么，王海成父子一人拿着瓶矿泉水从旁边的小卖部走出来，再看车子，钥匙就挂在车上，男贼马上朝女贼使了个眼神，女贼顿时会意，飞快地跳上车，男贼跟着也跳到驾驶室，女贼转动钥匙，猛地发动车子，跟着一踩油门，车子立即往前蹿了出去。

这个变故好生突然，其他人猝不及防，一下全愣在那里，等到回过神来，纷纷大叫起来，一起追了上去，只有司机不慌不忙，朝众人喊道："别急，他们跑不了的，我那车只有我能开……"话音未落，就听"轰"的一声巨响，卡车猛地撞上了小区门卫室，车厢里的物件被甩了一地，保安小马呆呆地站着，眼睛直勾勾地盯着不远处：那里，那张庞大而沉重的席梦思被颠下来，一路滚了很远，最后撞在路旁草地的护栏上，撞出一个大口子，露出里面的弹簧，每一根弹簧里面都夹着一块金属，在正午阳光的照射下，闪烁着黄灿灿的光芒，除了是金子，还能是什么？

许志明抱着头，发出一声凄厉的惨叫。不错，王海成父子一进门他就认了出来，他以为天衣无缝，便不动声色，趁机利用他们的廉价劳动，等到搬这个最重要的床垫时，又故布疑阵，将他们的注意力分散到那个相框上，他就像个行棋高手，步步缜密，滴水不露，把什么都算计到了，就是没想到，雇用的另外两个人是对他们觊觎已久的贼，更没想到，吝啬的老婆为了省钱，雇的是一辆非法改装车，机动车标准的进档是往上推，他却改成了往下拉，结果，准备开着车子把财产抢走的雌雄大盗，直接撞了小区门卫室。

一起特大贪污案就这样告破了，后来查明，许志明的确没收王海成那笔钱，但却栽在不肯服输的王海成手里。后来，检察院还特意奖励了王海成，王海成却没领那笔奖金，他说"许志明现形，并不是我的功劳，也不是巧合。它只是说明了一个道理——只要敢伸手，总有被捉的那一天。"

（**题图**、**插图**：杨宏富）

谁都想按照自己的样子做人，可要是犯了糊涂，做了傻事，只怕连人都难做了……

换个模样做人

□湛鹤霞

1. 小梅长大了

民国年间，有一位油灯法师，一生云游四海，七十岁这年，他在大青山住了下来。

这天，油灯法师到山下的镇子办事，看到镇上的“济生”药铺刚刚遭了大火，被烧成一块白地，药铺老板也被烧死，只逃出老板的女儿和一位伙计，这位叫善子的伙计为了救出老板的女儿，被烧成重伤，无人救治。

油灯法师动了善心，决定把善子带到山上救治。这时，一个人拉来一位十一二岁的小姑娘，对油灯法师说：“法师，这是药铺老板的女儿，名叫小梅，可怜她小小年纪就成了孤儿，您救人救到底，把她也带走吧。”

油灯法师见小梅脸蛋红红的，眼睛里满是泪水，好生可怜，叹息一声，把她拉到身边。

小梅见油灯法师肯收留她，心里很是宽慰，又朝远处招招手，喊道“赛虎，过来！”马上，一只狗跑到小梅跟前，使劲地摇着尾巴。小梅对油灯法师说：“它可懂事了，也带上吧？”

油灯法师点了点头。

三个月后，油灯法师治好了善子的烧伤，但善子身上留下了疤痕，特别是脸上的疤痕很明显，显得很丑陋，一般人连看也不敢多看。这天，油灯法师把一个包袱交给善子，说：“我跟‘心正’药铺的老板说好了，你到那里去当个伙计吧。”

善子没接包袱，却“扑通”一声跪在油灯法师面前，说：“我不走，您收下我，让我做您的弟子吧！”

油灯法师连连摇头，说：“不是每个人都能做我徒弟的，太难太难！你还是到俗世做个普通人吧。”

善子哭了，说：“我在这个世上没有亲人，您救了我的命，您就是我的亲人，让我跟着您！”

油灯法师还是摇头，不肯答应。

这时，一旁的小梅说：“您就收下善子哥哥吧！您看他为了救我，烧得破了相，现在他这个样子，没人肯跟他来往的。”

这句话让油灯法师愣了一下，他盯着善子那张变了形的脸看了又看，说：“做我的弟子，要遵守非常严的戒律，你做得到吗？”

善子一个劲地点头，说：“无论多么严的戒律，我都不怕！我要跟着您学法，将来做一个像您这样的法师。”

油灯法师又说：“要跟我学法，首先就得行为端正，不得凭仗法术为非作歹；此外，终身不得婚娶。这些你做得到吗？”

善子说：“我要是做不到，就让我变成一只狗！”

油灯法师还是不放心，又说：“师门戒律严谨，每一条都必须遵守！以后我一条条详细跟你说。”

于是，油灯法师收下善子做了徒弟。

转眼四个春秋过去了，善子长成二十岁的小伙子，小梅也已十六岁，长得像朵鲜花一样，不知不觉间，善子心里喜欢上了小梅。

这天，油灯法师对小梅说：“女孩到了二八年华，就是该出嫁的时候，你父母双亡，这婚事只有我来为你做主，只等过完年一开春，我就下山为你物色一户好人家。”

小梅听了，小脸羞成了一朵桃花，赶紧带着赛虎出了门。

这时，善子正在一旁劈柴，听到师父的话，斧柄一歪，正好砍在手指上，半个指头给砍了下来，鲜血直流。

油灯法师连忙给善子包扎，善子却像个木头一样，一点也不觉得疼，他痴痴地问：“师父，小梅她……这么快就要嫁人了吗？”

油灯法师叹了口气，说：“早是早了点，但她已经长成一个大姑娘，跟我们两个大男人住在一起，实在不方便，还是让她早点找个婆家吧。”

善子突然心一横，壮着胆子说：“师父，我不想小梅离开这里！”

油灯法师盯着善子，喝道：“放肆！你是个学法的人，怎么可以说出这样的话来？”

善子“哇”的一声，哭出声来。

油灯法师严厉地说：“你这四年跟着我潜心修行，法术上大有长进，只要继续聚精会神，将来必能继承我的衣钵，大有作为。在这紧要当头，怎可生出如此邪念？”

善子捧着少了半截的手指，满眼

是泪，默默站起身，朝屋外走去，他走出后院，一直走到山顶的平台上，扯开嗓子，发出狼一样的嚎叫！

这时，善子突然看到小梅牵着赛虎，正一动不动地站在边上，他突然上前一把将小梅抱在怀里，哭着说："小梅，你别答应师父，你不要嫁人了，好不好？"

小梅被善子的举动吓坏了，使劲从善子的怀里挣扎出来，说："善子哥哥？你这是怎么了？"

善子用手捂着脸，呜呜地哭着，说："小梅，我想娶了你，我想和你成个家，然后一起照料师父。"

小梅吓了一跳，连忙说"善子哥哥，这怎么行呀？你是个学法的人，不能破戒的！"

善子说"我不想学法了，我想做个普通人，然后娶你！"

小梅像是不认识善子似的，盯着善子看了又看，突然哭着跑开了。

善子摸摸自己被烧得变了形的脸，喃喃地说："她一定是嫌我这张脸太难看，才不肯嫁给我……"

2. 善子的心事

这件事过了没多久，天降了一场大雪，油灯法师带着善子下了山，四处奔走，看到有人困在路上，就上前救助，发现遭了灾的人家，就帮着人家善后，解决难处。一直忙到大雪消融，两人才往山上走。在回家的路上，油灯法师对善子说"我们持法修行的人，不能只为自己活。你看这几天我们到处奔忙，帮助了这么多人，这是多么有益的事啊！"

善子点点头，没吱声。

回山后，善子瞅了个单独跟小梅在一起的时机，对小梅说"这几天我跟着师父下山，做了很多一般人做不到的好事，总算对得起师父了，我想找个机会向师父提出来，我不学法了，我要做个普通人！"

小梅说"善子哥哥，师父一生用

法术扶危济困，给数不清的人带来幸福平安，他现在最大的心愿，就是有个传人，将来能像他一样，继续救助天下苍生。你的命是他救的，又跟着他学了这些年的法术，于情于理，你都应该死心塌地跟着师父修行，将来继承他的衣钵啊！”

善子摇摇头，说：“小梅，我现在心里全让你占满了，除了你，什么也装不下了，为了你，我什么都肯做！”

小梅也摇摇头，说：“善子哥哥，我的命是你救出来的，按理说，你说什么我都要应允你，但你现在是个学法修行的人，我宁可辜负你，也不想你辜负师父。”说完，就转过身子，进了自己的房间，关了房门。

善子呆住了，他一拳砸在墙上，自言自语：“不论你怎么拒绝我，我就是喜欢你，一定要得到你！”

冬天总算过去，眼看就要开春了。这天，离大青山四十多里的乔家村，出了一件大事。

原来，村里有一对忠厚老实的老夫妻，一生勤扒苦做，为人称道。他们有个儿子，名叫长根，长得一表人才，可从小娇生惯养，已经是二十岁的小伙子了，整天不做正事，只知道跟一帮狐朋狗友喝酒吃肉。

这天，长根正闭着眼睛靠着墙根晒太阳，忽然听见有人远远在喊“长根——”他随口应了一声，忽然两眼一翻，栽倒在地，人事不知。长根母亲吓得大喊救命，乡亲们马上聚拢来，七手八脚把长根弄到屋里的床上躺好，为他请来郎中。这郎中瞧来瞧去，瞧不出一个子丑寅卯，就说多半是受了惊吓，让他在床上躺着，好生调养。

再说油灯法师，他心里一直想着小梅的婚事，善子前段时间这一闹，就更想早点把小梅嫁出去。为了给小梅找个好人家，他装成一个讨“百家米”的僧人，一户接一户人家走过去。这天，他来到乔家村讨“百家米”，到了长根家，见长根父母满脸悲戚，便问缘由，长根父母便把油灯法师带到长根床前。

油灯法师把手掌压在长根的额头上，闭上眼睛，口中念念有词，过了片刻，他移开手掌，叹了一口气，说：“你家的孩子被别人用法术收走了魂魄，要想救活孩子，现在只有一个办法，不知你们是否愿意。”

长根的父母说：“只要能救活孩子，我们上刀山下火海都愿意！”

油灯法师摇摇头，说：“不用上刀山下火海，但要他复活，得有魂魄啊！”

长根父母一听，马上就哭了，说：“没有魂魄就没有命，谁的魂魄也不能给我儿子啊！”

油灯法师在长根床前点燃一盏油灯，说：“这盏油灯，能先稳住孩子的性命，我这几天，会去寻找你们孩子的魂魄，万一找不到，就为他找个替代的。你们千万要守住这盏油灯，可不能让它灭了。”

油灯法师吩咐完毕，就匆匆走了，长根父母望着法师的背影，双腿一跪，连着叩了三个响头。接着，两位老人轮流坐在这盏油灯边上，像守护儿子的魂魄一样，细心地守护着油灯。

这天傍晚，赛虎隐约听到主人在喊它，便顺着叫声跑下山，看到了油灯法师，它高兴地摇尾巴，跟着主人往山外走去。

油灯法师把赛虎带到长根家。

长根的父亲用手摸摸赛虎的身子，不停地说：“真是一条好狗！”给赛虎盛了满满一碗饭，赛虎大口大口地吃着，边吃边摇尾巴。

三更时分，油灯法师摸摸赛虎的头，说：“赛虎，躺下。”

赛虎赶紧乖乖地躺下，把头偎依在主人的腿上，像往常一样，闭着眼睛享受着主人的怜爱。

油灯法师用手抚摸着赛虎的头和身子，口里默默地念着，突然抡起一把铁锤，朝赛虎的头上猛地砸下去，赛虎的眼睛无力地睁开，可怜地看着主人，慢慢地闭上了……

不大一会，床上的长根发出轻微的呼吸声，跟着他的嘴巴也动了动，眼睛慢慢地睁开了。

长根母亲扑到长根身上，激动得哭起来，油灯法师长长吁出一口气，站起身来，说：“孩子活了，让他再歇息一会儿，别惊扰了他。”

长根父亲把赛虎的尸体抱起来，准备出门，油灯法师喊住他，要过赛虎的尸体，又让长根母亲取来针线，把赛虎的脑袋擦洗干净，把伤口缝合好，用一块黑布把赛虎的尸体包裹起来。

3. 一张留言条

油灯法师出门两天了，还没回来。这天，小梅又烧好晚饭，等着师父回家。眼看天就要黑了，还是不见师父的人影，连赛虎也不知道去了哪里。她越想越不放心，便去找善子，想

让善子下山接接师父。

小梅在善子房间门口喊了好几声，里面却没人回应，她心里涌出一阵内疚，前段时间拒绝善子后，善子一直非常痛苦，有一次小梅还看到善子躲在墙角哭泣，后来，善子就一直躲着小梅，不久前还偷偷跑出去几天。小梅试着推了一下房门，门“吱”地一声就开了，一张纸条从门缝落下来，小梅捡起一看，原来是善子给自己的留言，上面写着：

小梅：

我是世上最丑的男人，配不上你，不想再活下去了。你看到留言条后，请去山顶把我的身体焚化，这是为我好，请你一定帮我做到！

这几天我一直在为你卜卦，每次结果都相同，刚才我又卜了一卦，还是那个结果——几天后，有个名叫长根的男子会上山来找你，他一表人才，是你命中注定的丈夫，他会一辈子疼爱你，你跟他下山去吧。

小梅看完信，赶紧往山顶跑，到了山顶一看，善子果然在那里，他端坐在一堆干柴上。小梅急得哭了，使劲地喊着善子，他却一动也不动，小梅爬上柴垛，用手在善子鼻子下试了试，发现他已经没有呼吸了。

小梅号啕大哭，跑到家门口，正好碰到油灯法师背着个大包袱回来了，油灯法师拄着根拐杖，一脸疲惫。

小梅哭着说：“善子在山顶自杀了，师父您快去救他啊！”

油灯法师一惊，赶紧往山上跑，跑了没几步，又折回身子，把那个包袱背到背上。他气喘吁吁爬上山顶，爬上柴垛，把手掌压在善子头顶，闭上眼睛，念起了咒语。

一炷香工夫后，油灯法师下来，他让小梅到屋里拿盏油灯上来，点燃油灯，让小梅托着油灯站在善子身边，接着他在柴垛旁设了个法坛，点燃三根香。

小梅问：“善子还有救吗？”

油灯法师点点头，说：“他只是灵魂出窍，没有死。”

小梅赶紧说：“那赶快为善子招魂吧！”

油灯法师点点头，站上法坛，大声喊：“善子，回来啊——”

小梅赶紧回答：“回来了——”

油灯法师苍老的声音，夹杂着小梅的啜泣声，在山间的夜空里回旋着，过了很久很久，还是静悄悄的，一点反应也没有。

油灯法师停下来，不喊了，小梅赶紧问：“怎么了？师父。”

油灯法师叹息一声，说：“他的灵魂迷路了。”

“那怎么办啊？师父，是我害了善子哥哥！”

接着，小梅掏出善子的留言，递给油灯法师，油灯法师看完信，浑身颤抖，脸色变得非常难看，口里喃喃地说:“原来是他!怎么会是他?”

“师父,您说的是谁?”

油灯法师没有理会小梅,他坐在地上,轻轻打开背上的包袱,小梅一看:包袱里是一条死狗。

“赛虎——”小梅扑到赛虎的身上,大哭起来,“这是怎么了?”

油灯法师把小梅拉开,又点燃油灯,并在边上点燃三炷香,叮嘱小梅守在赛虎身旁,守护油灯。

油灯法师登上法坛,说声:“待我出去寻找。”他坐下来,闭上了眼睛,不一会就一动也不动了。

小梅眼泪不停地流着,在一炷香快要烧完的时候,她看见油灯法师的身子动了一动,醒了过来。再看赛虎,它的头也动了动,眼睛慢慢地睁开,接着,它挣扎着要站起身子,可努力了好几次,还是没有力气站起来,只好伏在地上,拿眼睛死死地望着小梅,尾巴动了几下。

小梅再看善子,只见善子醒来了,他呵呵地傻笑着,爬下柴垛,嘴里念着:“小梅,小梅——”

小梅大声哭喊“师父,善子哥哥这是怎么了?”

4. 悲伤的占窝鸟

油灯法师坐在法坛上,流出了浑浊的眼泪,他虚弱地说:“小梅,你听说过占窝鸟吗?这种鸟不会做窝,专门去找别的鸟窝,找到一个中意的窝,就把那个窝里的鸟啄出来,自己占住。这世上还有一种人,因为掌握了法术,他不喜欢自己的躯体,就找

了另一个躯体，利用法术把那个躯体里的魂魄逼出来，拍散，然后用自己的魂魄去占领那个躯体。他设计得很周密，却没想到，他的魄魂还没到达，另一个魂魄已经比他先到，占领了他想要的那个躯体……”

小梅明白了，善子就是那只占窝鸟。她忐忑不安地问：“那个想占领别人躯体的魂魄，是不是后来迷了路，找不到自己的躯体了？”

油灯法师点点头。

原来，善子见小梅不答应自己，以为小梅嫌他外表太丑陋，于是一心想让自己变得英俊，但一个人不论法力有多强，也是无法改变自己面貌的。后来，善子又想了个法子，将自己的魂魄转移到一个相貌英俊的躯体上，让自己变成一个英俊潇洒的人，一定能讨得小梅的欢心。他悄悄下山找了好几次，终于找到一表人才却懒惰成性的长根，他用法术把长根的魂魄收进一个坛子里，毁掉长根的魂魄，然后坐在山上，设下法坛，作起法术，让自己的魂魄出窍，去占领长根的躯体，再让自己的魂魄驱使长根上山来寻找小梅，跟小梅成亲。他担心自己的魂魄又跑回自己的躯体，就给小梅留下纸条，让小梅烧掉他的躯体，并告诉小梅，上山来找她的长根是她命中注定的丈夫。他什么都想到了，就是没想到油灯法师正好到了长根家，他的魂魄还没进入长根的躯体，油灯法师就把赛虎的灵魂给了长根，这样一来，善子的魂魄就无法进入长根的躯体，又在回去的途中迷了路，油灯法师费尽心力，总算把它招了回来。

小梅呆呆地听着，善子已经走到了她的身边，拉着她的衣角，念着：“小梅，小梅——”

小梅满心疑惑，问师父：“善子哥哥的灵魂回来了，他怎么是这个样子？”

油灯法师长叹一声：“他只有一部分灵魂回到了自己的躯体，另一部分却走错了地方，你再看看，你的身边还有谁？”

小梅侧身一看，赛虎已经站在她的身边，用头蹭着她的身子，尾巴不停地摇着。

小梅大哭起来：“赛虎——善子哥哥——”

“扑通”一声，油灯法师倒在地上，这几天他费力劳神，大伤元气，终于支持不住了。

小梅艰难地背起油灯法师，慢慢朝家里走去。

善子跟在小梅身后，拉着小梅的衣角，口里不停地念着“小梅”，深一脚浅一脚地走着。

赛虎也跟在后面，嘴里叼着主人的包袱，一摇一摆地走着……

（题图、插图：黄全昌）

加盐的爱

迈克在一次聚会上碰见了玛丽，聚会结束时，迈克邀请玛丽一起喝咖啡，玛丽答应了，但迈克很紧张，说不出一句话，玛丽感到尴尬，正想起身离开，这时，迈克突然对服务生说：“请给我的咖啡里加些盐。”

玛丽惊讶地看着迈克喝加盐的咖啡，问：“你有这个爱好？”玛丽这一问，迈克就说开了，说自己家乡的大海，说家乡海水的味道，就像是在咖啡里加了盐。

玛丽听得很感动，两个人都打开了话匣子。不久，他们走在了一起，组成了幸福的家庭。迈克每次喝咖啡时，玛丽都不忘在他的咖啡里放一些盐。

四十年后，迈克离开了这个世界。临终时，他对玛丽说：“还记得我们第一次见面吗？我因为紧张，在向服务生要糖时，错说成了要盐。这件事我隐瞒了一辈子，也喝了一辈子加盐的咖啡，其实我一点也不喜欢喝盐咖啡，但为了这个爱的谎言，我一辈子都在坚持。我希望，来世还能和你在一起，哪怕再喝一辈子的盐咖啡。”

这样的谎言，上帝也会原谅。

（**编译**：何　阳）

开给世界的花朵

这家盲人按摩诊所只有一位盲人按摩师，顾客进来时，他正在擦一副墨镜，眼镜被他擦得亮闪闪的，一尘不染。

顾客第二次来时，他仍在擦那副墨镜，顾客有些纳闷：对于盲人来说，眼镜只是个摆设而已，需要擦那么干净吗？

后来顾客又来了几次，每次都看到他在擦墨镜，就问：“你已经看不见了，何必每天把墨镜擦得那么干净？”

他说“我看不见别人，但别人看得见我。我的眼睛已经很丑了，不能再让人看到一副脏兮兮的眼镜啊！”

顾客明白了，盲人按摩师的眼镜不是摆设，而是开给世界的花朵。

（**作者**：赵盛基；**推荐者**：阙菊贞）

为什么落下风

山上有南北相对的两座寺院，由于见解不同，互不往来。

每天清早，两个寺院都会派一个小和尚下山买菜，他们在市场上相遇，互不服气，经常较劲。

这天，南寺小和尚问对方："你到哪里去？"

北寺小和尚答道："脚到哪里，我就到哪里。"

南寺小和尚不知如何回答，就向师父请教，师父说："下次你还用同样的话问他，如果他还是那样回答，你就问，如果没有脚，能到哪里去？"

于是，在第二天早上，南寺小和尚问了同样的问题。

北寺小和尚却答道："今天的白菜很新鲜。"

南寺小和尚一时语塞，又向师父请教，师父说："你怎么不反问他，哪天的白菜不新鲜？"

小和尚很是高兴，又遇到北寺小和尚时，就问："你到哪里去？"

北寺小和尚问："你又去哪里？"

南寺小和尚又说不出话了，他很困惑，问师父："每次你都指点得很对，为什么我总是落下风呢？"

师父一声感叹，说："别人的东西再好，永远是别人的，只有自己的东西，才能信手拈来，随机应变！"

（**推荐者**：赵景亮）

离不开的人

他是局长，格外忙碌。这天，远在老家的娘突发急病，医院连发病危通知，让家人准备后事，但这个时候他正在开会，根本脱不开身。

这时，家里又来了电话，说娘只剩最后一口气了，再不回家，就见不着娘了。他急了，放下电话，开着车子往家飞奔，由于车速过快，他的车子撞上一辆工程车，只听"轰"的一声，他眼前一片漆黑，随后什么也不知道了。

他在医院里整整昏迷了七天，刚醒来，部下就向他汇报，这几天局里的工作井然有序，一切正常，请他安心养伤。这时，家里人哭着告诉他，这七天，娘一直断不了最后那口气，等着他回去见一面。

他撑着回了家，跪在娘的跟前，握着娘的手，娘的眼睛像一道闪电，一下子亮起来，随即永远地熄灭了。

他号啕大哭，陡然明白，这个世界上，无论多大的事，离开他都行，真正离不开他的，是自己的娘。

（**作者**：任　达）

（**本栏插图**：安玉民　梁　丽）

学写作文，从读故事开始

找间房子好结婚

□ 刘祖光

张亦超买了套小户型公寓，找了一个叫赵二柱的装修工，开始装修这套公寓。

装修开始后，张亦超去现场看过几次，他看到赵二柱做得很认真，质量也不错，很是满意，两个人逐渐熟悉起来，话也越说越随便了。这天，张亦超看到房子里多了一个女孩子，便问赵二柱是谁，赵二柱一下红了脸，说："她是我女朋友，周末没事，来这里看我，顺便递递工具，打个下手。"

张亦超笑着说："这样一来，我这房子成了你们的夫妻店了！"

赵二柱说："我们俩现在还不是夫妻，不过，我们商量好了，过段时间就结婚，在城里举办婚礼。"

张亦超好奇地问："城里结婚花销大，你们为啥要在城里举办婚礼？"

赵二柱说："其实现在乡下结婚也很花钱，花车也不好租。在城里结婚，啥都好弄，我们双方的朋友差不多都在这里打工，大家来喝喜酒也方便。至于老家的亲戚，等春节回家时，再补办一桌酒席就行了。"

张亦超恍然大悟：这个赵二柱看似憨憨的，其实算盘打得很精：在城里结婚，既时髦，能满足女朋友的虚荣心，又可以收朋友的礼金，春节时再回家补办几桌酒席，老家亲朋好友的礼金也少不了。他夸了赵二柱几句，就要离开。临走时，赵二柱突然问了一句："大哥，你这房子要得急吗？急的话我再赶赶工！"

张亦超忙说："不急。慢工出细活，你给我精心地做，这房子我不急着住。过几天公司还要派我出差，得

半个来月，这段时间我不能来看房子，你要像我在时一样，用心做事！”

赵二柱连忙满口答应，说“保证差不了，你就放心地出差吧。”

由于工作顺利，张亦超提早几天完成了任务，提前回来了，他一到家，就马上到新房子现场看装修情况，谁知一去就火冒三丈，为啥？房门口贴着大红“喜”字，打开门，房里挂着红灯笼，大床上，赵二柱搂着个女人睡得正香。张亦超吼道“这是怎么回事？”

睡梦中的赵二柱被突然惊醒，吓了一跳，见是张亦超，连忙从床上跳起来，手忙脚乱套了件衣服，将张亦超拉到一边，结结巴巴地说：“大哥，我原以为在城里结婚啥都好弄，真没想到婚房很不好弄，想想你正在装修的房子没人住，你又不急着要，我就抓紧时间，提前将你的房子装修好，抬来一张大床，贴上红纸，临时把它弄成我的婚房……”

张亦超气坏了，现在买套房子多不容易！这下倒好，自己没住，他赵二柱先当婚房用起来了，要是按民间习俗讲，这是非常晦气的事！但气归气，已经这样了，他也拿赵二柱没办法。接着，他又看了看房子的装修质量，发现赵二柱的活计做得确实不赖，也就没再多说什么了，赵二柱临走时，将张亦超的房子打扫得干干净净，还表示少要一千块工钱，张亦超想想一个农民工在外面挺不容易的，还是按原来商量好的数目付了工钱，还为赵二柱介绍了一个客户。

本来以为事情就这样过去了，但张亦超只要想起来，心里还是觉得特别扭，过了不到一个星期，他又突然被公司裁员了，他本来是这家公司的白领，几年辛苦努力，才做到今天这个职位，没想到会突然被裁下来。他思来想去，想不出自己被裁的原因，他突然想起赵二柱鸠占鹊巢，把自己的房子当婚房住了后，自己没有一天舒服过，他越想越气，气冲冲就去找赵二柱，说：“你干的好事！这下好

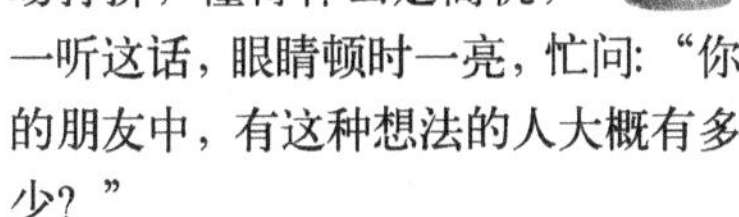

了，现在我连工作也没有了。”

赵二柱听说张亦超被公司裁员，顿时非常紧张，结结巴巴地说“你被公司裁了，关我啥事？”

张亦超气冲冲地说：“怎么不关你的事？要不是你让我触了霉头，我做得好好的怎么会被裁？”

赵二柱叫苦不迭，说：“大哥，那件事我做得的确不对，但我也没想让你丢工作呀！”

张亦超还是不依不饶，说“你什么事不能做？要做那种缺德事？不行，你一定得给我一个说法！”

两人正在争执，这时，赵二柱的新婚妻子带着个女伴过来了，见了张亦超，脸“腾”地一下就红了，赵二柱把她拉到一边，嘀嘀咕咕说了好一阵子，不一会，赵二柱的妻子就满面春风地走过来，把带来的女伴往张亦超跟前一拉，说：“大哥呀，刚才你那样子好吓人啊！其实，我们上回借你的房子结婚，对你来说，并不一定就是坏事呢！”

张亦超火了：“弄得我工作都丢了，还不是坏事？”

赵二柱妻子又笑笑，说：“我一起打工的姐妹听说我在城里结婚，借高档公寓做婚房，都羡慕得不行，有几个最近准备结婚的，都要自己的男朋友仿效赵二柱，找套好房子当婚房结婚。我这位朋友，就是专门来这里打听情况的。”

张亦超这几年一直在商场打拼，懂得什么是商机，一听这话，眼睛顿时一亮，忙问：“你的朋友中，有这种想法的人大概有多少？”

赵二柱妻子说：“我的小姐妹中有这种想法的至少五六个，姐妹的姐妹中有这种想法的，串起来只怕有上百个！从乡下出来的女孩子，谁不想把新房安在城市啊！哪怕只有一个月，甚至只有五六天……”

张亦超又问跟赵二柱妻子一起来的女孩：“如果我把那套公寓房借给你做婚房，你愿出多少租金？我也不多要，一天有个七八十元就可以了。”

这位女孩连忙出去打电话，她不一会就回来，红着脸说，她男朋友说了，根据张亦超的出价，他想租七天，作为自己的婚房。

张亦超一听就乐了，拍着赵二柱的肩膀说：“看来，你这一住，给我带来的是好运！你们帮我宣传宣传，那房子我不住了，准备一直租下去，给想在城里结婚的民工兄弟做婚房！”

赵二柱妻子乐了，说：“要是真的宣传开来，你那一套房子根本租不过来。”

张亦超说“要是那样，我就不找新工作，专门给你们找房源。以后你们每为我介绍一个顾客，我就给十块钱中介费……”

（**题图、插图**：安玉民　梁　丽）

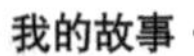

陷落在笑容深处

□钱塘潮

初交老板

这个周末，我邀请几个同事来家里打麻将，特意去请了老板，老板很给面子，二话没说就来了。

我站在老板旁边，殷勤地端茶递烟，有意无意把胳膊搭在老板肩上，老板开始时手气不错，随着我和他的距离不断靠近，他出牌的套路明显受到影响，不时拆错牌搭子，最后简直有意识地该“和”不“和”，几圈打下来，老板输多赢少，其他三个同事收获颇丰，老板说：“今天手气不好，就玩到这儿吧！”

接着，老板带着同事跟我告辞，我送他们出门，然后收拾残局，看到了老板放在茶几上的手机，我冷笑一声，让手机仍旧放在茶几上。将现场清理干净后，我摆放好鲜花，然后换上性感的睡衣，喷洒上香水，在镜子前用心地整理一番，这时，门铃“叮咚”一声响了，不用说，是老板回来了。

我打开门，老板走进来，说：“不好意思，我刚才把手机忘这儿了。”我笑着说：“是的，你的手机在茶几上，我去拿。”

他接过手机，接着坐到桌子旁，说：“刚才打麻将挺紧张的，连水也没顾上喝，你能不能给我倒杯水？”我给他泡了一杯茶，偷偷看了看表，这时正好是午夜十二点。

我们有一搭没一搭地聊着，老板的话题越来越混乱，突然，他站起来，一把抓住了我的手，我含羞垂下头，他把我拦腰抱了起来……

一切都在我的计划中。

我工作的这家公司经营印刷业务，规模不算大，但生意兴隆。我进入不久，就由于出色的业务能力，被提升为销售部经理，但我并不满足，因为我一直渴望有一笔资金，启动创业计划，大展宏图，登临财富的高点。所以，我义无反顾离开憨厚老实的老公和稚气乖巧的女儿，来到这座陌生的城市，开始从公司职员做起。

渐渐地，我觉察出老板的目光经常跟随着我，颇有些不同寻常。有一次，我在时装店看到一件价格昂贵的短裙，很喜欢，又舍不得买，没想到在我生日那天，那家时装店竟把那件短裙给我送了来，款式、颜色分毫不差，让我既惊讶又感动，不用说，这是老板暗中关注我，知道我想要后，专门买下送给我的。

老板夫人曼云管理着公司的财务，每天在职员面前与老板扮演着恩爱夫妻，但我还是决定赌一把，抓住我命运转折的契机。

转机来临

请老板打麻将是我计划的第一步，没想到老板如此心领神会，几乎没费什么周折就完成了，但我没有立刻贴上老板。为制造若即若离的效果，我每天下班去健身房锻炼，找一个年轻人送我回家，周末还要那个年轻人陪我去咖啡厅聊天或者去KTV唱歌。我这样做了不到两个星期，老板就把车横在我和年轻人面前，命令我上他的车。

老板把我送回家，在我房里过了夜，我们互诉了相思之苦。他拿了一套我房门的钥匙，从那以后，隔三差五地住在我家。

这天早晨，我要去公司上班，邻居大姐忽然叫住我，说：“昨天晚上我下夜班回来，看到有个女的一直在你家门口来回走，看到我又离开了。”我急忙问：“她长什么样？”她说：“看起来挺有气质，头发特有型，衣服也上档次，个高，脸圆，身材胖胖的挺富态。”我又问：“是不是嘴下边有颗痣？”她说：“楼道灯不太亮，没看仔细。”

大姐说的那个女人很像是曼云，我心里七上八下，不知如何是好。到

了公司，我填了张采购单，亲自拿去让老板签字，接着又拿着到财务室领款，曼云接过采购单，说：“这些东西要求挺特殊，下午你亲自去一趟吧！”我说：“行！”

曼云脸上没有一丝异样。

采购回来，已过下班时间好久了，货车一进公司，曼云就迎出来，对我说“辛苦了！”她跟我一道办理入库手续，把货卸到仓库，接着，她请我到她的办公室，说：“一直在等你回来，我还没吃饭呢，我们一块吃吧！”我推脱不了，只得答应。

吃饭的气氛很友好，曼云给我讲了她和老板的创业过程，历经千辛万苦才打下现在的基业，十几年同甘共苦已经把他们紧紧联在一起，也许没有爱情，但家庭是牢不可破的。

我没有破坏他们婚姻的打算，曼云的话没对我的心灵产生大的冲击，只是感觉跟老板相处的日子可能不多了，应该加紧实施计划。

再次见到老板时，我把曼云的话如实转述给他，他沉思半晌，说：“你换个地方住，别到公司上班了，我给你买套房子，再拿点钱去做点生意。”

我假意伏在他身上，说“那我以后就看不到你了吗？”他说：“你做了老板，不用坐班，我们想去哪就去哪，可以随时见面。”

我放心地点了点头：老板要做我的坚强的后盾了。

回家的路

老板说话算数，他帮助我加盟了一家名牌干洗店，这档生意非常适合我，我把交际能力发挥到了极致，做一单生意交一个朋友，回头客越来越多，后来又跟附近几家旅店、企业建立了稳定的合作关系，很快收回投资，开始赢利。

老板和我的来往更密切了，这天，我正靠在老板肩上看电视，手机响了，是曼云打来的，她说就在我家楼下，带着我的老公和女儿来了，知道我不在，过会就把他们带到印刷厂去，让我回来后去接他们。

我隔着窗帘往下看去，正好看到曼云和我老公、女儿站在楼下，老公是国营企业的职工，请假不方便，每次都是我回老家看他们，今天他们突然来了，我知道他们来得不寻常。

老板明白曼云的用意：既起到提醒作用，又不撕破各方的颜面。他看着曼云的车开走，跟着也告辞了。

我开着车去接老公和女儿，曼云对我老公说“你看你爱人多能干，这么短的时间就做起这么大的生意，比你这个当老公的强啊！”我说“夫妻之间分什么彼此，谁挣钱都是一家人花。”曼云笑着说：“还是挣钱多的在家里有地位，我是知道的。”

回来的路上，我问老公怎么会到这里来，老公说：“曼云找到家里，说

我对老家的地理位置熟悉，让我带着她找了几个客户，几天下来，她给的钱比我在厂里一个月挣的还多。”

我奇怪曼云怎么会找到我家里，后来一想，我身份证和户口本的复印件还在公司的人事档案里。

老公问我：“你这么快有了这么大一间店，还买了房子，为什么不告诉我？”我说：“用的是贷款，怕你担心才没告诉你，想到时给你个惊喜。”

我知道曼云这是用行动警告我不要再跟老板来往，否则局面将难以收拾，我决定跟老板分手。从此，老板打来的电话我不接，发来的短信我也不回，老板是个明白人，没问我为什么，就这样分开了。

二十几天后，老公丧魂落魄来到我的办公室，哀叹着说：“完了，一切都完了！”我一问，顿时如陷冰窟：原来，曼云带着我的老公进了期货市场，让他见识了一个又一个的财富传奇，让他看着几个入市不久就实现资本翻番的人的欣喜和荣耀，然后，曼云答应借给他几万元钱，让他试试。在曼云的怂恿下，老公杀进期货市场，对期货一窍不通的老公没几天账面资产就接近于零，被强制平仓，这时，曼云又告诉他，期货市场震荡剧烈，昨天赔，明天可能就赚，只要用资金补仓，持仓观望，迟早能把亏损赚回来，所以老公又找曼云借钱，不断借钱补仓，因为总是反向操作，最终血本无归。

很快，曼云向法院提起对我的诉讼，并申请财产保全，法院马上封存了我的店面和银行账户，没过多久，我的房产、店面、所有的银行资产全部折现，赔给了曼云。

我孤身一人，拎着一只手提箱踏上了归程，箱子里是几件换洗衣服，这是我背井离乡来这个城市三年打拼的全部收获。

老公带着女儿来接我，我们一家三口坐在车上，谁也不说一句话。我望着车窗外高远的天空和广袤的大地，心绪逐渐安宁下来，想，回家的路，真好。

（**题图**、**插图**：安玉民　梁　丽）

公司不加班

□刘　阳

吴迪是位文字翻译，每天都在单位加班，一加就到深夜，他老婆很生气，逼着他辞了职。

为了找到一个不加班的工作，吴迪的腿都跑细了，最近总算找到一家理想的公司，这家公司的老板明确告诉他："我们公司从来不加班！"

吴迪开心极了，兴冲冲地加盟了这家公司。

上班第一天，吴迪心里还有点不踏实，就顺便问了几个同事，同事们毫不犹豫地告诉他："我们公司从来不加班！"吴迪这个开心啊！马上发短信把好消息告诉了老婆。

转眼就到了下午五点，再过半个小时就可以下班回家了，吴迪心里美滋滋的。

这时，经理过来告诉吴迪："我在你电脑的共享盘放了份翻译稿，明天上午九点前交上来。"

吴迪打开共享盘一看，经理发来的稿子有3000多字，下班前根本做不完，看来又得加班了！

五点半到了，老板从自己的办公室走出来，对正在忙碌的职员说："时间到了，大家都回家吧，不要加班！"

大家一听，连忙关上电脑，收拾东西走人，只有吴迪没有想走的意思，老板见了，过来关心地问："你怎么还不回家？"

吴迪没好气地回答说："活儿没干完，怎么回家？"

老板生气地说："我们公司从来不加班，请你马上关电脑，回家！"说完就走了。

这时，经理走过来，悄悄提醒吴迪："公司不许加班，来不及做完的工作，可以拿回家里做的。"

吴迪不明白，问："为什么呀？"

经理看看走远的老板，悄悄对吴迪说："为了省电。"

活该

□范精华

王二开着拖拉机给人送货，每次都堆得高高的，两车货并在一车运。

这天，他装了满满一车芝麻，把车厢堆得像一座山，在村镇公路上慢腾腾地走，一台车差不多把整个车道都占满了，后面的车都被王二堵住了，遇到顺眼的，王二就往边上靠靠，让人家过去，越是遇到高档车，他越是装作没看见，把别人挡在后面，自己在心里偷着乐。

这时，后面开来一辆别克车，对着王二使劲按喇叭。

王二不高兴了：不就一辆别克吗？还使劲按喇叭，就你牛啊？他把拖拉机一会儿朝左开，一会儿又朝右拐，就是不让别克车超过去。

王二听着后面的喇叭不停地响，心情很爽，不仅不让路，有时自己还摁两下喇叭玩玩。

别克车司机摁了一阵子喇叭，见王二没反应，便把车窗放下来，伸出一只手，朝王二使劲挥，示意王二停车，王二还是不理。

这时，一辆摩托车从后面超上来，经过王二跟前时，摩托车司机朝王二狠狠地说："活该！"

王二正在纳闷，又一台摩托车开过来，经过王二跟前时，司机也狠狠地骂："活该！"

王二气坏了，干脆把拖拉机往路中间一停：让你们骂，谁也别想走！

别克车跟着也停下来，司机走下车，走到王二跟前，问："师傅，我按喇叭喊你这么久，你怎么就听不见？你看你装芝麻的袋子，破了好几只，芝麻沿路撒了好几公里。"

王二大惊，一看，公路上洒落的芝麻排着线，长长的看不到头，王二一拳砸在自己的脑袋上，说"我真活该！"

一模一样

□ 马新敏

大张两口子是金领一族，很讲究生活品位。大张是个老实人，平时与世无争，他老婆却是个火爆脾气，特别自以为是，总觉得她的东西应该独一无二，最恨别人的东西跟她的一样了。

这天中午，大张在家做好饭，左等右等不见开车逛街的老婆回来，正要给她打电话，老婆的电话就打过来了，说："老公，你快点过来，我在派出所！"

大张大吃一惊，忙问："怎么回事儿？"老婆哭着说："我在大街上看到一辆跟咱家一模一样的车子，就和司机吵起来了，现在到了派出所，你赶快过来！"

放下电话，大张很恼火，老婆太爱与人争长论短了！前几天陪她逛街，因为和别人"撞衫"了，她就给对方说难听的话，当场吵了起来，要不是大张拉着，没准会打起来。今天又为车子跟别人吵，这叫啥事嘛？这车型世界上就那么几种，一模一样的车多得很，连这个你也想独一份，怎么可能？不行，我这回一定要好好数落数落她。

到了派出所，大张见老婆正在跟派出所的警察理论，挥着手，嗓门大大的，神情非常激动，大张不由分说便上前把老婆拉到一边，狠狠地数落了老婆一顿，把老婆说得一愣一愣的！好半晌，老婆才缓过劲来，生气地说："你说什么呢？有你这样当老公的吗？不帮我倒也罢了，怎么还来数落我？你知道不知道，这个人开的车不仅车型跟咱们家的一模一样，连车牌号都是一模一样的！"

453 2009 SEMIMONTHLY 下半月刊 12月

欢迎登录本刊主办“故事中国网”（www.storychina.cn）

故事会

STORIES

2009 年 12 月

下半月刊 · 绿版

社 长、主 编：何承伟

常务副主编：吴 伦

副主编：姚自豪（上半月 · 红版）

副主编：夏一鸣（下半月 · 绿版）

本期责任编辑：朱 虹

电子邮箱：zhong98305@sina.com

绿版发稿编辑：

夏一鸣 邢 悦 杭 帆 刘迎曦(见习)

美术编辑：李宝强

电脑制作：郭瑾玮

通 联：归依玲

本社办公室电话：021-64375030

上半月刊编辑部电话：021-64332325

下半月刊编辑部电话：021-64336469

（上海市绍兴路 74 号 邮编：200020）

主管、主办：上海文艺出版（集团）有限公司

出版单位：《故事会》杂志社

制作、发行总监：张 凯

电话：021-64313938

广告业务：上海故事会文化传媒有限公司

广告总监：张 淮

广告业务：021-34010383

广告投诉：021-64333738

广告经营许可证

沪工商广字 3100320050022 号

发行：中国图书进出口上海公司

·笑话·

醉鬼取钱

醉鬼张三和李四去ATM机上取钱。不料，醉醺醺的张三忘记了密码，连着摁错了三次，工资卡一下子被ATM机“吃”了。

张三急坏了：“坏、坏了，老婆说，我、我今天不拿工资回家，不、不让我进门！”

李四想了想，拿起手里的酒瓶递给张三说：“快、快往里倒酒。”

张三看了看，奇怪地问：“往、往里倒酒干什么？”

李四笑道：“你笨、笨啊！喝多了，ATM机就会吐了！”

（汪　杰）

（本栏插图：李　加）

服务热线

老王和老婆都是话务员。这天，两人吵了一架，老王一气之下摔门而去。傍晚，老婆见老王还没回家，有点放心不下，就打了老王的手机。

老王一看是老婆的号码，没好气地说：“您好！这是‘离就离’服务热线。低头认错，请按‘1’；坚决离婚，请按‘2’；想打人，本服务台会为您转接‘110’。”

老婆一听，气得挂了电话。

于是，老王不得不继续在外面溜达，眼看天越来越黑，他只好回到家门前。

谁知门反锁了，老王只能打老婆的手机。

手机接通后，只听老婆捏着嗓子说：“您好！这是‘谁怕谁’服务热线。想回家，请用膝盖跪搓板；想离婚，请用膝盖跪钉板；若您有不适，本服务台会为您转接‘120’。”

（雷　莉）

兑 水

大牛到一家饭店打工。这天，他看到老板偷偷地往酒里兑水，忍不住惊讶地叫了一声。

老板对着他做了个“小声”的手势，解释道：“这你不懂了吧，国家现在倡导降低酒里面的酒精含量，所以要兑水。”

大牛挠了挠头，说：“这个，应该由国家相关部门统一兑水吧？”

老板冷冷一笑，说：“就这点小事儿，还好意思麻烦国家？”

（尹 丽）

广 本

小兰跟新交的男朋友分手了，朋友关心地问她：“小兰，前些天你还说这个男朋友条件不错，有一辆广本，怎么这么快就分手了？”

小兰懊恼地说：“嗨，别提了，当时我问婚介所，男方开什么车，他们说‘广本’，我以为是广州本田。可相处了半个月，也没见他开车，一问才知道根本没车！”

朋友好奇地问：“难道婚介所弄错了？”

小兰摇摇头，气呼呼地说：“我找婚介所评理，人家说：‘当初我们介绍得很明白。你问男方开什么车，我们说光本，光本嘛，就是光有驾驶本儿。’”

（蓬 安）

最牛倒车

小刘开车回家晚了，小区门卫告诉他：“小区里已经停满了，没车位。”

小刘指着前面并排两辆车之间的空位说：“怎么没有？”

门卫解释说：“那位置太窄，停不进去的。”

小刘生气地说：“怎么停不进去？我停给你看！”说着，把后视镜往里一扳，三下两下就将车倒进了空位。

门卫愣了一下，笑道：“师傅，你技术一流嘛！那你出来吧！”

小刘哈哈大笑：“那当然！”突然，愣了一下，大叫道，“哎呀！门开不了了，我出不来了！”（月 儿）

·笑话·

最有创意的花

情人节快到了，老公问小丽想要什么礼物，小丽说：“我想要花。”

老公挠挠头，说“好吧，那还是送玫瑰吧。你要几朵？”

小丽把嘴一撇：“又是玫瑰啊，你能不能有点创意，送点特别的花？”

“特别的？”老公若有所思地点点头……

情人节傍晚，小丽早早地在家等老公回来。门铃一响，她激动地跑过去开门，只见老公双手捧着一个精美的盒子站在门外。

小丽一把抢过盒子，打开一看，只见里面一层一层，堆满了麻花！

（小　董）

老板的签名

老赵所在的公司这段时间业绩不错，可老板非但没给员工加薪，反而要他们增加工作量。

老赵禁不住向同事抱怨道：“咱们工作这么辛苦，业绩也不错，要不要向老板提提加薪的事儿啊？”

同事撇了撇嘴说“这事儿啊，没门。”

老赵好奇地问：“你咋知道的？”

同事一指自己的电脑说：“你看看老板的QQ个性签名就知道了。”

老赵凑上去一看，只见那个签名是这样写的：“加量不加价，真实惠！”

（谢小英）

搭　讪

这天，爸爸去学校接儿子放学，父子俩乘着公交车回到家。

进了门，儿子飞奔到妈妈面前说道：“妈妈，今天在车上，有美女姐姐跟爸爸搭讪了。”

妈妈一惊，气呼呼地问道：“那女人说了什么？”边说边瞪着爸爸。

爸爸不知道发生了什么事，心里十分紧张，两人都把目光转向了儿子。

儿子笑着说：“美女姐姐对爸爸说‘离我远点’。”

（林　静）

被偷之后

下班后，妈妈气呼呼地回到家，愤愤地说："刚才坐公交车时，钱包被偷了。"

爸爸安慰道："别生气了。有没有看到那个小偷？"妈妈说："怎么看啊？我下了车，准备给儿子买冰激凌时，才发现钱包没了，冰激凌都没买成。"爸爸说："哦，那下次注意吧。"

突然，一旁的儿子大声说"不能就这么算了，坏人，竟然一人偷了两个人的东西。"

妈妈奇怪地问儿子："他偷了两个人？你是怎么知道的？"

儿子哼了一声，说"刚才你不是说了嘛，我的冰激凌也被那个坏人偷走了。"

（李彦锋）

职 业 病

一个男子垂头丧气地来找医生："医生，我每天晚上睡觉的时候，都会不自觉地钻到床下面去，我老婆都快跟我离婚了！"

医生经过详细检查，发现这男子身体很正常，便奇怪地问："你没有生病啊。可以告诉我，你从事什么工作吗？"

男子回答道："我是汽车修理工。"（谢小英）

爱面子的人

阿力家的经济条件不太好：父亲是个收破烂的，母亲是个清洁工，姐姐是个电梯小姐，弟弟是个洗头工。偏偏阿力是个爱面子的人，从来不愿告诉别人，他家人的真实工作。

这天，阿力心仪已久的女孩终于接受了他的约会邀请。女孩问起他家人的工作，阿力自豪地说："我爸是个资源回收者，我妈是个环保工作者，我姐是个垂直交通管制员，我弟是个形象设计师。"

（英 子）

（本栏目欢迎原创作品、翻译作品。来稿可从邮局寄发，也可从网上传递。如为电子邮件，请发以下信箱：zhong98305@sina.com）

一条分享的

□黄 强

我上小学五年级的时候，有一天傍晚，爸爸回来时，手上提着一个湿漉漉的蛇皮袋，快步走进厨房，大声冲妈妈笑道："今天走运了！"把蛇皮袋一倒，从里面滚出来一条大草鱼。我们的眼睛顿时瞪大了，乖乖，从来没见过这么大的鱼。

爸爸眉飞色舞地说"十五斤，只要一块钱一斤！"

爸爸刚从山里回来，那儿养的草鱼好吃是出了名的，而且有钱也难买得到。爸爸说他走运，说得真是没错，他在回家的路上看见有人在路边卖草鱼，鱼主急于脱手，只卖一块钱一斤，比市场上的要便宜得多。爸爸说，他买的时候，鱼的嘴巴还能动，是新鲜的。

说着话，爸爸两只手片刻也不歇着，飞快地把鱼去鳞、剖开，噼里啪啦剁好，放进一个脸盆里。我盯着满满一大盆鱼，不禁咽起了口水。

爸爸连手也没有洗，又拿起一个小盘，装了大半盘鱼块，然后递给妈妈说："给邻居们送点。"

我一听，立刻不高兴了，爸爸不快点动手煮鱼，倒先急着把鱼送人，真是的!

妈妈好像也有点犹豫，小声说："我们才搬来几天，连人家名字还不知道，也不知道人家……"爸爸一下直起腰："人家要不要，那是他们的事，咱们要先做对自己的事。咱们刚来，就是要和邻居们搞好关系，这么大一条鱼，咱们自己哪能吃得完？"说完，不由分说，像下命令一样冲妈妈挥挥手。

妈妈只好端着盘子走出去。过了一会儿，我听见妈妈和谁互相说着客气话，然后就见妈妈满面笑容地拿着空盘子回来了。爸爸说："住在一个院子里，以后就是一家人了，这叫有福共享。"说着，又往空盘子里装满了鱼块。

就这样，妈妈来来回回走了好几趟，眼见脸盆里的鱼块越来越少，我不由得急了，走过去挨着脸盆站着，探头盯着剩下的鱼块。

终于，妈妈把最后一家的鱼端出去了，剩下的就是我们家的了。可脸盆里只剩下半边鱼头和几段鱼肠，以及屈指可数的几块鱼。我有点恨起爸爸来，他为什么要送鱼给别人，这么多鱼，本来够我们吃几天呢，可现在这么点，我自己一个人就能吃光。

爸爸没注意到我对他有意见，兴高采烈地开始煮鱼，一边还哼着歌儿。煮好了一看，只有一盘，还不满。我刚要动筷，妈妈又把鱼划了一半到另一个盘子里，说要留着明天吃。

我更加不高兴了，憋着一肚子气埋头猛吃，一小盘鱼基本上都是被我一个人吃了。吃完鱼，我还把鱼汤全倒进我的碗里，和着饭吃，可真香啊!

当天夜里，我被尿憋醒了，小完便后，忽然身子晃了晃，差点儿摔倒。接着，我才感觉到头有些晕，胃里有点恶心，想吐。

我想倒点开水喝，没想到一不小心，摔了个杯子，把爸爸妈妈惊醒了。出来听我一说，妈妈突然惊慌地叫起来："是不是鱼有毒呀？"

这么一喊，爸爸也慌了，因为吃饭时，妈妈觉得鱼有点煤油味似的，可爸爸说可能是鱼胆弄破了，根本没想到毒字。

爸爸急忙泡了一杯糖水给我喝下去，紧张地盯着我的脸。吃不准鱼到底有没有毒，妈妈说还是到医院洗一下胃比较保险。

爸爸额头上冒出了大汗，说："等等，快去叫醒邻居们。"妈妈一怔，恨

恨地瞪了爸爸一眼，说：“我让你有福同享！要是鱼有毒，你就准备坐一辈子牢吧！”

爸爸顾不上还嘴，飞快地跑了出去，接着，响起了“砰砰砰……”的敲门声，伴着爸爸焦急的吼声：“快起来啊，救命啊——”

不一会儿，邻居家都亮起了灯，邻居们纷纷走了出来。听爸爸把事情一说，大家都吃了一惊，昨晚上大院里的每一个人都吃了鱼。把每个人都问遍了，结果还好，只有几个人像我一样，感觉有点恶心不舒服而已。

爸爸还是不放心地说：“也不知道到底有没有毒，要不大家都到医院去吧，以防万一，费用算我的。”大家考虑了一会儿，感觉没有什么大碍，都说不用去了，于是就在家喝了些糖水下去。

妈妈仍然十分紧张，问我怎么样。我非常害怕去医院，尽管还有些不舒服，却硬着头皮说感觉好多了。

这么一折腾，天都快亮了，大家干脆都不睡觉了，就在院子里聊起了天。天亮了一看，都好好的，就各自上班去了。

下午，我放学回来后，就听见院子里热闹非凡。原来爸爸带回来一个消息，昨晚吃的鱼确实是有毒的。那片鱼塘不知怎的流进了农药，鱼是被毒死的，有好多吃了鱼的人晚上都吐了，被送到卫生院洗胃，有两个严重的还被连夜送去了县医院，听说现在还没脱险。

大家都觉得很庆幸，当然，感觉最庆幸的还是我爸爸。他觉得正是由于和邻居们有福共享，让大家“分享”了毒鱼，每个人中的毒性就很少很少了。如果那条鱼全被我们一家吃下肚子的话，结果肯定不是这样。

当然，爸爸也觉得很过意不去，没想到给邻居们送了“毒”，可谁也没有责怪他，反而一夜之间，我们家就和邻居们打成一片了，这大概就是所谓的“善有善报”吧。

（**题图、插图**：安玉民　梁　丽）

一日十年

□杨金兰

如今，剩男剩女满天飞，这不，阿玲三十出头了，还没有结婚，成了标准的剩女。论条件，没有一样不是上乘的，公司里的同事都替她惋惜，人生最美妙的时光，她却一个人度过了。可阿玲不急，况且每天忙碌紧张的工作，也没剩多少时间让她考虑。

不久前，阿玲的部门调来一个男同事，叫阿伟，也是三十好几没结婚。大伙儿都高兴极了，暗地里把两人一配，真正是天生一对、地造一双。人家才来几天，热心的李大姐就迫不及待地要给他们牵线搭桥了，然而让她想不到的是，别看阿伟长得挺帅，实际上却是一个男版的阿玲。他有着一股疯狂的工作热情，结婚这档子事还没有提到他的日程表上呢。两人给李大姐的回答大同小异：不急，慢慢来，功到自然成，有缘情自来。

正所谓皇帝不急太监急，这其中最急的就是李大姐，她容不得自己身边有两个剩男剩女，千方百计非要撮合他们不可。

这天，部门集体去海边游玩。他们租了一艘小船出海，登上了一个荒无人烟的荒岛，在岛上搞野炊、捉迷藏，玩得不亦乐乎。

玩着闹着，阿玲忽然发觉，周围只剩她和阿伟两个人了，其他人仿佛一下子都消失了一样。两人急忙跑到登陆的地方一看，不由得大吃一惊，只见其他的同事都坐上了船，离岛已经很远了。

两个人拼命喊道：“还有我们呢

——”

只见李大姐站在船头，不停地向他们挥手：“你们等下一班吧！”

喊罢，李大姐一屁股坐下来，哈哈大笑。把阿伟和阿玲丢在岛上，这是李大姐构思许久的杰作，她和大伙儿早就串通好了：给阿伟和阿玲创造一个只有两个人的夜晚。

大伙儿在岛上留下了水、食物、应急灯，以及一些野外必需的东西，当然，还有一顶野营帐篷，足够躺下两个成年人。而阿玲和阿伟身上所有能与外界沟通的东西，都被他们统统带走了。

等李大姐他们回到岸上，回头再看，已经看不见那个荒岛了，他们不禁又哈哈大笑起来。在回去的路上，大家都在兴高采烈地谈论着，在那样一个与世隔绝的荒岛上，两个单身男女会怎样度过这个美妙的夜晚呢？这是傻瓜都能想得到的结果。想象着他们明天一早，坐船去接那两人时的情景，李大姐的脸上露出了得意的微笑。

然而人算不如天算，当天晚上，海上刮起了大风，下起了暴雨。天亮的时候，大伙儿硬着头皮赶去海边一看，不由傻了眼。海上波浪滔天，狂风暴雨，原来停泊的小船都被锁住了。工作人员告诉他们，现在禁止一切船只出海。

大伙儿既后悔又害怕，万一岛上的两人出了意外，那他们可脱不了干系。李大姐更是吓出了一身冷汗，这主意是她出的，如果站到法庭上，那就是主犯啊！

一行人对着大海目瞪口呆了一阵，最后还是无可奈何地回去了。他们对谁也不敢说这件事，只能暗暗祈祷坏天气快点转好。李大姐更是后悔得要命，惶惶不可终日，翻来覆去计算着他们留给阿伟和阿玲的东西。还好，水和食物留了很多，应该可以应付两三天，就怕他们出什么意外。

坏天气一直持续了三天。到了第四天早上，天气终于转好，李大姐片刻也不敢耽搁，急忙叫上同事，急急忙忙往海边奔去，然后租了船，拼命往荒岛赶。

在船上，大伙儿都有些忐忑不安，本来会很有趣的见面情景，现在全被这场坏天气搅和了。谁也不敢想象，登上荒岛后会见到什么。

小船终于到达了荒岛，李大姐第一个跑了上去。跑着跑着，李大姐忽然听到前面山坡上传来一阵争吵声。不用说，在这里能听到的声音除了阿伟和阿玲的，还能有谁？李大姐一阵狂喜，心中的石头落了地。

后面赶来的同事也都听到了，心下又是惊喜又是疑惑，他们两个怎么吵起来了？而且还吵得挺激烈的。

爬到上面一看，大伙儿全愣住了。他们两个何止吵架，甚至还打起来了。阿伟一手揪着阿玲的头发，而阿玲则用两只手使劲往对方脸上招呼。

大伙儿愣了半晌，这才回过神来，赶紧上前去劝架。好不容易分开他们，李大姐气急败坏地问："你们到底咋回事？这个岛上就你们两个，居然还能打起来！"

阿伟和阿玲都是气呼呼地瞪着对方，呼哧呼哧地喘着粗气，一言不发。阿玲一拉李大姐的手，说道："走，回去！"

李大姐他们好心办成坏事，虽然阿伟和阿玲一句也没有埋怨他们，可毕竟心里有愧，见他们都在气头上，尽管有一肚子话想问，也只能拼命忍着。

大伙儿默默上了船，阿伟仍站着没动。李大姐叫他："阿伟，快点上来。"阿玲接口道："我不愿跟这样的人坐一条船，让他等着吧！"

李大姐一怔，看来阿伟也是这个意思，没办法，只能再跑一趟了。

上了岸，阿玲就径直回家了。等把阿伟接上来，李大姐小心翼翼地问他，怎么两人在岛上打起来了？阿伟沉着脸说："你问她去！"李大姐一吐舌头，不敢再问了，心里是哭笑不得，

这可真是一对活宝啊，一点都不解风情。在一个与世隔绝的荒岛上住了三天三夜，就是一对仇人恐怕也会变成恋人了，可他们却恰恰相反，居然结下了梁子。

第二天上班，阿玲和阿伟见了面也不打招呼，都板着一张脸，仿佛对方欠了自己十万块钱似的。

第三天的时候，戏剧性的变化又出现了。阿玲、阿伟并肩来到了公司，脸上荡漾着幸福的笑意。没等大家反应过来，他们从包里取出请柬，笑容可掬地分给大家:“下个星期结婚，一定要来呀！”

大伙儿打开请柬一看，只见上面的名字就是他们俩的。

这下大伙儿摸不着头脑了，李大姐愣愣地望着他们:“你们要结婚？你们可把我们吓坏了！”

阿伟笑着说:“就是我们呀，说起来，还应该多感谢你们呢，给我们创造了一个那么好的机会。”

很快，阿伟和阿玲双双请假办婚事去了。一个星期后，婚礼如期举行，大伙都吵着要他们说说恋爱经过。

阿伟说，他们的恋爱经过只有三个小时，应该算得上是最短的恋爱了。现场顿时一阵哄笑。

“你们不信哪？”阿伟兴致勃勃地提到了那个荒岛，“在岛上的三天三夜，我们完全与世隔绝，仿佛世界就只剩下我们两个人。那三天时间对我们来说，不是度日如年，而是一日十年啊，我们感觉像过了三十年。所以说，我们的恋爱过程只花了三个小时，可放在那三天里，已经够长的了……”

李大姐在下面听着听着，心中恍然大悟：怪不得，一上去就见他们在打架呢，那时候的他们就相当于共同生活了近三十年的两口子，老夫老妻的吵吵嘴、打打架，还不是家常便饭？

（题图、插图：安玉民　梁　丽）

□胡　伶

玛丽在微笑

杰克结婚那天，发现妻子玛丽怀孕了。这怎么可能呢？因为在走进教堂之前，他们一直严守教规，从未越雷池一步。杰克痛苦极了——妻子怀孕了，孩子却不是自己的。

杰克决定跟玛丽离婚，一了百了。谁知玛丽跪在他的脚下，哭着哀求他，看在孩子的份上，不要离开她，至少也要等她把孩子生下来。

杰克心一软，就同意了。但每当他回到家，看见妻子微微隆起的肚皮，他的心就像被针扎了似的。于是，每天下班后，他就到酒馆里喝得酩酊大醉，然后等到深夜才回家。

可无论杰克回来得多晚，家里总是还亮着灯光，玛丽总是在等着他。杰克一只脚刚迈进家门，玛丽已经准备了一条热乎乎的毛巾递上来。杰克看到她一天比一天鼓的肚皮，又是愤怒又是委屈，仗着酒气，双手一把揪住玛丽的衣领，像拽一只小羊羔一样把妻子拖到鼻子跟前，向她脸上喷着浓浓的酒气和口水，恶狠狠地吼道："知道吗？你是个贱女人！"

"是的。"玛丽很平静地回答说，"你说得对！"

这时，杰克就会感到一阵解恨的快意。有时候，他还感到不过瘾，于是就拽着妻子在屋里飞旋起来，最后突然一松手，把妻子甩到一边的沙发上。做完了这一切后，他才会走进浴室，然后一头倒在床上呼呼大睡。

日子一天一天这样过去。杰克越来越喜欢拽着妻子的衣领飞旋，转的圈数也越来越多，力气也越来越大。他渐渐地萌发了一种复杂的念头，想把妻子直接甩到墙上去。这样，妻子也许就会流产了。可是每一次，他的力量似乎总是差一些，妻子总是能稳稳地落到沙发上，而且从来没有感到不舒服。这让杰克沮丧透了。

有一天夜里，杰克照旧在外面喝得醉醺醺的，回到租住的地方时，他想起应该交房租了。于是，他向房东太太家走去。

房东太太正坐在走廊上。她是个七十多岁的老人，没有儿女，独自有一栋三层的楼房。她的腿脚有些不方便，所以哪儿也去不了。杰克每天晚上回来，总是看见她坐在轮椅上，静静地呆在走廊里，眼睛望着前面。然而前面也没有什么可看的，一堵高大的墙把视线挡住了。

杰克掏出三百美元递给她，房东太太却只接过了一百。她微笑着对杰克说："亲爱的，我知道你现在很需要钱，你、你的妻子，以及你们未来的孩子都需要钱，以后我只收你一百块。"

杰克感到很意外，因为在他们搬进来之前，房东太太一个子儿也不愿意少收。同时，她的话也深深地刺痛了杰克的心，他说了声谢谢，转身就要走。

"哦，等等。"房东太太叫住他，"亲爱的杰克，你知道我为什么愿意只收你一百吗？"

"为什么？"杰克问。

房东太太微笑着说："因为你是个很好的男人，你那么爱你的家，爱你的妻子。"

杰克耸耸肩，脸上浮起一丝苦笑。

房东太太接着说："我都看见了，你每天晚上回到家，总是会亲热地拥抱妻子，深情地吻她，抱着她在屋里转上两圈。"她的声音显得十分温柔，脸上甚至荡漾着年轻女人一样甜蜜的笑容，"知道吗？我的丈夫在世时，每天回到家，第一个动作总是喊道'嘿，亲爱的'，把我拉到他的怀里，吻我，抱起我轻轻地转圈，从结婚的第一天起，直到他再也没有力气抱得动我。"

杰克怔了怔，接着他明白了，房东太太是在善意地批评他。杰克也没有分辩，他想，如果你知道我妻子肚子里的孩子并不是我的，也许你就会认为我做的是对的。

"亲爱的，"房东太太仍在喋喋不休，"你们让我回忆了我们曾经的幸福时光，现在我最快乐的事情，就是坐在这里，等着你回来，然后看着你们拥抱……"

杰克听不下去了，冷冷地说了声："不客气。"掉头走上三楼。

家里仍旧亮着灯光，杰克敲门、进屋，玛丽一如既往递上一块热毛巾。可今天，杰克并没有像往常那样揪住妻子的衣领。或许是刚才听了房东太太的一番话，或许是酒气已经过了，杰克只是对妻子哼了一声，便从她身边走过，径直走进了浴室。

过了一些日子，有一天杰克从外面回来，看见房东太太依旧静静地呆在走廊里。他打了个招呼，正想迈步上楼，房东太太把他叫住了：“等等，杰克，我有些事要跟你说。”

杰克只好走过去。房东太太很认真地说：“杰克，我发现你有些变了，我算过，你已经有三天没有亲吻你的妻子了，这可不是个好兆头，有些男人就是这样变坏的。”

杰克不知道怎么回答，房东太太继续说：“如果你这样下去，我会重新考虑收你三百块的租金的。”

从莫名其妙的房东太太那里回来后，杰克变得异常愤怒，他一脚踹开门，双手使劲揪住妻子的衣领，把她的脸拉到自己跟前，凶狠地吼道：“你是天下最不要脸的女人！”

“是的，亲爱的，你说得对。”玛丽的脸上竟露出一种十分甜蜜的笑容，仿佛很幸福似的。

杰克一愣，他记得以前妻子脸上总是很平静，而现在，这个女人竟然笑了！杰克嘲笑道：“你觉得很快乐吗？”

玛丽说：“是的，杰克，无论你对我做什么，我都会感到快乐的。”

“就像现在这样吗？”“是的。”玛丽仍然一脸笑容。

杰克忽然觉得，眼前这个女人和楼下那个老女人都变得有些神经质而不可理喻。接着他又觉得很失败，妻子竟然把他的辱骂当成一件很幸福的事，实在让他难以忍受。他发了一会儿愣，恼羞成怒地把妻子重重推到沙发上，就去洗澡了。

这之后，杰克每天回来冲妻子发泄的时候，他发现妻子都是微笑着享受他的辱骂。杰克因此变得更加自卑和愤怒，可他想不出还有什么更好的方法可以羞辱妻子。

一天深夜，杰克喝醉之后回来了。他看见玛丽笑吟吟地向他走过来，于是一把揪住她，把嘴巴凑到她的脸上：“告诉我，玛丽，谁是天下最

不要脸的女人？”

“是我。”玛丽脸上笑着，别过脸看着门外，忽然眼里含满了眼泪，眨了两下，顺着脸庞流了下来。

怎么回事？这个女人竟然流泪了。杰克的心不禁一颤，他已经好久没有见过玛丽流泪了。他隐隐觉得，自己这么对待妻子是不是有点过分？是不是就这么彻底饶恕她？

可是，杰克立刻就命令自己硬起心肠，绝不能再当第二次傻瓜了。他愤怒地喝道：“把脸转过来，看着我，你这个臭女人！”

可玛丽却依然静静地看着外面，脸上仍然默默地流着眼泪。她轻柔地说道：“不，我想看着外面，那样我会感到很快乐。”

杰克疑惑地扭头往外面看，可外面什么也没有。玛丽说：“看哪，杰克，往墙上看。”

可杰克还是什么也没看到。玛丽发出梦呓一样的声音：“哦，杰克，你看哪，墙上的影子，我们的影子……”

杰克这才注意到，那面墙上映着他们的影子。两个人的影子挨在一起，身体、脑袋和脸挨得是那么近。

“知道吗？杰克。”玛丽说道，“当我们转过脸面对面的时候，楼下的房东太太就仿佛在墙上看见她年轻时候的影子，丈夫在亲吻他的妻子……”

杰克什么都明白了。他呆呆地凝视着墙上的影子，他们的影子多么像一对恋人依偎在一起看月亮啊！

杰克忽然转过脸来，轻轻地把妻子搂进怀里，眼泪无声地流了下来。

（**题图、插图**：佐　夫）

·本刊信息传真·

“说说我与《故事会》的30年”征文揭晓

“说说我与《故事会》的30年”征文得到了读者和网友的踊跃响应，共收到130多篇应征作品，经过杂志社认真评选，最终获奖名单如下：

一等奖：《故事会》改变了我的人生（北京范大宇）奖金500元

二等奖：《故事会》三十而立之我的故事情结（查斯理）奖金300元

三等奖：除夕的“故事会”（长江水）；《去吧》永难忘（徐树建）奖金各100元

优秀奖：“不放弃、不抛弃！”——29年的真爱（范茂龙）；祝《故事会》越办越好（爱－故－事）；故事的百合花，生活的薰衣草（施昌声）；一米八二（张冰玉）；我与《故事会》的交集（JCK）；受宠若惊的故事（顾金）；《故事会》——四个人一本书（偶是牵牵）；父亲生命中的《故事会》（钟媛）（各获《故事中国》一册）

全部征文均可在故事中国网(www.storychina.cn)上阅读。此外，2009年度中国最佳故事评选征集阶段已近尾声，希望广大作者尽快提交作品参评，详情请见故事中国网。

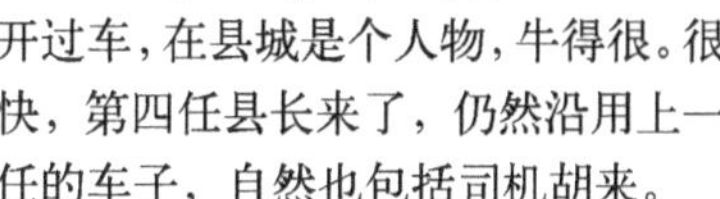

最牛三句话

□何双背

胡来是县政府的小车司机，给三任县长开过车，在县城是个人物，牛得很。很快，第四任县长来了，仍然沿用上一任的车子，自然也包括司机胡来。

这天，胡来载着新县长从市里回来，在县政府外的一个路口，忽然看见前面有两个交警。走在后面的交警挡着他的路，胡来连按三声喇叭，谁知道那家伙竟然充耳不闻，仍然慢腾腾地走着。

胡来火了，要不是新县长坐在车里，照他平时的作风，准朝着那交警的屁股一头撞去。胡来压压火，放慢车速，眼看车头快到那家伙的屁股后了，可他依旧我行我素，连个头也没回。

胡来暗骂一声，只得一个急刹车，可车头还是蹭了一下那交警的屁股。那家伙吓了一大跳，这才回过头来，怔了怔，随即认出了这是县长的专车，于是噔噔噔跑过来，“啪”地立正敬礼。

新县长在后面说话了：“胡来，快给人家道个歉。”

胡来回头笑着答应：“唉。”其实肚子里一团火，要不是县长在，他早就下车先赏对方一个耳光再说。他才不把这些小交警放在眼里呢，连交警大队长都得叫他胡哥。

胡来一脸不情愿地扭头，冲外面的交警打了个哈哈：“怎么样，没撞痛

吧？对不起了啊。”

前面的交警也跑了回来，一胖一瘦，挨撞的是瘦子。瘦交警恭恭敬敬地说：“知道，知道，您是胡哥。”

胡来一怔，加大力度说“对不起了，要不要上医院瞧瞧去？”

瘦交警居然又点头又哈腰：“知道，知道，您是县长的人。”

胡来火了：“我没问你这个！”

瘦交警脸上顿时一片惶恐不安：“不敢，不敢，胡哥您走好啊！”

这家伙从头到尾答非所问，要不是他穿着警服，胡来真怀疑他是个神经病。他心下忽然一虚，慌张地回头看了一眼新县长。

新县长在后面听得清清楚楚的，觉得有趣，干脆走下了车，说道：“这位同志，没撞伤吧？”

瘦交警大概知道他是县长，却怔怔地望着他，不说话。胡来忍不住喝道：“这是新县长，问你话呢，你聋啦？”

瘦交警转而望着胡来，愣了一下，两只手一摊说：“胡哥，这我就不知道您说什么了？”

“你！”胡来差点忘了县长在场，气得扬起了巴掌。瘦交警惊得往后一躲，嘴里直嚷：“胡哥，我错了！”

新县长越看越是糊涂，赶紧喝止了胡来，指指瘦交警，问旁边的胖交警：“他怎么回事？”

胖交警这才啪一个立正敬礼：“报告县长，他是我同事，他耳朵听不见！”

新县长和胡来都是一愣，怪不得呢，和他简直是对牛弹琴。胡来更是嚷了起来：“聋子也能当交警？”嚷着转头望向新县长。

新县长也是一脸好奇，问瘦交警："你听不到？那你刚才为什么那样回答呢？你知道吗，刚才我的司机在向你道歉呢。"

说完了，只见瘦交警木然地站着，脸上一片茫然。新县长这才想起，自己的话他同样也听不到啊，只得用求助的眼神望向胖交警。

"县长，我来翻译。"胖交警明白了县长的意思，走到同事跟前，两只手比划来比划去地打了一阵手势。

瘦交警恍然大悟："啊，胡哥，原来你刚才是向我道歉啊！对不起，对不起，我听不见，还以为你又是问那三句呢，所以就那么回答了，哎呀，都怪我，都怪我！"

胡来脸上忽然一白，接着又是红又是绿的，心虚地说："县长，我们回去吧。"

可新县长不依不饶，兴致勃勃地问瘦交警，什么那三句，那三句是什么，为什么他得那样回答。

经过胖交警的翻译后，瘦交警犹豫了一下，还是咳了两下，大声说道："这城里的人都晓得啊，胡哥最爱说三句话，第一句是'你知道我是谁吗'，第二句是'我是谁的人'，第三句是'有本事告我去'，叫做'胡三句'，连小孩都知道的。"

胡来额头冒出了大汗，死死地盯着瘦交警，恨不得立刻把他吞进肚子里去。突然脑子一闪，他指着瘦交警吼了起来："你不是聋子，我记得有一次你还查我的证件。"

胖交警把话翻译出来，瘦交警指指自己的耳朵："胡哥，你忘了？上个月我查你的证件，你打了我两个耳光，后来，我的耳朵就渐渐听不见了。"

胡来差点瘫倒在地上，他是打过交警，可到底打过谁，一个也认不出了。

新县长听到这儿，忽然拉开车门钻了进去，坐到了驾驶位置上。

胡来扑到车窗前，颤抖着说："县长……"

新县长淡淡地说："明天你不用给我开车了。"说罢发动车子，径直把车开走了。

胡来傻了半晌，指着瘦交警骂道："老子让你下岗！"

瘦交警哈哈一笑："你什么时候再给县长开车，再来和我说这句话吧。"

胡来一愣："你他妈不是聋子！好啊，你们故意陷害我！"

瘦交警和胖交警一齐大笑："有本事告我去！"说完拍拍屁股，扬长而去。

（**题图、插图**：魏忠善）

（本栏目欢迎来稿。来稿可从邮局寄发，也可从网上传递。如为电子邮件，请发以下信箱：zhong98305@sina.com）

·中国新传说·

患难见真情

□ 刘俊杰

同病相怜

二牛初中毕业后，不顾爸妈的反对，偷偷一个人溜去南方闯荡。哪曾想，非但没赚到一毛钱，还把身上的钱花了个精光，接着就只有挨饿的份了。肚子一饿，二牛就想家，就后悔，可没有路费怎么办，他决定立刻走路回家。

二牛想，不就是八百多里路吗？只要方向对了，走着走着就到了。

刚开始的两天，二牛的行军速度可以跟解放军媲美，一天能走五十多里远。第三天的中午时分，二牛正坐在公路边歇脚，忽然看见不远处慢慢地走过来一个人影。

二牛奇怪地盯着他，等他慢慢走近了，一看是个跟自己差不多年纪的男孩，也是蓬头垢面的，衣服别提有多脏。

两个人一打照面，似乎都猜到了对方的身份。正所谓同是天涯沦落人，相逢何必曾相识，二牛抢先跟他打了个招呼。没想到一对话，两个人兴奋得跳了起来。咋的？原来两人竟是同一个县的老乡，而且还同姓哩，两个村子的距离只有二十里路。

后面来的这个叫阿毛，跟他的遭遇几乎一样，也是初中毕业就出来瞎跑，两人同病相怜，兄弟相称，越说越亲热。这下好了，漫漫长路有个同伴，好歹能互相照顾一下。

一路走着，两人无话不谈，倒也不觉得寂寞。经过这次的挫折，他们都得到了一个深刻的教训，心里也打定了主意，回去后接着上高中、读大学，打死也不乱闯乱跑了。

第二天，两人遇上了一场大雨。由于找不到躲雨的地方，结结实实让雨淋了半天。等晚上在一个村庄外睡觉时，二牛还好，阿毛却害起了病，缩成一团哼哼唧唧个不停。

二牛伸手一探他的额头，吓了一跳，热得可以煮鸡蛋呢。情急之下，他也顾不上那么多了，跑进村里去一家家拍门。后来误打误撞，找着了一家小诊所，那医生也好心，送了些药给他，二牛又讨了碗热水，给阿毛吃了下去。后来两天，二牛放下面子，在村里到处要饭，讨到好吃的就先给阿毛吃，自己一口都舍不得动。

阿毛十分感动，拍着二牛的肩膀说："你这个兄弟我是交定了，交一辈子。"

病好后，两人重新上路，因为耽误了两天，他们都想把时间抢回来，所以走得很快。可接着又走了三天后，两人都有点吃不消了，走得越来越慢。这天他们正耷拉着脑袋，在公路边走着，二牛突然感到脚底一阵钻心的疼痛，"哎哟"一声，一屁股跌在地上，抱起脚一瞧，妈呀，脚底插着一块玻璃。他的鞋前一天就磨穿了底，刚才他不小心踩到了玻璃上，玻璃直接扎进肉里去了，流了好多血。

阿毛急忙跑过来，喊道："别怕别怕，我有办法！"他叫二牛忍着痛，把玻璃拔了下来，然后猫着腰在公路上瞄来瞄去，捡了一个烟头，剥开，把烟丝烟灰敷到二毛的伤口上，再从身上撕下一块布条，帮二牛包扎好。

虽然止了血，可二牛这只脚却穿不了鞋了，只能踮着脚后跟走路，阿毛给他捡了根棍子当拐杖。二牛痛得龇牙咧嘴，眼里差点流出泪水来，不知所措地说："毛哥，怎么办啊？我还能走回家吗？毛哥，你千万不能丢下我啊！"

阿毛一听，冲他拍了拍胸脯："你放心吧，我一定不会扔下你不管的。咱们慢慢走，总有一天会走到家的。"

二牛既感动，又愧疚，默默地点点头。

兄弟失踪

第二天，二牛只觉得脚越来越痛，加上饿着肚子，太阳照得又热，忽然觉得一阵头晕目眩，身子像喝醉了似的摇晃起来。

阿毛吃了一惊，赶紧过去扶住他："二牛，你怎么啦？"二牛有气无力地摇摇头："你走吧，我不行了，真的不行了。"

阿毛咕咚咽了下口水，皱着眉头四处看了看，发现不远处有个废弃的砖窑洞，就把二牛往背上一背，艰难地走到了砖窑洞里，两人都躺了下来。

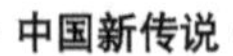

缓过了一口气，二牛心里清楚，自己无论如何也没办法走到家啦。他哽咽着对阿毛说："毛哥，我不能再拖累你了，你先走吧，到家后，去我家说一声，让我爸来接我……我、我在这儿等……"

阿毛低下头想了想，还是坚决地摇摇头："不行，我不能把你一个人丢下，那还算是兄弟吗？早几天要不是你，我早病死啦！有福同享，有难同当，咱们发过誓啊。要走，咱们一块走！"

二牛听他这么说，心下十分欣慰，阿毛还真是个铁哥们，够义气！可这样走法，一天下来也走不了十里路，照这么走下去，还得走一个多月才到家呢。两人想到这儿，都沉默了。

突然，阿毛站了起来，叫二牛在这儿歇着，他出去看看能不能找点吃的。阿毛走后，二牛眼巴巴地在砖窑洞里等着。过了好长时间，还不见阿毛回来，二牛开始心慌意乱，就拄着棍子走到砖窑洞口，四处张望，还是没见阿毛。

二牛的心怦怦乱跳，一股寒意慢慢地从脚底蹿上了头顶。他坐在砖窑洞口，眼见天色一点点暗沉下来，而阿毛却始终没有出现。很快，天就完全黑了，二牛知道，阿毛再也不会回来了，他一定是自己先走了。

二牛心里充满了悲凉和愤怒，他想：阿毛啊阿毛，你一个人先走，我不怪你。可你怎么也得跟我说一声啊，替我给家里捎句话啊，就这么偷偷地把我丢下，刚才还口口声声说兄弟呢，呸，什么都是假的！

在砖窑洞里睡了一夜，二牛咬咬牙，决心就是爬也要爬回家去，就拄着棍子艰难地往前走。忽然，从后面开过来一辆摩托车，吱的一声停在他身旁。车上是个三十多岁的胖女人，打量着他问道："你是哪儿人呀？"

二牛心里一阵激动，一路上从没有人问过他，今天可能碰到好心人了，他叫了声"阿姨"，然后一股脑儿地把自己的遭遇说了出来。看得出，胖女人是个热心肠，干脆停好车，说道："真是作孽呀，年纪轻轻的搞成这样，回到家你爸妈都认不出你来啦！”刚好她带着一些吃的，就全都给了二牛。

二牛眼中含着泪花，接过来一顿狼吞虎咽，心想：不管咋的，好歹也能吃顿饱。

等他吃饱了，胖女人从身上掏出二百块钱，问够不够他回家的路费。二牛喜出望外，现在他已经走了一半路，二百块足够回到家了。二牛感激不尽地说回到家就还给她，胖女人摆摆手，连说不用不用。说着，还帮他拦住了一辆班车，送他上了车。

祸福同享

真是塞翁失马，焉知非福啊！二牛坐在车上，百感交集：阿毛啊阿毛，如果你能再坚持一天，现在不也能坐上车了吗？

这二百块钱，差不多够两个人坐车回家了。如果见到阿毛，叫不叫他一块儿上车呢？二牛犹豫了一会儿，还是决定叫阿毛。虽然阿毛不义，但他不能不仁呀。再说了，这种情况也怪不得阿毛，陪着他走，恐怕两人都得完蛋。

于是，二牛特地站到车头位置，两只眼瞪得大大的，紧紧盯着前面的公路，如果看见阿毛，他就喊司机停车。

可过了好久，汽车还没有追上阿毛。一问，居然已经跑了五十多公里了。二牛又吃惊又纳闷，阿毛怎么能走这么快？就算他夜里不睡觉，也不可能走这么远啊！

这么一想，二牛忙大喊一声：“快停车！”然后下了车，又搭上一辆往回开的班车。他以为自己看走了眼，班车超过了阿毛却没发觉，所以这回更是打足了十二分精神，也加大了搜索的范围。他想：说不定班车来的时候，阿毛正躲在公路边歇着呢。

然而回到那个砖窑洞前，二牛还是没看见阿毛。他在这儿又下了车，四处张望了一会儿，额头不由得冒出一层冷汗来。他感觉阿毛还没有离开这儿，很可能昨天阿毛出去的时候，出了什么意外。

想到这儿，二牛焦急地胡乱寻找起来。就在这时，来了一辆摩托车，上面坐的竟然是刚才那个胖女人。她看见二牛，惊讶地停下车问：“你还没走？怎么又回来了？”

“我还有一个大哥呢！”二牛心急如焚地说，“我们本来是一块儿走路回家的……”

胖女人听明白了，说：“他不是扔下你走了吗？别管他了。”

二牛认真地说：“不行，我们发过誓的，有福同享，有难同当，没见到他，我怎么能一个人回去？他一定还在这附近，阿姨，您见过他吗？”

胖女人想了想，说：“这样吧，你坐上来，我带你去找找看。”二牛忙说谢谢，坐上了她的车。胖女人径直调

转头，开了一段路，然后拐进了一条坑坑洼洼的岔道，又开了几分钟，到了一个砖窑厂。

胖女人把车停下，二牛一眼就看见了阿毛，他正在往一辆车上装砖呢。二牛喜出望外，阿毛怎么跑到这里干起活来了？也顾不得多想，冲阿毛大声喊：“毛哥！”

阿毛听到喊声，一扭头，怔了一怔，接着飞跑过来，气喘吁吁地问：“二牛，你不是上车了吗？怎么又回来了？”

二牛顿时一肚子疑惑：“你知道我坐车了？你为什么在这里干活？这到底是怎么回事？”

阿毛还没解释，胖女人掏出二百块递到他手里，说道：“你们别说了，今天就当给我孩子积点阴德吧，你们赶紧拿钱去坐车，都赶紧回家去吧。”

阿毛不敢相信似的瞪大了眼睛，迟疑地望着胖女人：“真的？”胖女人感叹道：“真的，你们是一对好兄弟呀，患难见真情！我要再留你在这里，对不起自己的良心。”

二牛和阿毛欢天喜地地回到公路旁，重新又坐上了一辆班车。到这时，二牛才明白，原来昨天阿毛出去找吃的，一直找到了那个砖厂。他恳求胖女人留下他，并且先给他预支二百块工钱，然后请胖女人把钱送到二牛手上。他还叮嘱胖女人，千万不要告诉二牛真相。而他自己呢，却心甘情愿地留在砖厂干活，直到还清这二百块钱。

（题图、插图：魏忠善）

您手中有没有得意之作？本刊辟有二十多个原创性栏目，如中国新传说、我的故事、情感故事、16岁故事、海外故事和中篇故事等；您读到或听到什么有趣事可以和大家一起分享吗？3分钟典藏故事、开卷故事、财富故事、第一推荐、外国文学故事鉴赏和快乐辞典等都是本刊推荐性栏目。热忱欢迎来稿，可从邮局寄发，也可从网上传递。邮寄地址：上海绍兴路74号《故事会》杂志社，邮编：200020；如为电子邮件，本期责任编辑信箱：zhong98305@sina.com。

俗话说，家有一老，如有一宝。不信请看，这家的老宝贝可真够神通广大啊……

家有一老

□杨小颜

存折的密码

二宝的老娘前几天过世了。这天二宝两口子在家休息，就趁这个空闲把老娘住的房间清理了一下。老娘生前有一本存折，平时谁给她一点钱，都往银行存，几年下来，应该是个不小的数目了。

两口子理了好一会儿，老婆在一件旧衣服里发现了存折，打开一瞧，上面足足有一万块。二宝捧着存折，既感慨又高兴，可一看存折需要密码，立刻抡起拳头朝自己脑袋上擂。咋啦？他后悔啊！老娘走得很突然，什么话也没有留下，存折的密码自然也没来得及说。其实呢，几个月前老娘就跟二宝提起过存折密码的事，可二宝当时一点都没留心听，更加没拿笔记下来。谁想到，老娘说走就走了呢？

没办法，二宝只好和老婆合计着猜了几组密码，谁知拿去银行一试，一个也不对。

第二天，两口子坐在家中拍着脑袋猜密码，突然屋里响起了一个陌生的声音："还是我来告诉你们吧。"

两口子互相对望了一眼，吓得一哆嗦，难道是老娘回来了？老婆当即两腿一软，跪在地板上，对着屋子没头没脑地乱拜："娘啊娘，不麻烦您老人家了，您晚上给二宝托个梦就行了，千万别现身啊！"

那个声音扑哧一乐："我不是你娘，你们可不要乱喊。"

这回两人听清楚了，声音的的确确不是老娘的，而是一个男人的。可屋里明明就他们两个人啊？就在他们

惊魂未定的时候，那个声音再次说道："要不要我告诉你们密码啊？"

二宝颤着声音问："您是谁？您在哪儿呀？"

那个声音笑道："我不就在你们桌子底下嘛。"

二宝一愣，趴到桌底下一瞧，家里的那只老龟躲在这儿，伸着脑袋，嘴巴正在一张一合，跟他打了个招呼："二宝……"

二宝一屁股跌到地板上："不好了，我们家的老龟成精了！"

老龟笑道"唉，我本来不想出声的，就怕吓到你们，可听你们猜来猜去没个结果，忍不住想帮帮你们。别怕别怕，我在你们家住了一百多年了，能害你们吗？"

二宝一想不错，家里的老龟成精，这可是天大的喜事啊！他也不清楚这只老龟究竟有多少岁了，反正从他太爷爷起就养着它，没想到居然养成精了。

二宝和老婆急忙跪在老龟面前，拜了几拜，请老龟告诉他们存折的密码。老龟说了六个数字，二宝用笔记了下来，马上就拿着存折跑去银行，在密码器上一摁，果然对了。

谁家的土地

过了些日子，二宝老家传来话，说有一条新建的高速公路要打村里经过，用到他家的地了，让他赶紧回家领占地补偿。

二宝欢天喜地回到老家，一打听，才知道过去那些不毛之地现在都成了黄金之地了，他家是占地最多的，估计得有五万多补偿。这可真是一笔意外之财啊！正当二宝喜滋滋地准备去领钱时，村里的霸王爷却跳出来，说有一块地其实是他们家的。

霸王爷说的那块地是块三角坡，挨着他家的地，已经荒废了十多年。二宝和霸王爷来到那块地前，你说东，我说西，争来争去没个结果。只好请来村里年纪最长的七公，请他作裁决。没想到，连七公也老糊涂了，记不清到底是谁家

的地。

这块地扯不下，请假的时限又到了，二宝只好先回去上班。晚上，他和老婆在客厅嘀咕到半夜，怎么也睡不着。说实话，二宝也不太敢确定那块地就是他们家的。因为他自十几岁起就到外面读书去了，家里到底有哪些田地山岭，他从来不关心，脑子里只有一个模糊的印象。所以在老家跟霸王爷争吵时，霸王爷要跟他发誓赌咒，他心里还真有点发毛哩。

忽然，家里的老龟打了个哈欠，从桌子底下爬了出来，抬头说道："二宝，不用想了，那块地是你们家的。"

"真的？"二宝又喜又愁，既然神龟说是他们家的，就一定没错了，"可是，霸王爷不相信啊，他还要拿祖宗八代和全家人发誓呢。"

老龟说："这好办，你带我回去，我亲自跟他说。"

第二天，二宝请了假，带上老龟兴冲冲地回到老家。他把霸王爷叫到三角坡前，说道："王哥，这块地真是我的，我有证人。"

霸王爷左右环顾，问他证人在哪儿。二宝把老龟捧出来："就是它！"

霸王爷一怔，捧着肚子哈哈大笑："二宝啊二宝，你想乐死我呀，拿只乌龟来给你当证人，好呀，你要是能让这只小王八开口说句话，我就把这块地双手送给你！"

话音刚落，老龟眼一瞪，怒气冲冲地喝了起来："霸王爷，你算个什么东西？我活到一百岁的时候，你爷爷还没出世呢！哼，竟敢骂我小王八！"

霸王爷一惊，吓得连连后退，差点就跌在地上。老龟怒视着他，冷笑道："你不骂我，我还不打算说你的丑事呢，你的花花肠子我全都一清二楚！你打小就是个不老实的人：七岁那年，你偷过二宝家一只母鸡；八岁那年，在学校偷过同学三毛钱；十五岁你就色胆包天，偷看村里的一位大嫂洗澡，被人家抓住揍了一顿；你的老婆也是你用坑蒙拐骗的手段得来的；你二儿子生病时借过九爷五百块钱，后来九爷死了，你以为没人知道这笔账，一直没还……"

"别说了，别说了……"霸王爷脸色惨白，两腿发抖，扑通跪在老龟面前不住磕头，"神龟饶命，神龟饶命啊，这块地我不要了，是二宝家的。"

老龟说："我看你也不知道这块地究竟是谁的，因为你爹死得早，你好吃懒做，一年也没来过一回，别说我吓你，我有证据让你心服口服。"说完，叫霸王爷在这块地的当中往下挖，说下面有一个界碑，是二宝爹二十五年前埋下的，碑上还刻有二宝爹的名字和年月日。

霸王爷不敢不听，战战兢兢挖了半天，果然挖出来一块石碑，一切和老龟所说的一模一样。这下，他彻底无话可说了，二宝顺利地领回了全部补偿费。

回到城里，二宝立刻给老龟做了一个金碧辉煌的新窝，还在门前摆了个香炉，把老龟当神仙供奉。谁知，老龟一点儿也不领他的情，一看扭头就走："二宝，别搞这一套，我也不是什么神仙，以前怎么样就怎么样，只是你们以后打牌别拿我垫麻将桌就行了，还有，叫你的宝贝儿子不要老踩我背上。"

二宝脸一红，连连点头，把胸膛一拍："这小子以后再敢动你一根毫毛，老子把他剁了喂鸡！"

老龟的秘密

过了一个月，二宝买的一支股票涨了。他想抛掉捞上一笔，又觉得还可能继续往上涨，不抛吧，又担心一夜暴跌，拿不准主意。后来，还是老婆提醒他："问一下老神龟不就得了！"

二宝一拍脑袋，对呀，家里不就有个神通广大的老神龟吗，我还瞎费什么脑筋哟？

老龟正趴在地上看电视，听了二宝的话，盯着电视半天不语，最后只摇了摇头。二宝一看急了，恳求道："老神龟，您就帮个忙，给我一点指示吧！"

老龟还是摇头，连眼睛也闭上了。二宝不甘心，老神龟怎么不帮自己了呢？他赖着不走，苦求了半天，老龟被他缠得没办法，只得开口说了一句："过日子要脚踏实地。"说完就把脑袋缩进去，再也不理他了。

二宝只好琢磨起老龟这句话，他想，它叫我脚踏实地，一定是叫我不要太贪，不能老想一夜暴富，意思就是让我抛出啊！这么一想，他马上把股票全部抛出，小赚了一笔。就在抛出后不到十分钟，那支股票开始直往下掉。

第二天，二宝下班回家路上，经过一个彩票站时，心中突然一动：自己买了几年彩票，连一毛钱也没中过，何不求老神龟给一组特别奖的号码呢？要是中了几千万，以后就不必天天上班了。

二宝兴奋地回到家，一看老神龟正在睡觉，不敢打搅，耐着性子等到老神龟睡醒，这才拿着纸和笔，小心翼翼地把自己的请求说出来。老龟眉头一皱，懒洋洋地打了个哈欠："过日子要脚踏实地。"

二宝一听，心想怎么又是这句？我当然会脚踏实地过日子的，但有财发，谁怕钱扎手呢？他赔着笑脸，求老龟无论如何把这一期特别奖的中奖号码告诉他，并且还举手发誓，就这一次，只要中了一期大奖，有个一亿几千万的，他就满足了，以后再也不买了。说罢，满怀期待地盯着老龟的嘴巴。

老龟斜了他一眼："我不知道。"

二宝想了想，趴在地上砰砰砰地磕起头来。老龟喊道："别磕了，别磕了，你把脑袋磕穿我也没办法，我是真的不知道。"

二宝当然不信："您是神仙啊，怎么会不知道呢？您老人家就告诉我吧！"

老龟哈哈一笑："我不是神仙，我不过就是活的时间太长了，会听人话，会说人话而已，什么法术也不会。如果我是神仙，怎么不施个法术把自己变成人，过几天人的日子呀？"

二宝一怔，说："您就算不是神仙，也是个妖……也是成精了啊，您一定会有办法让我中奖的。您以前不是很神的吗？知道我娘存折的密码，还知道我爹埋的界碑，连霸王爷小时候的事您也一清二楚呢！"

"唉！"老龟叹了口气，"实话告诉你吧，那些事都是我听你娘说的！"

二宝吃了一惊，不解地瞪着老龟，难道是老娘给它托梦吗？

老龟一笑："托什么梦呀？都是你娘在世时说给我听的。你娘这人记性不好，特别爱唠叨，你们又特别不爱听，你娘一唠叨，你和你老婆就躲进房里去。这可害苦我了，你娘也不管我爱听不爱听，什么话都跟我说，我躲也没法躲，藏又没处藏，那些话一字不漏全钻进了耳朵里，听得我两只耳朵都起老茧了。这些事我不知听你娘唠叨过多少遍了，那存折密码也是你娘怕忘了，成天念叨着，我能不记得吗？"

二宝听得目瞪口呆，接着好一阵惭愧。怪不得他觉得老龟说的那句"过日子要脚踏实地"耳熟呢，原来这句话就是老娘说的呀！

（**题图、插图**：张恩卫）

绿版编辑部各编辑邮箱：

夏一鸣：gshxym@163.com

邢　悦：simyyue@126.com

朱　虹：zhong98305@sina.com

杭　帆：hangfan1102@126.com

刘迎曦：liuyingxi1203@163.com

□翟德军

一盆天价橘树

花店里的一盆花，一般也就几十块，贵一些的不超过千儿八百，可这一回，却卖出了个天价……

有一家花店，店主叫李小岚，她独自带着儿子，经营着这家店，日子过得很是艰辛。

这天，店里进来一个胖子，东看看西瞧瞧，转了一圈后，对李小岚说“你这里最贵的花多少钱？给我拿一盆。”李小岚抱过来一盆漂亮的蝴蝶兰，笑着说：“这是我店里最贵的花，要二百多块呢。”谁知，胖子瞥了一眼，说：“有没有更贵的？我要最贵的，不差钱。”

李小岚疑惑地摇了摇头，说没了，胖子叹了口气。胖子这一叹，倒让李小岚想起了里屋的一盆金橘树，这是李小岚养给自己看的，每当自己生意不好叹气的时候，就会打理那盆橘树，过一会儿心情就好多了。现在树上正好结了十个金橘，金灿灿的，就像十个小红灯笼，李小岚给橘树起名叫“十全十美”。

李小岚犹豫了一下，把橘树抱了出来，胖子看到“十全十美”，顿时眼睛一亮，乐呵呵地说：“就这盆了，一万块钱卖不卖？”李小岚一听，不禁有点生气了：“你不诚心买！”

没想到，胖子说得更离谱了：“我是说一个橘子一万，这盆十万。”李小岚愣住了：“那我更不卖了，这个东西不值这个价，你跟我开玩笑吧。”胖子一脸严肃地说：“我真买。”

难道真有天上掉馅饼的好事？李小岚打死也不相信：“算了吧，我不做坑人的买卖。”胖子帮她分析说：“你看，我诚心诚意买你的东西，我愿意出这个价，这怎么是坑人呢？你要是信不过我，我们可以签个协议，一个月内，我们双方都可以无条件反悔。”

李小岚看到胖子的脖子上挂着粗粗的金项链，不像是好惹的主，她还是摇了摇头。

胖子看出来了，这李小岚是个正直的人，这要换作别人，早就同意了，胖子又说：“你不放心，还可以加上一条：你要是反悔了，我无条件接受；我要是反悔退货的话，你有权收取百分之一的手续费，这样行不？”

李小岚听了，心里一动，但还是摇了摇头：“这是霸王条款，到法庭上不算数。”胖子急坏了：“我求求你了，我绝对没有恶意，不会让你受任何损失，我是心甘情愿用十万块钱来买这盆花的。”

李小岚听了，眼睛有些湿润，她感激地看了看胖子，点头同意了。他们一起去了银行，把钱转到了李小岚的银行卡上，然后又折回店里开了发票，签了协议，小岚还要了胖子的电话号码。看着胖子心满意足地抱着橘树走了，李小岚的心却再也平静不下来了。

李小岚之所以卖这盆天价橘树，是另有隐情的。她有一个患先天性心脏病的儿子，做手术恰好需要十万块钱，因为手头紧，所以一直拖到现在，再不做手术，就要错过最佳治疗时期了，今天这个胖子的异常举动，让李小岚想到了电视报纸上报道的那些好心人，她觉得这个胖子一定是个好心人，可能是从哪里得知了她儿子的事情，特意赶过来帮助他们的。

有了这笔钱，李小岚立刻带着儿子去了医院，交上手术费，就等着做手术了。

两天后，李小岚又回到花店，刚把店门打开，就走进来一位老人，说：“我都过来好几趟了，你等一下，我有事跟你说。”说完，老人就出去了，过了一会儿又回来了，怀里抱着一盆橘树，李小岚一看，正是她十万元钱卖出去的那盆。

李小岚忙让老人坐下，老人问：“这橘树是在你这里买的吧？”李小岚点了点头，老人拿出了发票和协议书，说：“我要退货。”

李小岚听了，心里一惊，当初只顾着感激好心人，再加上胖子是怕她不敢卖才签协议的，没想到会真的退货。这一买一退，说不定其中有什么猫腻。想到这儿，李小岚小心翼翼地问：“老伯，你想退货，总得说个理由吧。”

老人强硬地说“要什么理由，你卖东西时，难道想不到这是一桩不正常的生意？”李小岚说：“我是觉得不正常，但是他非买不可，我也没办法。”

老人指着协议书说："这协议上写着，一个月内都可以退货，你可以扣掉一千元钱手续费，这笔买卖你做得已经很合算了。"

一盆橘树卖出天价，闹到哪里也是理亏，要是再不给退货，张扬出去，这花店的生意没法做了。李小岚也不是那样的人，但是她仔细一想，眼前这个人可能是那个胖子的父亲，发现儿子花天价买下这盆橘树，放在哪个不知情的老人身上，也有割肉的感觉。这钱一定得退，但是钱都花出去了，拿什么退？李小岚想先拖几天，就说："要退，就让买这盆橘树的那个人过来，这笔钱数目太大，不能退给别人。"

老头听了，气呼呼地抱起橘树走了，临走扔下一句："你等着，我让买主来跟你对话。"李小岚怕这里面有猫腻，忙找出胖子的电话号码打过去。胖子在电话里说："这里面的事，你就别多打听了，他要退货，就给他退吧，你可以收他一千元的手续费，怎么样，我没坑你吧？"

看来真是空欢喜一场了，李小岚只好想办法四处借钱，但也凑不满十万，那只能让儿子再等一等了。可是过了好些天，也没见那个老头和胖子再来，李小岚咬咬牙，还是让儿子先做了手术，手术很顺利。可奇怪的是，那老头和胖子再也没有出现过。

转眼过了好几年，李小岚的花店生意越来越好，家里也渐渐有了钱。但每次想起当初这件事，她的心里总有些过意不去，怕好心人的家里因此闹得父子失和。于是，她带上十万元钱，按照发票上的姓名，千方百计地打听到胖子的地址，原来胖子是一家企业的老板。

李小岚来到胖子的办公室，提起了几年前那盆橘树的事，胖子不好意思地笑笑说："那老头跟我没亲戚关系，这件事已经过去了，就把它忘了

吧。”李小岚只当胖子谦虚，拿出十万块钱来，感激地说：“当初我拿到这笔钱的时候，就一直把那盆橘树当成是一张欠条，想有朝一日还给好心人，把橘树拿回来。”

胖子愣了一下问：“你没把钱退给他？这就怪了。”李小岚说：“那我现在把钱退给那位好心人，还不晚吧？”

胖子更加不好意思地说：“实话跟你说吧，根本没什么好心人，那老头是个坏人，那是我们办的一件不太光彩的事：原先他是个领导，我求他办件事，他想收钱又不敢直接收，我就转了一个弯，给他送一盆最贵的花，办完事后，我再让他去你那里退花，这样，我送他一盆花，他又把花退回去了，出事也找不出证据。”

李小岚听了，虽然觉得意外，但她还是觉得，如果不是那老人主动放弃了退货的权利，儿子的手术不一定能及时做。于是，李小岚请胖子带她一起去看看那位老人。

胖子不好意思推脱，于是两人来到了老人的家里。李小岚拿出十万元钱，要退给老人。谁知，老人很不高兴地说：“你们是来取笑我的吧？”李小岚急忙说：“我是真心来还钱的。”

老人把他们领进了里屋，李小岚一眼就看到了那盆橘树，还是那么茂盛，结出的果实更大了，也更鲜艳夺目了。老人叹了口气，谈起当年的事，悔不当初：“当初在位时，管不住自己，自以为安全，就想收点。那天我从你的店里出来时，非常生气，以为你们合伙做了手脚，就想报复你们，可是仔细一打听，听说你家孩子有病，急需钱做手术，于是动了恻隐之心，就没再去找你。也多亏这样，要不今天，我就没有机会跟你们在家里见面了。”

原来，就在老人退休前，因为受贿被“双规”了，好在数额较小，只是被开除了公职，要是算上那十万，他就得进监狱了。

李小岚看着眼前的那盆橘树，心中不由得感慨起来：要不是老人尚存一点良知，事情就不会是今天的结局。有些事情，虽然是以丑恶的面目开始，但在人们的善良本性面前会获得转机，最终朝着真善美的方向发展。

（题图、插图：魏忠善）

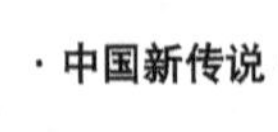

怕你找不到家

□胡秀欣

老爹找上门

秦大成毕业后留在了省城，还找了个城里的媳妇，他凭着老婆家的一点关系，逐渐爬到了副局长的位置，前途一片光明。

这天晚上，秦大成下班后刚把车开出停车场，一眼就看到老婆王娅娟站在大门边。秦大成急忙停下车，推开车门，略带疑惑地问："老婆，你在这里做什么？"王娅娟笑了笑，说："等你下班呀！"说着，扬了扬手中的一个盒子，上了车。

王娅娟坐稳后，把手中的盒子往秦大成面前一递，柔声说："送你的礼物，看看喜欢不？"秦大成接过盒子，不解地问："老婆，不过年不过节的，你干吗送我礼物？"边说边打开盒子，见是一个汽车导航仪，便笑着打趣道，"送我这个，是不是怕我找不到家呀？"

王娅娟把嘴一撅，故作生气地说："今天是咱俩结婚十周年纪念日，你都给忘了，你心里到底还有没有我呀？"一听这话，秦大成恍然大悟，忙赔着笑脸说："对不起，我这臭脑袋，越来越不记事了。今晚吃海鲜庆祝一下，好不好？"见老婆点头同意，他一踩脚下油门，直奔市里最有名气的海鲜城。

吃完饭回家时，已经是晚上八点多了。秦大成把车停进楼下车库，夫妻俩说说笑笑着走上楼。正走着，前面的王娅娟突然"啊"地惊叫了一声，下意识站住了。这时，秦大成也瞅见了，三楼他家门前，正坐着一个人。此人两手抱膝，头埋在胸前，好像是睡着了。

王娅娟眉头一皱说道："这是谁呀？怎么睡这里？"可能是听到了声音，那个人动了动，醒了，抬起头，目光茫然地转向他们。

秦大成一见这人是自己乡下的父亲，吃惊地大声叫道："爸，是你！你怎么来了？"

听着丈夫叫爸，王娅娟稍微愣了愣，也认出是住在乡下的公公来了。上下打量，见他头戴一顶褪了颜色的旧蓝帽子，皮肤黝黑，脸上皱纹堆积。粗衣布鞋，满面灰尘，不由心中暗想：这老头，还挺记路的。他们结婚十年了，这个乡下老头只是在他们结婚时来过这儿一次，事隔这么久了，他还能找到他们的家门。

秦老爹见儿子儿媳回来了，揉了揉眼睛，慌忙站了起来，指着旁边一个鼓鼓囊囊的编织袋，笑着说："家里今年种了点黑玉米，你妈非让我给你们送些过来，让你们尝尝，可甜啦。"

秦大成边掏钥匙开门边埋怨道："爸，你看你，就为送点玉米，跑了一百多里地，还不够路费呢。来时也不事先打个招呼，多亏你记得咱家，要是走丢了咋办？"秦老爹尴尬地笑了笑，有些得意地说："上一次，我来时，就记住了你家东面是汽车站，楼前有个飞鹰雕像。人虽然老了，可忘了啥也不能忘记自己儿子的家。"

三个人进了屋，没说几句话，王娅娟就推说自己有点累，睡觉去了。说心里话，她根本瞧不上这个土里土气的公公。秦大成见父亲还没有吃饭，只好下厨给他煮了碗方便面，弄了点咸菜。待父亲吃完饭后，两人又唠了几句，秦大成便打了个哈欠，露出一副很疲倦的样子，然后推开一间卧室的门说："爸，你孙子在他姥姥家，今晚你就睡他的房间吧。"说着，找出一张旧床单，铺在儿子的床上，连被子、枕头也都换了一套，收拾停当，秦大成就回自己卧室睡觉去了。

神奇导航仪

天亮的时候，秦大成去叫父亲起床。秦老爹刚站起来，突然身子晃了晃，"扑通"一声跌坐在地板上。秦老爹一咧嘴，惊叫道："我的腿，咋站不住了？糟了，该不是腿病又犯了吧。"说着，又挣扎着起身。秦大成上前扶住父亲，责备道："我让你不要来，你偏要来，你看累得犯病了吧。还得送你去医院……"王娅娟在一旁"哼"了一声，嘴里还嘟嘟囔囔的。

见儿子儿媳都一脸的不耐烦，秦老爹苦涩地一笑，说："我这腿是老毛病了。犯了病不用上医院，只要在咱家那热炕头上烙上一阵子，就好了。"

说到这儿，他将目光转向秦大成，略带哀求地说，“只是，我这腿不能走，你今天找个时间，把我送回去好不好？”秦大成无奈地点了点头，心里却直埋怨，这老头，不在家好好呆着，偏偏跑这儿来给自己添麻烦。

秦大成到单位打了个招呼，便开车送父亲回家了。在车上，他顺手打开了老婆送的导航仪。一路上，导航仪里不时传出甜美的语音提示：“前方200米左转……前方200米右转进辅道……”秦老爹吃惊地瞪大眼睛，不解地问：“儿子，这是什么东西，还能说话指路？真是神了！”秦大成得意地说：“爸，这叫导航仪，是高科技产品。不信你瞧，它能准确找着咱们村。”就这样，一路上，导航仪一会儿报左转，一会儿报右转，一直报到秦老爹所住的秦家村。秦老爹先是好奇、兴奋，渐渐地便默不作声了。

车子直接停在秦老爹家门口。秦大成下了车，打开车门，刚搀扶父亲下了车，就听背后有人喊道：“秦大成，真是你回来了！”秦大成回头一看，认出来了，喊他的人正是他小时候的玩伴大刚。此时，大刚满脸热情，快步奔了过来，一把握住秦大成的手说：“大成，好多年没见了，你可真忙呀，难得回来一次。”二人寒暄了几句，大刚就围着秦大成的车转了起来，边转边称赞道：“呵，你这奥迪车很不错呀，还是你大局长有派头，开起来一定很舒服吧？”说着，将头探进车里，左瞧瞧右看看。

秦大成早就从父亲那里听说，大刚一直开出租车，从村里往镇上来回拉客。最早从三轮车起步，干了很多年，如今也是鸟枪换炮，换了个二手捷达车。只见大刚边看秦大成的车边赞不绝口，突然，他把目光停在了导航仪上，好奇地问：“大成，这是导航仪吧？听说过没用过，能不能拿下来给咱瞧瞧？”秦大成伸手将导航仪从底座上拔了下来，递给大刚说：“拿去试试吧，只是这是老婆送的礼物，不然就送你了。”大刚连连点头，说：“我只是好奇，试一会儿就给你送回来。”

秦大成将父亲扶进屋里，发现母亲躺在炕上，一问，才知道母亲病了好几天了。母亲见儿子回来了，几乎是喜极而泣，病也似乎好了一大半。她高兴地从炕上爬起来，晃晃悠悠地起身去给儿子做饭。看着母亲满头的银发，秦大成心里觉得有些愧疚。想想自己有三年多没回家来看看了，这些年来，除了逢年过节寄些钱外，平时连电话都很少打。

母亲手忙脚乱地忙活着做饭，脸上始终挂着喜滋滋的表情。可没等饭做熟，秦大成的电话响了，一看号码，是小倩打来的。小倩原本是秦大成家的小保姆，后来两个人暗中好上之后，秦大成便金屋藏娇了。秦大成手握电话，几步蹿到门外，见周围没人，才按下接听键，就听见小倩娇气而又急促的声音：“大成，我肚子痛得厉害，快不行了，你快来啊，哎呀……”秦大成一听小倩这么说，心里也着急了，忙让她坚持住，自己马上赶回去。

接完电话，秦大成回到屋里，悄悄地拿过桌上的电话机，快速地拔掉电话的插线，诡秘地偷偷一笑。然后装出一副很着急的样子，撒谎说单位有急事，他必须马上赶回去。见父母一脸失望的表情，秦大成假惺惺地安慰道：“爸，妈，等我处理完单位的事，就回来看你们。”说完，急匆匆地上了车，绝尘而去。

可怜父母心

车子开上了大路，秦大成掏出手机给妻子王娅娟打了个电话，说母亲病得厉害，父亲腿又不能走，他大概要在老家住上一两天，照顾一下。打完电话，他心里暗自得意，父母的电话让他做了手脚，妻子就是想核实也打不通了。

秦大成一路飞车，很快就到了小倩的住处。小倩一见面就哭哭啼啼，说自己都病了两天了，身边连个照顾的人都没有。秦大成仔细瞅了瞅小倩的神情，知道是没什么大不了的病，她只是在装腔作势，骗自己多呆会儿罢了。此时，他也乐得逍遥，将小倩拥在怀里，柔声说：“宝贝，这两天我哪儿也不去，就陪你了。”

第二天，秦大成还在睡梦中，就被一阵手机铃声惊醒了，抬头看表，已经是上午九点多了。看电话号码，是妻子王娅娟打来的，不知发生了什么事，他忙摁下接听键，就听电话里王娅娟急切地问道：“秦大成，你现在在哪里？”秦大成心里不由“咯噔”一下，但还是故作镇静地说：“我在乡下爸妈这里啊，有什么事吗？”话音刚

落，就听王娅娟气急败坏地说："好呀，秦大成，事到如今，你还在骗我，我限你半个小时之内，马上给我滚回来，否则，别怪我不客气了！"说完，"啪"的一声，挂断了电话。

秦大成只得提心吊胆地往回赶，他怎么也想不明白是哪里出了差错。推开家门，一眼就瞅见秦老爹正坐在客厅沙发上，呆呆地发愣。而王娅娟一脸怒气。

秦大成顿时明白了事情败露的原因，他冲着父亲一瞪眼，埋怨道："爸，你怎么又回来了？你回来干什么？"

秦老爹先是一怔，随即目光慌乱地指了指怀中抱着的一个盒子，结结巴巴地说："我、我给你送这个导、导航仪来了，大刚昨晚送回来的。"

秦大成一听，心里这个气呀，恼怒地质问道："你腿不是有病不能走吗？"

秦老爹见儿子一脸的火气，更加不知所措了。他低着头，小声辩解："其实、其实我的腿能走，是装的。你妈病了想见你，我装着腿疼走不了路，就是想让你送我回家，让你妈见见你。"

听到这儿，秦大成把头垂了下来，一时不知说什么好了。他下意识地扭头瞅了王娅娟一眼，见她仍是怒目而视，心里不由得又怨恨起父亲来了。他余怒未消地一把抓过父亲怀中的导航仪，往旁边一扔，没好气地说："这东西用不用都行，你犯得着急着把它送回来吗？就你多事！"

秦老爹脸上抽搐了几下，嘴唇张了张，好半天，才低声说道："我怕你、怕你再回乡下，没这东西，找不着回咱家的路。"秦大成一听，顿时什么话都说不出来了。

王娅娟却在一旁吼道："他已经找不着回家的路了！秦大成，我和你没完……"

（题图、插图：刘斌昆）

食痴

□庞善考

明朝年间，白州有个杨天助，生意做得很大。这天中午，他正在房内午休，夫人来把他叫醒，说是他二舅公从北京回来了，看样子家都没有回，直接就上这儿来了。

杨天助一骨碌从床上爬起来，步出房外一看，只见厅中坐着一个乞丐一般的汉子，蓬头垢面，衣不蔽体，脚上连双鞋都没有，只有一层黑乎乎的泥垢。他怔了一怔，方才认出这人正是他的二舅公。

杨天助不由皱起了眉头。这位二舅公是他母亲的一位堂弟，姓李，有个外号叫李舌头。他有一门常人没有的本事：吃牛肉，能吃出牛的年龄；吃狗肉，能吃出狗的轻重。也正因为他这条天生的神舌，他从小就十分好吃，而且非常讲究，精到极致，不单把家产吃了个精光，甚至年过四十，连个老婆也娶不上。今年开春前，他向杨天助借了二十两银子，说是要到北京做买卖，没想到三个月不到就回来了。看他这副模样，肯定是生意做砸了。

果然，李舌头说在北京把本钱都赔光了，没办法，只好一路乞讨回来。杨天助无奈地叹了口气，吩咐夫人做两个菜，让他先吃饱肚子。

不一会儿，夫人摆上饭菜，李舌头饿久了，狼吞虎咽吃了三大碗饭，把一盘炸豆腐吃了个干干净净，可另

外一盘牛肉却一筷未动。杨天助奇怪地问他为何不吃牛肉，李舌头一本正经地说道："这牛昨夜三更放的血，天亮上市，到现在已有六七个时辰了，牛肉一定没有什么鲜味了，加上你夫人炒的时候火候不当，肉变老了，现在嚼起来就像咬棉布头一般，有这盘炸豆腐，不吃它也罢。"

杨天助和夫人听罢，都是禁不住既好笑，又生气，摇头暗叹，都到要饭的地步了，还这么讲究，真是没得救了。

李舌头吃饱肚子，喝了杯茶，然后左看右望，又是搓手，又是挠头。等杨天助夫人退出去后，他才脸红红地向杨天助提出，再借二十两银子去北京，他要把生意再做起来。

杨天助又皱起了眉头。李舌头见他不语，就说："外甥，你就再帮二舅公一次，我是真的要改掉自己的毛病，从今天起戒掉食瘾，踏踏实实做人了。"

杨天助正要说话，却见夫人在门外冲他打眼色，心下立刻会意，这钱万万不能再借给二舅公了。即便他说的是真话，把钱拿去做生意，可照他这副头脑，十有八九要做赔本的买卖。于是，杨天助说了声抱歉，谎称自己目前也需要银子周转，一下子实在拿不出来了。接着，就劝二舅公回家，老老实实打理那两块田地。

李舌头听外甥这样说，脸色尴尬极了，低下头听了半晌，就告辞回家了。

过了几天，杨天助忽然想起二舅公，心下隐隐有些不安。母亲的娘家就只剩下他这么一个男丁了，自己不闻不问，也对不起去世的母亲啊。眼下刚好身子得闲，他就称了两斤肉，骑上马去探望二舅公。

一炷香的工夫，到了李舌头家门外，只见房门半掩，推开进去一看，只见李舌头赤膊袒胸地躺在竹床上发呆。灶间十分冷清，看样子至少两天没生过火了。

李舌头从床上坐起来，一看他手中提着的肉，就喊："哎呀，这是后臀肉，虽然瘦，但肉太硬，口感不佳。外甥，你以后别买这种肉。"

杨天助一怔，气呼呼地把肉扔下，转身就走。可走出门口，心道：他连饭都吃不上了，我不管他，只怕会饿死。这么一想，他就又进去，问李舌头愿不愿意去他的纸厂干活，他一个月给一两银子。一两银子，已经比一般伙计多了一倍，李舌头一个人吃饭绰绰有余，还能攒点钱等以后娶老婆。

明摆着是外甥的好意关照，李舌头却低头考虑了半天，这才点头同意。

过了些日子，杨天助到乡下收债。路过二舅公的家，见他正好回来吃午饭，就进去看看。只见李舌头手里捧着一个小钵头，呼哧呼哧地喝着粥。桌上什么菜也没有，只是手里抓着块咸菜。而他比以前又瘦了些，光着上身，几条肋骨都数得一清二楚。

杨天助问他："怎么不买点肉？"

李舌头嘿嘿笑道："吃饱肚子就行，肉太贵了。"杨天助很奇怪，二舅公会嫌肉贵，这真是太阳打西边出来了，就问道："纸厂的李掌柜，他没有给你工钱吗？"

"给了，给了，每月足足一两。"李舌头慌忙从床底下的一个罐子里掏出几块碎银来，"你看，都在这儿呢，舍不得花，我想先攒着。"

杨天助十分高兴，二舅公果然开始改掉好吃的毛病了。

又过了一个来月，有一天，杨天助来到纸厂，看到二舅公时，大吃了一惊。只见他骨瘦如柴，只剩下一层皮包着骨头一般，肉都被风干了，仿佛一具干尸。他忙问二舅公是不是生病了，李舌头摇摇头，说自己什么病也没有。

杨天助想了想，有点儿明白了："你的银子都攒着？"李舌头呵呵笑着承认了："是，一钱也没动过。"

杨天助不知该说什么好了，二舅公这一改又改得太彻底了。临走时，他动情地劝李舌头："二舅公，你以前一门心思只顾吃，当然不行，但也不能太省了，人总不能老不吃肉呀！"李舌头并不说话，只是连连点头。

眨眼间，就到了冬天。有一天，天气异常寒冷，杨天助又去纸厂，在那儿见到了二舅公，他又是吃了一惊。李舌头只穿着两件单衣，冻得就像田里的茄子似的，连鼻涕都流不出来了。

杨天助问他怎么不做件棉衣，李舌头牙齿打了半天架，这才说出话来，说天不会冷太久，做一件棉衣要费不少钱，挺一挺就过去了。

杨天助又是好笑，又是心酸，不忍心再见他受冻，回去时，就把身上穿的皮大衣脱下来，送给了二舅公。

一个月后，杨天助再次去纸厂，却没见到二舅公。一问，才知道二舅公已经三天没来了。杨天助暗暗担忧，难道二舅公病倒了？事儿一忙完，他就骑

上马赶去探望。

来到二舅公家门外，一眼看去，院里有一大群公鸡，疯了似的奔跑嘶叫。可叫也叫不出鸡鸣声来，仔细一看，每只鸡的嘴里都淌着血。

杨天助心中十分惊诧，快步走进去，又见院里一个角落有一堆死鸽子，脑袋都被从中剖开成两半，样子极为恐怖。走到门前，只见门边又扔着一堆死鱼，肚子都被剖开了，鱼肠子到处都是。

杨天助惊疑万分，急急推门进去，只见二舅公好端端地坐在屋内，这才松了口气。接着定睛一瞧，不由得怔住了。

只见李舌头满面红光地坐在椅子上，身上只穿一件单衣，脚下燃着一盘炭火，旁边一张小桌上摆着一盘菜和一壶酒。此时，他正惬意地自斟自饮，嘴里似乎嚼着菜，眼睛半开半闭，竟似陶醉了一般。

直到杨天助走过去，李舌头才似从梦境中惊醒，看了一眼来人，坐正身子招呼道："哦，原来是外甥来了，快来快来，快来尝尝我的菜。"说着，从盘子里小心翼翼地夹起一筷菜，送到杨天助嘴边。

杨天助只好张嘴吃下去，他吃不出是什么东西，只感觉怪怪的，但味道却鲜美无比。

二舅公微笑着问："怎么样，好吃吧？"见杨天助点头，他满脸得意之色，呵呵笑道："这是鸡舌，你再尝尝这个。"又夹起一筷送来，"这是鱼鳔子。"

杨天助一愣，恍然大悟，推开他的筷子问道："原来外面的东西是你买来做菜的？"

"是呀，是呀。"李舌头笑道，"这道菜要用公鸡舌、鸽脑和草鱼鳔子，而且还要十几种佐料，我足足做了三天呀，对这盘菜来说，外面那些就只是一堆臭肉了。"

杨天助指着他，气得差点说不出话来："你你你……你不是要把钱攒着吗？我还以为你真的戒了呢，唉！"

面对外甥的指责，李舌头充耳不闻，脸上没有丝毫愧疚之色，反而兴致盎然地说道："外甥呀，这可是天下难得的美味啊！你听我慢慢给你说来。"

杨天助耐着性子听着，脸都气绿了。原来去年李舌头听人说，北京有一道名菜叫"百雀归巢"，是天下最好吃的美味，于是动了食心，向外甥借钱，说是做买卖，其实是要去北京吃菜。他千里迢迢跑到北京，只吃了一个菜，就把银子花光了，只好一路要饭回白州。不过，他有过舌不忘的本领，这道菜要用什么料，怎么制作，经他的舌头一咂，都摸得一清二楚。从北京回来后，他一心想的就是能自己做一道，再吃一次。

验明正身

□卜一先

阿宝和阿美两口子都是海归，回国后，买了一套房子作为他们的爱巢。两人在国外生活了好长一段时间，无论是思想还是生活习惯，都比较超前，很快就成为了那个小区众人瞩目的一对夫妻。

这天，阿美先下班，回到家门口一摸，才发觉忘带钥匙了。这下，阿美急了，因为老公平常就不爱带钥匙，大门的钥匙除了他们夫妻俩，没有第三把。一打电话，阿宝果然没带。阿美只好找开锁公司的人来开门。

开锁公司的人很快就来了，是个五十出头的老师傅。阿美领他到自家门前，老师傅却先问她要证件，身份证、户口本或者房产证都行。

阿美一愣，这些东西都在屋里呢。老师傅一听，两手一摊“那不行，

李舌头摇头晃脑地说道：“我足足攒了十个月，十两银子一钱也舍不得动，这才攒够钱做这道菜啊，只是酒钱还没有着落，迫不得已，只好把外甥送我的大衣先拿去当了。唉，这辈子能二尝此美味，死也瞑目，死也瞑目啦！”说罢，夹一筷菜进嘴，慢慢咀嚼，细细品味，一脸满足幸福之色，竟似到了极乐世界般。

杨天助听得目瞪口呆，本来想冲他发作一场，可看着二舅公悠然快乐似神仙的模样，不禁感慨万千：这人一旦对什么到了痴迷的程度，实能把人害死。回去后，他当即写下“戒痴”两字，挂在厅中，当作家训。

（题图、插图：黄全昌）

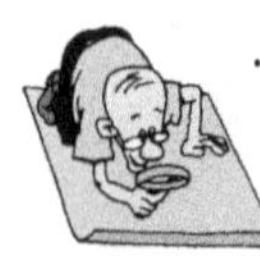

这锁我不能开。”

无论阿美怎么保证，老师傅就是一根筋，先看证件后开锁。后来他看阿美实在着急，心下也有几分相信了，想了想说：“我给你出个主意吧，你叫对面楼的杨老头给你作证明。我信得过他，他肯给你证明，我就给你开锁。”

阿美忙说行。老师傅亲自带她去找杨老头，阿美一瞧有信心了，原来杨老头也住五楼，跟她家正好面对面，应该认得自己吧。

老师傅敲开门，对杨老头说明了来意。阿美笑着往他面前一站：“大爷，麻烦你了。我就住在你家对面五楼，你看看，认得我吧？”

杨老头十分谨慎，先戴上三寸厚的老花镜，朝着阿美的脸足足盯了半分钟。最后他摘下眼镜，挠起了头皮。阿美不禁有点失望，这老头人老眼花，估计认不得什么人了。

杨老头犹豫着说道：“好像见过……”

老师傅一笑，说“不行哟，这‘好像’可不行，你得说清楚，见过还是没见过？”杨老头歪着脑袋，又围着阿美琢磨了一阵，迟迟不能作出判断。

阿美急得直跺脚“大爷，我不骗你，我真的住在你家对面！”

“别急，别急嘛。”杨老头不慌不忙，打开一个房间门，冲她招招手，示意她进来。

阿美疑惑地走进房间，杨老头随即把门掩上，转身笑呵呵走过来，指指她身上穿的吊带裙：“你把裙子脱下来……”

什么？阿美一怔，以为自己听错了。杨老头面不改色地说：“你把裙子脱掉，我就给你证明。”

阿美顿时气坏了：“老东西，你想得美！”气冲冲地拉开门走出来。老师傅一看，忙问：“怎么样，他肯证明吗？”

阿美没好气地说“你给我找的什么人，他叫我进去脱裙子！”

老师傅一听傻了，不相信似的看着随后出来的杨老头。杨老头冲他摆摆手：“对不起，我不能证明。”

两人下了楼，老师傅说既然杨老头不能给你作证，那我也没办法了。阿美又气又急，刚好这会儿，老公阿宝回来了。

阿美立刻把刚才受的委屈倒了出来。阿宝听罢，气得脸色铁青，冷笑道："我们还是请他来给我们作证明吧，我倒想见见这个老色鬼。"然后请老师傅上去把杨老头叫下来。

过了一会儿，老师傅和杨老头下来了，阿宝怒气冲冲地瞪了杨老头一眼，往他面前一站："大爷，我是她的老公，你见过我们吗？麻烦给我们作个证。"

"行啊。"杨老头仍然面不改色，慢悠悠地戴上老花镜，盯着阿宝做起了鉴定，左瞧右看了半晌，晃晃脑袋"不行啊，我只有五分的把握。"

阿宝怔了怔，要么见过，要么没见过，怎么只有五分呢？

"这样吧。"杨老头指指后面的墙，"你站到那儿去，我再看看。"

阿美在一边差点气破了肚皮，这老头拿他们当猴耍啊？忍不住嚷了起来："莫名其妙，不要他证明了，咱们把门砸了算了！"

阿宝也几乎气得要跳起来发飙，转念一想：我倒要看看你能玩什么把戏。压了压火，转身退到后面那堵墙边站着，冷冷地瞅着杨老头。

杨老头又冲他指指："把衣服和裤子脱了。"

老师傅在旁边一听，又傻了，杨老头今天咋回事，脑袋让驴踢了？

阿宝恨得牙痒痒的，这老头到底什么意思，先要我老婆脱裙子，现在又要我脱裤子。杨老头见他没动，接着喊"快脱呀，脱了我能给你证明。"

阿宝一咬牙，脱就脱，你要敢耍我，有你好看的！三下五除二，果真把衣服脱了个精光，只留一条裤头。他拍拍胸膛："大爷，我脱了，怎么样……"

话没说完，杨老头激动地一指他："就是你！"接着向老师傅大声说道，"给他家开锁，放心，我敢用脑袋给他担保，他们就是住在我家对面的两口子！"

老师傅又是疑惑又是好笑："您真的这么肯定？"

"我就这么肯定！"杨老头气呼呼地嚷嚷道，"他一脱下衣服，我立马就能认出来了。他们两口子平时在家都光着身子，窗帘也不拉，甚至还晃到阳台上，我就认得他们这身肉！别以为我真的老眼昏花啊。"

阿宝两口子恍然大悟，对视一眼，心头不禁涌上几分愧疚：看来国内和国外的生活习惯还真有很大的不同，今后在家可不能太随意了，邻居们都有意见呢，这老头分明是借这个机会提醒他们哪！

（题图、插图：谢 颖）

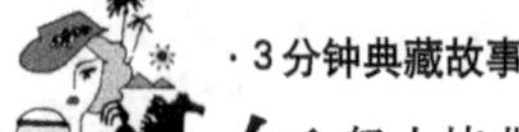

泥鳅情

年轻人毕业后，被分配到山区的一所小学教书。那时正值夏季，年轻人发现，学校里仅有的十个学生全都脏兮兮的，胳膊小腿上都是泥浆。因为这帮孩子经常到河里打鱼摸虾，从而换点盐钱帮补家用。

从第一天开始，年轻人就有打道回府的想法，所以教书很不卖力。在课堂上，年轻人常常有气无力地讲着根本没有备过的课，声音很轻很轻，他就只盼着回城的调令早点到来。

很快，秋天来了，天气越来越冷，就在年轻人又一次心不在焉地讲完课后，十个学生突然齐刷刷站在年轻人的面前，每人从书包里掏出了一个塑料袋。塑料袋里有水，水里都养着两条泥鳅。他们认真地说："老师，你讲课的声音小，是底气不足，爷爷奶奶说，吃用泥鳅炖的汤就有好效果，特别讲究的是，多少岁就吃多少条泥鳅！"

年轻人愣了，他今年二十岁，他们每人两条，总共刚好二十条。年轻人问："你们怎么知道老师的岁数？"学生们一乐，说："星期天，我们一起到乡教育组打听来的。"

年轻人听到这儿，眼眶里顿时充满了感动的泪花，这儿离乡里有近十公里山路，在这日渐寒冷的天气里，他们在冰凉刺骨的河里摸泥鳅……

从这天起，年轻人再也不想调动的事了，这一条条黝黑的泥鳅、一颗颗至纯的童心足以让他感动一辈子。

（作者：朱胜喜）

盲人引路

清晨，一个牵着山羊的青年因为大雾迷了路。这时，一位盲人拄着拐棍走过来，青年问他是否也因为大雾弥漫而迷了路。盲人笑着说："我眼睛原本就看不见，有没有大雾对于我没有什么影响。我走路完全靠记忆，走过的路不会走错的。你跟我走虽然慢一点，但是一定不会迷路。"

青年喜出望外，牵着山羊跟盲人向前走。盲人一边在前面引路，一边和青年攀谈起来，问他大清早到哪里去。青年说：“哦，我去镇上卖羊。”

盲人说“是母羊还是公羊，养了几年？”青年随口说：“是母羊，已经养了三年啦！”

雾气越来越大，青年牵着山羊继续跟着盲人走。走了一会儿，盲人突然抓住青年的手，大声说：“这里是派出所，快进去坦白交代偷盗山羊的犯罪经过吧！”

青年是个惯偷，他因偷盗村民养的鸡鸭羊，已经多次进派出所了。在民警的追问下，青年承认山羊是刚从一户村民的羊棚里偷来的。青年疑惑不解地问盲人：“你是盲人，什么都看不见，怎么就知道我是小偷呢？”

盲人笑着说：“我养了几十年羊，根据它们不同的叫声，可以判断是母羊还是公羊，多大岁数。你牵的明明是公羊，你却说是母羊；明明才一岁多一点，你却说已经养了三年。还有，羊被主人牵着和被陌生人牵着，叫声完全不同。根据这些，我判定这羊肯定不是你自己的！”

小偷这才明白是怎么回事，头像遭到霜打的草一样低了下去。盲人说：“别看我是盲人，心里亮堂着呢！我把你引到这里，是让你坦白从宽，重新做人。”

（作者：钱欣葆）

抠泥土的小男孩

午后，路边有个小男孩正用手指，从草皮的空隙中抠着泥土。这时，走过来一群青年男女，问他在干什么。小男孩说：“我想抠些泥土带回家！”

这群青年人更感兴趣了：“你是把泥土抠回家捏泥人吧？我们和你一起捏吧？”

谁知，小男孩紧紧握住手中的泥土，连连摇头：“我拿泥土回家涂爸爸的鞋！”青年人一听，纳闷不已。

小男孩轻轻地说：“我爸爸是地质队的，平时很少回家，我妈妈得了重病。爸爸每次出门都不放心我们，就怕我们被坏人欺负。可我是家里的男子汉，怎么能让坏人得逞？所以，每次爸爸出门后，我都会到外面抠些泥土带回家，然后把泥土涂在爸爸的鞋跟处，再把鞋放在门口，让坏人知道我爸爸在家，这样一来，坏人就不敢上门了。我每天换一种泥土涂爸爸的鞋，直到爸爸回来……”（作者：阿　喜）

（本栏插图：安玉民　梁　丽）

□宋光咛

宝马寻家

醉酒尴尬

白县有个做皮革生意的老板，圈子里称他张扒皮，他平生有两大爱好，一是酒，二是车。喝点小酒，开上宝马，城里城外飙上几圈，不知有多快活。用他的话说，神仙也就这水平了。

一天晚上，张扒皮又在饭店和一帮哥们喝上了，直喝得稀里糊涂，晕头转向，最后也不知怎么上的车，回的家。反正醒来睁眼一看，日头都老高了。他觉得头痛欲裂，晕乎乎地正想掀被子起床，哪知道却抓到了一个方向盘。

张扒皮瞪大眼睛一瞧，怪事，自己居然还坐在车里哩，敢情啊，自己昨晚就在车上醉了一宿。他挠挠头皮，嘿嘿乐了起来，这种事已经不是头一回了。接着往身上一打量，又愣了。咋的？原来自己全身上下就光穿着一条短裤头。

裤子哪儿去了呢？张扒皮把车内翻了个底朝天，也找不到他的衣服。张扒皮呆了呆，想了想，马上明白是咋回事了，骂了句："这帮龟孙子！"原来，昨晚喝到兴头上，那帮哥们趁他喝得麻木了，出了个拼酒的鬼点子，输了要脱衣服。结果，他就输成了现在这副模样，手机钱包都在衣服口袋里，后来上车时也忘拿了。

张扒皮心想，我还是先开车回家穿上衣服吧，要不让人看见又出笑料了。一拧车钥匙，发动机喘了两下，没了声息。他一连打了几下，车都发动不起来，一看油表，已经沉到底了，这才知道没油了。张扒皮气得破口大骂，自己昨天刚刚加了油，咋就没了呢？

张扒皮坐在车里郁闷地生起了气，这下咋办呢？总不能穿一条短裤走回家吧？看来只能躲在车里，等待救援了。

张扒皮的车停在一条街道旁，对面不远有个包子铺，门口摆放的蒸笼冒出滚滚的热气。张扒皮昨晚光拼酒，不吃菜，肚子里一点货也没有，此时正饿得前胸贴后背，饿狼似的盯着那些白花花的包子。可他身上除了一条短裤，再无一物，只有干咽口水的份。

在车里熬了大约半个钟头，张扒皮直饿得两眼发花，感觉这样等下去不是办法，还是得走出去呀！考虑了一会儿，一咬牙，打开车门下来了。

不出所料，街上的人乍一见他，身上只穿一件裤头，又从那么漂亮的车上下来，都惊奇地瞪大了眼，有的人还捂着嘴巴偷笑。

张扒皮遮遮掩掩地靠着车门，对一位戴眼镜的小伙子喊“兄弟，你别光笑呀，借个电话给我打打，江湖救急呀！”

小伙子挺讲义气，马上就掏出手机，笑吟吟地递了过来。张扒皮拼命想了想，好不容易摁下了老婆的手机号码，飞快地说道：“是我！你不要问，听我说，我的手机丢了，现在是借别人的手机跟你通话……”可老婆还是插嘴骂了句：“你这个死鬼，一晚没回来，到哪里鬼混去了？”

“住嘴！”张扒皮怒气冲冲地打断老婆的话，“你现在马上开你的车过来接我……”掉头问小伙子，这里是哪儿？小伙子说是人民路。张扒皮又接着对老婆下达命令：“我现在在人民路，我的车也在这里，不要问了，马上来，记得给我带套衣服！”

通完话，张扒皮千恩万谢地把手机还给人家，赶紧又钻进车里躲着。这时天上的日头既大又猛，车里的空调又不能工作了，车里像个蒸笼一般，没一会儿工夫，张扒皮就像从水里捞出来一样，全身大汗淋漓。

张扒皮心急如焚地盼着老婆出现，哪曾想，这一等，就是半个多钟头，老婆还没有到。张扒皮又怒又急，索性豁出去了，跳下车，跑到离车不远处的一块广告牌下，暂且先喘口气再说。

街上虽然人来人往，对他感兴趣的人也很多，但谢天谢地，总算还没有碰上一个熟人，要不然脸就丢大了。眼巴巴又等了一阵，但老婆仍然迟迟没有露面，张扒皮只得又厚着脸皮向路人借了个手机，打通了就破口大骂：“你这个臭三八，以为我在跟你开玩笑吗？你再不马上来接我，老子

明天就休了你！”

老婆也不甘示弱：“休你的鬼，我早就来了，怎么也找不到你。”张扒皮皱着眉头，左右看了看，给老婆指示自己的方位，说自己现在站在一根电线杆下，上面是块广告牌，广告的内容是“只生一个好，女儿也是传后人”，对面有一家快餐厅，他的白色宝马跑车就停在左边大约十米的地方。

老婆回话说等着，五分钟内到。张扒皮抱头蹲在地上，一分一秒地计算着时间。没想到才算到三分钟的时候，刚才借电话的人跑了回来：“大哥，你老婆问你到底在哪儿。”

张扒皮气得七窍生烟，接过电话一听，老婆在那头嚷道：“我已经来到你说的位置了，怎么还是不见你呀？人民路，对吧？我现在就站在广告牌下，‘只生一个好，女儿也是传后人’，对吧？快餐厅，对吧？左边是有辆白色的车，可车牌不是你的啊！你是不是要玩死我啊？”

张扒皮瞪圆眼一扫，哪有老婆的影子？他怒不可遏，冲老婆吼了句：“你别来了！”说完，恨恨地挂了电话，他想明白了，自己一开始就不应该向老婆求援。这婆娘一向反对自己喝酒，她明显是要借这个机会让自己尝点教训呢。张扒皮恨得牙痒痒的，心说等会回去看我怎么收拾你！

古怪邪门

借手机的人是个热心肠，主动叫他别着急，要不再换个人打打。张扒皮感激涕零地说着谢谢，飞快地拨通了公司职员小刘的电话，叫他马上开公司的面包车来接他。小刘说十五分钟内保证到。

然而，张扒皮已经默算到了二十分钟，也没见到小刘。他觉得好没道理，小刘是万万不敢违背他的命令的，平常就算他放个屁，小刘也会向他请示怎么处理这个屁，他怎么可能敢跟自己开玩笑呢？

没办法，张扒皮又求爷爷告奶奶，好不容易又借了个手机打，劈头盖脸就是一句："你他妈的是不是不想干了？"

小刘似乎一肚子委屈："张总，我早就来了呀，已经把这条街走了三遍，可就是没看见您啊。"

"笨蛋！"张扒皮气得全身哆嗦，情急之下，干脆爬上了他的车顶站着，"你要是眼睛没瞎，就能看见路边有一辆白色的宝马跑车，车顶上站着一个疯子，身上只穿一条短裤，那个人就是我！"

小刘说："是，是，我明白了！"

还了手机，张扒皮顶着烈日坚持站在车顶上，生怕一下来小刘就找不着他了。借手机的人似乎对这事来了兴致，站在一旁饶有兴趣地等着看结果。

也不知过了多久，张扒皮都快被晒成黑人了，可小刘竟然还是没有出现。张扒皮终于撑不住了，猴一样跳下车顶，刚好这时借手机的把电话递了过来。他也没有力气骂了，说道："你明天不用来上班了。"

小刘在那头委屈得快要哭了："张总，我怕坐在车里看不清楚，就下车走，已经来回跑了六遍，就是不见您啊！"

这怎么可能呢？自己这么大一个活人，他们怎么就没看见呢？张扒皮被日头晒得有些神智不清，加上又饿得精神恍惚，突然间只觉得一股寒气从脚底直冒上来：难道自己已经死了，来到了阴间？

想到这儿，张扒皮害怕起来，当下把什么都抛在脑后了，不顾一切地冲到街上拦出租车，打算让人家把他送回去，然后再付车费。

冒险拦下了一辆，可没等他把自己的意思说出来，那位的哥就抢白道："别来这一套，我看你从哪儿掏钱给我？"说着把车开走了。

张扒皮转身又拦了辆三轮车，结结巴巴地说到了再给车费，起码给十倍。司机一瞅他的模样，脸上露出了会意的笑容："我理解的，刚从别人家里跳下来吧？还好穿了条短裤。上车上车，不过，你可要说话算数！"

张扒皮连声应着，赶紧跳上车："到花园小区。"

三轮车转弯抹角跑了十来分钟，"嘎"一声停下，司机扭头说："到了，我跟你去拿钱吧。"

张扒皮一看，车是到了一个住宅小区，可却不是自己住的地方，就说错了。司机一指上面："错你的头，这儿明明写着花园小区。"

张扒皮一抬头，确实是"花园小区"，但真的不是自己住的地方啊。司机有点火了："全城就这么一处地方叫花园小区，不是这个，还会是哪个？"

张扒皮下了车，揉揉眼睛，左看

右看，又使劲拉拉脸上的肉，脑子浑浑噩噩的：怎么回事？他也知道，全城也就一个花园小区，而且是最高档的住宅区，可怎么突然之间全变样了，还是自己得了失忆症？

司机可不管他，催他快点拿钱。张扒皮苦笑，说自己家并不在这儿，怎么拿钱？司机想了想，拿出手机让他打电话叫朋友送钱来。

张扒皮只好试着拨了个朋友的号码，说了自己的位置，让他立刻赶来。没想到，朋友一听就笑了起来，说你别跟我开玩笑了，我现在就在花园小区的门口，正想到你家去喝茶呢。

张扒皮一愣，环顾了一周，身上刷地冒起了冷汗：怎么这么邪门？他忽然明白了，自己刚才错怪了老婆，老婆真的来找他了，可就是看不见他。司机又催他打，张扒皮喃喃说道："没用的，他们看不到我。"司机愣了愣，火冒三丈："你是鬼啊？我怎么能看到你？你他妈想赖账！"不由分说，一拳就打过去。

张扒皮被三轮车司机摁在地上狠揍了一顿，脸上有青有红，身上有黑有黄，爬起来一看，活脱脱变成了个疯子加乞丐。

张扒皮实在想不明白，为什么如此简单的一件事，竟然搞到了这个地步。他稳了稳神，心想：我就不信我他妈的死了！于是决定自己走回去。

原来如此

张扒皮一心想着回家，全然不顾路上人们的指指点点，走了一条街，又过了一条街，忽然眼前一片茫然，不知该往哪儿走了。虽然在这个地方住了十几年，但以前他出门必坐车，现在突然从车上走下来，换了个角度，却似乎对路一点儿印象都没了。

像一只无头苍蝇在街上转悠了半天后，天就黑了，张扒皮又累又怕，又饿又渴，再也走不动了，倒头就在一个街角睡着了。

等他再次醒来，已经是第二天的早上。这时，张扒皮连站起来的力气都没了，只能奄奄一息地坐在那儿等待奇迹的发生。他不甘心就这么不明不白地死去，或者变成一个乞丐，于是怀着最后一丝希望盯住过往的人们，希望能碰到一个认识的人，帮助他回家。

然而还是没用，一个上午过去了，张扒皮没碰到一个认识的人，也没有认识他的人碰到他。就在他快要绝望的时候，突然看见远处驶来一辆白色的宝马跑车。

张扒皮不觉精神一振，这辆车的身影他是多么熟悉啊。他摇摇晃晃地站起来，渐渐地看清楚了，车上挂的牌子正是自己的。眼看那车越来越近，他不敢相信地指着车，张大了嘴巴。

车子在他面前停下，老婆从车里跳了下来。张扒皮顿时惊喜交集，吃惊地指着她："你你你……"

老婆看着他的模样，哭笑不得："你什么？我是你老婆！你的车我加上油了。"说着，从车里拿出水和面包给他吃。

张扒皮吃了些东西，缓回了口气，望着老婆说"真邪门，太邪门了，我一定撞鬼了！"

老婆没好气地骂："撞你的头！要不是交警查你，这辈子你就别想回家了，看你以后还喝不喝酒，还飙不飙车！"

张扒皮不明白："咋的啦？交警查我干啥？"

说着话，后面来了辆警车，下来两个交警，一左一右拉着他上了警车，打开一台电脑，说要给他看些好看的。

张扒皮疑惑地瞪着电脑，上面放的是一个高速收费站监控镜头拍的视频。只见一辆白色宝马车像飞机一样冲了过去……

张扒皮吃惊地指着里面的车喊："天啊，这是我的车！"交警说："当然是你的车了，那天晚上你就这么从收费站冲了过去，时速超过了一百五十公里。"

"怎么可能？"张扒皮大声嚷了起来，"我喝醉在车上睡着了，而且车里一点油都没有了。"

交警说"当然没油啦，从白县到我们自县二百八十公里，已经够远的了，要还有油，你恐怕早跑到北京去了！"

"什么，这是自县？"张扒皮觉得脑袋轰的一下，一屁股瘫在车上。他可一点儿都不知道，原来那天晚上自己把车飙到了二百八十公里之外的自县，醒来后还以为在白县呢，而恰好两个县都有一条路叫人民路，都有一个小区叫花园小区，以至于搞成了现在这个状况。

张扒皮看看两个似笑非笑的交警，又看看对他怒目而视的老婆，一时间说不出话来"我……我……"忽然紧紧拉住交警的手，大哭了起来。

（**题图、插图**：张恩卫）

谁说与你无关

□子　墨

医院在欢喜大酒店包了一个会场，举行护士培训。护士李青早上喝了一大杯豆浆，到现在脸都憋青了。但上课前院长有规定，为了维护会场良好的氛围，会议期间无论谁都不准进出，违者罚款五十元，回来还要做检讨。李青只好坚持再坚持。

好不容易熬到会议结束，李青逃命似的冲向洗手间，但还是晚了，女洗手间前已排起长龙。

李青急得要骂娘，但她不敢乱动，怕自己动作再大点，就真得“就地解决”了。

大家见李青这个样子，便起哄道:“真憋不住了呀，上隔壁呗，那里没人。”隔壁指的就是男洗手间。这一天接受培训的一百多个护士里，男护士只有几个，而酒店的这一层又给医院包下了，所以现在男洗手间里一个人也没有。

李青也真是憋不住了，便顾不得忌讳，向男洗手间探了探头，又喊了几声:“有人吗？”见无人应答，就一头跑了进去。旁边的人愣了一下，然后哄地笑开了。突然“扑通”一声，接着传来李青杀猪似的惨叫声。原来李青跑得太急，地板又湿又滑，一下子没注意，摔了个饿狗吃屎。大家知道大事不好，纷纷跑进男洗手间，她们看见李青的鼻子歪到一边，鼻血直流，急忙把她送到医院。

经医生诊断，李青鼻梁骨骨折，

要住院治疗。李青在医院住了三天，花了七千多块钱，鼻梁骨虽然接上了，但还是留下了疤痕，被医院定为十级伤残。

人倒霉起来，真是喝水都塞牙缝。上个洗手间都摔个十级伤残，花了冤枉钱不说，还成了医院里的笑柄，而那个欢喜大酒店从头到尾都没人来过问一句，李青越想越窝囊，决定向欢喜大酒店讨个说法，要他们赔偿医药费和精神损失费。

欢喜大酒店很热情地接待了李青，也很客气地说："你未经批准擅自进入男厕所，导致受伤，责任自负，与本酒店无关。"

李青的倔性子上来了，头一昂大声说："我是在你们酒店里摔倒的，你们就有责任，咱们法院见！"

说是这么说，但真要做起来，李青心里没底，不知道能不能告赢酒店，于是找来了律师朋友凌刚，把事情经过说了一遍。凌刚非常支持李青，还说现在在中国，很多人发生了什么事，就爱自认倒霉，不懂得用法律维护自己的权益，而李青能勇敢地站出来用法律维护自己的权益，他非常欣赏，无论如何他一定会帮李青打赢这场官司。

听凌刚这么一说，李青信心大增，底气也更足了，一纸诉状将欢喜酒店告上了法庭。

诉讼过程并不顺利，欢喜大酒店请来了大律师，死死咬住李青作为女性，不应该上男洗手间，而她擅自进入男洗手间，酒店方也并不知情，所以李青应负全责。

凌刚还是很有经验，他没有在这个方面跟酒店作过多争论，而把注意力放在地板湿滑上。他认为酒店没有及时处理地板上的水渍，导致李青摔伤，酒店没有尽到对顾客安全保障的义务，应该给予赔偿。

最终，法庭认定，在这件案子中，男性还是女性的区别并不是造成滑倒致伤的条件，地面湿滑才是造成滑倒的原因条件，李青基于生理要求进入男洗手间方便，符合人道主义和生活常理，并没有构成过错。法院最终判决李青胜诉。

律师点评：

在这个故事中，我们主要看李青诉讼要求酒店赔偿的依据是否合理合法。李青的代理律师恰恰巧妙地抓住了这两个关键要点：一是培训当天女多男少，导致酒店洗手间男女比例明显失调；二是男洗手间里客观上存在地滑以及没有及时清洁的状况。由此认定李青上男洗手间的合理性。因此，客观上存在一定过错的酒店就应当承担一定的民事赔偿责任。当然，赔偿多少，这要根据过错的不同程度作出适当的判决。

（**题图、插图：**刘斌昆）

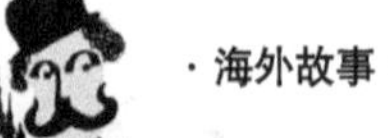

真假大盗

□风过铃

里昂最近出现了一个神出鬼没的大盗罗格，专门盗取收藏家的名画。这个罗格有个奇怪的习惯：每次出手前都要给收藏家寄一封信，上面写着作案时间，可不管那些收藏家怎么防备，到了约定时间，名画就会不翼而飞。

短短一年间，就有十几位收藏家的珍贵藏品被盗。负责这个案子的亨利探长忙得焦头烂额，可一直没有头绪。这天傍晚，他独自驱车前往市郊的月亮山庄，拜访在收藏界内很有名气的鉴赏家里斯特。

里斯特以前曾是亨利探长的助手，后来改行成了一名艺术品鉴赏家。他见老朋友亨利来访，非常高兴，忙吩咐女仆安娜准备晚饭，然后领着亨利参观自己的庄院。

亨利探长显得心不在焉，很快就把话题转到了神秘大盗罗格的身上："我这次前来找你，是想借助你的专业知识，找出大盗罗格的弱点，把他捉拿归案。"里斯特一听，表现出浓厚的兴趣，满口答应了。

两人在庄院里转了一圈，回到了客厅，餐桌上已经摆满了丰盛的食物。里斯特邀请亨利探长入座"今天的主菜是烤羊排。"说着，伸手揭开桌子中间的大银盘的盖子，出乎意料的是，盖子下面并没有烤羊排，只有一张纸条，上面写着："羊排味道不错，但我更喜欢《腌熏鲱鱼》。今晚八点，我将带着它离开这里。大盗罗格。"

这时，墙上的老式挂钟响了，"当当当……"刚好八下。亨利探长和里斯特顿时紧张起来，两人东张西望了一会儿，什么事也没有发生。这时，安娜端着一碗汤从外面进来，里斯特指了指空空如也的银盘，说："安娜，这是怎么回事？"

安娜一脸莫名其妙："我也不知道，我把烤羊排放在桌子上后，就到厨房忙去了。"里斯特想了想，故作轻松地说："也许有人在跟我们开玩笑，没事了，你继续忙你的吧。"

看着安娜离开客厅，亨利探长疑惑地问："你这位女仆可靠吗？还有，《腌熏鲱鱼》又是怎么一回事？"里斯特说："安娜已经服侍我七年了，绝对没有问题。《腌熏鲱鱼》是一幅油画，是梵高的代表作之一，去年我低价收来，现在行情上涨，至少可以卖到八百万美元。"

亨利探长想了想，说："梵高？对了，大盗罗格一共偷了二十四幅画，其中有六幅是梵高的油画，看来这家伙对梵高的作品情有独钟。"里斯特点了点头，似乎在考虑着什么。

随着时间一分一秒地过去，大盗罗格一直没有出现，亨利探长抬头看看挂钟，已经八点二十分了，他忍不住说道："奇怪，大盗罗格一向守时，这次怎么没有来？"里斯特微微一笑，意味深长地说："有大名鼎鼎的亨利探长守在这里，大盗罗格就算再大胆，也不敢来了。"

亨利探长也笑了起来，里斯特一边把空着的银盘挪开，一边说："既然大盗罗格不敢来了，我们就继续用餐……"说到这里，里斯特的声音突然停顿，只见挪开的银盘下面，也有一张纸条："《腌熏鲱鱼》我早上就已取走，现在才来通知你，如有失礼之处，敬请包涵。大盗罗格。"

看到这张纸条，里斯特的脸色一下子变了，他站起身，飞快地冲进书房，亨利探长也跟了进去，只见里斯特移开墙上一幅壁画，露出一个暗藏的保险箱，他打开保险箱，从里面取出一幅油画……

就在这时，只听"砰"的一声，房门外传来一声枪响。里斯特回头一看，只见亨利探长手捂胸部，摇摇晃晃地倒了下去，里斯特急忙伸手扶住亨利探长，却听门外有人冷冷地说道："如果你不想和亨利探长一样，就乖乖站在原地不要动。"里斯特只好缩回手，他抬头一看，只见门口出现了一个陌生男子，手上握着一把柯尔特手枪，狞笑着说："里斯特先生，我就是大盗罗格，请把你手上的《腌熏鲱鱼》交给我。"

里斯特打量了一下对方，只见他长得又高又壮，额头上有一道醒目的刀疤。里斯特又看了看满身鲜血的亨利探长，疑惑地问："你就是大盗罗格？你不是一向很守时，可现在已经八点半，你迟到了。"

罗格嘿嘿一笑，说："在你带亨利探长参观庄院时，我把你墙上的挂钟

拨快了半小时，所以现在正好是八点。”里斯特仍有些犹豫:“可是大盗罗格只偷名画，从不伤人，你为何把亨利探长杀了？”

罗格目露凶光，说“这老家伙一直在追查我，这次我一路跟踪他，就是想找机会干掉他。后来我见他跑到你的庄院里，就趁你们散步时，拨快了挂钟，然后留下那两张纸条，骗你打开保险箱，这样我既干掉了亨利，又毫不费力地得到了《腌熏鲱鱼》，正好一举两得，哈哈……”

罗格一阵狂笑后，见里斯特仍站在原地，大声喝道:“快点把画交给我。”里斯特慢吞吞地走上前，忽然大叫道:“安娜，快去报警！”罗格大吃一惊，刚才他进来时，用枪柄把安娜打晕了，难道她这么快就醒来了？他本能地回过头，却见安娜仍躺在地上，里斯特趁此机会，飞起一脚，踢在罗格的手腕上，手枪顿时脱了手。接着，里斯特拿出一把警用手枪，对准了罗格。

这下，罗格傻了眼，他双膝一软，跪倒在地，哀求道“求求你不要杀我。只要你放了我，我把偷来的名画都给你。”

里斯特脸上露出嘲讽的笑容，说:“你说你是大盗罗格，请问你是用什么方法盗出名画的？”罗格一时张口结舌，说不出话来。里斯特盯着罗格额头上的那道刀疤，嘿嘿笑道:“其实你一进来，我就知道你不是大盗罗格。你是刀疤杰森，警方的头号通缉犯，我在电视上看过你的照片。”

“罗格”眼珠一转:“没错，我是刀疤杰森，可我也是大盗罗格，那些失窃的名画就藏在我家里，你要是不信，可以现在跟我去取。”里斯特阴森地笑了，说:“收起你的鬼话吧，实话告诉你，我才是真正的大盗罗格！”

刀疤杰森惊讶得说不出话来，里斯特接着说:“我和亨利探长认识多年，这次他忽然来访，之后又出现了假罗格，我怀疑是亨利设下的圈套，所以我假装中计，打开保险柜给他看，以此消除他的疑心，没想到却引来了你。其实，那些被盗的画就藏在这房间的另一个保险柜里。”说着，他用手指了指墙上的另一幅油画，然后举着枪逼近刀疤杰森。

刀疤杰森吓得瑟瑟发抖，里斯特得意地笑了，继续说道："我还得感谢你的提醒，既然你这么喜欢冒充罗格，我就让你冒充到底。我杀了你之后，告诉警方说你有双重身份，既是刀疤杰森，又是大盗罗格，你为了报仇一路跟踪亨利探长来到月亮山庄，开枪打死亨利探长，又想抢我的《腌熏鲱鱼》，我为了自卫开枪杀了你，而被你打晕的女仆安娜和那两张纸条就是最好的证据。"

刀疤杰森似乎还想拖延时间，说："你手上的这把警用手枪，又是从哪里来的？"里斯特微微一笑，说："这是亨利探长临死前，偷偷塞给我的。我想，他是要我替他报仇。杰森，去见上帝吧。"说着，扣下了扳机，只听"咔"的一声，却没有子弹射出，他又连着扣了几下扳机，仍然是空响，里斯特下意识地看了看了手中的枪。

这时，房间里响起亨利探长的声音："里斯特，你不用看了，枪是真的，只不过枪膛里没有装子弹。"

里斯特回过头来，只见亨利探长站起身来，笑着说："里斯特，你是个聪明的罪犯，可惜你只猜中了这场戏的前半部分，却没猜出最后的结局。"里斯特目瞪口呆："你怎么没死？"

亨利探长解开外套，露出里面的防弹衣，然后从怀里拿出一个小瓶子，瓶口还在往下滴着鲜红的液体："我先向你介绍一下，你面前的这位并不是什么刀疤杰森，而是我的新助手波特警官。为了把这场戏演得逼真，波特警官用上了真枪实弹，之后他命令你不要动，就是为了不让你看出我身上的防弹衣和假血。"

里斯特面如死灰，颓然道："你是怎么知道我就是大盗罗格的？"亨利探长说："能够不留任何痕迹潜入别人家里，盗走保险箱里名画的人，除了身手要好，对警察的侦破程序非常熟悉，还要对艺术品行业有所了解。根据这三点，我们认为你的嫌疑最大，所以我和波特警官演了这么一场戏……多亏波特警官的精湛表演，才让你原形毕露。"

里斯特长长地吐了口气，脸上露出了诡异的笑容，他把没有子弹的手枪扔在地上，然后变魔术般地又拿出一把柯尔特手枪。原来他趁波特警官不注意，把刚才踢飞的柯尔特手枪捡了起来。里斯特狞笑着说："要不是那把该死的手枪，我根本不会上你们的当！好在这把装了子弹的手枪落到了我手上，我还是这场游戏的胜利者。"

亨利探长耸了耸肩，说："很可惜，我只在这把柯尔特手枪里装了一颗子弹，刚才波特警官已经放了一枪，现在这把也是空枪。"里斯特顿时只觉眼前一黑，瘫倒在地。

（**题图、插图**：佐 夫）

编读往来：你的问题我来答

今年，《故事会》迎来了一个特殊的时刻，自1979年复刊并将刊名改回《故事会》，至今已经整整30年。为此，故事中国网举办了“说说我与《故事会》的30年”特别征文。而在大量的征文来稿中，编辑发现了这样两封特殊的来信——

“《故事会》30年征文”负责同志：

我读《故事会》已有24年了。我有个同学，前不久到我家，看到我一捆一捆的《故事会》就说：“你把这些破玩意儿收拾得这么好干啥？”我很吃惊：“怎么说是破玩意儿呢？”后来，他趁我不在家时，把我从1986年就开始购买的《故事会》，全部拉去纸厂，用碎浆机碎了，气得我差点去跳楼。

他给我留的字条大意是：1986年，他交款30元参加了《故事会》函授班，向《故事会》交了几篇习作，其中有一篇叫《耳光情》，编辑回信说：“前段可以，后面上不去要改。”他还没来得及改，《故事会》就将前半部分改为《演员与大兵》，并以“吴名”的署名发表了。所以，从那时起，他就恨死了《故事会》。

而我却从那时起，爱上了《故事会》。请问：我和他该怎样相处呢？他毁了我这么多年珍藏的《故事会》，我该怎么办呢？

四川广汉　刘和君

吴主编：

听刘和君说，你多次打电话来找我，听说你对我二十多年前的那篇稿子还有印象。二十多年前就大名鼎鼎的吴伦，现在亲自打电话来找我，使我既感动又不安：担心是不是我把祸惹大了，刘和君现在搬动了你们，不知会是什么后果，干脆我直接投案自首，负荆请“责”。

我把他的《故事会》毁了，只怪自己一时冲动，现在很后悔做得太过火了。平心静气想来，自己心胸太狭窄了，客观地说，《故事会》办得很好，就因为自己那芝麻点大一件小事，就耿耿于怀二十多年，太不应该了。

其实，我是刘和君的哥，为了生计，多年奔波在外，这次回家就惹了祸：毁了弟弟的收藏，伤了弟兄的和气，亵渎了《故事会》的尊严，我和我弟会处理好的，至于你们是否要追究什么，我只得忐忑等待了。

四川广汉　刘和根

常务副主编吴伦的回信：迟到的歉意

以上来信，让我想起一桩二十三年前的往事，对这件事我一直很内疚，想不到过去那么久了，今天还有机会对作者说声“对不起”！

1986年，《故事会》举办第二届全国故事函授班，我作为特约编辑也帮着看学员的稿件。那年，在来稿中我读到作品《耳光情》，觉得故事核好，立意也好，但写得比较拖沓，后面的故事不够精彩。当时，我给作者写了一封信，连同原稿退给了他，希望他改一稿。但后来作者一直没有回信（现在才知道当时他家里出了点事）。

到了1987年初，轮到我当《故事会》责任编辑时，自然又想起《耳光情》，觉得这么好的故事不拿出来与读者共享，实在可惜，因此我自作主张，凭着记忆，将《耳光情》写了下来。在当年《故事会》第六期发表时将作品改名为《演员与大兵》，署名为“吴名”。

为何署名“吴名”呢？这要说明一下：一、当时稿件都是手写的，因为《耳光情》已退作者修改，而后来作者一直没有联系，所以作者的姓名、地址都丢失了；二、当时有一篇写在香烟壳上的故事，也因找不到作者，而取名“无名”，为便于区分，最后作者署名为“吴名”。我当时以为作品一发表，作者肯定会来联系。没想到，这一阴差阳错，使作者“耿耿于怀二十多年”！

作为编辑，我真的很内疚，只能再次说一声，请接受我迟到的歉意！也借此声明：《演员与大兵》，作者：刘和根。

古人云：秀才碰到兵，有理讲不清。如今演员碰到兵，道理能讲得清吗？

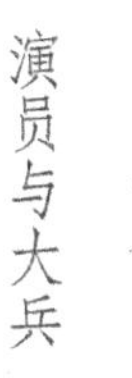

演员与大兵

吴名

电影演员丁倩倩自恃名气大，对旁人都看不大起。这一天，她去挤地铁，巧得很，脚刚踏上车厢板，车门就“咣当”一声关上了。一上车，丁倩倩就嗅到一股汗臭，她皱眉朝旁一瞥，见身旁站着一个军人，衣冠不正，头发老长，满脸大胡子把张嘴都遮没了。丁倩倩厌恶地扭过头，身子就想朝里挪。突然，她感到自己的“长波浪”被那军人揪住了。啊，光天化日之下竟敢对我名演员动手动脚？一股怒火窜上丁倩倩胸口，她抡起手臂，“啪”狠狠地给那军人一个巴掌，嘴里还嚷道：“黑大兵耍流氓……”这突如其来的一击，把车厢都震动了。只见那军人用手捂住脸，莫名其妙地问：“你、你为什么打人！”“哼，他拉住我的头发，耍流氓！”丁倩倩向乘客们说道。那军人侧过身子，乘客们全看清了，丁倩倩的“长波浪”正夹在门缝里。

事情的真相清楚了。那军人瞪着血红的眼睛，牙齿咬得格格作响，他猛地拉开外衣，露出了别在内衣里的六枚军功章。这可是刚从老山前线下来的英雄啊！“解放军同志，这巴掌你应该打还！”乘客们忿忿地喊了起来。丁倩倩十分后悔，可是一切都晚了。

在乘客们的鼓动声中，那军人终于慢慢地举起了右手。丁倩倩惊恐地尖叫一声，双手捂住了脸。这时，车厢里一片寂静，乘客们屏住气，等待着那清脆而又爽快的一击！那军人的右手慢慢地举起、举起……终于举到耳朵边，突然他一个立正，严肃地向丁倩倩行了一个军礼，从嘴里迸出一句滚烫的心里话来：“姑娘，请你理解大兵！”　（插图：麦荣邦）

· 42 ·

（图为《故事会》1987年第六期原文。）

·中篇故事·

黑与白，善与恶，是与非，有时只在一念间，我们在作抉择时，千万不要被蒙蔽了双眼……

黑白两重天

□杜 辉

1. 当街劫色

金三角有座城市，不但毒气重，黑气也很重。在这座城市的晚报馆，有个年轻女记者，叫苏眉，她疾恶如仇，敢于仗义执言，虽然因此惹祸不少，但依然锋芒不敛。

这天一早，苏眉正在办公室整理稿子，一个年轻男子找上门来，哭丧着脸向她求助。

原来，这个年轻男子，前天下午与漂亮女友文慧逛街。当两人走到一处偏僻地段，突然一辆黑色轿车擦着他们身子停下，车门打开，一个彪悍男子探出身来，老鹰捉小鸡一般把将文慧拎进车内。年轻男子扑过去想救女友，却被对方一脚踹倒在地。在哈哈大笑声中，轿车绝尘而去。

苏眉一听，怒道："光天化日之下，竟有这种事？你没有报警吗？"

年轻男子苦着脸说："我第一时间就报警了，可是都过了三天了，一点动静都没有。我想这里的警署恐怕是指望不上了。我怀疑那个人大有来头！"接着，他含泪求苏眉，在报纸上把这件事登出去，借助媒体的力量，帮他查出女友的下落。

年轻男子离开后，苏眉再也无心做手边的工作，她敲响了编辑部主任办公室的门，把这事转述了一遍。

听了苏眉的转述，主任蹙眉不语，好半天才缓缓道："小苏，你的个性我了解，但听我一句劝，这件事你最好别去碰，免得惹火烧身。"

苏眉一听急了："主任，难道我们眼看一个女孩落入虎口，却装聋作哑不闻不问？这对得起我们的职业，对得起自己的良心吗？”

主任苦笑着摇摇头说“小苏，你去年才来报馆，对这座城市的方方面面缺乏足够的了解，那个人干劫色的勾当，不是一起两起了。”主任接着说道，“这里有个最大的黑社会组织叫“天道帮”，这个劫色的家伙叫阿虎，是天道帮的头头，他从小练武，身手不凡，但此人好色成性，经常掳掠漂亮女孩，肆意蹂躏后丢弃了事。”

苏眉义愤填膺地大叫：“难道就没有王法了吗？”“唉，什么是王法？钱！势！这些亡命之徒，有钱有势，没人敢惹，如果我们报道了那件事，惹了这帮家伙，他们恼羞成怒，杀人灭口都有可能，这样反而会害了那女孩，而且报馆也难安全，尤其是你！”

苏眉沉默了好半天，才心有不甘地说：“这座城市就没人治得了他吗？”“那倒不是，至少有一个人说话，阿虎想不听也不行！”

苏眉立刻来了劲儿：“这人是谁？”主任一字一句道“天道帮老大——麦杰！”

苏眉怔了一下：“呀！原来阿虎不是老大。这个麦杰又是何方神圣？”主任说：“此人实非等闲之辈，他和一般黑道人物不同，行事低调神秘，很少公开露面，一直深居幕后操纵整个天道帮，并且一步步吞并了各大黑帮，阿虎当初也是黑道上的一方霸主，如今却不得不为他效命。”

苏眉叹道“看来真是人外有人，这个什么麦杰，肯定没人敢惹了。”

主任微微一笑“那也不然，据说有一次天道帮商议大事，帮中骨干尽数到齐，独有麦杰来迟，等到他进门后，众人都傻眼了，只见老大脸颊红肿，有五个明显的指印……”

苏眉大感兴趣：“还有这么胆大包天的人敢扇他耳光？此人又是谁？”主任哈哈笑道“他的双胞胎哥哥麦豪！”

“麦豪？”苏眉下意识地把这名字又重复了一遍，“他为什么要打自己的弟弟呢？”

“这就要从麦豪其人说起了，正所谓龙生九子，其性各异，麦豪和麦杰两兄弟虽然外貌一模一样，但性格和为人却是天壤之别，可以说是一善一恶，一正一邪。麦豪是这个城市的知名企业家，慈善事业的领军人物，他的收入有一半捐给了公益事业。以麦豪的为人，当然难以容忍弟弟的所作所为；而以麦杰的个性，又怎么可能听得进任何规劝？因此，两兄弟不知冲突过多少次了，那次麦杰挨哥哥耳光，就是两人最后一次争执所致。”

回到自己的办公室后，苏眉恨恨地揪着窗台上的吊兰，她知道主任的话不假，这件事自己确实管不了，可是真的袖手不管，又觉得良心不安。

苏眉望着散落一地的吊兰叶子，

一个念头蓦地闯入脑海，她一咬牙拿定了主意：不入虎穴，焉得虎子！

2. 酒店惊魂

在市郊，有家尊爵酒店，外表富丽堂皇，内里藏污纳垢，设有赌场，提供卖淫服务。越到夜深时分，越是热闹异常。

这天晚上，苏眉孤身潜入了这家酒店，来救身陷魔窟的文慧。自从打定主意后，她便开始暗中打听，很快了解到，尊爵酒店是天道帮的一大窝点，也是阿虎淫乐之所。

情况似乎比想象中顺利，在供酒店内部使用的四楼，苏眉隐隐听到了凄楚的哭声，很快便找到了文慧被关的房间，只是房间门被反锁了。

苏眉取出事先准备好的梳子形万能钥匙，不料，捣鼓得满头大汗，连锁孔都没插进去。

这时，苏眉突然感觉有点不太对劲，忙停下手中动作，一回头，只见一个男人，无声无息地站在她身后，似笑非笑地看着她。苏眉惊叫道："你是什么人？"

那人淡淡一笑，说"这个问题我正想问你呢，你是什么人？"

苏眉打量了那人一眼，见他三十多岁，相貌平和目光有神，她脑子飞速运转，判断着眼前这人不知是善是恶，他的出现不知是吉是凶？但眼下她别无选择，冷不丁问道："这位先生，你有妹妹吗？"

那男人不由一愣，苏眉紧接着说："假如你妹妹身陷魔窟，被恶人强暴凌辱，你肯定会心急如焚，不惜一切去救她吧？现在这个房间里就关着一个可怜的女孩，虽然她不是你妹妹，但设身处地将心比心，我相信你不会坐视不管的，我也相信你不是个没正义感的男士。"

那男人忍不住笑了，他仔细打量着苏眉说："你要我怎么帮你？"苏眉略一迟疑，伸出手："你会用这个吗？"

男人接过万能钥匙，往空中一抛随手接住，然后像变魔术一样，只用了几秒钟就很轻巧地打开了锁。苏眉来不及细想，推门进去，看见文慧果然很漂亮，但此刻已花容惨淡，头发散乱，显然她已经被阿虎糟踏过了。苏眉气得咬了下牙，对文慧说："有什么话随后再说，我们先离开这个是非之地。"

苏眉拉着文慧跑出一段后，又回头对那男人说："谢谢你啊，后会有期。"那男人耸了耸肩说道："谢就不必了，不过我有必要提醒你，这里每个楼层都安有监控器，监控室随时有人看守，如果我猜得不错，你的行踪恐怕早就被发现了，网已经张开，就等鱼往里钻了。"

苏眉也顾不得多想，反正她只有

华山一条路：逃！但她很快知道那人所言非虚了。当她拉着文慧走出电梯时，不由后退了一步，只见十几个黑衣男子，早已如一堵墙似的拦住了去路，为首那人削腮鹰目，表情冷酷，活像电影里的杀手。

文慧一见此人，像见了鬼一般发出一声尖叫，躲到苏眉身后瑟瑟发抖："是他，就是他……"

这个人就是阿虎？苏眉面无惧色，怒视对方。阿虎阴沉沉地说道："从来只听说过英雄救美，美人救美人，倒是头一次看到，很好，反正那个妞儿我已经玩腻了，正好有人补缺，你倒是很知趣。"

在男人们一阵哄笑声中，阿虎伸手去摸苏眉的脸蛋，没想到一口唾沫吐到他脸上。

阿虎怒不可遏，眼露凶光，他用袖子擦去脸上唾沫，咬着牙说："好，很好，我最喜欢喝烈酒骑烈马，今天我不但要喝下你这杯烈酒，驯服你这匹烈马，还要让大家公开欣赏。"说罢他扑上前，一手掐住苏眉的脖颈，另一只手去撕她的衣服，苏眉连抓带踢，拼命反抗，怎奈她一个弱质女流，哪能抵挡住一身武功的阿虎？在众男人的狂笑声中，在文慧的惊骇哭声中，她渐渐失去了抵抗的力气，连呼吸都有些困难了……

在这千钧一发之际，突然传来一个冷冷的声音："住手！"

阿虎放开了苏眉，苏眉晃了几下才站稳，她忙不迭地捂住露出来的肌肤，吃惊地看到，那群桀骜不驯的汉子，正神情恭顺地低着头，跟一个男人打招呼："……杰哥、老大……"

苏眉眼睛瞪得滚圆，看着那个刚刚帮自己开过锁的男人，竟然是天道帮老大——麦杰！

阿虎梗着脖子，瓮声瓮气道："老大，你为什么要阻止我？以前你可从没管过这档子事，这小妞儿敢跑到我们家里来捣乱，如果不对她施以惩戒，我们天道帮以后还怎么在江湖上立足？"

麦杰并不去看他，只是淡淡道："放她们走。"阿虎立马跳起来，吼道："凭什么？"麦杰冷冷道："没有理由，就凭我一句话！怎么？还需要经过你

同意吗？”他的声音不高，但自有一股慑人的威严。

阿虎脸色顿时变紫，呼哧呼哧直喘粗气，好半天才说：“你是老大，你的命令我们当然要服从，但你做事总得能服众才行，要不然，兄弟们嘴上不敢说，心里哪个能服？”

阿虎以退为进，将了麦杰一军，麦杰的目光在众人脸上扫过，大家纷纷低下头去，但从他们的眼神可以看出，自己的决定确实让他们不满。

麦杰突然仰天打了个哈哈，说道：“既然你们想知道，我只好直说了，很简单，我对这丫头一见钟情，说不定以后她就是我的压寨夫人，你说我能任由你们欺辱她吗？”

苏眉一听，全身一震，呆呆地看着麦杰。

3. 步步相逼

苏眉把文慧送回去后，一夜噩梦不断，想起那一幕她就后怕得直打寒战。她想：如果不是麦杰出手相救，后果不堪设想，虽然明知此人并非善类，苏眉还是对他心存感激。

傍晚，苏眉走出单位大门，一眼便看见了麦杰负手而立，遥望西天晚霞，神情悠然潇洒。

看到苏眉，麦杰微微一笑，手指对面的西餐厅说：“去喝杯咖啡怎么样？算是替你压惊，替我的手下赔罪。”

两人在西餐厅坐定后，苏眉说道：“今天请客的应该是我，我要多谢你的救命之恩。”“救命之恩？谈不上吧。”“不，我说的是实话。”苏眉说，“如果真的在众目睽睽之下被……我还有什么脸面活在这世上？”

麦杰手抚下巴，一脸邪笑：“既然你这么说，我就不客气了，救命之恩，恩同再造，你打算怎么报答我？”

苏眉吭哧了半天，才说：“只要我能做到的，一定在所不辞。”

麦杰笑意更浓：“你不但能做到，也只有你能做到，你还记得我对帮众所说的放你走的理由吗？”

苏眉头皮一麻，忙不迭地说：“我知道，你是为了救我们，才不得不那么说的。”

“你错了。”麦杰缓缓道，“我不是什么善男信女，从来只懂害人不会救人，我帮你只有一个原因：绝不允许别人碰我看中的女人！”

苏眉表情渐渐凝固，声音也不觉变冷了：“对不起，别的还可以考虑，这件事绝不可能。说句不怕你生气的话，对于纯属祸害的黑社会，我从来都是深恶痛绝的。”

麦杰淡淡一笑，霸气十足地说道：“我只是来告诉你我的意思，你同意与否并不重要，我麦杰想要的东西，还没有得不到的！”

苏眉刷地站起身，柳眉倒竖，冷

冷道："很可惜，我不愿意做的事，也没有任何人能勉强！当然，如果你选择用阿虎那种方式，我也没有能力反抗，但我保证你只能带走一具冰冷的尸体！"

麦杰非但没被激怒，反而面露欣赏之色，说："你为什么不问问我看中了你哪一点呢？苏小姐，你敢于只身深入虎穴，去救一个素昧平生的人，这份胆量，这份义气，即便是须眉男儿，恐怕也会自愧不如。你就像一座险峰，唤起了我征服的欲望！"

苏眉一时不知该说什么好了，麦杰纵声大笑，离座扬长而去。

很快，苏眉就见识到了麦杰的势力和手段：此后谁跟她打交道，谁接受她采访，事后就会遭到一顿暴打，久而久之，谁还敢跟她接触？看来麦杰的策略是，不直接向自己下手，而是从外围步步进逼，逼迫自己就范，这一招太恶毒了！

两个月了，苏眉没上过一篇稿子，她在报馆的处境越来越尴尬了。

苏眉明白，自己必须做出选择了，如果还想继续从事自己深爱的职业，就不得不向麦杰作出妥协。但她很快做出决定：哪怕忍痛割爱，也绝不忍辱求生！

很快，苏眉的辞职报告被批准了，她只得出去找工作，可投了很多份简历，均是石沉大海。这天，她又去一家公司应聘，负责招聘的人和她有过一面之缘，看她还蒙在鼓里，叹了口气说："你不要白费力气了，没有哪家公司敢用你的，天道帮早已放出风来，敢接收你者后果自负，你想啊，谁敢得罪这帮亡命之徒？"

苏眉满怀怨愤地往回走，走到租住的房子附近，远远看见火光冲天，她心中一凛，疾步赶过去，果然不出所料，着火的正是她租住的房东家。

苏眉找不到工作，不敢租房子，除了向麦杰缴械投降，她已经无路可走，但她早已打定主意：哪怕饿死街头，也绝不向他屈服。

这天上午，苏眉在街上遇到了一

对问路的母子，母亲领着一个小男孩，手里提着大包小包，看模样是来自乡下。这位母亲向她打听金威公司的位置，苏眉指给她方向后，问她有什么事。

这位母亲感叹道：“这家公司的老总是个大好人哪，我家那位过世后，家里穷得揭不开锅，这些年全靠这位好心人资助，他在我们那儿修桥铺路盖学校，做了数不清的好事。这不，我特意拿了点土特产，想去向他表示一下谢意。”

苏眉听了心中一动，忙问：“这个人叫什么名字？”“叫什么麦……麦……”“麦豪！”苏眉脱口而出。对方连连点头：“对对对，就是这个名字！”

苏眉突然眼前一亮，暗骂自己糊涂：我怎么把这个人给忘了？

4.兄弟冲突

麦豪在自己的办公室接待了苏眉。看到他的第一眼，苏眉暗自一惊，他和麦杰长得太像了，从外表看像一个人，但他的神情和气质，则和弟弟截然相反，他举止文雅，谈吐斯文，整个人都透出一股书卷气。

听着苏眉语带激愤的讲述，麦豪的眉头越皱越紧，他突然从椅子上站起来，躬身向苏眉说道：“对不起，苏小姐，对于麦杰给你造成的种种伤害，我真的感到很抱歉。”

苏眉赶紧说：“你千万别这么说，他是他，你是你，他做的恶怎么能由你担责呢？麦董事长，我不是来兴师问罪的，我是来向你求助的，在这座城市，能不惧怕麦杰、给我提供庇佑的，恐怕也只有你了。”

麦豪慨然道：“这个你放心，我绝不允许他再骚扰你。你是知名记者，能到我的公司来，是大材小用，我目前正缺一名助理，希望你能屈就一下来帮帮我，公司有宿舍，你可以搬进来住。”

从这天起，苏眉开始在麦豪身边工作，这让她有机会近距离接触这个男人。苏眉对他了解越多，内心的钦慕之感越深：麦豪白手起家，短短几年工夫，便建立起自己的商业王国。但身为老总的他从不居高临下，对待每一位员工哪怕是清洁工都态度谦恭。麦豪衣着简朴，三餐简单，对自己近乎苛刻，对公益事业却非常用心，得过他帮助的人数不胜数。

渐渐地，苏眉开始有了心事，她尽量躲避着麦豪的目光，但她很快发现，麦豪看她的眼神里，有了一种越来越灼热的东西，苏眉本能地预感到他们之间将发生些什么。

这天，麦豪正在办公室和苏眉谈话，秘书小姐的电话打了进来：“董事长，有人找，他说是您的弟弟麦杰。”麦豪和苏眉对视一眼，苏眉的脸色陡然变了，麦豪对她说：“你放心，有我在，他不敢对你怎么样！”

麦豪对秘书说：“告诉他，我不想见他。”可是刚挂断电话，不一会儿，电话又铃声大作，秘书小姐急切地说：“董事长，他不肯离开，说要等您出来！”

麦豪皱了下眉，抬起头来，望着正前方墙壁上的一面电子大屏幕，略作沉吟，吩咐道：“让他通过屏幕和我交谈。”

麦杰桀骜不驯的面孔很快出现在大屏幕上，他嘴角挂着一丝阴冷的笑意：“久违了，你上次给我那一巴掌，我永生难忘，你我之间的兄弟情分，至此一笔勾销！井水不犯河水，是你我的相处之道，可你偏偏选择了跟我过不去，苏眉呢？你把她藏哪儿了？你自问真能保护得了她吗？除非她永远不离开你的视线，永远不踏出你这一亩三分地，否则，哼哼……”

麦杰表情阴沉，麦豪脸色铁青，呆在一边的苏眉，时而看看坐在办公桌前的麦豪，时而看看大屏幕上的麦杰：这对双胞胎兄弟如此相像，却又判若天渊，一个满身邪气，一个一腔正气，也难怪他们水火难容。

终于，麦豪忍无可忍，双眉倒竖，拍案怒道：“人家好端端一个女孩，被你逼得走投无路，我还没找你算账呢，你居然敢向我兴师问罪！我麦家真是家门不幸，怎么出了你这种败类！你给我滚！”

麦杰恨恨地说了句：“算你狠！”很快，就从屏幕上消失了，麦豪气得胸膛起伏呼呼带喘，苏眉沉默半晌，轻声道：“董事长，谢谢你，如果没有别的事，我先出去了。”

她的手刚碰到门把手时，身后传来麦豪的声音：“苏眉，你有什么打算？”

苏眉叹了口气：“其实麦杰说得对，躲得了一时，躲不了一世，我已经做好了玉石俱焚的准备。”

“不！”麦豪突然激动起来，大声道，“我会用整个生命去保护你，我绝不允许你受到任何伤害！”

苏眉整个人都呆住了，麦豪走过来，站在她身后，说道：“我应该感谢麦杰，如果不是被他所逼，也许我永

远没有勇气向你表白，其实早在认识你之前，我就在关注你了。你发的那些报道像一柄柄利剑，直刺这个社会最黑暗丑恶的深处。我经常在想，这个一身侠气的女孩，究竟在现实中是什么样子的呢？

苏眉静静地听完，默默地拉开门走了。

第二天，苏眉就突然不告而别，不知去向。当她再次出现在麦豪面前时，已经是一个多月之后了。这天，她推开办公室的门，含笑看着麦豪。麦豪一见她，激动得一步跨上前，问："这段时间你跑哪儿去了？好歹跟我打个招呼啊！你不在我眼前的这些日子，我的心一刻也没安宁过，苏眉，我现在才知道，你对我有多重要！"

苏眉低头说道："我离开你，是为了给自己一些时间，一点空间，让我可以好好审视一下这份感情。"麦豪神情紧张地看着她："那你有答案了吗？"

苏眉抬起头，直视他的眼睛说："我已经想得很清楚了，麦豪，你正直、善良、有爱心、有胸襟，如果错过了你，我想我会后悔终生的。"麦豪一听，大喜过望。

苏眉轻声道："不过要我接纳你，有一个条件。"

麦豪立刻应道："没问题，无论你有什么愿望，我都会想办法满足你！"

苏眉的声音更轻了，语气却显得异常凝重："你先别急着答应我，我相信那对你将是艰难的抉择。"

麦豪听了，神情不安地看着苏眉。苏眉缓缓道："我要你仗义出手，铲除天道帮！"

5.大义灭亲

麦豪一听，震得脸色骤变，大声叫道："不行！绝对不行！这件事谁都能做，唯独我绝不可以，无论麦杰做过什么，他都是我的亲兄弟，手足相残是世上最大的悲剧！苏眉，麦杰虽然得罪了你，但一切由我承担，你何必非要将他置之死地！"

苏眉看着他，缓缓摇了摇头，眼中流露出失望神色，掉头便走。麦豪在她身后叫道："难道我说得不对吗？"

苏眉叹道："看来你根本就不了解我，你以为我要你那么做，是为了报复麦杰吗？你把我苏眉看得太小了！"

说着，她从怀中取出一本小册子，放到麦豪的办公桌上。麦豪一页页翻看着，脸色越来越难看，这本册子详尽记录了天道帮的累累恶行。

苏眉说："从文慧当街被掳，到我被逼得走投无路，让我意识到天道帮的可怕，这一个多月来，我经过乔装打扮，避开麦杰的耳目，深入民间，多方探访，对这个黑道势力之大、为害之深，有了更全面的了解，也掌握了他们大量的罪行。民众对这个无恶不作的黑帮，真可谓闻之色变，恨之入骨……”

苏眉看着麦豪接着说道：“希望你不要误解我的用意，我不是在用爱的名义要挟你，麦豪，你应该明白，你打动我的，正是你身上那种正义感，如果这种正义感是有选择性的，对天道帮的恶行你可以视而不见，那我只能怪自己看走了眼，你不是我想要的那种男人！”

麦豪听了，痛苦得脸上肌肉在颤抖，说：“你说的是‘理’，但你忽略了‘情’，虽然我和麦杰已经彻底决裂，但这并不等于我对他已经没有感情！我们是孤儿，自幼相依为命，他是我在这世上唯一的亲人，我宁愿去死也不愿亲手伤害他。”

这个坚强的男人，眼中竟然有了泪水。苏眉也禁不住鼻子发酸，过了好一会儿才轻声说：“你的心情我理解，但你想过没有，在这儿，别看黑社会组织猖獗一时，但最终他们是不会有好下场的。天道帮存在越久，麦杰积累的罪恶越多，他的下场也就越惨，你现在出手不是害他，是真正地爱他！”

麦豪沉默了，显然他的内心受到了很大的震动。

麦豪终于挺身而出，向当局和警署，公开举报天道帮恶行。他是这个城市的知名企业家，公众领袖，又是举报自己的亲弟弟，自然在社会上引起很大的反响。城市当局和警署，不能再不闻不问，于是，一场声势浩大的扫黑风暴席卷全城，使看似不可一世的天道帮顷刻间灰飞烟灭。除了阿虎漏网逃脱外，连麦杰也未逃过此劫。

在警方捣毁天道帮老巢时，麦杰闻讯驱车逃跑。当他逃至盘山公路一带，警方及时赶到，警车前截后追，穷途末路的麦杰，驾车发疯般狂冲乱突，结果连人带车摔下山崖，警方四处搜索，很快在山谷里找到了坠毁的黑色轿车，车里是一具已经烧成焦炭的尸体。

天道帮被摧毁，麦豪大义灭亲，人人对他竖指称赞。只有苏眉知道，麦杰的死，带给麦豪多么大的打击，他把自己关在屋里，三天三夜没出来。苏眉寸步不离守在门外，用整个生命陪伴着这个疗伤的男人。

不久以后，麦豪和苏眉结婚了，夫妻恩爱，琴瑟和谐，同时随着麦豪声名远扬，他的事业也越做越大。

这天，夫妻两人外出回到家，看到防盗门上贴着一张纸条，上面写着一行张牙舞爪的大字：“麦豪，如果你是个男人，明日午时于黑树林做个了断！”落款之处画着一只狰狞的虎头。

苏眉惊得脸上失色，问道：“这个人是谁？”麦豪神色冷峻，慢慢撕下那张纸条，吐出两个字：“阿虎！”

苏眉眼前立刻浮现出那张阴鸷的面孔，不由打了个寒噤，叫道“麦豪，你千万不要去啊，太危险了！”

麦豪缓缓道：“如果不去，我会永远看不起自己的，你愿意自己的丈夫是个胆小如鼠的人吗？”

苏眉的眼神很坚定，她清晰地说道：“那好，要去，我们一起去，我们有过同生共死的誓言！”

第二天午后，麦豪注视着苏眉，柔情脉脉地说：“苏眉，无论我此行结果如何，你以后都要好好活下去。”苏眉愣愣地看着他，还没有反应过来，

后脑便被麦豪一拳击中，身体软软地倒了下去。

麦豪把苏眉抱到床上，在她脸上轻轻一吻，然后头也不回地走了。随着“砰”的一声关门响声，苏眉突然睁开了眼睛。原来麦豪不忍心下手太重，她根本就没有真的昏过去。

黑树林地处荒郊，这里树深林密，阿虎选择此处与麦豪见面，显然是为了防备警方介入。

麦豪刚进入树林，就见一个削腮无肉、鹰目深陷的汉子从树后走出来，他正是阿虎。阿虎双眼充满血丝，瞪着麦豪说：“你敢孤身赴约，还算是个男人，冤有头，债有主，今天我要替天道帮所有弟兄，包括你的弟弟麦杰，报仇雪恨！你还有什么话说？”

麦豪神色平静道：“人在江湖，生死有命，我无话可说，你放马过来吧！”“好！麦豪，你受死吧！”阿虎暴喝一声，猛扑过来，他出拳如疾风，抬腿似闪电，招招势大力沉，恨不得将对方一击毙命，不料麦豪见招拆招，竟然丝毫不落下风。

阿虎大感意外，惊怒之下，悍性大发，出招更加狠辣，完全是拼命搏杀。麦豪渐渐处于下风，身体不住后退，脚下突然一绊，失去重心，仰面摔倒。阿虎狂吼一声，凌空扑下，不料麦豪右臂急挥，一道白光飞向阿虎面门，阿虎想躲已经来不及了。

“噗”的一声，一支飞镖钉在了阿

虎肩头，这家伙也真够凶悍，居然强忍剧痛，咬牙拔出飞镖，他不顾肩膀血流如注，死死地盯着手中那支飞镖，然后猛地盯住早已站起来的麦豪，一字一句道：“你是谁？你到底是谁？”他举起那支形状怪异的飞镖，说道，“这是麦杰的独门暗器，怎么会到你的手里？”

麦豪冷冷地注视着他。看着那异常熟悉的眼神，阿虎脑海中突然一闪，失声大叫：“我明白了，根本没有什么双胞胎兄弟！麦豪、麦杰，根本是同一个人！”

6.无言结局

麦豪嘴角边露出一丝微笑，阿虎步步后退，喃喃道：“你这个人太可怕、太阴险了！现在我明白了，你一人分饰两角，一个在黑道兴风作浪，一个在白道沽名钓誉，用在黑道搞来的钱，发展你在白道的事业，等到时机成熟，再彻底销毁麦杰这个角色，化身为那个大义灭亲的英雄！这一切真是太高明了，只是可怜了一帮为你卖命的兄弟！怪不得你平时深居幕后，大家要见你一面都很难，原来你还在扮演另一个角色！”

麦豪缓缓道：“你是第一个知道这个秘密的人，也将是最后一个！”这句话他是用两种声音发出的，前半句是麦豪，后半句是麦杰。

阿虎动了动右臂，一阵钻心的剧痛，他知道自己今天恐怕在劫难逃，咬牙切齿道：“你以为我是贪生怕死之辈吗？只不过我不愿做个糊涂鬼，有些事我想搞明白，你是怎么能用两种声音说话的？”

麦豪淡淡一笑道：“这个并非难事，有的人经过一番练习，可以模仿很多名人的声音，相比之下我只需要能以另一个口音发声就可以了。”

“那个葬身车中的人是谁？得知麦杰的死讯后，我还为昔日老大上了炷香，现在想来真是可笑！”

“那人也是帮中兄弟，我驾车逃离时，特意带上了他，当时他还对我感激不尽，哪知道我是把他当替死鬼！上车后我便击昏了他，将车开到盘山公路后，我给警方打了举报电话。在警车追逐我的过程中，我有意让警察看到我在车上，然后驱车狂奔拐过一个弯道，在脱离警察视线的情况下，飞速下车藏好，任由那辆越野车顺着坡道急速下滑，坠入山谷……我知道，从此以后，那个黑道霸主将在世上彻底消失了，警方势必会把那具面目全非的尸体当成麦杰……”

阿虎不再出声，他背靠一棵大树站定，像一只受伤的野兽，摆出殊死搏斗的架势。

麦豪神情安定，并不急于过去，阿虎的伤口还在不停流血，麦豪知道，越拖下去，形势对自己越有利。

此时林中一片死寂，突然，身后

传来轻微的声响，麦豪迅速回头，看到一棵大树后露出一片衣角，他大喝一声：“什么人？出来！”

只见苏眉从树后慢慢走了出来，她脸色苍白，直直地看着麦豪，像个失去魂魄的人。麦豪顿时呆住了：“苏眉，你怎么会来的？你不是已经……”

苏眉好半天才开口，声音轻得像是梦呓：“我应该叫你什么？麦豪？还是麦杰？”

麦豪从心底发出一声哀叹，很显然苏眉听到了他和阿虎的所有对话。身后传出阿虎迅速逃离的声音，但此时麦豪已经顾不上去管阿虎了。

麦豪快步过去，握住她的双肩：“苏眉，你听我说……”

苏眉眼神悲哀，缓缓摇头道：“原来，我一直活在一个可怕的骗局中，一直没有走出你设下的圈套，你用麦杰的角色将我逼入绝境，又以麦豪的身份把我拯救出来，直到把我俘获到手，自始至终我只是你手中的牵线木偶！那对母子也是你刻意安排的，对吗？那个在屏幕上和你交谈的麦杰，不过是你事先录好的，对吗？在你这个人身上，到底还有什么不是假的？”

麦豪看着她的眼睛说：“至少有一点你不用怀疑，那就是我对你的爱！苏眉，忘了今天看到的一切吧，只当是做了一场噩梦。从此，这世上只有一个全心全意爱你的男人！”

苏眉轻叹了一声道：“如果我可以装作什么都没有发生过，我还是那个你所爱的苏眉吗？麦豪，去自首吧，我会一直等你出来，如果你被判极刑，我将终身不再嫁人！”

麦豪突然放声大笑……苏眉踩着一地的落叶走出树林，走出很远了，还能听到那苍凉的笑声。

从那以后，苏眉对丈夫的感情变得异常复杂，说不清是爱更多还是恨更多，但她至少明确一点，她必须揭穿麦豪，让他受到公众和正义的审判。

不过苏眉很清楚，要扳倒麦豪并非易事，她必须找到充分的证据，证明世上并无麦杰其人。于是几天后，她来到了麦豪的出生地，结婚时，麦豪以家乡已无亲人为由，并没有带苏眉回过他老家。

苏眉以记者的身份出现，以替麦豪写报道为由，采访了许多村民，结果却大大出乎意料。麦豪竟然真有一个弟弟麦杰，这对双胞胎兄弟是孤儿，是村里人看着长大的，他们长相一模一样，脾气秉性却正好相反：麦豪从小就心善，老爱为别人着想；麦杰一贯心硬，一点亏都不肯吃。长大后两人更是正邪分明，一个成为村子的骄傲，一个令村民们耻于提及。

这下苏眉彻底蒙了，她带着满腹困惑往回走，刚出村口不远，便看到了麦豪，两人走到一起，久久相对无言。过了一会儿，麦豪说道："我猜到你会来这里，我知道你有很多话想问我，你跟我来吧。"

两人来到一个风景清幽的地方，那里有一个孤零零的坟包。麦豪凝视着坟包，轻声道："这里面埋葬着的，才是我的双胞胎哥哥，真正的麦豪！"接着，他便陷入回忆，说了起来。

正如人们所说，麦豪是个善良正直、热情无私的青年，而麦杰从小就性格叛逆，行事偏激。麦豪几乎无时无刻不在规劝他。在麦杰的心中，哥是他在世上唯一的亲人，他对哥的感情非常深。

不料，善良的哥哥最终却下场可悲！麦豪为了帮工友讨薪，被黑心老板雇人活活打死！麦杰背着哥冰冷的尸体徒步走回来，把他埋葬在他生前最喜欢的地方。从此以后，麦杰再也不相信善良和爱，他开始放纵自己的邪恶，几年后，成为黑社会的霸主。

但麦杰深知，在如今世上，没有哪个黑帮是可以长久存在下去的，他必须为自己找一条后路，于是他精心策划，巧作安排，分身为二，为自己打造出另一个形象，以便日后金蝉脱壳，转黑为白。

不过，有一点是他没想到的，当他化身为麦豪时，他不敢做任何违背良心的事，仿佛麦豪的眼睛在冥冥之中看着他。有时候他会恍惚觉得，自己已经裂变成两个人——善良正直的麦豪、邪恶透顶的麦杰。

说到这儿，麦杰背对着苏眉说道："该说的我都说完了，你作何选择，我绝不会干涉，不过眼下你还是先跟我回去再说。"

两人沿着山路往前走，一路上各怀心事沉默不语，前面是一段上坡路，左边是高耸的山壁，右边是很深的山谷。山壁上涂抹着落日余晖，深谷中已经填满暮色。

突然，前方传来越野车的轰鸣声，麦杰一惊，定睛看时，只见一辆越野车借着下坡之势，风驰电掣般冲过来。坐在敞篷越野车上的，是五官扭曲、表情狰狞的阿虎。

看来阿虎早已尾随在后，他看准

·快乐辞典·

1男+1女=?

◇ 小说家：1男+1女=生死恋、夫妻情、母子情深、姐弟恋、兄妹情……

◇ 社会学家：1男+1女=夫妻、情侣、兄妹、姐弟、父女、爷孙女……

◇ 文字学家：1男+1女=一男一女=男男女女/2=一男半女+1/2女。

◇ 人类学家：1男+1女=亚当+夏娃=伏羲+女娲……

◇ 伦理学家：1男+1女≈1个家庭=1个丁克家庭=1个家庭-N个孩子。

◇ 数学家：无解。两个计量单位不同的数不可以相加。

◇ 遗传学家：1男=X+Y；1女=X+X=2X；所以：1男+1女=X+Y+2X=3X+Y。

◇ 人力资源部：1男+1女=干活不累。

◇ 老板：1男+1女=我+女秘书。

◇ 体育教练：1男+1女=男女混合双打。

◇ 狗仔队：1男+1女=绯闻。

◇ 剧作家：1男+1女=1部电视剧。因为：男人的一半是女人。用公式表示为：1/2男=1女，所以：1男=2女，故：1男+1女=2女+1女=3女，又因为：三个女人一台戏，所以：1男+1女=3女=1台戏。

◇ 儒家：1男+1女=孤男寡女=授受不亲。

◇ 道家：一阴一阳谓之道，1男+1女=道。

◇ 佛家：1男+1女=善男信女。

◇ 金庸：1男+1女=杨过+小龙女……

◇ 曹雪芹：1男+1女=一个阆苑仙葩+一个美玉无瑕。

◇ 吴承恩：1男+1女=玉皇大帝+王母娘娘=唐僧+白骨精=牛魔王+铁扇公主=猪八戒+高家小姐……

（**推荐者**：悠　悠）

地势突施杀手，两人已经无路可退，身陷绝境。这时，麦杰的目光落到了左边的山壁上，眼下只有一条逃生之路，就是爬上陡峭的山壁，但苏眉显然没有这个能力。苏眉也看清了眼前形势，大声叫道："麦杰，你不要管我！"

麦杰微微一笑，看着苏眉的目光里，是近乎悲壮的深情，他毅然迎着越来越近的越野车冲了上去。在越野车即将撞到他的一刹那，飞身跃到车上，与阿虎展开搏斗。

麦杰的咽喉被阿虎死死掐住，但他的双手牢牢抓住了方向盘，只见越野车向左急转，势不可挡地坠入山谷……

苏眉发疯般冲到崖边，看着越野车迅速向深谷翻滚，她发出一声撕心裂肺的呐喊："麦杰……"

（**题图、插图**：杨宏富）

大家来抢答

大家好，这是2009年最后一期《故事会》。在这期杂志上，“游戏空间”栏目将推出岁末抢答版，欢迎大家踊跃参加。本期“游戏空间”的答案可用下面两种方式寄给我们：

1．如为电子邮件，请发送至：gshyxkj@gmail.com，邮件主题请设为“2009游戏空间”；2.如为普通信件，请寄至：上海市绍兴路74号《故事会》杂志社(200020)，并请注明“2009游戏空间”字样。(请务必在答题邮件上写清自己的通讯地址或联系方式。)

奖励措施：

1.前100名回答正确者（每种方式各50名），都将获得我们的纪念品；

2.我们还将从答题者中，抽取50名幸运者，赠送纪念品。

本次活动截止日期：2009年12月31日（以邮戳为准）

本期游戏空间答案将刊登在2010年1月下半月刊绿版《故事会》上。由于获奖者较多，获奖名单将于2010年2月上旬公布在故事中国网 www.storychina.cn 上。

超级视觉

ABCD 中哪一项是这一序列的下一个图形？

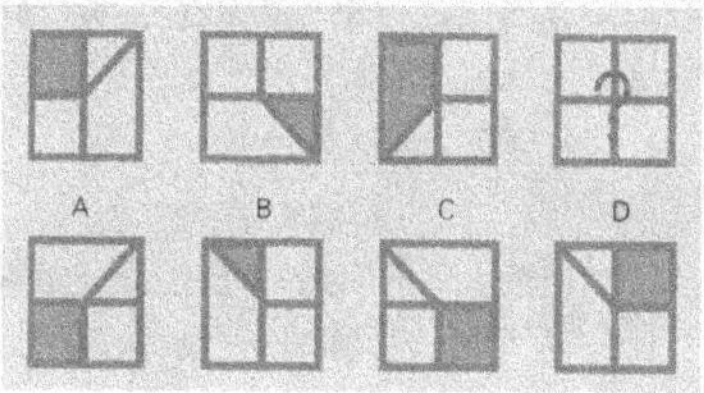

填字游戏

横行

一、国家创建或获得独立的纪念日，在我国是每年10月1日。

二、江苏省一城市，其特产之一是“醋”。

三、过春节时民间张贴的表示欢乐吉祥的图画。

四、中国第一大河。

五、一首广为流传的山西民歌。

六、昆曲代表作品之一，“娄阿鼠”是剧中的经典人物。

七、战国时期著名思想家，主要作品有《逍遥游》、《齐物论》等。

八、《故事会》一栏目名。

九、著名演员，曾因出演《芙蓉镇》、《春桃》获百花奖最佳男主角。

十、只会死读书、不会联系实际的人。

十一、指历史上政治、经济、文化等状况发生具有进步意义的重大变化的时期。

十二、君主的女儿。

十三、作战时双方军队接近的地带，跟“后方”相对。

十四、2008年北京奥运会举重冠军。

十五、京剧传统剧目，梅兰芳代表作之一，主要讲述了秦二世时赵高之女反抗强暴的故事。

纵行

1.阴历一年的最后一天。

2.《封神榜》中的人物，传说他一钓鱼，愿者就会“上钩”。
3.我国的传统绘画。
4.对事物持有的见解。
5.《三国演义》的作者。
6.我国古人根据太阳在黄道的位置，所设定的时间点，共有24个，包括“立春”、“雨水”等。
7.100位新中国成立以来感动中国人物之一，身上体现了“宁愿一人脏，换来万家净”的崇高精神。
8.歌曲名，歌中唱道：“我们唱着东方红，当家做主站起来……”
9.《水浒传》中一个屠户，鲁提辖拳打的那个人。
10.供奉神佛或历史名人的建筑。
11.在四川出土的汉代文物，现为《故事会》的注册商标。
12.城市的行政长官。
13.足、篮球等比赛中以进攻为主要任务的队员。
14.词牌名，名篇有苏轼的《密州出猎》等。
15.地理学上经线的另一种称呼。

（故事中国网提供，作者：楚　天）

世界500强面试题

曹冲称不了的大象

曹冲称象的故事大家都听说过。可当他第二次称象时，却遇到了麻烦。曹冲用来称象的那条船，船身永远是正的，不会歪。他先把大象赶上船，量好了吃水线，再赶走大象，放上石头。可麻烦的是，他面前只有每块为100斤重的条石，如果放上40块条石，吃水线会高出水面一截；如果放上41块，吃水线又低于水面一截，而且不允许他放其他的重物。

曹冲左思右想，他该怎样称出大象的精确重量呢？

【生肖迷宫　原创】

福尔摩伍的问题

鞋印的秘密

这天下午，福尔摩伍接到警察的电话，说在郊外公园的小树林里发生了一起谋杀案，请他去协助调查。

福尔摩伍赶到那里时，警察已经在勘查现场了。警长告诉福尔摩伍：“死者是昨天晚上被人杀死的，直到今天中午才被人发现。昨晚一直在下大雨，直到早上才放晴，所以作案的痕迹几乎都被雨水清除了，连泥地都被烈日烤干了。我们只在附近找到一个陷在泥土里的鞋印。”

福尔摩伍在附近勘查了一番，可是依然找不到更有用的证据。

晚上，福尔摩伍来到警局想看看法医的报告，警长告诉他，不用再调查了，凶手已经找到了。

福尔摩伍吃了一惊，忙问警长，怎么那么快就确定了凶手。

警长笑着说：“我们搜查了整个公园，发现那里平常很少有人去，只有一个园林工人住在附近的小屋里。更关键的是，”警长说着拿出两张鞋印的照片，“我们把现场取得的鞋印模型和这个园林工人的鞋印进行了对比，发现大小和纹路都很吻合。因此几乎可以确定，园林工人就是凶手。”

福尔摩伍拿过鞋印照片，仔细地比较了一下，略作思索，摇摇头说：“警长，恐怕调查还要进行下去，您的这两个鞋印恰恰说明园林工人可能不是凶手。”

福尔摩伍为何这样说呢？

（**推荐者**：木　木）

（亲爱的读者，如果您有好的智力题或谜案故事，欢迎给我们投稿。如从网上传递，请发以下信箱：simyyue@126.com）

阿P也有潜规则

□张洪瑜

这天，阿P碰到老同学阿亮，两个人在一起喝酒，酒酣耳热之际，阿P无意间说起，县教育局长是自己的姐夫。

说者无意，听者有心，阿亮的老婆在外地当老师，两口子两地分居，多有不便，阿亮早就想活动活动，把老婆调到自己的学校来。现在真是瞌睡遇到了枕头，他哪肯放过，端起酒盅就把心思说了出来。

老同学的要求说完，阿P半天没接话，阿亮着急了:“怎么，有难度？”看着对方期盼的眼神，阿P的豪气上来了，他喷着酒气说道:“老同学，不是跟你吹，你这事对我姐夫来说，简直就像穿裤子那么简单，不过，不过，话说回来……”

阿亮一听，就明白了，抢着说:“我懂的，我懂的，有潜规则，明天我来找你。”

第二天一大早，阿亮来到阿P家，二话不说，把一个鼓鼓的信封放到桌面上，里面是五千块钱。

阿P瞅了瞅那个信封，不住地挠头皮:“嘿嘿，昨晚我喝多了，我姐夫那里，嘿嘿，水太深，你别……”

阿亮有些失望，嘴里唠叨着:“阿P，你小时候还抄过我的作业，现在你不帮我，那就太不够朋友了。再说了，这点小事，也能难倒你阿P？”

阿P一听这话，昨晚的酒好像又涌了上来，他脸红脖子粗地说道:“谁说难啦，不就芝麻大的事嘛，我阿P帮你去办！”说完，阿P左右看看，很贴心地对阿亮说，“老同学，现在当官的对送钱有点敏感，这样吧，我做主，买件东西送给我姐夫。”

阿亮请阿P陪他去买礼物。他知道送东西也是一门学问，既要送得出手，更要对主人的口味。阿P是局长的小舅子，对局长家的情况自然是一清二楚，让他办礼绝对是最合适的人选。

两人出了门，来到一家大商场，阿亮不时地提建议，送个笔记本行不行？送个彩电好不好？但都被阿P一口否定了。

走上七楼的数码相机专柜，阿P突然停住了脚，自言自语地说："我那外甥女喜欢摄影，买个相机给她，局长老爸一定高兴的。"阿亮忙点头："对，对，就送相机！"

阿P顺着柜台转了一圈，指着一个相机说就要这个吧。阿亮屁颠颠地凑过去，一瞧标价，顿时牙疼起来，这么个小玩意，竟要八千多块！阿P啊阿P，亏你这个老同学开得出口，下得了手！

阿P见阿亮脸部不住地抽搐，不由得暗暗好笑，不过说出来的话却更有人情味："怎么啦？钱不够，那我先垫上吧。"

这说的什么话？能让帮忙的人给你垫钱吗？阿亮猛然醒悟过来，现在是你求人，非常时期，不能因小失大。阿亮把气调匀了，慢慢地说道："不不不，我身上带卡了，咱们挑好的送。"

到了晚上，阿P带着阿亮上了他姐夫家。看得出，阿P是常客，一进门，就在沙发上坐下，而阿亮则恭恭敬敬地叫了一声"局长好"，然后就把那台数码相机小心翼翼地放在桌子上，局长看了看，淡淡地说了句："别客气。"

局长的女儿正好也坐在客厅里，阿亮挺有心机，拿起相机给局长的女儿看，可小女孩没多理会，转身继续看她的电视，似乎对那相机一点兴趣也没有。阿亮心里不由得忐忑不安起来，阿P你可不能判断失误啊！八千多块的东西，人家脸上怎么连丝微笑也没有？

阿亮这边正紧张呢，局长那边已经痛快地接过了阿P递过去的材料，还煞有介事地翻了几页，顺口说了句："要关心群众利益啊。"

从局长家出来，阿亮长出一口气，对阿P感激不尽。阿P大大咧咧地说："这下你掂出我的分量了吧，嘿嘿，还有更大的惊喜在等着你哪。"

看阿P在他姐夫面前的样子，阿亮知道阿P是真家伙，所以过了几天，阿亮特意买了几样礼物送到阿P家去。

开门的是阿P的老婆，她说阿P不在，因为是熟人，阿亮抬腿就进了屋。此刻屋里还有几个人，有一个正是前几天刚刚认识的局长夫人，她手里拿着一台数码相机的盒子。阿亮仔细一看，这不是自己送给局长的吗？怎么又到阿P家来了？阿亮稍一想，便恍然大悟，顿时明白了阿P要他送相机的真正目的，心里那个气呀，差不多肚皮都要爆了。他把礼物放下，掉头就出去了。

走在街上，阿亮想起阿P在初中的时候就是摄影迷，心中十分感慨，禁不住连连摇头："阿P啊阿P，我还傻乎乎地以为，你真的看重我们的同学感情呢！没想到……唉，你这招太损了！"

第二天，阿亮忽然接到阿P打来的电话。阿亮一听到他的声音，心里就反感，真不愿意跟这样的人多说话，可现在老婆的事还没有最后办成，还得仰仗人家啊！

说了几句闲话，阿P叫阿亮今天一定要到他家去一趟。阿亮老大不情愿，问他有什么事，阿P神神秘秘的不肯说。

挂了电话，阿亮一个劲地生闷气，倒是老婆比他聪明，说道："你发什么呆，再拿点钱去吧，跑一两次就能办成事，哪有这么容易的？"

阿亮一想：也是，可不能在最后关头出差错！他只好又取了几千块钱，气呼呼地出了门。

阿P独自在家，见阿亮手里拎着一大堆水果，大着嗓门说："还买什么水果，真不把我当哥们啊？"

阿亮听了，真想吐了，但嘴上还是说着客套话。阿P坐在真皮沙发上，环视着他的客厅，有点感慨地说道："我这家里的东西，有一半是我姐送给我的。"

阿亮好不紧张，不知道他说这个

是什么意思，是不是又要提出什么条件？阿P接着说“我和我姐特别亲，别人送给我姐夫的东西，我姐一看家里已经有了，或者自己不想用，她都会送给我。前些日子，我和我姐提过，我儿子吵着要台照相机玩玩，我姐当时就说，等她家有了，就送给我儿子当生日礼物。嘿嘿，你也看到了，昨天她就送来了……”

说着，阿P进了房间，把那台相机拿了出来，爽气地说：“好了，物归原主，你拿回去吧。”阿亮傻了眼，以为把事情办砸了，一张脸顿时涨得通红：“不不不，阿P……”

阿P大声说：“你就拿着吧，我知道你家的情况不太好，老婆和老人都有病，家里确实需要照顾，而且这八千块钱不是一个小数。”

阿亮还是不明白，阿P兜来兜去到底搞什么名堂？

阿P哈哈大笑，说出了这事的来龙去脉。原来阿P真的想帮老同学，但他知道，自己的姐夫贪心很重，阿亮求他办事，不花大钱连门也进不去。这事他又不好明说，于是他暗生一计，故意让阿亮买相机，因为阿P算准了这台相机最后会回到自己的手中。现在阿亮礼送了，任务也就完成了，所以这台数码相机应该物归原主了。

阿亮明白了事情的真相，很是感动，想了想，他把相机塞回阿P手中，说：“阿P，这相机就当是我送给你的吧，真的，我是真心实意的，我、我不会玩……”

阿P哈哈一笑：“哥们，谁让你玩了？那个店七天内可以退货，我是让你去把相机退了！”阿P感觉为朋友做了一件好事，很是得意，“哈哈，我阿P也有潜规则，为朋友两肋插刀！”

（**题图、插图**：顾子易）

真是急死人

□邓祖薪

全民健身日那天，局里举行跑步活动，全局上到局长、下到门卫，谁也不能请假。阿林的老婆快要生孩子了，他也只得硬着头皮参加。

开始跑了没多远，阿林忽然看见邻居黄大妈也站在路旁观看，看见他就拼命招手。阿林跑过去问她什么事，黄大妈大声说："快往医院跑，你老婆肚子痛，刚刚送去了！"

阿林一听，又惊又喜，心说这下麻烦了，怎么这么巧？好在医院正好在队伍前进的方向，阿林心里着急，甩开两条长腿就往前冲。一眨眼的工夫，超过了一个又一个同事，从队伍的最后跑到了第一集团去。

正跑得起劲，阿林忽然感觉被人拽了一把，回头一看，孙副局长满脸怒气地瞪着他，压低嗓门喝道："你想干什么？想拿冠军吗？"

阿林只得把脚步放慢下来，跟孙副局长解释说："不是，我有事。"

"有事，你也不能这样跑，你第一天上班啊？"孙副局长不满地说着，冲前面一努嘴，"局长就在前面！"

阿林一愣，这才注意到前面有个肥胖的背影，光看那一团肉，阿林就知道那是局长无疑了。顿时，他额头上刷地冒出一层冷汗，刚才自己着急，光顾着跑，要不是孙副局长及时把他拦住，他就冲到局长前面去了。

迫不得已，阿林硬生生地把脚步收住，只得紧紧地跟在局长的屁股后面，跟局长始终保持着一步距离。

这可怎么办呢？阿林想悄悄地退出，然后绕路赶去医院。可局长一开始就宣布了纪律，不准中途开小差，谁开小差就是跟他过不去。他考虑来考虑去，实在下不了决心跟局长对着干。

既不能超越局长，又不敢开小差，阿林只能暗暗给局长加油鼓劲了，希望他跑快一点。可局长仍然慢腾腾地跑着，肥嘟嘟的屁股在阿林面

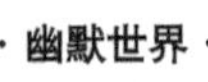

县长的笔记本

□ 朱胜喜

这天晚上，王乡长刚上床，就听到外面狂风大作，暴雨倾盆。这时，他的手机铃声急促地响了起来。

王乡长懒洋洋地按下接听键，电话那头问：“是王乡长吗，我是张……”王乡长一听，身子忙一挺，毕恭毕敬地问：“啊，是张县长啊，您这么晚来电话，是不是有什么指示？”

张县长在电话那头说：“白天你陪我到小泉村检查工作时，我私人的一个笔记本忘在了村长家里，你看有时间的话，帮我处理一下。”

王乡长一听，张县长将私人笔记本的“私人”二字加重了语气，可见他对这个笔记本的重视程度了。于是挂断电话后，王乡长立刻拨通了村长

前晃来晃去。阿林心里急出了火，真想一脚踹过去。

又跑了一会儿，孙副局长看出来了，阿林真有急事，就拉了他一把，问他到底有什么事。阿林心急火燎地说：“我老婆在医院要生孩子了！”

孙副局长眉头一皱：“你怎么不早说？”阿林哭丧着脸：“说了又能咋样？我总不能跑到局长前面去吧？”

孙副局长说：“你当然不能跑到局长前面，但你可以坐车超过局长。”说着把他拉出队伍，叫了一辆载客三轮车，让阿林坐上去。

阿林吃了一惊，有点迟疑：这也太出格了吧！孙副局长拍了拍他，说：“上去吧，我有办法，局长不会怪你的！”阿林一咬牙，跳了上去，三轮车很快超过了局长。

局长看见坐在三轮车里的阿林，吃惊地问：“那不是阿林吗？”孙副局长追上来说：“不是阿林是谁，没跑几步就腿抽筋了，我叫他去医院看看。”

局长哈哈一笑：“还是个年轻人呢，连我这么一把年纪的人都跑不过。看见了吧，这就是平时不注意锻炼的后果！”

石头家的电话，劈头就问："石头，白天，张县长是不是把一个笔记本忘在你家里了？"

石头说是，王乡长指示说"你连夜将那个本子送到我家来。"

石头一听，为难地说："这会儿天黑，又是狂风暴雨的，我明早送来行吗？"王乡长唬他说："你还想当村长不？快点将笔记本送来，记住了，不要看那本子，更不能让雨水淋湿了，放在贴身衣服里。"说完就挂了电话。

半小时后，石头浑身湿漉漉地站在王乡长的家门口。王乡长赶紧问："本子呢？"

石头擦了擦被雨水打湿的双手后，从贴身衣服里拿出了笔记本。

王乡长看了看，又问："真的没看过？"石头拍着胸脯说："王乡长，天地良心，我真的没看过。"

王乡长这才放心地对石头说："走，跟我将这本子送到县城张县长家去。"

石头一惊"这黑灯瞎火的，明天再送不行吗？"

王乡长低声对石头说："领导私人的本子能在外面过夜吗？更不能在我们这儿过夜。"

石头不懂："那是为什么？"

王乡长又压低声说："领导也是人，谁没有一点夫妻以外的私生活，这里面说不准就有这样的记录和一些联系方式。"

石头听了，又是一惊，心说：乖乖，幸好我连夜送来了，要不，我村长的宝座怕是难坐了。

王乡长用塑料袋将那笔记本包好，揣在怀里。石头说："我替你去把司机叫来。"王乡长忙摆手说："你傻呀，像这种事越少人知道越好。"说着，两人就出发了。

一路上风越刮越猛，雨越下越大，王乡长和石头深一脚浅一脚地往前走。一不小心，王乡长脚下一滑，摔了个嘴啃泥，手却仍然死死护着胸口的笔记本。

半夜，王乡长和石头终于浑身淌水地摁响了张县长家的门铃。两人忐忑不安地等了很久，张县长家的小保姆才开了门。

王乡长忙问："张县长在家吗？"小保姆说："张县长赴宴还没回哩。"

王乡长又问："那什么时候回？"小保姆说："说不准，也许今晚不回来了。"

王乡长一听，怕是难等到张县长回来了，只好从怀里小心翼翼地掏出笔记本，说："请你将这本子亲手交给张县长。"谁知，小保姆一看笔记本高兴地说："我这本子终于回来了。"

王乡长一愣，问："这本子是你的？"小保姆笑着说"这是我每天上街购物记账的本子，你看，封皮上还贴了个小标签，早晨张县长外出检查工作时，拿错了本子……"

小偷也裁员

□草　帽

麦迪是个小偷。半年前，他加入了一个小偷公司。

这天，人事部突然打电话给他：“麦迪啊，受金融风暴影响，咱们公司也要裁员，明天起，你就不用上班了！”挂掉电话，麦迪又气又恨：“有什么了不起的，大不了我单干，就凭我的本事，难道还怕饿死不成？”

第二天，麦迪早早地出了门。他在马路上转了一圈，终于瞄上了一个背着包的金发女郎。谁知，他刚想伸手，就被人狠狠地推了一下。麦迪回头一看，原来是以前小偷公司的同事。同事瞪了他一眼，气呼呼地说：“你已经被开除了，现在，这里是我的地盘！”麦迪只好悻悻地走了。

接着，麦迪上了一辆十分拥挤的公交车。他手段高明，很快便偷了两个钱包。到站后，麦迪不慌不忙地下了车。走了一会儿，麦迪迫不及待地想看看钱包里有多少钱。谁知，一摸口袋，钱包居然没了。扭头一看，远处正有个人对他哈哈大笑。原来，是小偷公司的副总。那一刻，麦迪的鼻子都气歪了。

痛定思痛，麦迪眼珠一转，突然有了主意：“既然你们想断我财路，那我也豁出去了！”很快，他就在一家大超市里发现了一张熟悉的面孔。

麦迪迫不及待地跑过去，对那人说：“嗨，罗伯特，还记得我吗？我是麦迪，我想给你提供点情报，我知道一家小偷公司的情况，要是你和警官说了，将他们一网打尽，我们肯定能分到不少奖金！”

谁知，罗伯特摇了摇头，说“唉，这事我管不了！我已经不当线人了，三天前，我刚刚被裁掉！现在我是这家超市的清洁工。”

麦迪这才发现，罗伯特正穿着超市的工作服。

该死的车门

□赵家芬

马二哈买了一辆小轿车，开了半年，就被辆大货车给撞坏了车门，无论怎么修，车门就是关不严实。

有一次，马二哈正在路上飞速行驶着，车门"哗"的一声自动打开了，旁边一辆车上的女司机看得目瞪口呆，她车上的儿子兴奋地高喊起来："哈哈哈，汽车长翅膀了，汽车要飞起来了！"马二哈顿时窘得满脸通红。

马二哈对这个该死的车门无可奈何，于是决定把车子卖了。可是，无论来几个买主，只要一拉那个车门，都摇摇头走了。

这天，又来了一个看车的瘦高个，他在车身上摸了又摸，又试着启动了车子。这一次，车门竟然没有自动打开，所以瘦高个也没看出什么问题来，于是问了价格。马二哈担心他不买，特地把价格又压了压，瘦高个露出了欣喜的神色，拍板成交了。

马二哈急忙和他办理了相关手续，心里既紧张又害怕，就怕瘦高个有一天会回来找他算账。

真是怕什么来什么。这天，马二哈正在大街上走着，突然发现瘦高个迎面走来，他急忙拐进一个弄堂。没想到瘦高个眼尖得很，立刻跟了过来，马二哈索性跑了起来，瘦高个就在后面追。无奈，马二哈肥胖的身材怎么也跑不过那个长腿的瘦高个。

瘦高个拽住他的衣服喊道："你、你跑什么呀？"马二哈喘着气说："我、我赶时间上班呢，你、你有什么事？是不是那辆车有什么问题？"

瘦高个说"就算你赶时间，也给我两分钟时间吧，我、我是来跟你道谢的。""道谢？"马二哈愣住了。

瘦高个连连点头说："前两天我开着那辆车去山区玩，一不小心驶到了悬崖边，眼看马上要跌到山谷里去了，就在这节骨眼上，车门'呼'的一下自动打开了，我才得以跳出车子，捡回了一条小命啊！"

真的怕了

□无 量

乔治是个酒鬼。这天半夜，他酒后驾车被警察逮个正着。警察将他塞进警车，然后扔在了荒无人烟的远郊，命令道："两个小时内，你必须步行回警局！"说罢，绝尘而去。这时，林子里传来了狼嚎声，乔治吓得撒腿就跑。

两小时后，乔治终于回到了警察局。警察掐着秒表，满意地问："刚才怕不怕？"乔治筋疲力尽地说："这没什么，我上高中时可是长跑健将！"警察只好挥挥手让他走了。

半个月后，乔治再次酒后驾车被抓。警察把他带到一个房间："今晚你就睡这里，里面有很多人陪你！"乔治一看，不禁大吃一惊：里面躺着几具死相惨烈的尸体。

第二天清早，警察笑着问："昨晚怕不怕？他们都是被酒后驾车害死的！"乔治擦了擦额头的汗，颤抖地说："这也没什么，我……我天生胆子大！"警察只好又让他走了。

两个月后，乔治又一次酒后驾车被抓。这回，乔治有点害怕了，他不知道警察又会搞什么花样。谁知，警察只是淡淡地说："送他回家！"说着，将他塞进一辆汽车。乔治这才相信真的自由了。

上车后，乔治洋洋得意地说："先生，请送我回罗马街77号！"谁知，司机回过头，满嘴酒气地说："笨蛋，这是飞往纽约的波音747客机，我要去找一个混蛋！"说罢，加足马力朝前开去。汽车歪歪斜斜地开出了几百米，乔治吓得魂飞魄散。

情急之下，乔治灵机一动，学着空姐的声音说："各位旅客，飞机已经安全降落在纽约机场，请大家按秩序下机！"话音未落，司机果然停了车。乔治迫不及待地跳下车。不料，司机也跳下车，冲上前将他一顿猛揍，边揍边骂道："该死的混蛋，总算找到你了，看你还敢不敢勾引我老婆……"

（本栏题图、插图：包丰一）

www.ingramcontent.com/pod-product-compliance
Lightning Source LLC
Chambersburg PA
CBHW051934220626
47052CB00004B/667

* 9 7 8 7 5 4 5 2 0 5 3 2 9 *